LE SUSPECT

DU MÊME AUTEUR

La Veuve, Fleuve Éditions, 2017 ; Pocket, 2018
La Coupure, Fleuve Éditions, 2018 ; Pocket, 2019

FIONA BARTON

LE SUSPECT

Traduit de l'anglais (Grande-Bretagne)
par Séverine Quelet

fleuvenoir

Titre original :
The Suspect

MIXTE
Papier issu de
sources responsables
FSC® C003309
FSC
www.fsc.org

Fleuve Éditions, une marque d'Univers Poche,
est un éditeur qui s'engage pour la
préservation de l'environnement et
qui utilise du papier fabriqué à partir
de bois provenant de forêts gérées
de manière responsable.

ISBN : 978-2-265-11458-6

Dépôt légal : janvier 2020

À Beatrice, Arthur, Jemima, Olive et Isabelle

Ne laissez pas la vérité gâcher une bonne histoire.

Anonyme.

PREMIÈRE PARTIE

L'article

1

Dimanche 27 juillet 2014
La journaliste

Il est 3 heures du matin quand la sonnerie stridente du téléphone sur la table de nuit transperce notre sommeil. D'une main tendue à l'aveugle, je décroche pour la faire taire.

— Allô ? dis-je dans un murmure.

Des grésillements me répondent. Je presse le combiné plus fort contre mon oreille.

— Qui est à l'appareil ?

Steve roule sur le côté pour m'interroger du regard, il ne prononce pas un mot.

Le bruit de friture s'estompe et une voix me parvient.

— Allô ? Allô ?

Je me redresse d'un bond avant d'allumer la lampe de chevet. Steve pousse un grommellement, il se frotte les yeux.

— Kate ? Que se passe-t-il ? demande-t-il.

Je l'ignore et répète :

— Qui est à l'appareil ?

Mais je sais.

— Jake ?

— Maman, répond la voix déformée par la distance.

Ou l'alcool, me souffle une part peu charitable de moi-même.

— Pardon d'avoir raté ton anniversaire.

La ligne grésille de nouveau, puis plus rien.

Je lève les yeux sur Steve.

— C'était lui ? s'enquiert-il.

J'acquiesce et explique simplement :

— Il s'excuse d'avoir oublié mon anniversaire…

En sept mois, c'est la première fois qu'il appelle. Nous avons eu droit à trois e-mails. Il faut dire que notre fils aîné nous avait prévenus dès le début qu'il ne serait pas joignable par téléphone. Il voulait se libérer de la contrainte d'être sans cesse dérangé. Il nous donnerait des nouvelles.

Son dernier coup de fil remontait au matin de Noël. Nous avions espéré qu'il serait avec nous, à faire exploser les pétards et à préparer son redoutable vin chaud. Nous lui avons soumis l'idée puis l'avons supplié par e-mail, nous avons même acheté son billet d'avion quand il a semblé fléchir. Mais Jake n'est pas rentré, il n'a pas pu faire mieux qu'un appel de dix minutes le jour J. C'est Steve qui a décroché, il lui a parlé en premier pendant que je trépignais à côté. Puis Jake a souhaité discuter avec Freddie, son petit frère, et enfin avec sa mère.

Le combiné serré contre moi comme pour mieux ressentir sa chaleur et sa présence, je me suis efforcée d'écouter plutôt que de parler. Mais comme il restait distant tandis que les secondes s'égrenaient dans une cabine téléphonique quelque part à l'étranger, je me suis transformée en inquisitrice.

« Alors mon chéri, où es-tu en ce moment ?

— Ici, s'est-il esclaffé.

— Toujours à Phuket ?

— Oui, oui.

— Et tu travailles ?

— Ouais, bien sûr. Je fais des trucs.

— Et côté argent, ça va ?

— Je m'en sors, maman. Ne t'inquiète pas pour moi. Je vais bien.

— Bon, tant que tu es heureux..., ai-je répliqué – l'esquive des lâches.

— Oui, je le suis. »

Quand j'ai eu raccroché, Freddie a mis un verre de prosecco dans ma main et a planté un baiser sur ma joue.

« Allez, maman. Il va bien. Il s'éclate au soleil pendant que nous, on est sous la pluie. »

Pourtant, je savais au fond de mon cœur qu'il n'allait pas bien. Son ton était prudent. Et ce rire nerveux... Ce n'était plus mon Jake.

2

Vendredi 15 août 2014
La mère

Lesley consulta une nouvelle fois sa boîte de réception. Au cas où elle l'aurait raté. Elle se doutait qu'il n'y aurait pas de nouveau message mais ne plus vérifier signifiait qu'il fallait passer à l'action. Ils s'étaient mis d'accord. Debout derrière elle, Malcolm surveillait le moindre de ses gestes. La tension qui émanait de lui était palpable.

— Alors ? demanda-t-il.

— Rien.

— J'appelle la police.

Elle hocha la tête. Jamais encore, de toute leur vie de couple, ils n'avaient eu à contacter la police. Les forces de l'ordre appartenaient à un autre monde – celui de la télévision et des journaux. Pas au leur. Elle tremblait lorsque Malcom décrocha le combiné. Elle voulut lui dire d'attendre. De patienter encore vingt-quatre heures. De ne pas mettre en branle ce processus. De ne pas faire entrer ce monstre dans leur foyer.

— Malcolm..., tenta-t-elle.

Mais il composa le numéro en la fixant d'un regard ferme qui la réduisit au silence. Elle remarqua le ronronnement du réfrigérateur et entendit une voiture qui passait devant la maison. La vie suivait son cours.

— Bonjour, je voudrais signaler la disparition de ma fille.

Cette vie était terminée.

— Une semaine. Nous n'avons plus de nouvelles d'elle ni de son amie depuis presque une semaine, expliqua Malcolm. Ses résultats du bac sont arrivés hier et elle ne nous a toujours pas téléphoné… Elle s'appelle Alexandra O'Connor… Dix-huit ans. Elle a eu dix-huit ans en mai.

Lesley se revit en train de napper le gâteau : *Le portrait d'Ed Sheeran en pâte à sucre était loin d'être réussi. Mais Alex a adoré.*

Elle s'extirpa de ses souvenirs au moment où son mari s'excusait.

— Désolé, je croyais l'avoir précisé. Elle est en Thaïlande, en vacances avec son amie Rosie Shaw. Dans son dernier texto, elle disait qu'elles se trouvaient toujours à Bangkok.

Il fallut encore vingt bonnes minutes à Malcolm pour expliquer la situation, donner ses coordonnées et écouter les conseils de rigueur. Ensuite il raccrocha, se frotta les yeux, garda un moment les mains sur les paupières.

— Alors ? Qu'est-ce qu'ils ont dit ? s'enquit Lesley d'une voix rendue plus forte par la panique qui ne lui ressemblait pas. À qui as-tu parlé ? Raconte-moi !

Son mari releva la tête et la dévisagea comme pour s'assurer que c'était bien sa femme qui s'égosillait ainsi dans leur cuisine.

— Ils ont enregistré tous les renseignements. Tu m'as entendu, chérie. J'ai discuté avec une inspectrice, Zara Salmond. J'ai noté son nom.

Il attrapa le Post-it sur le plan de travail et le lui tendit.

— Tiens, regarde.

Lesley l'expédia par terre du revers de la main.

— On s'en fiche de son nom ! Qu'est-ce qu'elle a dit ? Que vont-ils faire pour retrouver Alex et Rosie ?

Malcom se pencha pour ramasser la note qu'il reposa sur le plan de travail. Lesley eut envie de le frapper.

— Malcolm !

— Désolé, chérie, mais nous allons avoir besoin de son nom et de son numéro.

Il s'exprimait avec lenteur comme s'il s'adressait à une vieille tante un peu sénile.

— Elle va transmettre les informations à Interpol et elle nous conseille de contacter l'ambassade britannique à Bangkok. D'après elle, ça arrive souvent ; des jeunes qui voyagent à l'étranger et oublient de donner des nouvelles à leurs parents. Il est encore tôt et nous devrions essayer de ne pas nous inquiéter.

— Donc elle pense que ce n'est pas grave ?

En son for intérieur, Lesley le supplia de répondre que non, ce n'était pas grave, que tout irait bien.

Il haussa les épaules.

— Elle n'en sait rien, chérie. Nous devons la prévenir si Alex se manifeste… ou si nous n'avons toujours pas de nouvelles dans une semaine.

— Elle va en donner, n'est-ce pas ?

Il l'attira dans ses bras.

— Bien sûr. Elle va vouloir connaître ses résultats. Demain ou après-demain. Elle reviendra, comme toujours.

Lesley essuya ses yeux avec une serviette en papier et tenta de reprendre un peu courage.

— Je ferais mieux de rappeler Jenny, dit-elle, soulagée d'avoir quelque chose à faire. Je lui ai promis de la tenir informée quand nous aurions contacté la police. Elle était un peu bizarre hier.

— Je crois qu'elle est aussi inquiète que nous. Rosie est sa fille unique. Et Jenny est toute seule.

Malcolm pianotait en même temps sur le clavier de l'ordinateur portable.

— La police a besoin d'une photo, reprit-il. J'ai dit que j'en enverrais une. Ensuite, je chercherai le numéro de l'ambassade.

Lesley regarda par-dessus son épaule. Il avait choisi celle qu'Alex leur avait envoyée d'elle et Rosie dans un tuk-tuk le jour de leur arrivée, affichant un sourire radieux pour le *selfie*, le cadre autour un peu flou.

— Au moins, elles sont ensemble, déclara Lesley avant de se remettre à pleurer, la tête entre les bras sur la table de leur cuisine.

Bangkok, premier jour
Dimanche 27 juillet 2014

Alex O'Connor...
Dimanche à 05 : 00
... est ici. C'est génial. L'aventure commence maintenant !

Ses doigts dansaient sur les touches de son portable. Elle publia la photo qu'elle venait de prendre d'elle-même en train de poser devant l'aéroport Suvarnabhumi de Bangkok, les yeux fatigués et un sourire béat aux lèvres. Elle avait réfléchi à cette photo dans l'avion, visualisant sans problème le rendu. Mais c'était compter sans le vacarme et la chaleur qui régneraient de l'autre côté des portes du terminal. Le choc avait été physique. Elle se doutait qu'il ferait chaud, Google l'avait prévenue, mais pas à ce point. La peau de son visage était moite et des mèches de cheveux restaient collées sur son front. L'air était si lourd qu'elle sentait son poids sur sa langue. Elle posa son sac à dos avec précaution, coinça la bride sous son pied par sécurité et étira ses bras au-dessus de sa tête, savourant ce tout premier instant de liberté.

Cela faisait un an qu'Alex attendait ça ; qu'elle fantasmait sur les lieux, les gens, les aventures qu'elle vivrait, tandis qu'elle étudiait pour ses examens et travaillait pour gagner l'argent nécessaire.

Elle se réjouissait de chaque étape, à commencer par le vol – elle avait toujours adoré le décollage, la sensation d'accélération sur la piste, le sentiment de foncer vers quelque chose de nouveau. Et elle avait ressenti le frisson habituel au moment où les moteurs montaient en régime pour son premier vol long-courrier qui l'emmenait à l'autre bout du monde. Mais l'euphorie s'était vite dissipée. Elle avait passé onze heures assise sur le siège du milieu, à s'efforcer de ne pas toucher le bras de l'homme installé à côté d'elle, caché sous une fine couverture comme un cadavre.

Rosie avait bu trois verres de vin pour accompagner l'abominable repas offert à bord, un choix entre du poulet ou des pâtes, et Alex l'avait prévenue qu'elle serait déshydratée. Son amie avait roulé les yeux et entrepris de flirter avec son voisin avant de piquer du nez et de ronfler doucement. Alex avait essayé de dormir aussi : elle s'était tortillée sur son siège étroit pour trouver une position confortable, elle avait remonté la couverture sur elle, découvert ses pieds, gigoté pour que la boucle de la ceinture de sécurité ne lui rentre pas dans la hanche. À la fin, elle s'était redressée dans le noir et avait regardé des films sur le minuscule écran devant elle jusqu'à ce que ses yeux la piquent.

Quand les lumières s'étaient rallumées, une heure avant l'atterrissage, elle s'était détachée et s'était rendue aux toilettes. Dans le miroir, son visage lui avait paru bizarre. Ses yeux étaient rouges et sa mâchoire tombante, à cause du manque de sommeil. Elle avait bâillé puis s'était débattue avec la porte pour sortir, soudain saisie par la panique.

Un garçon attendait à l'extérieur lorsqu'elle avait enfin réussi à s'extirper de la minuscule cabine. Elle avait ri.

« C'est l'enfer pour ouvrir ces portes, hein ? »

Il avait souri timidement et l'avait laissée passer.

Et maintenant elle y était. Bangkok. Elle ramassa son sac à dos et le balança d'un coup sur ses épaules. Elle chancela, étourdie par le brusque mouvement. Elle avait l'impression de planer, comme si ses pieds ne touchaient pas terre.

Des inconnus lui proposaient de les suivre. Des hommes petits avec d'immenses sourires et des gestes insistants.

— Vous voulez un taxi ?

— Je connais une bonne pension.

— Vous voulez voir le temple ?

Elle resta sans bouger, cette myriade de possibilités tournoyant dans sa tête. Il était 5 heures du matin, il faisait nuit, il faisait chaud et elle avait envie de se coucher.

Allez, Alex, on y va, s'intima-t-elle. *Où est Rosie ?*

Son amie était partie en quête d'un cachet pour son mal de crâne.

« Tu n'aurais pas dû boire autant de vin dans l'avion. Tu n'as pas emporté de paracétamol ? avait demandé Alex en ouvrant la poche latérale de son sac à dos pour lui en donner.

— Non ! » avait répondu Rosie avec hargne avant de s'éloigner d'un pas agacé.

Alex espérait que ça irait. De toute façon, il était trop tard pour avoir des doutes. Elles étaient là. Et c'était génial. Enfin, ça le serait.

3

Vendredi 15 août 2014
L'inspecteur

Ce matin, Zara Salmond tournait autour de l'inspecteur principal Bob Sparkes d'un pas si furtif qu'il avait l'impression d'être suivi. Elle avait beau essayer de rester discrète, elle aurait tout aussi bien pu crier au mégaphone : « L'épouse du patron est en train de mourir. »

Le cancer d'Eileen était revenu deux mois auparavant. Il la rongeait de plus belle, la tuait à petit feu.

« On peut le vaincre, avait-il assuré après la réception de ses derniers résultats d'examens. Nous l'avons fait une fois, nous pouvons recommencer. »

Les enfants avaient pleuré avec lui à la maison, loin de leur mère. Sam téléphonait tous les jours avant de partir travailler et le soir quand elle rentrait ; elle se chargeait de transmettre les nouvelles à son frère. Ils s'obligeaient à se montrer forts les uns pour les autres, et cet effort était épuisant.

Ses collègues étaient formidables, ses patrons lui avaient proposé de prendre des congés, mais Sparkes ne pouvait rester ni à l'hôpital ni chez lui. Il avait besoin d'avoir dans sa vie quelque chose sans rapport avec le cancer. Besoin de prétendre qu'une existence normale était possible, tant pour le bien d'Eileen que pour distraire son cœur en peine.

Sauf qu'à l'évidence, il avait oublié d'en informer l'inspectrice Zara Salmond.

Il se doutait que c'était par pure bonté d'âme qu'elle le préservait de l'agitation de la salle des opérations, cependant Sparkes s'énerva lorsqu'il l'entendit demander à un collègue de repasser plus tard parce que le patron n'était pas dans un bon jour. Il imagina très bien l'expression compatissante sur son visage et hurla :

— Salmond ! Venez ici !

Elle passa la tête par la porte, son brushing aussi parfait que d'habitude. Il fit disparaître son sourire en une seconde.

— Vous me tapez sur les nerfs, Salmond. Cessez d'ordonner à tout le monde de me laisser tranquille. Faites quelque chose d'utile à la place. J'ai l'impression d'être en quarantaine.

L'enquêtrice tenta de prendre sur elle, mais Bob savait qu'il s'était montré trop dur. Il se leva pour la retenir.

— Désolé, c'est juste que, quand vous parlez de moi, on dirait que vous avez affaire à un type prêt à sauter d'un pont. Je vais bien.

— OK, monsieur. C'est noté. Je vous laisse. J'ai des rapports à terminer.

— Dites-moi sur quoi vous travaillez, demanda-t-il en lui indiquant une chaise pour s'asseoir.

Salmond s'installa, bras croisés. *Encore sur la défensive*, songea Bob.

— Allons, Zara. Racontez-moi.

— Eh bien, je viens de recevoir les résultats définitifs de la saisie de drogues à Portsmouth.

— Ça a mis du temps, non ?

— Oui. Beaucoup de monde est en vacances, alors...

— Il y a de quoi s'inquiéter ?

— Non, tout semble en ordre. Aussi, on nous a signalé la disparition de deux personnes. Deux filles de Winchester.

— Une disparition ? Quel âge ? s'enquit-il aussitôt, tous ses sens en alerte. Quand est-ce arrivé ? Pourquoi ne pas m'en avoir informé sur-le-champ ?

— Elles ont dix-huit ans et elles ont disparu en Thaïlande.

— Ah, marmonna simplement Sparkes, l'esprit vagabondant déjà vers le rendez-vous avec l'oncologue d'Eileen plus tard dans la journée.

— C'est un peu en dehors de notre juridiction mais si vous voulez m'envoyer sur le terrain..., lança Salmond un ton au-dessus pour lui signifier qu'elle avait remarqué son regard lointain.

— Dans vos rêves, Zara. En plus, vous venez juste de rentrer.

— Ce n'étaient pas des vraies vacances, monsieur. Quand Neil a parlé de la Turquie, moi j'imaginais des transats et des après-midi à me prélasser au soleil. Nous avons passé la plupart du temps à contempler d'anciennes latrines pour le projet de ses troisième. Sous quarante degrés !

— Des latrines ? Excellent ! Vous avez des photos ?

Salmond s'esclaffa.

— Neil en a des tas. Je lui demanderai de vous en envoyer une sélection.

— Oui, rien ne presse. Et pour ces filles, alors ?

— Ça ne fait qu'une semaine mais les parents sont inquiets. Les filles sont en vacances à l'étranger pour la première fois et elles n'ont pas téléphoné hier pour connaître leurs résultats au bac. C'est le père de l'une d'elles qui nous a contactés ce matin. Je vais transmettre les infos à Interpol mais, à mon avis, elles sont en train de bronzer sur une plage quelque part. Les veinardes.

— Oui, quelle chance. Bon, tenez-moi au courant s'il y a du nouveau.

Et il lui décocha un clin d'œil pour lui faire savoir que tout allait bien entre eux.

— Je viens vous tenir informé, monsieur, annonça Salmond vingt minutes plus tard. J'ai briefé le service de presse au sujet des deux filles et une campagne Facebook a déjà été lancée. C'est la famille qui s'en occupe.

Sparkes fit la grimace.

— C'est une bonne idée, monsieur. Les réseaux sociaux, c'est ce que suivent les gosses qui pourraient être assis dans un bar à côté d'Alex et Rosie.

— Oui, eux et tous les types bizarres ou en quête de gloire, ceux qui vont feindre de compatir ou prétendre les avoir vues, juste pour participer. Ensuite viendront les médisants qui accuseront les parents d'avoir laissé leur enfant voyager seul, et qui traiteront les filles de garces et de putes. Bon sang, qui a donné la parole à ces gens-là ? Au moins, avant les réseaux sociaux, on n'était pas obligés de les entendre débiter toutes ces horreurs. Ils restaient au chaud dans leur pub de quartier ou leur salon pour cracher leur venin.

— Bref..., intervint Salmond. Affaire à suivre.

— Oui, faisons ça.

Sparkes consultait les rapports sur son écran, l'esprit ailleurs. Il se recula dans son fauteuil, tendit les bras devant lui jusqu'à toucher l'ordinateur puis les leva au-dessus de sa tête pour faire craquer son dos. Un goût métallique emplissait sa bouche et il n'arrivait plus à s'extirper de son siège sans qu'un grognement lui échappe. Il se sentait vieux. Vraiment vieux.

Eileen lui avait dit qu'il avait besoin de dormir davantage quand il était allé la voir ce matin, mais il avait balayé ses inquiétudes.

« Je vais bien, chérie. Pourquoi est-ce qu'on parle de moi ? Concentrons-nous sur toi et sur la façon de se débarrasser de cette stupide infection et de reprendre le traitement. »

Elle s'était renfoncée dans son oreiller.

« J'essaie, Bob. »

Il tenta de focaliser son esprit sur les mots affichés à l'écran mais il ne pouvait penser à rien d'autre qu'à la fragilité que reflétaient de plus en plus les yeux de sa femme. Ils se rétractaient dans son crâne, loin de lui. Comme si elle était aspirée de l'intérieur. Il serra les poings.

Pas maintenant. Je ne peux pas penser à ça maintenant. Ça va aller.

Il toucha le pavé tactile pour réanimer son écran et la photo apparut. Salmond avait téléchargé les images des filles disparues ainsi que le lien de la page Facebook créée par les O'Connor.

Sparkes contempla leurs visages puis poussa un soupir. Il cliqua et se mit à lire, en commençant par la dernière publication d'Alex et l'e-mail qu'elle avait envoyé à ses parents, daté du samedi 9 août.

Alex O'Connor

Samedi à 11 : 00

prévoit de fêter 🤞 ses résultats au bac avec sa meilleure cops à Koh Phi Phi,

« en contemplant des monolithes dans une mer bleu azur », à en croire *Lonely Planet*...

De : Alex O'Connor

À : Les et Mal O'Connor

Objet : Résultats

Coucou, maman et papa ! Toujours à Bangkok – il y a tant à voir qu'on a décidé de rester plus longtemps – mais j'ai prévu d'être à Koh Phi Phi à temps pour les résultats ! Je croise les doigts et les orteils pour être admise à Warwick. J'appellerai comme convenu vers midi pour vous (18 heures ici)

```
le 14 août pour qu'on ouvre l'enveloppe
ensemble. Comme pour les Oscars ! Envoyez-moi
un message si le courrier arrive plus tôt.
Je vous embrasse, Alex.
  PS : Je vais voir des éléphants demain.
Encore un autre truc à cocher sur ma liste…
```

L'alerte avait ensuite été donnée par le frère d'Alex O'Connor, d'abord timidement, sur le mur Facebook d'Alex.

Coucou Alex !
Pas de nouvelles depuis plusieurs jours. Où es-tu en ce moment ?

On n'arrive pas à te joindre sur ton portable. Maman commence à s'inquiéter. Envoie un message.

Alex ?

Alex ?

PUT***, ALEX ! TÉLÉPHONE !!!

L'utilisation des majuscules marquait le point de bascule où les demandes polies se transformaient en cris de panique étranglés.

Ça fait 4 jours que personne n'a vu ma sœur et son amie. Partagez au maximum SVP.

Ça fait 5 jours.

6 jours.

Puis la « communauté » s'en était mêlée.

Alex et Rosie, donnez des nouvelles à vos familles. S'il vous plaît.

Ce ne serait pas à toi que j'ai payé un verre hier à Oxxi's Place ? Appelle tes parents. Ils veulent juste s'assurer que tu vas bien.

Arrête d'être égoïste. Contacte ta famille !

Leurs parents vont leur passer un sacré savon pour avoir causé tout ce remue-ménage quand elles vont revenir, songea Sparkes. *Je parie qu'ils regrettent de les avoir laissées partir.*

Lui n'avait jamais eu à prendre cette décision. Ses enfants n'avaient pas le goût de l'aventure. Il n'avait même pas souvenir d'avoir discuté avec eux d'un voyage avant l'entrée à la fac. Jim, son fils, était décidé à faire des études supérieures et à entamer une carrière de comptable, et Sam, sa fille, était déjà tombée amoureuse et n'avait aucune intention de s'en aller où que ce soit.

Leurs vies auraient-elles été différentes s'ils étaient partis visiter la Thaïlande ? songea-t-il en faisant défiler les messages. Le fils de Kate Waters s'y trouvait. Elle s'était livrée à lui la dernière fois qu'ils avaient discuté. D'ordinaire, il n'échangeait pas d'informations personnelles avec les journalistes mais Kate avait de toute évidence besoin de parler. Elle lui avait appris qu'il lui arrivait de rester sans nouvelles de Jake pendant des mois. Elle redoutait, sans oser l'avouer à son mari, qu'il ait du mal à s'en sortir.

Sparkes n'avait pas voulu lui confier qu'il craignait au fond de lui que son fils devienne vieux avant l'heure. Jim avait la trentaine et déjà il perdait ses cheveux, et portait des pantoufles chez lui.

« Ils ont du parquet en chêne massif, avait expliqué Eileen quand il le lui avait fait remarquer. Il va bien. »

Mais jamais il ne participerait à la Full Moon Party en Thaïlande.

Eileen et lui s'en étaient peut-être tirés à bon compte. Il revint en arrière pour étudier les expressions souriantes des deux jeunes filles disparues. Des visages jeunes ; des enfants perdus.

Où étaient-elles ? Il appellerait Kate tout à l'heure pour l'informer. Histoire de faire avancer les choses.

4

Vendredi 15 août 2014
La journaliste

Installé dans mon fauteuil, Joe Jackson regarde la télévision dans la salle de rédaction. Je lui donne une tape sur l'épaule en passant.

— Hé, Jackson ! Oust !

Avec un sourire, il roule en arrière pour me laisser passer. J'ai l'impression de voir Jake, les cheveux sur les yeux, qui se moque gentiment de moi.

— Mets-toi au travail, dis-je dans un grommellement.

— Je passe des coups de fil !

Il me montre son portable en guise de preuve avant de bondir de mon siège pour le remettre à sa place.

— C'est plutôt calme pour l'instant, reprend-il. J'ai un peu de temps avant la réunion de planification. J'espère que Terry ne va pas l'avancer.

Comme par magie, le rédacteur jaillit de l'aquarium, le cube de verre qui lui sert de bureau.

— Il nous a mis sur écoute, ou quoi ? chuchote-t-il.

Je réponds d'un hochement de tête.

— Qu'est-ce que vous complotez tous les deux ? s'écrie Terry depuis l'autre bout de la salle. Vous avez intérêt à discuter d'un sujet d'article. Ton taux de réussite n'est pas fameux, Jackson.

En tant que plus jeune membre de l'équipe de rédaction, Joe Jackson est la cible toute désignée de ce genre de plaisanteries, à la limite du harcèlement, pour être honnête. Joe et moi avons connu des débuts difficiles : quand on me l'a affecté pour que je lui enseigne les ficelles du métier, j'ai répondu à Terry que je n'avais pas le temps de faire du baby-sitting. Mais notre rédacteur en chef a insisté et, au bout du compte, j'ai appris à l'apprécier. Mes collègues disent de lui qu'il est mon « fils journalistique » quand ils ne le surnomment pas « le larbin du chef ». Je les ignore. J'espère que lui aussi. Je n'arrête pas de lui répéter qu'ils finiront par se lasser et par trouver un autre souffre-douleur.

— Tiens, propose ça à Terry, dis-je en lui glissant une coupure de presse par-dessus le bureau. Ça sent l'article à rallonge à plein nez.

— Merci. Je t'en dois encore une.

— Rajoute-la à mon ardoise. Maintenant, fais des recherches pour avoir l'air de savoir de quoi tu parles.

Je jette un rapide coup d'œil à Terry. Il a tout entendu. Il entend toujours tout. Il fait une grimace, qui signifie *bonne poire*. Pour toute réponse, je hausse les épaules et prends mon téléphone pour ne pas avoir à lui parler.

Je passe mes contacts en revue, en quête d'un nom prometteur, et m'arrête sur l'inspecteur principal Bob Sparkes. Je lis ses coordonnées presque tous les jours ; je l'ai répertorié sous son prénom afin de l'avoir en début de liste. Aujourd'hui, plutôt que de passer au suivant, j'appuie sur la touche appel. J'ai besoin d'entendre une voix amicale ce matin. Et qui sait ? Il aura peut-être quelque chose pour moi...

Bob Sparkes et moi avons partagé – ou subi, selon lui peut-être – le genre d'intimité forcée qu'engendre une collaboration sur des affaires difficiles. C'est la réalité : policiers et journalistes se retrouvent souvent à frapper aux mêmes portes en quête d'informations, ou cloîtrés dans les mêmes pubs, les mêmes salles de tribunal et les mêmes cantines.

Pour certains officiers des forces de l'ordre, les journalistes sont une plaie, et ils les font languir pour chaque élément. Sparkes, au contraire, est un flic généreux. Il sait ce dont nous avons besoin pour raconter l'histoire et il est en général ravi de le fournir. Il ne joue pas au plus malin.

« Coopérer est bénéfique à tout le monde, a-t-il affirmé une fois. La police profite de la publicité nécessaire à l'enquête, ainsi que d'un peu de reconnaissance pour le travail accompli ; et vous, vous avez votre article. »

Et il mérite cette reconnaissance. Il se tue à la tâche pour obtenir des résultats.

Je l'ai vu de mes propres yeux. Huit ans plus tôt, dans l'affaire Bella Elliott : il a passé chaque seconde à chercher la petite fille de deux ans disparue, à penser à elle. Il m'a aussi confié avoir rêvé d'elle. Et même dans les enquêtes sur lesquelles il ne travaille pas, il est ma pierre de touche. Quand j'ai cherché à découvrir l'identité du bébé dont le squelette avait été retrouvé sur un chantier de construction à Londres, il a répondu présent. Rien ne l'y obligeait mais j'ai pu compter sur lui pour me conseiller quand je suis devenue trop impliquée et que j'ai manqué de recul pour voir ce qui était juste devant moi.

Sans être Sherlock Holmes et le Dr Watson, nous formons une bonne équipe.

Bien sûr, la contrepartie, c'est qu'il en sait beaucoup trop sur moi. J'ai tendance à lui confier plus que je ne devrais parfois, mais j'ai confiance en lui.

Mon téléphone sonne.

— Kate ! s'exclame la voix d'un ton vif qui me fait sursauter.

— Ça alors, Bob ! Vous êtes médium ou quoi ? J'allais justement vous appeler.

— Ah ! On a dû penser l'un à l'autre au même moment.

Je ne peux m'empêcher de rougir. *Bon sang, reprends-toi, ma grande !*

— Vous pensiez à moi ? En bien ou en mal ?

— En bien, Kate, répond-il d'un ton égal.

Il ne fait pas dans la séduction frivole. Il n'a jamais été un coureur.

J'essaie de réprimer mon sourire, il l'entendrait à ma voix.

— Dans ce cas, je vous écoute. À quoi pensiez-vous ?

— Vous pourriez peut-être m'aider sur une enquête. Deux jeunes filles parties en Thaïlande sont portées disparues. Leurs familles sont sans nouvelles depuis une semaine et surtout, les filles n'ont pas téléphoné hier comme il était prévu pour connaître leurs résultats au bac. Les parents sont très inquiets. Il est probable qu'elles refassent bientôt surface avec une bonne gueule de bois mais un article pourrait les faire sortir du bar dans lequel elles ont pris racine. Bref, j'ai pensé à vous. Et à Jake.

Bob Sparkes est au courant pour mon fils. Il sait qu'il a abandonné ses études, cause d'une effroyable dispute ; je le lui ai raconté après la résolution de l'affaire du bébé du chantier, autour d'un verre pour décompresser. Lui aussi a des enfants adultes. Il comprend combien être un parent peut parfois être difficile et il me prête unc oreille très attentive. Pourtant, lui ne m'a pas informée de la maladie d'Eileen. J'ai appris de la bouche d'un autre policier qu'elle souffrait d'un cancer. Ç'a été un choc. Quelques fois depuis, j'ai tenté de l'inciter à me parler en mentionnant Steve et son travail dans le service oncologique, mais jamais il n'a saisi la perche.

— Bien sûr. Quel âge ont les filles ? Est-ce qu'il y a des photos ? D'où sont-elles originaires ? Puis-je m'entretenir avec les parents ?

— Bon sang, Kate. Ralentissez. On dirait un lévrier dans les stalles de départ. Elles ont dix-huit ans et vivent à Winchester. Je vous enverrai toutes les infos dès qu'on aura raccroché.

— Super. Allez-vous sortir un communiqué de presse ?

Je suis obligée de poser la question.

— Oui, le service de presse le rédige en ce moment même.

— Y aurait-il moyen que vous m'accordiez deux petites heures d'avance, Bob ?

Silence à l'autre bout de la ligne. Je patiente pendant qu'il réfléchit.

— Bon, allez-y, accepte-t-il. Ça n'a rien d'un scoop. Je vais leur demander d'attendre après le déjeuner pour le publier.

— Formidable. Merci, Bob.

— Bref. Comment va Jake ?

J'avais relégué mon fils dans un coin de mon esprit, pressée d'écrire sur l'enfant de quelqu'un d'autre. *Quel genre de mère suis-je ?*

— Heu, je ne sais pas très bien. Il a téléphoné en pleine nuit il y a un peu plus de deux semaines, son premier coup de fil depuis des mois ! On aurait dit qu'il se trouvait au beau milieu de la jungle et la ligne a été coupée.

— Quel dommage. En tout cas, il a appelé.

— En effet. Je suppose que je dois m'estimer heureuse.

— Les parents d'Alex O'Connor et de Rosie Shaw le seraient, Kate.

Je perçois l'autocensure dans sa voix et je m'efforce de ne pas réagir. Je note les noms sans bruit sur mon calepin.

— Oui, bon… Très bien, envoyez-moi ce que vous avez sur les deux filles disparues ; je suis sûre que je peux inclure un article dans la prochaine édition. Il ne se passe rien. Et Bob, merci de m'en garder la primeur. J'apprécie.

J'ouvre mon ordinateur portable dans l'attente de son message. Ma boîte de réception est pleine, encore. J'ai fait le tri dans les e-mails reçus pendant la nuit il y a à peine une demi-heure et déjà une douzaine d'autres sont arrivés : des argumentaires sur des émissions de télé et des célébrités qui vendent leurs mémoires en promettant d'incroyables révélations.

Je me plains régulièrement à Joe : « Je ne comprends pas pourquoi je reçois autant de déchets du show-biz. »

En fait, si. Mon nom a intégré la liste des journaleux qui suivent les stars. Je suis une femme marquée. J'étais une journaliste sérieuse avant, quoi que ça veuille dire de nos jours.

Hier, j'ai passé mon après-midi à rédiger un portrait « qui fait chaud au cœur » – dans ma tête, j'entoure l'expression de guillemets ironiques – sur un chien qui adopte des canetons.

« Il les a sans doute bouffés dès que le photographe a tourné le dos, ai-je lancé à Steve en rentrant à la maison. Bon sang, je déteste le mois d'août. C'est mort, il ne se passe rien. On improvise des articles pendant que le reste du pays est en vacances. Le rédac chef m'a ressorti une de mes anciennes colonnes tout à l'heure. Il avait dû la laisser au fond d'un tiroir depuis janvier. Il veut que je la mette à jour pour l'inclure dans la prochaine édition. Il a fallu que je vérifie que personne n'était décédé entre-temps. »

Steve m'a servi un autre verre de sauvignon blanc et a trinqué d'un air compatissant.

Je supprime les messages offensants et vérifie machinalement qu'il n'y a pas de nouvelles de Jake.

Il ne répond jamais aux e-mails que Steve et moi lui envoyons. Quand il écrit, c'est bref et concis : deux ou trois phrases qui rappellent plus un télégramme qu'une lettre et qui nous apprennent qu'il est toujours en vie et que, de toute évidence, il ne pense pas à nous. N'empêche qu'on les lit avec attention, en quête d'un sens caché derrière chaque mot.

Cela fait deux ans qu'il est parti « à la recherche de lui-même » en Asie du Sud-Est. Il aurait dû passer son examen du barreau cette année. Il s'en sortait si bien à l'université avant... Nous rêvions du jour où il deviendrait avocat. Nous étions si heureux même si, avec le recul, je me dis que nous étions plus enthousiastes que lui. Mais il avait toujours affiché une attitude calme et décontractée. Ça me rendait folle. Il avait tout pour réussir, il était brillant, il avait de la chance, mais il ne montrait aucune gratitude. Tout avait sans doute toujours été trop facile. Il n'avait jamais eu à travailler dur pour obtenir de bonnes notes, contrairement à son frère. C'était pour Freddie qu'on s'inquiétait. Steve et moi nous efforcions de ne rien lui montrer. Nous gardions nos discussions angoissées sur son avenir pour le soir, quand il dormait. Pauvre Freddie. Toujours dans l'ombre de Jake sur le plan scolaire. Et puis un jour, sans prévenir, Jake est rentré à la maison et nous a annoncé l'air de rien qu'il avait laissé tomber les études et qu'il allait voyager.

Il voulait rejoindre un projet de protection des tortues de mer à Phuket ; une formidable dispute s'en est suivie. J'ai crié, il gâchait sa vie selon moi. À son départ pour la Thaïlande, nous nous parlions à peine.

Le premier mois, il n'a donné aucune nouvelle ; Steve me l'a reproché.

« Il croit que tu es toujours fâchée, a-t-il dit.

— Je le suis ! ai-je aboyé.

— Méfie-toi, Kate, ou tu risques de le perdre. »

J'ai eu envie de hurler. *Comment peut-on perdre un fils ? Il fait partie de moi depuis vingt-deux ans. Je serai toujours sa mère.* Mais j'ai tenu ma langue. J'ai gardé pour moi ma peine et prétendu que son silence m'indifférait. Pourtant la peur a pris racine au fond de mon cœur et m'a submergée d'affreuses visions de lui en train de mourir dans un accident de moto, ou se faisant agresser.

Parce que je suis journaliste, je sais que ce genre de drames arrive à des gens comme nous.

5

Vendredi 15 août 2014
La journaliste

Cinq minutes sont passées et toujours pas d'e-mail. Je m'impatiente sur mon siège et, tout en jouant avec mon portable, j'envisage la possibilité de rappeler Bob Sparkes pour lui demander s'il a l'intention d'appuyer un jour sur la touche envoi. Il a promis qu'il le ferait tout de suite. Mais il ne va pas apprécier que je le harcèle. Je repose le téléphone. Je vais chercher par moi-même. On trouve tout sur Internet.

Sans surprise, lorsque je tape leurs noms, les deux filles disparues sont là.

Bingo ! Sauf que c'est un blog. Je déteste les blogs.

« C'est du bla bla maquillé en journalisme, ai-je un jour affirmé à Joe, baissant ma garde.

— Waouh, on dirait ma mère », a-t-il rétorqué.

Sa mère, rédactrice en chef tout juste « retraitée », a souvent fait les frais des sarcasmes de la redoutable presse qui la traitait de dinosaure. La remarque m'a laissée coite. Je n'avais pas l'intention d'être reléguée aux oubliettes avec elle.

Le blogueur est un routard qui tire la sonnette d'alarme et presse Alex et Rosie de contacter leurs parents.

Combien de milliers de jeunes partis jouer les aventuriers pendant une année sabbatique disparaissent ainsi ? Sans doute moins maintenant que tout le monde possède un smartphone et un accès au Wi-Fi. Mais tout de même…

Je fixe l'écran. Mon cœur cogne avec douleur dans ma poitrine. Mon enfant aussi a disparu. À la maison, nous faisons comme si tout allait bien ; c'est un adulte, il vit sa vie, assume ses propres choix. Sauf que nous ne savons même pas avec certitude dans quel pays il se trouve. À de nombreuses reprises, j'ai cherché le prix des billets d'avion pour la Thaïlande. *Juste pour voir*, me disais-je. Et depuis deux ans, j'ai contacté en secret par e-mail des dizaines d'associations de protection des tortues de mer situées à Phuket, cependant Jake n'en a intégré aucune. Il pourrait être n'importe où. Mais je n'ai rien dit à personne. Inutile d'inquiéter Steve. Parfois je me demande s'il n'a pas fait pareil et garde lui aussi le secret.

J'écris un e-mail à Jake sur-le-champ.

> Coucou, je me demandais juste où tu étais et ce que tu faisais. Merci d'avoir téléphoné l'autre fois. J'étais contente d'entendre ta voix. Tu nous manques. Freddie va enfin passer son permis de conduire ! Dis-moi quand tu auras reçu ce message. Bisous, maman.

J'ignore quand il le lira mais au moins il le trouvera la prochaine fois qu'il se connectera.

La voix de Joe me ramène à la réalité.

— Kate ! Je t'ai demandé où tu avais trouvé cet article. S'il te plaît, Terry va nous appeler en réunion d'un instant à l'autre.

— Quoi ? Tu ne peux pas chercher sur Internet ? Je crois que c'était dans un magazine du dimanche. Est-ce que c'est du papier glacé ? Tu n'as qu'à dire que c'était dans le *Sunday Express*. Personne ne le lit jamais.

— Est-ce que tu viens ?

— Quelle heure est-il à Bangkok, Joe ?

— Heu, c'est l'après-midi ou le début de soirée, je crois. Ils sont en avance sur nous, non ? Pourquoi ?

Je suis déjà en train de composer le numéro de notre correspondant en Asie du Sud-Est et je congédie Joe d'un geste de la main.

— J'arrive dans une minute. Je dois vérifier un truc.

Don Richards décroche à la première sonnerie.

— Oui ! répond-il avec hargne comme pour défier son interlocuteur de continuer à le déranger.

— Don ? C'est Kate Waters. Du *Post*.

La voix s'adoucit d'un cran, un simple ton bourru.

— Ah ! L'adorable Kate. Comment vas-tu ? Bon sang, depuis quand on ne s'est pas vus ? Ça doit bien faire dix ans, quand tu es venue couvrir le tsunami. Quelle histoire, quand même ! Ça m'a permis de payer mon nouveau pavillon.

Je serre les dents. Don a perdu sa dernière once de sensibilité il y a longtemps. « Voilà ce que ça fait de vivre là-bas », m'avait-il avoué à l'époque, alors que nous étions tous les deux ivres et épuisés après des semaines de visions d'horreur et de témoignages éprouvants. « Ça t'émousse. Je suis devenu un affreux cliché colonialiste. » Je nous avais payé une autre tournée de bières et avais évoqué le souvenir de ses jours glorieux.

— Waouh, dix ans déjà ? dis-je. On doit vieillir, Don. Écoute, je sais que tu es occupé alors je vais être brève. Je voulais savoir si tu avais des infos sur les deux Britanniques qui ont disparu, Alex O'Connor et Rosie Shaw ?

— Eh bien, le réseau des routards en parle. Mais ce genre de choses arrive tout le temps ; l'ambassade ici enregistre une ou deux déclarations de disparition par jour. Foutus ados sans cervelle. Apparemment, les familles essaient de les joindre depuis une semaine ; mais les gamins sont comme ça. Ils rencontrent quelqu'un dans un bar, entendent parler d'un nouvel endroit à visiter et ils partent. Ces filles se sont sûrement maquées avec des garçons et s'éclatent trop pour avoir le temps de le dire à leurs parents. Bref, pourquoi tu demandes ? Tu viens couvrir l'affaire ?

Je souris. Don peut sentir l'odeur de l'argent à des kilomètres.

— Je les vois mal me dépêcher en Asie dès maintenant mais je vais en toucher deux mots à Terry ; ça pourrait faire un bon sujet. C'est le cauchemar de tous les parents dont l'enfant part seul en voyage. Et puis il ne se passe rien d'autre ici.

— Je t'enverrai un papier. Tu mettras mon nom, d'accord ?

La devise des freelances en quête de reconnaissance. « Mettez mon nom ».

— Bien entendu, Don. Envoie ce que tu as et je lancerai un paiement. As-tu parlé aux familles ? Je vais les appeler.

— Seulement via Facebook. Les O'Connor sont les plus actifs.

Terry passe la tête par la porte de la salle de réunion.

— Ramène tes fesses ici, Kate ! Tu es journaliste en chef. Montre l'exemple, bon sang.

Bangkok, premier jour
Dimanche 27 juillet 2014

Alex O'Connor
Dimanche à 08 : 30
... loge au dernier étage du motel de Norman Bates. On ne vit qu'une fois !

Rosie et elle descendirent du bus sur un immense rond-point traversé par ce qui ressemblait à une autoroute en plein centre-ville. C'était le chauffeur qui les avait informées qu'elles avaient atteint leur destination.

« Monument de la démocratie, avait-il dit. Khao San Road. »

Au bord de cette autoroute urbaine à quatre voies, Alex perdit sa dernière once d'allégresse. Ce n'était pas ce qu'elle avait imaginé. Elle avait vu des photos de la vieille ville et ça ne ressemblait pas à ça. Où étaient les ruelles étroites et les allées piétonnes ?

Rosie braquait sur elle un regard plein d'attente.

— Où se trouve notre hôtel ? demanda-t-elle.

— Notre auberge de jeunesse, corrigea Alex en jetant un œil à leur itinéraire sur son téléphone. Elle s'appelle

Green Paradise et c'est à quinze minutes à pied apparemment.

— Mais dans quelle direction ?

Elle n'en était pas certaine et la fatigue l'empêchait de réfléchir. Elle avait prévu de rechercher le trajet sur son téléphone mais elle avait oublié d'acheter une carte SIM thaïlandaise à l'aéroport. Elle se mit en route, feignant de savoir ce qu'elle faisait et Rosie suivit.

— Par là, lança-t-elle avant d'ajouter en son for intérieur « enfin, je crois » pour conjurer le mauvais sort.

L'auberge ne se trouvait pas par là. Et personne ne semblait la comprendre lorsqu'elle en montrait le nom pour demander son chemin.

— C'est un cauchemar, se plaignit Rosie.

Alex accéléra le pas pour ne plus l'entendre.

Lorsque enfin elles débouchèrent sur Khao San Road, les devantures des échoppes commençaient à s'animer dans les ruelles adjacentes, des casseroles d'eau étaient mises à bouillir sur des feux de bois et des cuisinières à gaz, des petits tabourets en plastique rouge et vert étaient disposés dehors, prêts à accueillir les premiers clients de la journée. Toutefois, toujours aucun signe de leur pension.

L'humeur boudeuse de Rosie commençait à se muer en désespoir bruyant quand Alex repéra l'enseigne du Mama's Paradise, bar et auberge de jeunesse, au fond d'une allée latérale.

— Il était aussi sur ma liste, prétendit-elle – *en tout cas, il y avait le mot « paradise » dedans*. Oublions l'autre et demandons ici.

— D'accord.

— Ça a l'air correct, affirma Alex tandis qu'elles scrutaient la pénombre derrière le bar.

Rosie et elle se virent attribuer une chambre au dernier étage.

Une femme très grande, à l'allure incroyable dans son caftan vaporeux avec sa perruque blond platine, les accueillit avec un immense sourire.

— Je suis Mama, annonça-t-elle. C'est chez moi, ici. Je vais vous donner une chambre privée au deuxième étage.

À son ton, on aurait cru qu'il s'agissait de la suite royale.

Loin de là. C'était plutôt un taudis. Alex n'en avait peut-être jamais vu mais elle avait lu *Dans la dèche à Paris et à Londres* pour son examen de littérature, et la chambre qui leur avait été attribuée collait très bien à la description d'Orwell.

Leur sac sur le dos, elles avaient gravi d'un pas lourd le sombre escalier en béton, Alex ouvrant la marche, la clé serrée dans sa main comme un porte-bonheur. Le numéro de la chambre était peint en noir sur le mur et lorsqu'elle ouvrit la porte, une odeur aigre et nauséabonde de vieilles baskets s'échappa dans le couloir.

— Sérieux ? s'exclama Rosie.

— C'est pas cher, rétorqua Alex, trop fatiguée pour la dispute qui couvait. C'est cent cinquante bahts la nuit. Trois livres. Difficile d'exiger mieux. Et on ne va pas rester longtemps.

— Je suppose que non.

— Ça sera une expérience.

— Oui.

— Ce n'est pas aussi terrible que ça, hasarda-t-elle d'une voix faible en balayant du regard l'horrible pièce. Et puis on ne va pas passer beaucoup de temps à l'intérieur.

— Encore heureux, marmonna Rosie.

Elle accompagna ses paroles d'un hochement vers les murs couleur crème tachetés de moustiques écrasés. Alex alla tirer les rideaux fins devant la fenêtre qui donnait sur le couloir. Ils bâillaient. Il manquait des crochets.

C'était spartiate, aucun doute. Il n'y avait qu'un ventilateur, une unique chaise en plastique et un petit lit deux places. Les draps portaient l'empreinte de générations de touristes transpirants, le creux au milieu du matelas plus sombre que le reste.

— J'adore les oreillers, ironisa Rosie, toujours sur le seuil.

On y voyait des dessins effacés de chatons, leurs yeux immenses autrefois attachants à peine visibles après des centaines de lavages.

— Allez, tenta de l'apaiser Alex. Tu veux dormir de quel côté ?

Elle n'avait pas prévu de partager un lit et savait depuis le vol que Rosie ronflait.

— Le plus loin possible du cimetière des moustiques, répondit Rosie d'un air renfrogné. J'espère que tu ne ronfles pas.

Elle posa son sac par terre et se laissa tomber avec lourdeur sur le lit. Alex l'imita. À cet instant, son vœu le plus cher était de rentrer chez elle.

— Je vais prendre une douche, annonça-t-elle en s'efforçant de maîtriser le tremblement de sa voix.

Elle se mit à fouiller dans ses affaires en quête de sa brosse à dents et de savon. Rosie écarquilla les yeux.

— J'ose même pas imaginer à quoi ça va ressembler. À Cafardville.

— Je n'ai jamais vu de cafard, répliqua Alex. Encore une première.

Elles s'aperçurent tout à coup que deux Thaïlandaises se trouvaient à la fenêtre et épiaient à travers les échancrures dans les rideaux leurs moindres faits et gestes.

— La douche ?

Alex ouvrit la porte et mima l'eau qui coulait sur sa tête. Sans un mot, elles lui indiquèrent le bout du couloir. Les filles sortirent et allèrent inspecter la minuscule pièce au sol carrelé, avec un trou d'évacuation et une pomme de douche crachotante. Des serviettes délavées et humides pendaient à un crochet.

— OK, je me lance, dit Alex avec l'accent d'une héroïne de série télé. Si je ne suis pas revenue dans cinq minutes, appelle un plombier.

Et Rosie éclata de rire.

Ouf ! songea Alex.

Plus tard, assises au bar de l'auberge, les cheveux encore humides, elles virent Mama jaillir de l'obscurité. Rosie donna un petit coup de coude à Alex.

— Elle pourrait jouer dans une équipe de rugby.

Mama leur décocha un regard noir. Alex craignit qu'elle ne les ait entendues mais la femme poursuivit son chemin et partit balayer les saletés devant son établissement.

— Cochon ! siffla-t-elle à un passant qui venait de cracher son chewing-gum.

Elle avait une traînée de rouge à lèvres cramoisi sur les dents.

Il devait être encore tôt pour les touristes, à peine midi, et dans la rue déambulaient les fêtards qui avaient réussi à sortir du lit et dont les abus s'affichaient dans toutes les nuances de gris sur le visage. Un garçon de leur âge passa devant elles seulement vêtu d'un short. Mince, le teint verdâtre et les yeux fatigués, il tirait sur une cigarette comme s'il prenait son dernier souffle.

Alex s'apprêtait à faire remarquer son air cadavérique quand Rosie la devança.

— On dirait que les gens s'amusent bien par ici !

6

Vendredi 15 août 2014
La journaliste

Convaincre Terry d'accepter l'article n'a pas demandé beaucoup d'efforts. Les nouvelles dignes d'intérêt se comptent sur les doigts d'une main.

« C'est une liste de vœux, ça, ou quoi, monsieur le rédacteur ? Je ne vois aucun potentiel journalistique là-dedans », a hurlé Simon Pearson, le rédacteur en chef, sur le seuil de la porte de son bureau, en brandissant la feuille en question.

Terry a souri comme s'il s'agissait d'une bonne plaisanterie mais tout le monde savait qu'il allait se faire passer un savon sitôt la porte refermée.

Il affiche une expression de bravoure quand il ressort, pourtant la liste des propositions d'articles est en boule dans son poing serré.

— On met les filles disparues à la une, annonce-t-il comme si c'était son idée.

— C'est un peu léger pour une première page, Terry, dis-je.

Et c'est vrai. *Des étudiantes oublient d'envoyer un e-mail à leurs parents pendant leurs vacances* n'entre pas dans la catégorie gros titre.

— Alors donne-lui du poids, Kate. C'est le seul sujet de la journée.

Sur ce, il part se barricader dans son cube en verre où il s'assied, le regard dans le vide. Je me demande combien de temps encore il va tenir, à subir les critiques douze heures par jour. Il persiste et assure qu'il adore ça : l'effervescence de la salle de rédaction, le sentiment grisant d'être au cœur de l'action ; mais il ressemble chaque jour un peu plus à une victime de violences conjugales.

J'ai intérêt à écrire un bon papier.

*

Malcolm O'Connor décroche à la première sonnerie. Certainement parce qu'il reste à côté du téléphone dans l'attente de nouvelles.

— Bonjour, monsieur O'Connor ? Pardon de vous déranger mais j'appelle au sujet de votre fille, Alex. Je suis journaliste pour le *Daily Post* et j'aimerais vous aider à la retrouver.

J'essaie de visualiser l'homme à l'autre bout de la ligne. La petite cinquantaine, le cheveu se raréfiant peut-être. Désespéré, en tout cas. J'aurais préféré tomber sur la mère. Avec une femme, il est beaucoup plus facile d'aborder le chagrin, les émotions, le deuil. Les hommes, même les pères, peinent à trouver leurs mots. Et écrire noir sur blanc qu'ils affichent « un masque de bravoure » les fait paraître très froids.

Silence au téléphone.

— Monsieur O'Connor ?

— Oui, désolé. Je ferais mieux de vous passer ma femme.

Des voix en provenance d'une autre pièce suivies de mouvements me parviennent puis :

— Allô ? Qui est à l'appareil ?

— Kate Waters, madame O'Connor. J'expliquais à votre mari que je travaille pour le *Daily Post* et que je voudrais vous aider à retrouver Alex.

— Le *Post* ? Nous ne lisons pas ce journal mais... Vous savez quelque chose ? Que vous a-t-on appris ? Vous devez être mieux informée que nous.

— J'en sais sans doute autant que vous, madame O'Connor. Moins, en toute franchise. J'ai discuté avec la police du Hampshire qui m'en a très peu révélé. Racontez-moi plutôt ce qu'on vous a dit.

— Je sais seulement que la police britannique a prévenu Interpol ; nous avons parlé à quelqu'un de l'ambassade à Bangkok. Tout le monde assure qu'il faut attendre. J'ignore combien de temps encore on va pouvoir faire ça.

Sa voix s'éteint, la femme est sur le point de craquer.

— Vous servir de Facebook est une excellente idée, dis-je pour la détourner des larmes – j'ai besoin qu'elle me parle, pas qu'elle pleure. Vous pouvez atteindre des milliers de voyageurs et de touristes sur place de cette manière.

— C'est ce qu'affirme mon fils, Dan, répond-elle d'un ton las. Je ne me suis inscrite sur Facebook que lorsque Alex est partie. Pour voir les photos qu'elle y mettrait. On pourrait suivre son périple. Mais ça fait une semaine qu'elle n'a rien publié. Personne n'a de nouvelles. Personne ne sait rien. Nous avons attendu. Nous pensions qu'elle était peut-être partie en excursion pendant quelques jours mais il était prévu qu'elle téléphone hier afin de connaître ses résultats au bac. Elle était impatiente de savoir si elle pouvait s'inscrire dans l'université qu'elle souhaitait. Et si ses notes n'étaient pas suffisantes, elle savait qu'elle allait devoir contacter d'autres établissements.

— Oui, je me souviens de ça.

Jake a obtenu son premier choix sans problème mais nous avons passé deux journées angoissantes à téléphoner partout pour Freddie. Je me revois auprès de lui dans le hall de l'école, à l'encourager de sourires et de hochements de tête pour l'aider à supporter l'humiliation des refus. Au final, il a accepté la proposition d'un cursus en communication et journalisme à Londres. Ce n'est pas ce que j'aurais choisi – trois ans à jouer les pigistes et à accumuler des dettes énormes – mais ce pénible processus m'avait éreintée et ôté toute énergie de m'y opposer. Il assure que ça lui plaît.

— Et pour Rosie ? je demande.

— Non, aucune nouvelle d'elle non plus. Mais en général, c'est Alex qui écrit. Rosie est un peu moins… vous savez.

— Oui, j'en ai un comme ça moi aussi. Seriez-vous d'accord pour que je vous rende visite, Lesley ? Je peux vous appeler Lesley ? Nous pourrions discuter plus tranquillement ainsi. C'est difficile au téléphone, non ? Je peux venir maintenant si cela vous convient.

Une pause puis j'entends Lesley O'Connor murmurer à son mari :

— Elle veut venir nous voir.

Je ne saisis pas le reste de l'échange mais, quelques secondes plus tard, Lesley répond :

— D'accord. Vous avez notre adresse ?

Mick Murray prend le volant. Il préfère.

— J'ai tout mon matériel dans le coffre de ma voiture ; c'est plus simple de prendre la mienne. Et puis tu conduis n'importe comment.

Je me glisse sur le siège passager, pousse de la pointe de ma chaussure les bouteilles de Coca vides et les cartons de plats à emporter qui jonchent le sol et m'efforce de ne pas prêter attention au cendrier qui déborde. Mick remarque mon air dégoûté.

— Désolé, j'ai pas eu le temps de la faire nettoyer cette semaine.

— Cette semaine ! Ces dix dernières années plutôt, oui. Ces boîtes de Big Mac sont plus vieilles que mes enfants.

— C'est un peu une poubelle, mais c'est chez moi, s'esclaffe-t-il avant d'allumer une cigarette.

— Bref... Terry veut publier cet article en première page. C'est un peu léger à mon avis, mais c'est le mois d'août.

— Le service photo aussi est aux abois. On va faire en sorte que ça marche. Ce sont deux jolies filles. Il y a quelques photos d'elles devant un temple sur la page de soutien créée par le frère.

— Avec un peu de chance, les parents nous en fourniront d'autres. Les pauvres. Ils ont l'air gentil.

Mick acquiesce et enterre son mégot de cigarette dans le cendrier avant d'en extirper une autre du paquet posé sur le tableau de bord. Il l'allume et aspire goulûment.

— Bon sang, Mick, ouvre la fenêtre ! Je fume à ta place, là !

Il rit, manque s'étouffer et se met à tousser comme un tuberculeux.

— Vous, les anciens fumeurs, vous êtes les pires ! Profite, c'est gratuit.

Je baisse ma vitre et songe à l'interview.

Nous nous garons devant une maison mitoyenne en brique rouge identique à ses voisines dans une banlieue prospère. Au moment où je descends de voiture, mon portable sonne. C'est Steve ; le vacarme de la circulation couvre sa voix.

— Pardon, mon cœur, je suis dans la rue, je m'apprête à faire une interview. On peut se parler plus tard ?

— Je voulais juste te rappeler qu'on retrouve Henry et Deepika pour manger des tapas ce soir. Tu te souviens ? crie-t-il.

— Oui, oui.

Ça m'était sorti de la tête. Un oubli intentionnel, dirait Steve, mais j'ai surtout beaucoup de choses auxquelles penser.

Et je ne supporte pas Henry. C'est peut-être un confrère de Steve mais c'est aussi un con. Le genre d'homme qui trouve drôle de rabaisser son épouse en public et affirme qu'il plaisante quand le malaise devient général. Deepika, avocate associée dans un cabinet juridique, ne semble pas s'en offusquer. Elle rit avec lui quand il la surnomme « celle à qui on doit obéir » ou qu'il clame que son mariage est une condamnation à perpétuité. Moi, ça me reste en travers de la gorge.

La dernière fois qu'il a fait ça, j'ai commandé un autre verre de vin malgré les regards appuyés de Steve qui me signifiaient que j'avais assez bu.

— Dis-lui que s'il joue les gros lourds ce soir, je lui enfonce un piment séché dans le nez.

— Katie, tu vas bien te tenir, n'est-ce pas ?

Steve rit à l'autre bout du fil mais je perçois la tension dans sa voix.

— Peut-être. Je t'aime. Salut.

— Qui est-ce que tu vas attaquer avec un piment chili ? demande Mick tout en balançant sa sacoche d'appareil photo sur l'épaule.

— Ça ne te regarde pas. Allez, au boulot.

7

Vendredi 15 août 2014
La journaliste

Dans le salon des O'Connor, plein à craquer de mobilier et de bibelots, je dois mener un véritable parcours du combattant et franchir un repose-pieds rembourré, contourner une grande orchidée frémissante et éviter les angles pointus de la table basse pour atteindre le fauteuil indiqué par Lesley. Une autre femme est assise sur le canapé, une tasse de thé entre les mains.

— Voici Jenny, la mère de Rosie. Nous l'avons prévenue que vous veniez et elle a tenu à être présente, explique Lesley à la va-vite.

Mais ça n'a pas l'air de t'enchanter, me dis-je. *Je me demande bien pourquoi.*

Jenny me salue d'un hochement de tête sans dire un mot et boit une gorgée de thé.

— Bonjour, madame Shaw. Je m'appelle Kate, et voici Mick, mon...

Celui-ci m'interrompt en me décochant un regard noir.

— Je suis photographe et je travaille avec Kate sur cette affaire, déclare-t-il.

Il est de plus en plus agacé quand je le présente comme « mon » photographe.

— Je ne suis pas ton toutou, me souffle-t-il.

Lesley O'Connor feint de ne pas l'avoir entendu.

— Du thé ? propose-t-elle dans le silence qui s'est installé.

J'acquiesce avec reconnaissance.

— Deux autres thés, Malcolm, lance-t-elle par la porte.

Lesley a environ mon âge, la petite cinquantaine, d'après mes estimations. Elle porte un jean bon marché, des sandales couleur chair et un long T-shirt. Pas de maquillage, ni de bijoux.

Je déboutonne la veste de mon tailleur et la retire aussitôt. Je préfère ne pas donner à ma présence un caractère trop officiel.

— Lesley, dis-je mais elle ne me laisse pas poursuivre.

— Vous avez trouvé facilement ?

Elle repousse le moment fatidique. Celui où il faudra en parler.

— Oui, sans problème. Merci beaucoup de nous recevoir.

Je me penche en avant pour la regarder droit dans les yeux.

— Et si vous me parliez d'Alex, Lesley ? Elle devait être très excitée à l'idée de ce voyage ?

Elle m'offre un sourire reconnaissant. Se souvenir des jours heureux avant cette dernière semaine d'angoisse, c'est ce dont elle a envie.

— En effet. Elles l'étaient toutes les deux, pas vrai, Jenny ?

Jenny Shaw ne daigne pas lever le nez de son mug. Je sens la tension dans la pièce monter d'un cran. Pourtant, Lesley reprend, l'air de rien.

— Elle n'avait que ça à la bouche. Au début, elle devait partir avec sa meilleure amie, Mags, mais c'est tombé à l'eau et Rosie a pris sa place. Alex a passé des heures sur Internet à étudier les îles, comment s'y rendre : les trajets en bus, les bateaux ; et où loger. Elle avait tout organisé. Elles devaient rester trois mois puis aviser. Elles pensaient peut-être aller jusqu'en Australie si elles y trouvaient du travail.

— Quel sacré périple ! Elles avaient déjà voyagé seules auparavant ?

— Non, répond Jenny ; son premier mot.

— Non, en effet, se hâte d'ajouter Lesley. C'est la première fois pour toutes les deux qu'elles partent comme ça de la maison. Mais elles ont la tête sur les épaules et elles ont tout planifié. Alex avait fait un tableau.

J'entends comme un grognement de la part de Jenny Shaw.

— Pardon, Jenny, je n'ai pas compris.

— Je n'ai rien dit.

— Jenny est bouleversée, hasarde Lesley. Nous le sommes tous.

Malcolm O'Connor pose le plateau sur lequel il a mis une cruche de lait, un sucrier, des biscuits nappés de chocolat et une théière avec son couvre-théière. *Les bonnes manières sont toujours de rigueur.*

— Nous le sommes, oui, réplique-t-il en prenant place entre son épouse et Jenny.

— Il faut les retrouver, déclare Lesley en serrant la main de son mari. Nous sommes à bout. Nous ne dormons plus, nous imaginons le pire.

— Qu'est-ce qui vous a inquiétée, Lesley ? Quelque chose en particulier qu'Alex a dit ?

— Non, ce n'est pas ça. Justement. Elles passaient du bon temps. Mais nous n'avons aucune nouvelle depuis des jours. Ça ne leur ressemble pas. Nous étions d'accord pour qu'elles en donnent tous les deux jours. Sur Facebook, par SMS ou e-mail si elles avaient le temps. Les résultats du bac sont arrivés hier. Je n'ai pas ouvert l'enveloppe parce que nous voulions le faire avec Alex. Elle savait qu'on les recevrait le 14 août. Elle a envoyé un e-mail pour nous donner l'heure à laquelle elle appellerait. Elle savait qu'on attendait son coup de fil, pas vrai, Mal ?

Celui-ci hoche la tête et lâche sa main pour servir le thé.

— Serait-il possible de voir ces e-mails, Lesley ? J'aimerais citer les filles si vous le voulez bien.

— Pourquoi ? demande Jenny.

Pour rendre l'article plus percutant n'est pas la réponse souhaitée.

— Pour faire entendre leur voix, dis-je à la place. C'est leur histoire, après tout.

Devant son air dubitatif, je décide de passer à autre chose.

— À qui avez-vous parlé en Thaïlande, Lesley ?

— Nous avons contacté l'ambassade. Ils ont été très gentils mais, d'après eux, il est encore trop tôt pour faire quoi que ce soit. Ça arrive très souvent. Il y a plus de quatre cents touristes qui ont été portés disparus l'année dernière. D'après eux, ils réapparaissent assez vite. Nous ne devrions pas paniquer. Alors on essaie.

Sa gorge se serre sur ce dernier mot et elle se tait. Le regard rivé au sien, je l'encourage d'un signe de tête. Elle inspire profondément et reprend.

— Elle aurait dû donner des nouvelles. Alex est une fille adorable. Elle ne nous laisserait pas nous angoisser ainsi. Elle avait réservé une chambre dans une auberge de jeunesse à Bangkok, le Green Paradise, mais lorsque nous avons appelé là-bas, on nous a répondu qu'elle ne s'était jamais présentée. On ne sait pas où elle est allée à la place ; sur Facebook elle a plaisanté en parlant du Motel de Norman Bates. J'ignorais qu'elles n'étaient pas à l'endroit prévu ; elle n'a rien dit lorsqu'on s'est parlé au téléphone la première fois. Elle avait tellement d'autres choses à nous raconter ! Elle était tout excitée. Elles adoraient Bangkok. Elles avaient visité des temples, fait de nouvelles connaissances. Et puis, plus rien. Personne n'a eu de nouvelles. Aucun de ses amis. Nous les avons tous contactés. Son téléphone est éteint. Nous ne savons pas ce qu'il se passe.

Malcom glisse le bras autour de ses épaules. Jenny Shaw paraît complètement isolée, perchée à son bout du canapé. Je pose la main sur son coude pour l'inclure dans l'interview.

— Et vous, Jenny ? Comment vous en sortez-vous, vous et votre mari ?

— Ex-mari.

Zut !

— Oh, pardon. Ce doit être très difficile pour vous.

Jenny Shaw inspire un grand coup. Elle a l'air si fragile, comme près de se briser à tout instant.

— Oui. Très difficile. C'est ma fille unique. Elle ne devrait même pas être en Thaïlande. Elle devrait commencer ses études de sage-femme. Mais elle a décidé de reporter d'une année.

— Pour voyager ?

— Oui. Enfin, c'était l'idée d'Alex, c'est elle qui a convaincu Rosie de partir.

Lesley lui décoche un regard d'avertissement.

— C'est sa meilleure amie, alors ? dis-je en me jetant à corps perdu dans les eaux troubles.

— Pas vraiment. Elles ne se connaissent que depuis deux ans, depuis qu'on a emménagé au bas de la rue. Après le divorce.

Je compatis d'un signe de tête.

— Ça a dû être dur.

— On s'en est sorties, rétorque Jenny d'un ton acerbe. J'ai été très étonnée quand Rosie m'a annoncé qu'elle voulait partir en Thaïlande avec Alex. Les filles allaient au même lycée mais elles ne se fréquentaient pas beaucoup. Et elles n'iront pas dans la même université à leur retour.

Un ange passe... *À leur retour.*

— Rosie a-t-elle réussi ses examens ? je demande.

— Je n'ai pas ouvert l'enveloppe non plus, mais je suis sûre qu'elle s'en est bien tirée.

— Comment est Rosie ?

— C'est une fille brillante, répond Jenny d'une voix de plus en plus tendue, le souffle court. Mais elle est jeune et parfois elle se laisse déborder. Pas par de mauvaises choses, mais ces derniers temps quand elle a une idée en tête, elle n'en démord pas.

— Comme partir en voyage ?

— Oui. Comme partir en voyage. Je pensais qu'elle commencerait ses études comme prévu, mais elle n'a rien voulu savoir et puis son père lui a prêté l'argent.

Elle s'exprime avec précaution, validant chacune de ses déclarations d'un petit hochement de menton pour elle-même. Elle me fait penser à un oiseau en cage, avec ce dodelinement de la tête.

— Votre mari, pardon votre ex-mari, est-il lui aussi impliqué dans la campagne de recherches ?

— Non, sa nouvelle femme a besoin de lui à la maison. Elle vient d'accoucher.

Les reproches sous-jacents et les affres de la famille éclatée par le divorce restent tacites. Pour l'instant. Mais je sens la colère bouillir et je me demande combien de temps il faudra avant qu'elle ne déborde.

Pas beaucoup si on ne retrouve pas Rosie. Jenny aura besoin d'accuser quelqu'un.

— D'après la police, les filles ont pu partir en excursion quelques jours dans un endroit sans Wi-Fi ni réseau, intervient Malcolm avant de secouer la tête.

Lesley dévisage son mari.

— Pourquoi est-ce que tout le monde répète ça ? Elles étaient toujours à Bangkok quand elles ont envoyé leur dernier message. Alex a dit qu'elle avait réservé pour aller voir des éléphants. Elles s'amusaient bien.

Elle se tait. L'emploi du passé était involontaire.

— J'ai tellement peur de l'avoir perdue. Je n'arrête pas de la revoir à l'aéroport, qui nous fait signe dans la queue pour les contrôles, en route pour sa grande aventure.

Une larme roule sur sa joue et s'écrase sur le bras nu de son mari.

— Pardon, marmonne-t-elle en essuyant les autres de sa manche avant de faire mine de se lever.

— Prenez votre temps, Lesley, dis-je d'une voix douce en lui tendant un mouchoir en papier pêché dans mon sac. Évidemment que vous avez peur. Quel parent ne serait pas effrayé ? Avez-vous une photo d'elles deux à l'aéroport ?

Jenny se lève. Elle aussi est en larmes.

— J'ai besoin d'une minute, annonce-t-elle.

— Oh, Jenny, reste !

Lesley sanglote et sa voisine disparaît dans le couloir. Elle se tourne vers moi.

— Nous sommes tellement perdus. Vous allez nous aider, n'est-ce pas ?

Je vais m'asseoir à côté d'elle, à la place de Jenny, et prends sa main dans la mienne.

— Bien sûr que je vais vous aider. Je rédigerai mon article dès que nous aurons fini de discuter et je demanderai aux gens d'ouvrir l'œil. On lit le *Post* en ligne partout dans le monde.

Lesley prend soudain une expression méfiante. *Elle vient de se rappeler que je suis journaliste.*

— Qu'allez-vous écrire ?

— Que vous recherchez désespérément Alex et Rosie et que vous vous inquiétez pour elles. Je vais donner leur signalement et les informations que vous avez sur leurs derniers faits et gestes. Il nous faudra des photos d'elles, et de vous. L'idée, c'est que les autres parents comprennent ce que vous traversez.

— Eh bien, si vous pensez que c'est utile, balbutie Lesley.

Jenny revient s'encadrer dans l'embrasure de la porte, elle se tamponne les yeux.

— Qu'en penses-tu, Jenny ? demande Lesley.

Le regard rivé sur la moquette, Jenny répond :

— D'accord.

Bangkok, deuxième jour
Lundi 28 juillet 2014

Alex O'Connor
Lundi à 06 : 30
... est vraiment là ! Il faut toujours y croire !

Elle avait failli tout annuler un mois avant le départ, quand Mags, sa meilleure amie, s'était désistée. Le jour même où elles devaient acheter les billets d'avion, Mags lui avait annoncé qu'elle avait changé d'avis. Elle n'avait pas assez d'argent, elle était désolée. Sous le choc, Alex n'avait même pas eu la force de se disputer. Après coup, elle s'était demandé si son amie avait vraiment eu l'intention de partir en voyage avec elle.

Et ensuite, Rosie l'avait suppliée de l'emmener. À son grand étonnement. Pour commencer, elles n'étaient pas très copines. Elles n'avaient pas grandi ensemble comme Mags et elle. Rosie n'avait emménagé dans leur rue qu'en début d'année de première et elles ne suivaient pas les mêmes cours. C'est la mère d'Alex qui avait suggéré qu'elles fassent le trajet jusqu'au lycée ensemble et qu'elle la présente à ses amis, afin de l'aider à s'intégrer.

« Elle est nouvelle, Alex. Sois gentille. »

Elles s'étaient rencontrées la première fois lorsque Rosie et sa mère étaient venues déjeuner pour faire connaissance.

Alex leur avait ouvert. La fille sur le seuil était plus petite qu'elle, ses cheveux blonds ramenés en queue-de-cheval haute, et elle portait un combishort à fleurs et des chaussures compensées assorties. Un peu honteuse, Alex avait sorti son T-shirt Harry Potter de son jean avant de les inviter à entrer. Au moment où elles s'étaient avancées vers le salon, Alex avait surpris le commentaire sarcastique de Rosie à l'intention de sa mère :

« Je ne pensais pas qu'on serait trop habillées pour l'occasion ! »

Les deux jeunes filles avaient eu une conversation pénible et embarrassée sur le choix de leurs matières au bac avant le début du repas. Rosie s'était ensuite égayée à l'apparition de Dan, le grand frère d'Alex, et elle s'était installée à côté de lui à table, le prenant au piège de ses fossettes et de son intérêt fasciné. Alex s'était réfugiée dans un silence boudeur. Ils avaient subi le repas jusqu'à la charlotte aux pommes, « la spécialité de Lesley », avait annoncé son père, et Alex avait eu envie de mourir. Comme si ça ne suffisait pas, la surenchère parentale n'avait pas tardé à suivre.

« Rosie veut devenir sage-femme, avait annoncé Jenny, sa mère. C'est ce qu'elle a toujours voulu faire. Il lui faut les meilleures notes pour ça, mais elle est brillante. »

La mère d'Alex avait affiché un sourire crispé et répondu :

« C'est formidable. Alex souhaite suivre un cursus plus universitaire, n'est-ce pas, chérie ? »

Les deux filles s'étaient levées et s'étaient dirigées vers la terrasse.

« Désolée. Elle s'emballe un peu avec cette histoire de sage-femme, avait dit Rosie. Je ne suis pas sûre d'avoir les notes pour être acceptée mais elle en rêve.

— La mienne est pareille, avait répliqué Alex avec un sourire. Vive les mères strictes, hein ? »

Un lien avait paru se créer entre elles à cet instant, mais bizarrement, elles n'avaient pas réussi à le consolider par la suite. Alex n'avait jamais compris pourquoi. D'habitude, les autres se tournaient volontiers vers elle quand ils avaient des problèmes ou besoin de conseils. La grande chef, la surnommaient ses amis pour plaisanter. Mais sur le trajet du lycée, lorsque Alex essayait de discuter des livres qui lui avaient plu (Rosie ne lisait que les ouvrages imposés à l'école et les magazines people) ou des films qu'elle avait envie de voir (les comédies romantiques décérébrées étaient les préférés de sa nouvelle amie), il ne se passait rien. Rosie ne s'intéressait qu'aux garçons. Rien d'autre. Elle voulait qu'ils la regardent, qu'ils lui disent qu'elle était jolie, qu'ils la complimentent sur ses tenues. Elle se fichait de tout le reste. Alex avait tenté la tactique du moi aussi et s'était confiée à Rosie au sujet du garçon qu'elle fréquentait, une information qui avait allumé une lueur d'intérêt dans son regard. C'était devenu leur sujet de conversation par défaut. Lorsque Alex avait rompu avec lui, elle avait pleuré un peu et Rosie lui avait tendu un mouchoir en lui conseillant de l'oublier. Mais en vérité, elles n'étaient jamais devenues intimes.

« On est comme des amies Facebook, avait-elle expliqué à sa mère qui l'avait dévisagée sans comprendre. On se parle mais on ne se dit rien.

— D'accord, avait répondu sa mère. Au moins tu as essayé. »

Au début du deuxième trimestre, Rosie avait décidé de prendre le bus pour se rendre en cours. « Il fait froid et comme ça je peux dormir vingt minutes de plus. » Alex n'avait pas insisté. Elles se saluaient dans les couloirs de l'école ou quand elles se croisaient en ville, elles s'invitaient aux anniversaires, mais Alex s'était délestée de ses devoirs de grande sœur.

Par conséquent, lorsque Rosie l'avait attendue devant le lycée le lendemain de la défection de Mags, Alex n'avait aucune idée de ce dont il était question.

« Il paraît qu'on t'a laissée tomber, Alex, avait lancé Rosie sans préambule. Tout le monde en parlait à l'heure du déjeuner. Je suis vraiment désolée.

— Merci, Rosie, avait répondu Alex, sincèrement touchée. Je ne sais pas ce que je vais faire. Ma mère ne veut pas que je parte toute seule.

— Je pourrais venir à sa place ? Ça a l'air super la Thaïlande. »

Rosie avait pris Alex par le bras.

« Toi ? Tu voudrais venir ?

— Ouais. Ça serait génial.

— C'est gentil de te proposer, avait commencé Alex en choisissant ses mots avec soin, de crainte que la surprise ne la rende indélicate. Je croyais que tu attaquais directement les études ?

— Oui, mais j'ai changé d'avis.

— Ah, je ne savais pas.

— Personne ne le sait. Tu es la première personne à qui je l'annonce.

— D'accord... Eh bien, on peut en reparler demain matin ? J'ai un conseil d'élèves là tout de suite.

— Ça marche ! J'ai hâte ! Pas sûr que je puisse dormir... »

Rosie s'était éloignée en chantonnant.

*

Alex n'avait pas beaucoup dormi non plus, occupée à peser le pour et le contre à l'idée de passer trois mois en compagnie de Rosie. Elle avait des doutes. Bien sûr. De quoi allaient-elles discuter pendant les trajets de bus de douze heures ? Rosie aurait-elle le mal du pays dès leur arrivée ? Est-ce qu'elle la laisserait en plan ? À 3 heures du matin, elle avait étouffé et enterré ses craintes.

La vérité, c'était qu'elle voulait sauver son voyage de rêve à tout prix. Le matin, en voyant Rosie qui attendait au bout de la rue, elle lui avait crié « Oui ! » avant de courir la serrer dans ses bras.

Tremblant d'excitation, Rosie lui avait rendu son étreinte.

« Merci. Tu me sauves la vie », avait-elle dit.

Alex ne savait pas de quoi elle parlait mais elle avait repoussé ses questions avec le reste de ses appréhensions. Elle n'avait pas envie de gâcher le moment, et Rosie n'y avait plus jamais fait allusion. Tout le long du trajet, elle avait parlé sans discontinuer : que visiteraient-elles ? Que devait-elle emporter ? Verraient-elles des éléphants ?

L'euphorie les avait portées lors des journées houleuses qui avaient suivi. Alex avait tâché de se rassurer, mais il y avait tout de même eu quelques terribles disputes. Le problème principal étant que Rosie n'avait pas annoncé à sa mère qu'elle prenait une année sabbatique. Le sujet les avait durement opposées, ce qui avait conduit à une rencontre difficile avec les parents d'Alex. Ensuite, dix jours avant la date de départ prévue, il était apparu que Rosie n'avait pas l'argent nécessaire pour payer son billet d'avion ni pour voyager. Pendant quarante-huit heures d'agonie, le voyage avait été annulé puis Rosie avait soudain annoncé qu'elle avait trouvé la somme. Son père la lui avait donnée.

« Il n'a pas vraiment eu le choix, s'était-elle esclaffée.

— Comment ça ? avait demandé Alex.

— Je lui ai dit qu'il m'était redevable à cause de son comportement. C'est le cas. »

Le soulagement d'Alex l'avait empêchée de poser davantage de questions.

« C'est génial, Rosie. »

Cependant, l'intervention de son père avait créé une nouvelle vague de querelles entre Rosie et sa mère. Ces montagnes russes incessantes étaient épuisantes.

Toutefois, avoir eu gain de cause avec ses parents semblait avoir redonné confiance à Rosie. Elle avait acquiescé de sa jolie petite tête blonde à toutes les suggestions d'Alex lorsque celle-ci lui avait détaillé les projets qu'elle avait planifiés pendant des mois avec Mags.

« Ça a l'air magique », avait-elle dit.

À présent, elle avait ses propres plans.

« Oh bon sang, pas encore un temple ! avait-elle plaisanté quand elle avait examiné son exemplaire imprimé de l'*Itinéraire Définitif de A & R* pendant qu'elles attendaient d'embarquer. Les moines t'excitent ou quoi ? »

Alex avait rigolé mais Rosie avait insisté, se moquant gentiment de l'agenda culturel d'Alex. Rosie ne voulait plus d'une expérience magique. Elle voulait faire la fête.

Elles s'arrangeraient. Elles essaieraient en tout cas.

8

Vendredi 15 août 2014
La journaliste

Je suis en retard ; ils sont installés à une table en terrasse. Henry regarde sa montre. Qu'il aille se faire voir.

Je leur fais signe et prends une expression contrite, les mains levées en guise de reddition. Il faudra qu'ils s'en contentent.

Les hommes se lèvent à mon approche et j'embrasse tout le monde.

— Vous avez commandé ?

— Nous t'attendions, Katie, répond Steve d'un ton appuyé.

— Oui, pardon. Je ne suis pas si en retard que ça, quand même ?

— Non. Qu'est-ce que tu bois ?

Je vais avoir des problèmes.

J'examine les boissons des autres. Les hommes partagent une bouteille de rouge et Deepika me montre son verre d'eau gazeuse.

— Je fais une semaine sans alcool, explique-t-elle – la vertu incarnée.

— Un verre de vin blanc pour moi, dis-je. Bien rempli, j'ai eu une sacrée journée.

Deepika m'offre un sourire compatissant.

— Tu travailles sur un gros sujet, Kate ?

— Assez, oui. Deux adolescentes disparues en Thaïlande. Je suis allée interviewer les parents à Winchester.

— Ce n'est pas Jake qui est en Thaïlande ? demande-t-elle en plongeant son gressin dans la coupelle de tapenade.

— Si, en effet, dis-je avant de me retourner pour voir si mon vin arrive.

Henry et Steve discutent du travail, ils se plaignent des dernières coupes budgétaires de l'hôpital et j'essaie d'éloigner l'intérêt de Deepika de mon fils.

— C'est sympa, non ? dis-je, hypocrite et consciente de l'être. On ne s'est pas vus depuis des lustres. Qu'est-ce que tu deviens ?

Je décroche mentalement tandis qu'elle me raconte une affaire de droit de société complexe et ses problèmes avec des voisins bruyants. Je songe à Lesley et Jenny, assises chez elles, assaillies par l'idée que leurs filles sont peut-être en danger.

J'ai rédigé un article sans concession, j'ai enrobé les déclarations officielles et les rappels d'autres histoires de touristes disparus dans des citations émouvantes des familles ; mais c'est le *selfie* des deux étudiantes en train de rire dans un tuk-tuk sous le gros titre *Les filles perdues* qui saisira les autres parents aux tripes et au cœur.

J'émiette mon gressin entre mes doigts et combats le nœud que j'ai moi-même au ventre.

Henry est passé à la politique quand le serveur m'apporte enfin mon verre. Je me retiens de le boire cul sec mais Henry remarque ma première gorgée avide.

— Tu avais soif, Kate ? s'esclaffe-t-il d'un rire de rugbyman éméché.

Sous la table, Steve place sa main sur mon genou pour me calmer.

— Un peu. Qu'est-ce qu'on mange ?

Plus tard, une fois nos tapas de crevettes, de pilons de poulet mariné et de calmars grignotées, Henry pose son regard vitreux et aviné sur moi.

— J'ai vu que d'autres de tes collègues s'étaient fait arrêter pour piratage, dit-il en ôtant un bout de laitue d'entre ses dents.

— Mmm, je marmonne en faisant semblant de mâcher.

La main de Steve revient sur mon genou mais je m'écarte.

— Je ne vois pas pourquoi ils se donnent la peine de pirater les répondeurs, poursuit Henry. Les journalistes inventent tous leurs histoires de toute façon, non ?

— Henry ! le gronde Deepika en souriant.

Leur complicité remue quelque chose en moi.

— Je suis journaliste, Henry, dis-je et Steve fait signe au serveur d'apporter l'addition.

— Oui, tu l'es, grommelle-t-il avant de s'esclaffer.

— Et je n'ai jamais rien inventé.

— C'est ça, réplique-t-il, un sourcil arqué à l'intention de sa femme.

— Es-tu en train de me traiter de menteuse ?

— Arrête, Katie, intervient Steve. Henry plaisante, c'est tout. Voilà l'addition.

— Je plaisante, c'est tout, répète Henry en ricanant tandis que Steve fourre sa carte dans la machine et tapote son code avec violence. Elle est pleine de fougue, hein ? J'aime ça chez une femme, lui lance-t-il.

Et tout à coup, il se retrouve aspergé de mon eau gazeuse, une tranche de citron glissant le long de sa joue.

Steve m'éloigne de la table avec un geste signifiant que j'ai trop bu en guise d'excuse à Henry, trempé.

Dans la file d'attente pour le taxi, je me mets à pouffer. Malgré tous ses efforts pour se retenir, Steve éclate de rire et très vite nous gloussons dans les bras l'un de l'autre.

— La tête qu'il a faite ! dis-je, et nous voilà repartis de plus belle.

— Je l'appellerai tout à l'heure. Je lui dirai que tu avais trop bu, annonce-t-il dans le taxi qui nous ramène à la maison.

— Ah ça non, alors !

— Je travaille avec cet homme, Kate.

— Bon, fais ce que tu as à faire mais plus jamais je ne dînerai avec eux.

— Ça m'étonnerait qu'ils veuillent prendre ce risque.

— Oui, eh bien il a dit qu'il aimait les femmes pleines de fougue. Un match retour ne lui déplairait peut-être pas.

Bangkok, deuxième jour
Lundi 28 juillet 2014

De : Alex O'Connor
À : Mags Harding
Objet : ON Y EST !!!

Salut Mags,

Ça y est, on est arrivées !!!

Il fait super chaud ! Mais c'est génial. On est sorties avec Rosie et deux types de l'auberge pour notre première soirée. Il y a un Anglais et un Australien, Shaun. Il voulait nous faire visiter avant de partir à Koh Tao. On a rigolé comme des gamines quand on est montées dans un tuk-tuk pour la première fois ; j'ai publié plein de selfies. Ils conduisent comme des fous ! On se croirait dans un jeu vidéo.

A.

— Je suis dans le dortoir avec quatre autres personnes, déclara Shaun quand il apparut, à moitié réveillé. C'est deux fois moins cher. Vous voulez voir ?

Il ouvrit la porte pour leur montrer. Les grilles aux fenêtres étaient bouchées par des T-shirts et des boxers coincés dans les interstices.

— Pour remplacer les rideaux, expliqua-t-il.

Devant chaque mur de la chambre se dressaient des lits superposés en métal et les affaires de tout un chacun s'entassaient dans les coins. Un autre garçon dormait sur un des minces matelas, couché sur le ventre, l'oreiller sur la tête.

— C'est sympa. Un vrai repaire de mâles, lança Rosie.

Shaun s'esclaffa avec elle.

— Encore une nuit, puis ce sera la plage.

Il se rendait sur l'île de Koh Tao en bus et en bac.

— Neuf heures pour récupérer mon sommeil.

— Tu as réservé une chambre ? demanda Alex, encore traumatisée par sa recherche d'un lit où dormir le premier jour.

— Non, peut-être que je roupillerai sur la plage. Quand on est au paradis, on se fiche d'où on dort.

— Ouais, approuva Rosie comme si elle en savait quelque chose.

Ça ne fait que cinq heures que tu as mis les pieds dans ce pays, songea Alex. *Et c'est censé être le paradis.* Elle leva les yeux sur l'enseigne de la pension, nichée dans un enchevêtrement de gros câbles électriques. *On dirait plutôt le motel de Norman Bates.*

Dans le tuk-tuk, elle rit aux éclats avec Rosie, mais après ça, tout alla de mal en pis. Leur sortie vira à une tournée des bars où on buvait des vodka-Red Bull à la paille dans des seaux en plastique. Alex en était dégoûtée et commanda un Coca.

Quand ils se retrouvèrent dans le quartier de Nana Plaza à 1 heure du matin, Alex ne rigolait plus du tout. Le panneau sur l'immense immeuble indiquait « Le plus grand terrain de jeu pour adultes au monde ». Shaun leur hurla avec un sourire :

— Prêtes ?

— Prêtes à tout, répondit Rosie.

Alex, quant à elle, hésitait.

— Je suis fatiguée, avec le décalage horaire. Je vais peut-être rentrer à l'auberge, marmonna-t-elle.

Mais à cause de la musique à plein volume, les autres ne l'entendirent pas. Alors elle les suivit.

Il faut tout essayer au moins une fois, répète souvent maman. Mais je pense qu'elle fait allusion aux choux de Bruxelles, pas aux ladyboys.

L'ambiance était scabreuse et triste à l'intérieur. Des filles de leur âge se déhanchaient les unes contre les autres, se touchaient du bout de la langue et se badigeonnaient de mousse sous l'œil des touristes et des pervers.

— Je croyais qu'on allait dans une boîte, souffla Alex à Rosie qui s'accrochait à Shaun.

— On y est. D'après Shaun, il y en a trente comme ça ici. C'est énorme, non ?

— Elles sont toutes pareilles ? demanda Alex avec un geste vague vers le bar appelé « La fessée » et qui promettait des filles torrides.

— Sans doute, répliqua-t-elle en riant, instable sur ses talons. Tu imagines ce que dirait ma mère si elle nous voyait ?

— Non, répondit Alex.

Mais elle imaginait très bien.

J'aurais dû boire plus, songea-t-elle. *Comme ça je n'en aurais rien à faire de ce que pense Jenny Shaw. Encore moins ma mère.*

— Bon, je ne vais pas rester trop longtemps. C'est un peu vulgaire, non ?

Rosie s'éloigna.

Après avoir subi une heure de fesses qui ondulaient et de seins nus, Alex annonça bien fort qu'elle rentrait se coucher.

L'élément déclencheur étant un Shaun complètement soûl qui avait essayé de fourrer sa langue dans sa bouche.

— Rentre avec moi, Rosie, cria Alex par-dessus la musique pour la troisième fois.

— Non. Je m'éclate trop. Shaun est adorable, tu ne trouves pas ? bredouilla Rosie, l'haleine chargée de vodka et le visage en sueur. On se verra à l'auberge.

Dans le tuk-tuk qui la ramenait chez Mama, Alex se débattit avec sa culpabilité de laisser Rosie seule. Elle avait rompu sa promesse dès le premier soir.

Quel genre d'amie je suis ?

9

Samedi 16 août 2014
La mère

Elle prit une des photos d'Alex sur l'étagère et la posa sur la table avec elle pendant qu'elle buvait sa première tasse de café de la journée.

— Bonjour, ma belle, dit-elle, comme elle le faisait chaque matin depuis la naissance de sa fille.

Malcolm était sorti chercher le journal. Ils avaient lu l'article de Kate Waters en ligne sur l'ordinateur portable de Dan mais ils souhaitaient l'avoir entre les mains. Ils avaient besoin de concret, de quelque chose de tangible à conserver. Tout le reste se dérobait sous leurs pieds.

À son retour, ils s'assirent avec la photo d'Alex et relurent l'article.

— C'est comme si ça concernait quelqu'un d'autre, déclara-t-elle.

— Je sais, chérie. Mais ça peut aider, non ? Ce que Kate a écrit est très bien. Les gens vont les chercher pour de bon maintenant.

— D'après Dan, il y a plein de nouveaux messages sur la page Facebook. Les gens se manifestent.

— Qu'est-ce qu'ils disent ?

— Qu'ils sont désolés pour nous, surtout. Je préférerais que ce soient des policiers qui les recherchent plutôt que des gamins en maillot de bain.

— Je comprends mais, pour eux, rien n'indique que les filles aient un problème.

— Si elles vont bien, pourquoi ne nous ont-elles pas contactés ? Merde ! hurla Lesley.

Le juron vibra entre les murs de leur petite cuisine immaculée. Elle avait envie de secouer quelqu'un, de toutes ses forces.

Malcolm se leva d'un bond et manqua renverser sa chaise pour s'éloigner d'elle.

— Lesley, je t'en prie, calme-toi ! lui cria-t-il. Dan va t'entendre.

Il avait peur d'elle, elle le vit dans ses yeux. Elle aussi était terrifiée. Elle ne reconnaissait pas cette femme qui hurlait comme une poissonnière et tapait du poing sur la table. Elle n'osait imaginer ce que ses collègues de l'école primaire St John penseraient s'ils la voyaient. C'était elle qui apaisait la situation quand ça chauffait, elle sur qui les autres comptaient pour être la voix de la raison. Mais dans le cas présent, elle ne pouvait s'y résoudre.

Elle se mit à pleurer à gros sanglots.

— Je veux juste que quelqu'un fasse quelque chose pour la retrouver, s'égosilla-t-elle.

— Moi aussi, Lesley, affirma Malcolm sans pour autant quitter sa zone de sécurité de l'autre côté de la table. Je vais te faire du thé.

— Je n'ai pas envie de thé, bordel ! hurla-t-elle en s'enfuyant de la cuisine.

10

Samedi 16 août 2014
La journaliste

Le *Herald* a fait sa une avec une interview exclusive du père de Rosie et j'entends d'ici Terry grincer des dents quelque part dans le quartier de Surbiton tandis que je consulte l'article de notre rival sur mon portable.

Comme s'il avait surpris mes pensées, il téléphone.

— Pourquoi on a raté ça ?

D'une mimique, j'indique à Steve que l'appel est professionnel et pars m'isoler dans la cuisine pour ne pas perturber son rituel du samedi matin : lecture du journal et café. Et puis aussi, je n'ai pas envie qu'il entende. Il le prend comme une attaque personnelle quand le patron me fait des reproches. Comme si c'était à lui qu'on passait un savon.

« Je déteste te voir dans tous tes états à cause de lui », se justifie-t-il chaque fois.

J'ai beau lui répondre que ça ne m'atteint pas, il reste d'humeur grincheuse bien plus longtemps que moi et je finis par être celle qui doit consoler l'autre. Par conséquent, je fais mon possible pour le tenir à distance des histoires du journal.

Je préfère un flot d'injures en public devant toute la salle de rédaction.

— C'est du second choix, Terry, lui dis-je en branchant la bouilloire. Nous avons une superbe interview des mères. Si nous avions publié ça, nous aurions perdu Jenny Shaw. C'est une femme au caractère difficile, très irritable, mais je commence à l'amadouer. Et elle déteste son ex ; il l'a quittée et c'est lui qui a donné l'argent à Rosie pour son voyage. Et je ne te parle même pas d'Imogen, sa nouvelle compagne. Si nous avions réalisé cette interview, Jenny ne m'aurait plus jamais adressé la parole. C'est certain.

Silence à l'autre bout de la ligne.

— Et cette photo..., dis-je en laissant le temps à Terry d'examiner Mike Shaw qui prend la pose, le bras autour des épaules de sa nouvelle épouse, un portrait de sa fille disparue à la main. À coup sûr, elle venait de se faire coiffer et maquiller. Ce n'est pas franchement l'image de la belle-mère en peine. Et on n'apprend rien de nouveau dans les déclarations du père. Il ne sait rien. Il ne fait plus partie de leur vie depuis cinq ans. Nous avons des tonnes d'autres bons éléments. Les mères, c'est ça le sujet principal.

— D'accord, d'accord. Mais assure-toi que Jenny Shaw sache bien que nous l'avons choisie, elle. Il faut qu'elle reste avec nous.

— Sans faute. Tu pars faire tes courses maintenant ?

— Oh, la ferme ! On se parle plus tard.

Mission accomplie.

Je téléphone à Jenny qui se met à hurler aussitôt.

— Vous avez vu le *Herald* ? C'est une honte !

Je ne peux pas en placer une alors je la laisse évacuer des années de colère accumulée envers l'angélique Imogen.

— Pourquoi l'ont-ils prise en photo ? Qu'est-ce qu'elle a à voir avec cette histoire ? Sa maîtresse. Vous saviez qu'elle travaillait pour lui ? Comme intérimaire dans son bureau.

Quel cliché ! Il nous a quittées pour elle, ses soixante mots à la minute et son soutien-gorge push-up. Après vingt ans de mariage.

Je tente d'une voix douce :

— Jenny, je sais combien vous êtes bouleversée. Ne laissez pas cet article vous faire davantage souffrir. Nous savons toutes les deux combien elle est ridicule, toute pomponnée pour l'objectif alors que votre fille a disparu.

Jenny renifle, reprend son souffle. C'est exactement ce qu'elle a besoin d'entendre.

— Vous avez raison. J'espère que les gens les verront tous les deux pour ce qu'ils sont. Des égocentriques. Il n'y en a que pour eux. Mike évoque à peine Rosie ; il ne parle que de ce qu'il ressent. Le salaud.

— Tout à fait. Écoutez, Jenny, je tenais juste à vous assurer que c'est vous que le *Post* veut aider.

— D'accord. Oui. C'est clair que je ne parlerai pas à ce torchon, le *Herald*.

Objectif atteint. Mais ne crions pas victoire tout de suite. Il me faut une citation.

— Bon, comment allez-vous ? À part ça, je veux dire. Avez-vous réussi à dormir cette nuit ? Avez-vous eu des nouvelles ?

— J'ai passé toute la matinée au téléphone. D'abord avec la mère de Mike qui se plaint de sa banque qui aurait fait une erreur. J'ai coupé court quand Lesley m'a appelée sur le portable. D'autres personnes sur Internet prétendent avoir vu les filles. Mais on ne dirait pas qu'il s'agisse de Rosie et d'Alex.

— J'ai vu ça aussi, Jenny. Mais, comme vous dites, rien ne ressort. Avez-vous vu ce message qui indique que deux filles – une blonde et une brune, comme Rosie et Alex – discutaient dans un café avant de prendre un car pour le Laos ? Il est écrit que la blonde avait un tatouage de gecko sur l'épaule.

— Rosie n'a pas de tatouage. J'ai toujours refusé. C'est d'un banal, et ce n'est pas hygiénique.

Il est possible qu'elle se soit fait tatouer en cachette. Vous n'êtes plus avec elle pour dire non.

Je prépare un autre café à Steve et mets à jour l'article en ligne pour y inclure l'histoire du gecko.

Je décide d'envoyer Don faire le tour des salons de tatouage et des compagnies de bus avec la photo des filles. Ma demande le fait éclater de rire.

— Je vais tenter mais il y en a beaucoup trop pour espérer quoi que ce soit. Le tarif journalier habituel ?

— Et du côté du motel de Norman Bates, ça donne quoi ?

— Tu as déjà mis les pieds à Bangkok, Kate ? Les motels à la Norman Bates, ça pourrait être une chaîne, ici. Tu ne voudrais pas faire dormir ton chien dans certaines de ces chambres.

— Continue de chercher. Appelle-moi avant de te coucher.

Ensuite, je compose le numéro de Mike Shaw. Je suis obligée. *Il faut couvrir tous les fronts.*

Bangkok, septième jour

Samedi 2 août 2014

De : Alex O'Connor
À : Mags Harding
Objet : ROSIE !!!

Salut Mags,

Je m'inquiète un peu pour R. Elle traîne avec deux Hollandais maintenant que Shaun est parti. Et ce soir, elle est complètement défoncée. Je n'arrive pas à la raisonner. Elle est assise là, le souffle court, les yeux vitreux, à faire peur. Qui sait ce qu'elle a pris ? J'ai posé la question à Lars, un des Hollandais, mais il s'est contenté de rire. Il dit qu'elle va bien, que lui aussi a pris la même chose. Je vais la mettre au lit et j'essaierai de lui en parler demain matin.

Elle se lâche depuis qu'on est arrivées ici. Elle fait la tournée de tous les bars de Khao San Road et ensuite elle me raconte qu'elle a mis le feu à ses cheveux avec des shots de Sambuca flambée (pas sûre que ça s'écrive comme ça) et qu'elle a vu des filles expulser des balles de ping-pong de leur vagin. Put***. Je ne sais même pas avec lequel des Hollandais elle couche, Lars ou Diederik ? Les deux, si ça se trouve. Je crois qu'elle s'est donné pour objectif de faire aussi la tournée des garçons !

En tout cas, elle n'a aucune envie de visiter le vrai Bangkok. D'après elle, tout est bidon, ici. Le seul intérêt de cette ville, c'est de faire la fête. C'est pour ça qu'elle aime cet endroit. Elle croit que je suis jalouse. Tu parles…

J'essaie de l'ignorer et d'en profiter, mais c'est difficile parfois. Et toi, qu'est-ce que tu deviens ? As-tu décidé où tu vas t'inscrire en octobre ? Raconte-moi tout ! Je ferais mieux d'aller voir où est Rosie. Je croyais qu'on ferait des trucs ensemble mais ça ne marche pas comme ça. Je t'entends d'ici me dire que tu m'avais prévenue. J'aurais dû t'écouter, pas vrai ? C'est trop tard, maintenant. Mais ça va aller.

A.

Mags avait tenté de la dissuader de partir avec Rosie.

« Tu es sûre de toi, Alex ? Est-ce que tu la connais au moins ?

— Bien sûr ! avait rétorqué Alex. Ça ira. Et ce n'est pas comme si nous n'allions être que toutes les deux. Nous allons rencontrer des tas de gens. »

Elle aurait voulu ajouter : « Et puis c'est ta faute », mais elle n'en pouvait plus des larmes de culpabilité de Mags.

« Bon, il paraît qu'on ne connaît bien une personne qu'après être parti en vacances avec elle.

— Merci, Mags, ça m'aide vachement. »

Pourtant Mags avait raison.

Alex s'efforçait de ne pas prêter attention à Rosie. Elle contemplait les énormes nuages orageux qui s'amoncelaient derrière les tours d'habitation et lorsque la pluie quotidienne venait s'abattre sur les toits, elle se plongeait dans les livres écornés abandonnés par d'autres voyageurs et publiait sur sa page Facebook. Elle écrivait des anecdotes à propos des moines qui suivaient des feuilletons sur leurs smartphones dans les temples, et des marchands locaux qui s'abritaient des averses phénoménales sous des toits de parapluies et gardaient leurs cheveux au sec avec des bonnets de bain.

Elle les lisait à Rosie au début mais elle avait cessé quand celle-ci lui avait annoncé qu'elle en avait « marre des temples ». Les deux qu'elle avait visités le deuxième jour constituaient sa limite apparemment.

— C'est bon, j'ai déjà fait, et je ne veux plus entendre un chant religieux de ma vie, piaillait-elle à qui voulait l'entendre dans le bar. Ne le prends pas mal, ajouta-t-elle à l'intention de Mama qui avait toujours les oreilles qui traînaient.

Cette dernière lui sourit de toutes ses dents, le regard vide, et, postée derrière son bar, elle continua de fixer les filles, ce qui mit Alex mal à l'aise. Rosie, elle, ne remarqua rien.

Elle était bien trop occupée à raconter à tout le monde qu'elle voulait se faire tatouer. Un gros gecko, comme Lars.

11

Samedi 16 août 2014

L'inspecteur

Sparkes était en ligne avec l'hôpital lorsque Salmond apparut dans son bureau en tenue de course, respirant l'efficacité et la bonne santé.

Avec un geste de la main, il souffla à mi-voix « occupé » et elle ressortit au petit trot.

— Bon sang, Eileen, dit-il dans le combiné. Moi qui croyais être tranquille en venant au bureau le week-end, figure-toi que Zara est ici et il semblerait qu'elle soit dans une nouvelle phase « à fond la forme ». Je ne suis pas sûr de supporter un de ses sermons.

Sa femme s'esclaffa.

— Elle va te faire enfiler des baskets sans que tu t'en rendes compte ! Je vais me reposer un peu maintenant. C'est merveilleux, la morphine.

— Je viens te voir tout à l'heure. Je t'aime.

Elle poussa un petit grognement.

— Tais-toi et va attraper des criminels.

À son retour, Salmond était douchée et en vêtements de ville, son chignon serré encore humide tirait sur les fins cheveux à ses tempes.

— J'ignorais que vous seriez là aujourd'hui, monsieur. Je suis venue réviser un peu pour mes examens. J'en profite pour vous informer que nous avons reçu un appel de la grand-mère de Rosie Shaw.

— Ah oui ? Elle a eu de ses nouvelles ?

— Non. Elle souhaitait signaler un vol sur son compte bancaire.

Sparkes se rassit dans son fauteuil.

— Je vous écoute.

— Elle n'est pas sûre de la somme exacte qui a disparu mais celle-ci avoisinerait les deux mille livres. Elle possède plusieurs comptes selon la nature de ses avoirs – actions, dividendes, tout ça... C'est son banquier qui l'a prévenue.

— Elle ne s'était pas aperçue qu'il lui manquait deux mille livres ? s'étonna-t-il.

Eileen remarquerait tout de suite une erreur de cinquante livres.

C'était son épouse qui gérait leurs finances et il se demanda depuis combien de temps elle ne les avait pas examinées.

— Et les banquiers, ça existe encore ? reprit-il. Je croyais qu'il n'y avait plus que des centres d'appel maintenant...

— C'est ainsi qu'elle l'a présenté en tout cas. L'homme qui l'a contactée, quel que soit son titre, l'a informée qu'elle allait être à découvert si elle ne procédait pas à un virement. D'après elle, c'est la première fois de sa vie que ça lui arrive.

— Et ?

— Elle pense que quelqu'un a pioché sur son compte en cachette.

Sparkes poussa un soupir. Ah ! Les personnes âgées et leur argent ! Son propre père conservait ses économies dans le tiroir de sa commode. À sa mort, son frère et lui avaient retrouvé des centaines de billets de dix livres rangés avec soin entre les chaussettes, les caleçons et les mouchoirs.

— Et ce serait qui selon elle ? Certainement pas Rosie.

— Eh bien... Ça se pourrait en fait. Deux mille livres ont été transférées par virement électronique sur le compte de Rosie avant son départ. Cependant, Jenny Shaw a déclaré que c'était son père qui lui avait donné l'argent pour le voyage.

— Ce pourrait être une méprise de la grand-mère ? Quel âge a-t-elle ?

— Plus de quatre-vingts ans mais elle est très vive d'esprit.

Sparkes réfléchit avec une grande concentration à ces nouveaux éléments.

— Pour résumer : deux mille livres disparaissent du compte de la grand-mère et atterrissent sur celui de Rosie ? Aurait-elle pu exécuter le transfert elle-même ? Et pourquoi la banque n'a-t-elle pas signalé ce problème plus tôt ?

— Son solde était encore positif. Certaines opérations débitrices n'ont été validées qu'hier, ce sont elles qui ont mis Mamie Shaw dans le rouge.

— La question, c'est de savoir s'il y a un lien avec la disparition de Rosie.

Salmond haussa les épaules.

— Elle craint peut-être de se faire prendre et elle a décidé de se planquer.

— D'accord, mais Alex dans tout ça ? Pourquoi s'enfuirait-elle ?

— Je ne sais pas. Elle serait complice ?

Sparkes se pencha en avant pour demander :

— Comment comptez-vous procéder ?

— Je vais me rapprocher du service de répression des fraudes de la banque pour vérifier les dates. J'ai également l'intention d'aller interroger le père de Rosie, Michael Shaw, chez lui cet après-midi.

Sparkes perçut la tension dans sa voix.

— Qu'est-ce qu'il y a ? Dites-moi quelle est votre idée. Que vous souffle votre instinct ?

Zara Salmond se fendit d'un sourire.

— Je croyais que vous ne suiviez plus votre instinct, monsieur ?

Sparkes fit la grimace. Elle disait vrai. Il y avait renoncé après l'enlèvement de Bella Elliott, quand l'obsession qu'il nourrissait pour le suspect, Glen Taylor, avait entraîné la perte d'une piste et failli lui coûter sa carrière.

— En effet. Pas sur le papier en tout cas, inspecteur. Mais on a toujours une intuition.

Il lui décocha un regard lourd de sens. Ils en avaient vu de toutes les couleurs ensemble.

— Je ne sais pas. Il y a un truc bizarre.

— À propos de quoi ?

— Du père de Rosie. Je lui ai parlé hier, quand sa fille a été portée disparue, et son attitude était plutôt fermée. Il n'avait rien à nous apprendre. Comme si elle était une étrangère pour lui.

— Il était sous le choc peut-être ? suggéra Sparkes.

— Oui, sauf qu'aujourd'hui il en fait des tonnes et étale son chagrin dans les journaux.

— Serait-ce une pointe de cynisme que je détecte ?

— D'instinct, je ne l'aime pas.

— Voyez-vous cela ? Alors, quand est-ce qu'on va le voir ?

12

Samedi 16 août 2014
L'inspecteur

Dans son salon, Mike Shaw ajustait sa cravate en les attendant. Sur le seuil de la porte, pendant que l'inspectrice Salmond verrouillait la voiture, Bob Sparkes l'observa à travers le double vitrage et prit un instant pour étudier l'homme d'affaires d'une cinquantaine d'années.

Il n'y avait pas grand-chose à en dire. Plutôt grand, assez costaud, les cheveux bruns, il portait une chemise hors de prix et un nœud de cravate tape-à-l'œil. Un nœud Windsor. Sparkes avait refusé d'en porter un pour le mariage de Sam. Au départ, il n'avait pas voulu non plus de la cravate rose mais il avait cédé à la condition de pouvoir la nouer comme sa cravate d'écolier. Un choix qui lui avait valu quelques histoires avec Eileen mais il avait campé sur ses positions.

« Je marie ma fille, je ne lance pas un fonds d'investissement », avait-il avancé.

Personne n'avait protesté. Sam s'en fichait, de toute façon. Il s'en doutait.

Salmond lui indiqua qu'elle était prête d'une petite tape sur le coude. Sparkes fit un pas en avant, s'éclaircit la voix et frappa. Ils avaient pris rendez-vous mais Mike Shaw afficha tout de même un regard méfiant lorsque sa nouvelle épouse les fit entrer. Comme tout le monde face à un officier de police. Même les innocents.

— Merci, madame Shaw, déclara Sparkes avec chaleur. C'est votre bébé ?

Imogen Shaw, le cheveu en bataille et les traits creusés par la fatigue, serra plus fort contre elle son nouveau-né.

— Oui, désolée. Je dois l'allaiter. Je vous laisse.

Mike Shaw lui chuchota quelques mots avant qu'elle ne referme la porte derrière elle.

— Je me rappelle les premières semaines comme si c'était hier. Arrivez-vous à dormir ? s'enquit Sparkes afin de mettre l'homme à l'aise.

Shaw secoua la tête mais son expression resta impassible tandis que les inspecteurs s'asseyaient à la table de la salle à manger. Il s'installa en face d'eux.

— De quoi s'agit-il ? Vous avez du nouveau ? demanda-t-il, penché en avant. Vous auriez certainement pu m'informer par téléphone. J'aimerais retourner travailler. Le samedi est une journée chargée pour moi et j'ai des choses à régler en ce moment.

Même pas bonjour, alors, songea Sparkes.

— Oui et non. C'est un peu délicat, monsieur Shaw, mais je vais aller droit au but. Votre mère nous a signalé ce matin le vol de deux milles livres sur son compte bancaire. C'est son banquier qui l'a prévenue, inquiet de son découvert.

Mike Shaw ouvrit la bouche pour parler mais aucun son n'en sortit. Il porta la main à sa cravate et se racla la gorge.

— Désolé, j'ai cru que vous étiez là pour Rosie.

— C'est le cas, monsieur Shaw. En quelque sorte, répondit Sparkes avec douceur. Votre mère vous a-t-elle mentionné ce problème ?

— À moi ? Non. Je ne comprends pas pourquoi elle ne m'a rien dit.

— Non ? Elle n'arrivait peut-être pas à vous joindre au travail ?

— Oui, ce doit être ça.

— À la suite de son appel, nous avons eu la confirmation que deux mille livres avaient été transférées sur le compte bancaire de votre fille, le 15 juillet, deux semaines avant son départ pour Bangkok.

— Le compte de Rosie ? Pourquoi fouillez-vous sur son compte ? Qu'êtes-vous en train d'insinuer ?

— Nous essayons seulement de retrouver l'argent disparu.

Mike Shaw se leva à moitié de sa chaise, agité.

— Je n'arrive pas à croire que ma mère ait contacté la police pour ça.

Mais que Rosie ait volé l'argent, ça, il ne le conteste pas, songea Sparkes.

— Sa petite-fille a disparu et elle s'inquiète pour ses économies, cracha Mike Shaw. Typique. C'est la femme la plus égoïste que je connaisse.

— Mais si Rosie a volé cet argent, il pourrait y avoir un lien avec sa disparition. Elle peut craindre d'être démasquée. Vous voyez ?

— C'est ridicule. Je suis sûr qu'il y a une explication logique. Ma mère a dû oublier…

— Est-ce dans les habitudes de votre mère d'oublier des choses, monsieur Shaw ?

L'homme hocha lentement la tête.

— Eh bien, elle a quatre-vingt-deux ans, sa mémoire peut être un peu défaillante.

— Je vois. Elle m'a paru en possession de toutes ses facultés lorsque je lui ai parlé, intervint Salmond.

Constance Shaw lui avait fait subir un véritable interrogatoire : au cours de leurs deux conversations téléphoniques, la vieille dame avait souhaité connaître dans le détail les mesures que la police comptait prendre.

— Donc selon vous, votre mère aurait pu donner deux milles livres à Rosie pour son voyage puis oublier l'avoir fait ?

— Eh bien, c'est possible… Je ne sais pas.

— Pourtant, j'ai cru comprendre par votre femme – pardon, votre ex-femme – que c'était vous qui aviez prêté l'argent pour la Thaïlande à Rosie. Elle s'est montrée catégorique.

Shaw lui jeta un regard noir.

— Ça, je veux bien le croire. Jenny est catégorique sur beaucoup de points, mais nous ne sommes pas en très bons termes alors j'ignore ce qu'elle peut dire.

Il marqua une pause.

Il réfléchit, songea Sparkes. *À quoi peut-il bien réfléchir ?*

Shaw s'éclaircit la voix avant de poursuivre.

— Écoutez, je n'ai pas prêté d'argent à Rosie. Elle me l'a demandé mais j'ai refusé. Je lui ai dit qu'elle était une adulte et qu'elle devait se payer toute seule ses vacances. Elle a eu un sacré culot de demander, d'ailleurs. Elle est si méchante avec Imogen, ma nouvelle épouse. Vous verriez la lettre qu'elle lui a écrite…

— Bon, coupa Sparkes.

Passons…

— Ce qu'il y a, monsieur Shaw, intervint Salmond, c'est que votre mère s'est rendue à la banque, où on lui a montré ses relevés de comptes des douze derniers mois.

Shaw se crispa puis baissa la tête et feignit de lisser son pantalon, d'en étudier le pli avec concentration.

— Il semblerait que des virements réguliers aient été effectués sur votre compte personnel depuis un an. Des virements dont votre mère prétend ne pas avoir été informée. D'après elle, elle a cessé de recevoir par courrier ses relevés bancaires quand vous avez mis ses comptes en ligne.

— J'ai pensé que ce serait plus facile pour elle.

— Elle ne possède pas d'ordinateur, monsieur Shaw. Alors en quoi cela aurait-il été plus facile ?

— Je pouvais régler des factures à sa place, ce genre de choses.

— Quel genre de choses, exactement ? insista Sparkes.

Shaw se réinstalla sur sa chaise et ferma les yeux, comme pour se rappeler.

Il reprit la parole avant de les rouvrir.

— Ma mère est une femme dure et exigeante, inspecteur. Je travaillais beaucoup pour elle. J'ai seulement pris ce qu'elle me devait.

— Je crois savoir que vous vendez de la moquette, monsieur Shaw. Quelle sorte de travail faisiez-vous pour votre mère ? Vous lui fournissiez de la thibaude ?

— Non, bien sûr que non. Je voulais dire que je payais toujours de ma poche des choses qu'elle désirait. Je lui rendais des services.

— Comme gérer son argent ?

— Oui, c'est elle qui me l'a demandé à la mort de mon père.

— D'après elle, vous le lui auriez suggéré. Vous auriez « insisté » même. Comment se portent vos propres finances, monsieur Shaw ?

— Comment ça ?

— Entretenir deux familles doit revenir cher…

— Vous n'imaginez même pas ! s'exclama-t-il en se prenant la tête dans les mains. J'en ai une qui me réclame de payer des études universitaires et l'autre qui veut faire redécorer la maison.

— Ce doit être très stressant.

— Vous croyez ? Nous sommes allés acheter de la peinture l'autre week-end. Imogen a choisi la teinte souffle d'éléphant. C'est bien au-dessus de notre budget mais elle n'a rien voulu savoir. Selon elle, c'est parfait pour la chambre du bébé et il le lui fallait. J'ai dû payer les traites de ma carte de crédit ce mois-ci ; et cette histoire avec Rosie…

Shaw se mit à trembler, ses lèvres à tressaillir.

Salmond se pencha en avant pour accrocher son regard.

— Tout ceci doit être très contrariant, monsieur Shaw. Voulez-vous que je demande à votre femme de vous apporter un verre d'eau ?

Il cligna des paupières.

— Non, je n'ai pas besoin qu'Imogen entende ça. Elle est très émotive en ce moment, avec le bébé et le reste. Oh, c'est surréaliste ! Ma fille a disparu et maintenant vous examinez mes comptes. Quel genre de monstres êtes-vous ? Vous ne voyez pas que je suis dévasté ?

Sparkes évita le regard de Salmond.

— Bien sûr que nous le voyons. Mais nous devons donner suite aux informations que nous recevons, monsieur Shaw. Vous comprenez ?

Si oui, il ne voulait pas en discuter.

— Je parlerai à ma mère et tirerai cette affaire au clair. Je suis sûr qu'il s'agit d'une simple erreur.

— Très bien, rétorqua Sparkes. Nous reprendrons nous aussi contact avec elle.

— Je dois retourner travailler maintenant, déclara Mike Shaw en se levant.

Les deux policiers opinèrent du menton.

— Merci pour votre temps. Nous vous recontacterons, dit Salmond.

La nouvelle Mme Shaw errait dans l'entrée quand ils sortirent du salon.

— Tout va bien, Mikey ? demanda-t-elle.

— Je t'expliquerai dans une minute, répondit son mari en raccompagnant les officiers de police vers la sortie.

— Alors ? questionna Salmond une fois dans la voiture.

— D'instinct, je ne l'aime pas non plus, dit Sparkes à voix basse. Et c'est quoi comme couleur, souffle d'éléphant ?

Bangkok, neuvième jour
Lundi 4 août 2014

> **Alex O'Connor**
> Lundi à 7 : 18
> ... mange des pattes de canard et vit la belle vie.

Elle n'était pas certaine que ce soient des pattes de canard. Mais bon, on ne distinguait pas bien, et parler de simples nouilles manquait d'exotisme. En tout cas, c'était moins banal et plus intéressant que le Big Mac-frites de Rosie.

Alex avait pris l'habitude de se lever dès l'aube pour déambuler dans différents quartiers de la ville pendant que le calme et la fraîcheur régnaient encore. En général, elle partait seule, se promenait le long du fleuve, embarquait sur des bateaux et prenait des photos qu'elle publiait sur Facebook et Instagram accompagnées d'émojis de bouteilles de champagne et d'étoiles.

Elle aurait dû se trouver sur une plage maintenant, mais Rosie refusait de bouger. Elle s'amusait trop pour avoir envie d'aller voir ailleurs. Et Alex avait trop peur pour poursuivre seule son voyage. Alors, elle continuait de raconter des variations du thème *Alex O'Connor s'éclate comme une folle* dans son journal et comptait les « j'aime » à ses publications, lisait les commentaires amusants de ses amis et d'inconnus. Ils aidaient à maintenir l'illusion. Elle gardait pour elle *Alex O'Connor regrette d'être venue ici.*

Aucun émoji ne pouvait correspondre à la réalité. Elle était malheureuse et avait le mal du pays. Ce n'était pas du tout comme elle se l'était imaginé. Et elle commençait enfin à s'avouer qu'elle n'aurait jamais dû venir avec Rosie.

Alex ne se confiait à personne, sauf à Mags. *Heureusement que j'ai Mags.*

Impossible de raconter la vérité à ses parents : *Rosie est bourrée vingt-quatre heures sur vingt-quatre et se tape tous les garçons de l'auberge. Je ne suis pas venue en Thaïlande pour ça. Elle gâche tout. Je pourrais la tuer.*

Ils insisteraient pour qu'elle rentre. Et dans un petit coin de sa tête, elle espérait encore que ça s'arrange. Elle lui accordait une semaine de plus. En attendant, Mags lui prêtait une oreille attentive.

Un autre Anglais de l'auberge commença à s'asseoir près d'elle au bar de plus en plus souvent. Parfois, il était déjà en bas lorsqu'elle descendait pour sa promenade matinale et proposait de l'accompagner. Il se faisait appeler JW, ce qui avait fait sourire Alex intérieurement la première fois. Il n'était pas très loquace mais semblait toujours content de la voir. Lui aussi se sentait peut-être seul ?

Elle l'incita à se confier, par gentillesse plus qu'autre chose, et il s'ouvrit peu à peu, lui raconta son périple tout en guettant ses réactions du coin de l'œil. Il voyageait seul.

« Waouh, tu es drôlement courageux ! » s'était exclamée Alex avec envie.

Il avait esquissé un sourire timide. Ravi.

Alors, il l'avait en quelque sorte prise sous son aile : il lui prodiguait des conseils avisés ; par exemple, garder ses affaires cachées et en sécurité. Alex ne l'écoutait que d'une oreille tandis qu'il énumérait toutes ses précautions : il surveillait les autres garçons du dortoir, il rangeait son argent et son passeport dans sa ceinture-banane qu'il ne retirait jamais. Lorsqu'elle l'entendit expliquer qu'il la protégeait d'un sac plastique pour prendre sa douche avec, elle répliqua avec un rire :

— C'est un peu extrême, non ?

Il détourna le regard, gêné.

— Mais on n'est jamais trop prudent, s'empressa-t-elle d'ajouter.

— Non. Pas dans un dortoir, affirma-t-il avant de boire une gorgée d'eau. Les Hollandais se servent des casiers à l'arrière. Les idiots. C'est bien connu que tout le monde y range ses affaires personnelles et qu'il n'y a rien de plus facile à ouvrir.

— Comment tu le sais ?

— J'ai appris des trucs, sur la route.

En réalité, elle n'aurait pas dû l'encourager. Ce n'était pas très gentil. Mais elle avait besoin de quelqu'un à qui parler. Et il était sympa. Il l'écoutait, riait à ses blagues, suspendu à ses lèvres. Il endossait le rôle qu'aurait dû jouer Rosie.

Alex avait conscience que sans lui, elle n'aurait pas fait la moitié de ce qu'elle avait fait jusqu'ici. Et il semblait apprécier sa compagnie, aussi. Un peu trop, peut-être. Elle s'efforçait de maintenir leur relation sur un plan amical mais il devenait de plus en plus évident qu'il désirait davantage.

Ils discutaient de nombreux sujets, à la manière des âmes esseulées : en se dévoilant trop vite, poussés par un sentiment d'intimité immédiat. Le deuxième jour, il lui confia qu'il aimait que personne ne sache qui il était à Bangkok. Personne ne le jugeait. Elle pensa le comprendre et approuva, puis ils poursuivirent leur balade et elle lui montra les mets aussi étranges que merveilleux sur les étals de la rue : scorpions, canards d'un orange si vif qu'on les croirait peints. Ils avaient toujours leur tête, qui pendait devant elle, leurs yeux recouverts d'un voile blanc.

« C'est sûr qu'on n'est pas au supermarché, fit remarquer JW. On voit bien que ce sont des animaux morts. »

Le soir, lorsqu'ils ressortirent, la rue était totalement différente. Il faisait nuit tôt malgré l'été, et tous les types louches et les touristes sexuels sortaient de leurs cachettes.

Elle envoya un e-mail à Mags pour le lui raconter :

> On les repère à des kilomètres. Vieux, blancs, gros et tatoués. Et désespérés. Ils ont l'air de s'amuser, à rire et à parler fort, mais ils doivent se douter que tout le monde les méprise. Non ? Les femmes-enfants qui sont pendues à leurs bras les haïssent.

Sa véritable compagne de voyage ne remuait même pas dans le lit quand Alex se levait chaque matin et se déplaçait dans la chambre. En général, elle n'était couchée que depuis une heure ou deux. Elles se voyaient de moins en moins chaque jour. Et si Alex lui parlait d'un magnifique coucher de soleil ou d'un étal de poissons dans la rue, Rosie roulait les yeux.

C'était comme le trajet pour le lycée. Se retrouver loin de chez elles ne les avait pas rapprochées pour autant. Au contraire, cela n'avait fait qu'amplifier les différences béantes entre elles. Alex se voyait attribuer le rôle de la grande sœur rabat-joie, toujours négative, pendant que Rosie était la fille drôle et pleine de vie qui profitait.

Rosie se plaisait à raconter qu'elle était un esprit libre ; ce qui, de l'avis d'Alex, la faisait passer pour une imbécile. Un esprit libre ne se contentait pas de se soûler le plus souvent possible. Cependant, quand Alex tentait de la mettre en garde contre certains dangers, qu'on glisse quelque chose dans son verre par exemple, Rosie se mettait à bouder et se plaignait d'être en vacances avec sa mère.

Alex aurait voulu lui expliquer que, pour sa part, l'idée d'être libre de faire ce que bon lui semblait l'avait aidée à continuer quand elle rangeait les sacs de haricots à Asda, mais elle n'y arrivait pas. Et elle ne pouvait certainement pas lui avouer que leurs mères l'avaient nommée responsable. L'une et l'autre lui avaient dit : « Tu veilleras sur Rosie, d'accord ? » Comme si elle avait besoin d'être protégée. Et de cette manière, elles avaient planté la graine radioactive de la peur sous sa peau.

13

Lundi 18 août 2014

La journaliste

« C'est une perte de temps. Elles vont réapparaître », répétait Don, comme un mantra.

Et aujourd'hui, c'est arrivé.

La nouvelle est tombée ce matin. Don m'a téléphoné au saut du lit.

— On les a retrouvées, a-t-il annoncé. Mais dans des sacs mortuaires.

— Oh mon Dieu ! Où ça ? Que s'est-il passé ?

— Un incendie dans un des hôtels miteux en bordure de Khao San Road. C'est arrivé vendredi mais les flics viennent juste de découvrir les corps. D'après eux, il n'y avait aucun registre et il était risqué de pénétrer dans le bâtiment plus tôt.

— Combien de victimes ?

— Rien que deux pour l'instant.

— Et il s'agit bien d'Alex et de Rosie ?

— Il n'y a pas eu d'identification officielle mais c'est ce qui se raconte. Je me demande si les parents ont été informés.

Je me posais la même question. Mais au cas où la police ne les aurait pas encore prévenus, je ne voulais pas leur téléphoner. J'ai commis cet impair une fois dans ma carrière et jamais je n'oublierai le nœud dans mon estomac lorsque j'ai compris que la femme à l'autre bout du fil ignorait le décès de son mari. Mon rétropédalage frénétique tandis que j'essayais de mettre un terme à la conversation sans annoncer la terrible nouvelle m'avait tout autant déplu.

*

Je décide de contacter Bob Sparkes pour découvrir ce qu'il sait. Il est tôt, pas encore 8 heures, mais il ne s'en offusquera pas. Il y a de fortes chances qu'il soit déjà au travail.

Cependant, lorsqu'il décroche, on dirait plutôt qu'il se trouve dans une chambre acoustique.

— Bob, vous pouvez parler ?

— Pas vraiment. Je suis à l'hôpital.

— Oh mon Dieu, pardon. Vous avez eu un accident ?

— Non. C'est Eileen. Écoutez, je vous rappelle plus tard.

— Oui bien sûr.

Et il raccroche.

Je compose lentement le numéro des O'Connor, répétant les paroles que je vais prononcer en fonction de la façon dont ils vont répondre au téléphone.

Si j'ai droit à un « Bonjour, Kate ! Vous êtes bien matinale ! », je prétendrai vouloir juste prendre des nouvelles avant de partir travailler. Je dirai qu'il s'est passé quelque chose à Bangkok et leur conseillerai de joindre le ministère des Affaires étrangères. Si Lesley est en pleurs…

C'est une voix inconnue qui me répond. Celle d'une femme âgée. L'espace d'une seconde, je crains de m'être trompée.

— Excusez-moi, je voulais parler à Lesley mais j'ai dû faire un faux numéro.

— C'est moi, réplique celle-ci.

Elle sait.

— La police est ici, Kate. Ils disent qu'il y a eu un incendie à Bangkok et qu'on a retrouvé deux corps. Deux filles. L'âge correspond mais ils ne sont sûrs qu'à quatre-vingt-dix pour cent que ce sont elles. Il reste une chance... Ils vont peut-être avoir besoin des dossiers médicaux et dentaires.

Sa voix accroche sur le mot « dentaire », j'en profite pour tenter de la réconforter.

— Je suis tellement navrée, Lesley. J'espérais vraiment...

— Nous l'espérions tous. Nous partons à Bangkok tout à l'heure. Je dois y aller, Kate. Pour être sûre. Et pour la ramener à la maison si c'est...

Terry se réjouit d'avoir un scoop de si bon matin.

— Merde alors ! s'exclame-t-il.

L'hyperbole n'est pas son fort.

— Les familles sont au courant ? Tu leur as parlé ?

— Oui.

— Super. Sors ton article le plus vite possible, avant que les autres ne s'y intéressent. Rappelle-moi après.

Je perds patience et téléphone une nouvelle fois à Bob Sparkes ; il ne mentionne ni Eileen, ni l'hôpital.

— Kate, désolé pour tout à l'heure. Vous êtes au courant ?

— Oui, c'est notre correspondant à Bangkok qui m'a prévenue.

— Bien. Nous avons été informés cette nuit, j'ai envoyé Salmond avertir les parents. Elle est encore avec eux je crois. Ils ne s'y attendaient pas du tout. Personne, en fait.

— Je sais. Je viens de parler à Lesley et elle est sous le choc. Je publie l'article à l'instant.

— Vraiment ? Rien n'est confirmé encore, Kate. Les dépouilles doivent être identifiées officiellement.

— Je sais, je sais. J'ai pris toutes les précautions nécessaires. Mais ce sont elles, n'est-ce pas ?

— C'est fort probable, avance-t-il d'un ton prudent. Les descriptions correspondent à celles des personnes portées disparues.

— Oh bon sang, Bob ! Je ne vais pas vous citer. De toute façon, les familles ne vont pas attendre la confirmation. Elles partent en Thaïlande aujourd'hui.

Et moi aussi.

— Nina va s'occuper des billets, annonce Terry quand il sort du bureau du rédacteur en chef avec son accord pour le voyage.

— Merci, Terry, dis-je en attrapant le sac avec quelques affaires que je garde toujours dans un tiroir de mon bureau.

— Pars devant. Le service photo se charge de prévenir Mick, et Joe va prendre la relève ici.

Celui-ci bondit sur ses pieds avant de tenter de dissimuler son excitation.

Il apprend vite. Ça n'apporte rien d'avoir l'air trop empressé.

Mon jeune protégé se fend d'une moue de pro et marmonne :

— Je vais passer quelques coups de fil.

— Merci, Joe, dis-je. Tout ce que j'ai de Don et de Lesley est classé et en ligne. J'essaierai de la rappeler tout à l'heure mais puisque Malcolm et elle sont en train de se préparer et de s'organiser, il vaut mieux que tu t'adresses à leur fils, Dan. C'est lui qui s'occupe de la page Facebook.

— OK, je gère, assure Joe en notant le numéro de Dan. J'aimerais bien venir avec toi.

Le seul déplacement à l'étranger qu'il ait fait pour le journal, c'était à la jungle de Calais où il a interviewé des réfugiés.

« Je suis allé plus loin en excursion scolaire, s'était-il plaint auprès de moi.

— Ils n'envoient plus personne nulle part, Joe. Ça n'a rien de personnel. C'est une question de budget, lui avais-je expliqué avec patience. Avant, on passait notre temps dans des avions mais les comptables ne comprennent pas en quoi c'est utile alors qu'on peut tout faire via Internet. Je voyage si peu désormais que mes cartes de fidélité des compagnies aériennes risquent d'être périmées… »

Aujourd'hui, je lui réponds simplement :

— La prochaine fois.

Je gagne la sortie tandis que la perspective d'un vrai sujet en plein mois d'août agite le reste de la salle de rédaction. J'appelle Steve en entrant dans l'ascenseur.

— Je pars à Bangkok, chéri. Il y a quatre-vingt-dix pour cent de chances que ce soient les deux Anglaises qui aient trouvé la mort dans cet incendie. Les familles vont procéder à l'identification.

— Je m'en doutais, se lamente Steve. C'est toujours la même chose, chaque fois que je nous prends des billets pour un spectacle. Nous étions censés aller voir la pièce de David Tennant ce soir.

— Désolée. Emmène un de tes collègues à la place. Henry, par exemple. Écoute, c'est un sujet important, et les parents partent maintenant. Je dois y aller.

— OK. Appelle-moi quand tu auras atterri.

— Évidemment. Oh, et Steve, tu peux t'occuper de payer la facture de la carte de crédit ? Et je devais aussi téléphoner pour me débarrasser du vieux frigo. Le numéro est dessus.

— Oui, oui. Combien de temps seras-tu partie ?

— Je ne sais pas. Quelques jours. Une semaine grand maximum.

J'entends mon mari soupirer.

— Je sais que c'est énervant, mais j'ai aussi demandé à couvrir cette histoire pour en profiter et essayer d'aller jusqu'à Phuket. Ce n'est qu'à une heure et demie de Bangkok en avion. Je vais voir si je peux retrouver Jake et le convaincre de rentrer.

— Bien. C'est une super idée. Mais ne te fais pas trop d'illusions, Katie. C'est un adulte, pas un petit garçon. Bon, je dois me remettre au travail. Fais bon voyage. Et appelle-moi.

Dans le taxi pour l'aéroport, je garde le silence, les yeux rivés sur une photo de Jake dans mon téléphone, et j'imagine sa surprise quand il me verra débarquer sur le lieu de son projet de protection des tortues. *Si j'arrive à le trouver.* Je balaie mes doutes et me concentre sur son rire et mes larmes quand nous nous retrouverons. J'espère que c'est ainsi que ça se passera.

14

Lundi 18 août 2014
L'inspecteur

Zara Salmond était l'officier tout désigné pour annoncer la triste nouvelle aux familles. Sparkes s'en serait volontiers chargé mais Eileen avait rendez-vous avec son oncologue et il tenait à être auprès d'elle pour la soutenir à l'annonce du pronostic. Il se doutait qu'il ne serait pas favorable.

De toute façon, c'était un exercice dans lequel Salmond se révélait bien plus talentueuse que lui. Elle savait s'y prendre. Quand certains flics affichaient une attitude compassée et gênée ou que d'autres se montraient trop intrusifs, elle réussissait à être chaleureuse et professionnelle. Quant à lui, il n'aurait su dire où il se situait sur cette échelle.

— C'est l'adrénaline qui les fait tenir ; ils repoussent le moment où ils prendront pleinement conscience du drame, annonça-t-elle en rentrant au poste.

— Avez-vous vu Mike Shaw ?

— Oui. Je suis allée chez lui en dernier. Il était sous le choc. Jenny l'avait prévenu par téléphone avant mon arrivée. Il va l'accompagner en Thaïlande et il préparait son bagage alors je ne suis pas restée longtemps.

Salmond s'apprêtait à repartir quand elle ajouta :

— Oh, et il prétend que sa mère s'est souvenue d'avoir prêté l'argent à Rosie.

— Quoi ? Il vous a parlé de ça alors que le cadavre de sa fille vient sans doute d'être découvert ?

— Oui, il a osé. Et je ne vais certainement pas demander confirmation à Constance Shaw aujourd'hui.

— Non, en effet. Mais gardez ça en tête, Zara. Il faudra éclaircir cette affaire tôt ou tard.

Il songea aux filles. Pas assises dans un bar, en train de briser le cœur de leurs parents, mais étendues dans des sacs mortuaires. Où ? Comment ? Pourquoi ces filles étaient-elles décédées ? Le feu était un tueur impitoyable. Il entraînait une mort lente et douloureuse. À première vue, elles avaient manqué de chance, elles s'étaient trouvées au mauvais endroit au mauvais moment. Pourtant… Il partit en quête de détails, mais rien ne retint son attention. Le problème, c'était qu'il n'examinait rien de lui-même, il était tributaire de comptes rendus de rapports dans lesquels chaque élément était filtré par différents points de vue en fonction de divers impératifs. Il aurait voulu être sur place, observer les lieux, rassembler les indices, s'entretenir avec les témoins, et non pas rester dans son bureau étouffant à consulter des e-mails. Il étira ses épaules raides et douloureuses avant de faire une seconde tentative. Mais à mesure qu'il avançait dans sa lecture, son esprit revenait sur Eileen. Il ne s'était pas trompé. Le temps était compté.

« Tu as une mine superbe aujourd'hui, ma chérie. Tu es plus belle chaque fois que je te vois, lui avait-il lancé en entrant dans sa chambre d'hôpital à l'heure du déjeuner.

— Je vais bientôt revenir à la maison, Bob », avait-elle répondu allongée dans son lit, une armée de ventilateurs ébouriffant les fibres de sa perruque.

Sparkes s'était installé dans son fauteuil habituel en simili cuir rouge foncé, dont le devant de l'assise était usé jusqu'à la corde par les innombrables conjoints angoissés qui s'étaient penchés en avant pour saisir la moindre parole ou regard du malade. Il avait rapproché au maximum le siège du cadre du lit si bien qu'ils se touchaient.

« Tu as mal ?

— Pas trop. Tu as passé une bonne journée ? avait-elle demandé, le regard tourné vers lui mais perdu dans le vide. Raconte-moi.

— Oh, ç'a été. Mais ne t'en fais pas pour ça, ma chérie. »

Il s'était penché pour l'embrasser sur le front. Sa peau était froide et humide et il aurait juré pouvoir y goûter les produits chimiques qui lui étaient injectés.

Son baiser avait déplacé sa perruque ; elle l'avait choisie sur le catalogue de l'hôpital lors des premières séances de chimio et elle avait opté pour une couleur différente de son ton naturel.

« J'ai envie de changement et j'ai toujours voulu être blonde », avait-elle expliqué, enjouée, pâle et chauve en examinant un casque de cheveux blond-gris.

Il avait éclaté de rire – le premier rire franc depuis que le diagnostic était tombé – et il l'avait embrassée avec fougue. Un baiser passionné. Cette nouvelle version de sa femme lui faisait marquer un temps d'arrêt chaque fois qu'il franchissait le seuil mais, lorsqu'elle retirait la perruque, elle redevenait brune avec les petites repousses qui se hérissaient sur son crâne.

« Peut-être bien que je les décolorerai quand je rentrerai à la maison, avait-elle plaisanté quand elle l'avait surpris en train de l'observer. Qu'en penses-tu ? Ce serait sexy ? »

Avec un sourire, il lui avait pris la main. À l'époque, ils gagnaient la bataille.

Il ferma les yeux tandis qu'Eileen emplissait son esprit. Il devrait être chez eux, à préparer son retour de l'hôpital. Changer les draps des lits – un à l'étage, un dans le salon, en fonction de son état. Elle aimait la couette au motif de boutons de roses. Il fallait qu'il la repasse. Et qu'il achète le thé à la framboise qu'elle adorait. Il s'en occuperait tout à l'heure. Il gribouilla *thé framb-* et *repassage* sur un Post-it qu'il voulut coller quelque part où il le retrouverait plus tard, avant de finir par le remettre sur le bloc où il s'enroula avec mépris devant son incompétence.

Sparkes inspira profondément pour refouler la panique qui enflait dans sa poitrine. *Ouvrez vos poumons*, disait la femme du DVD de yoga d'Eileen. *Sentez votre respiration qui fait de la place en vous.* Il essaya mais la peur de ce que « rentrer à la maison » impliquait ne pouvait pas être expirée. Eileen revenait parce qu'il n'y avait rien de plus à faire à l'hôpital. C'était la fin. Ils avaient écouté l'oncologue d'Eileen le leur annoncer, leurs mains moites serrées l'une contre l'autre, lui à cause de la peur, elle à cause des médicaments.

« Il vous reste peut-être plusieurs mois mais plus probablement quelques semaines, avait-elle déclaré avec douceur mais fermeté. »

Inutile de contester les faits ou la sentence.

Après quoi, ils étaient restés sans bouger, étourdis, sans oser se regarder de crainte de devoir en discuter.

« Nous parlerons à la maison, avait dit Eileen, rompant le silence. N'oublie pas d'acheter du thé à la framboise. »

Il irait la chercher le lendemain, après les visites du matin. Elle serait d'humeur joyeuse et enjouée pour lui. Eileen pouvait encore donner le change grâce à la morphine mais les effets s'estompaient au fil de la journée. Il l'imaginait en train de se déplacer au ralenti dans la maison, à toucher des objets comme si elle était sur le départ. L'agonie du cancer la transformait. Il arrivait qu'elle rejette ses marques d'affection, qu'elle se mette en colère, ne supporte pas qu'il la touche. Et il y avait ces heures plus sombres où il mesurait combien il l'aimait. Tout ce qu'il y avait à perdre. *Des mois, je vous en prie, faites qu'il lui reste des mois…*

Il se repoussa du bureau comme si l'activité physique pouvait le débarrasser de ses pensées et se mit en quête de quelque chose qui le détournerait de la maladie d'Eileen, un jour de plus.

15

Lundi 18 août 2014
La journaliste

Le salon de l'aéroport est bondé d'hommes d'affaires, cravate desserrée, lunettes remontées sur le sommet du crâne, verre de pinot noir à la main, qui se détendent dans de confortables fauteuils en cuir. Un match de football est diffusé sur un grand écran tandis que, sur un autre, un bandeau d'informations défile sous le sourire du présentateur du JT.

C'est un aspect de ce métier que j'adore. Couvrir une affaire à l'étranger. S'organiser à la dernière minute, se précipiter à l'aéroport alors que la secrétaire est encore en train de réserver les billets, se faufiler dans les files d'attente, embarquer juste avant que les portes ne se referment. La perspective exaltante de l'article qui attend au bout du voyage.

Je me déniche une table dans un coin et m'y assieds tranquillement tout en balayant la salle du regard. D'autres journalistes vont certainement être dépêchés à Bangkok mais je ne repère aucun visage familier près du bar. Mes collègues doivent voyager en classe éco.

Armée de ma carte de fidélité Or et d'une bonne dose de charme, j'ai réussi à être surclassée au moment de l'enregistrement. *C'est peut-être la dernière fois que je peux le faire*, me dis-je, satisfaite de moi-même. Je dois rester auprès des familles pour leur parler. Et elles vont être installées en tête d'appareil, à l'écart des médias. *De gens comme moi.*

Dans le salon réservé aux premières classes, les voyageurs se divisent en deux catégories : les habitués, qui sont détendus et connaissent le prénom des employés ; et les touristes, pour qui tout est nouveau et qui bourdonnent autour des sandwiches gratuits comme des guêpes.

Les O'Connor et les Shaw ne font ni l'un ni l'autre.

Je repère Lesley et Malcolm assis à une table près des vitres, se tenant la main. Ils paraissent épuisés. Lesley a les yeux rivés sur son téléphone comme si elle le suppliait mentalement de sonner. Lorsqu'elle lève la tête, elle m'aperçoit et me fait signe.

Son portable sonne et elle le tend à Malcolm après avoir consulté l'écran. Alors elle se fraie un chemin jusqu'à moi.

— Je peux m'asseoir ? demande-t-elle avant de s'effondrer sur une chaise. Désolée, ça ne vous dérange pas, n'est-ce pas ? Je me sens un peu faible.

— C'est normal, dis-je. Voulez-vous un verre d'eau ? Ou quelque chose de plus fort ?

Elle refuse d'un geste de la tête.

— Je n'ai envie de rien. Je veux seulement que ce ne soit pas Alex, lâche-t-elle avant de fondre en larmes.

— Oh, Lesley…

J'approche ma chaise pour la réconforter.

— C'est horrible, je sais, de souhaiter qu'il s'agisse de l'enfant de quelqu'un d'autre, mais cette idée m'est insupportable.

— Vous n'êtes pas horrible, vous êtes juste profondément bouleversée. C'est compréhensible.

— Je ne crois pas que quiconque puisse comprendre.

Un instant, j'envisage de lui parler de Jake, de partager mon malheur. *Moi aussi.* Mais elle n'a pas besoin d'entendre ça. Peu importe ce que vivent les autres en ce moment. Elle ne pense qu'à Alex.

— Et j'ai peur en avion, hoquette Lesley qui rit presque de l'absurdité de sa situation. Je n'arrive pas à y croire. Je devrais être en train de participer à la soirée quizz du pub en ce moment. Notre équipe s'appelle les Petites Cellules Grises. Au lieu de quoi, je vais m'enfermer pendant onze heures dans une boîte de conserve pour aller vérifier si un corps à la morgue est celui de ma fille.

— Vous vous en sortez très bien, Lesley.

— Non, c'est faux. Je suis en train de m'effondrer, Kate. Je ne veux pas monter dans cet avion. Et s'il se passait autre chose ? Nous allons rester dans les airs, injoignables, pendant des heures. Nous ne saurons rien avant d'atterrir. Ça me terrifie.

Je me penche en avant et plonge mon regard dans le sien pour l'obliger à se concentrer.

— C'est la nuit en Thaïlande. Il ne se passera rien avant le matin. Nous y verrons peut-être un peu plus clair demain. Vous devriez essayer de dormir pendant le vol. Vous avez des cachets pour vous relaxer ?

Lesley tord le mouchoir entre ses mains et le déchire en morceaux.

— Ça ira.

Je hoche la tête sans quitter une seconde des yeux la femme en train de se décomposer devant moi.

Je pioche mon portable dans mon sac et appelle Joe.

— Salut, c'est moi. Je suis à l'aéroport. Est-ce que tu peux m'appeler ou m'envoyer un message s'il se passe quoi que ce soit avant le décollage ?

Que Joe me prévienne est une évidence mais je souhaite que Lesley sache que je suis au courant de tous les éléments nouveaux.

Joe prend sa voix professionnelle pour me répondre. J'ai envie de le taquiner un peu mais impossible devant Lesley.

— Oui, sans faute. Rien de neuf pour l'instant dans les câbles officiels. Ni sur Twitter ni sur la page Facebook. Comment ça va ?

— Bien, merci. On se reparle à mon arrivée.

Avec un mouvement dépité de la tête, je rapporte à Lesley :

— Pas de nouvelles ici mais je vais contacter notre correspondant local pour lui demander de nous informer des derniers éléments avant le départ.

— On est au beau milieu de la nuit, Kate ! s'écrie Don quand il décroche. Alors, il n'y a pas grand-chose de nouveau. Toujours pas de confirmation. La police tente de sécuriser le bâtiment afin de poursuivre les recherches. Ils ont intérêt à mettre des casques parce que l'endroit était déjà dangereux avant l'incendie, alors maintenant… L'odeur est insoutenable. Ces pauvres parents qui viennent identifier leurs gosses…

Je reformule l'information dans ma tête avant de la livrer au public.

— Tu as vu les parents ? demande Don.

Sous le regard appuyé de Lesley, je croise les doigts pour qu'elle ne l'entende pas.

— Oui, dis-je avec une intonation que j'espère il saisira.

— Tu es avec eux ?

— Oui, donc… Que dit la police à propos du feu ?

— Ils disent que c'est la faute de ces *farang kee ngok* – pardon, de ces routards étrangers. Apparemment, l'auberge n'affichait pas complet à ce moment-là, encore heureux, mais un de mes contacts à l'hôpital prétend qu'il y aurait un survivant – un Occidental souffrant de brûlures a été admis la nuit de l'incendie. Il n'y a aucune autre information sur son compte pour l'instant mais je fais des recherches.

— Quel hôpital ? je demande. Tu en as informé quelqu'un d'autre ?

— Pas encore. J'essaie de trouver le moyen de le rencontrer.

— Je veillerai à ce qu'on prenne bien soin de toi si tu nous réserves l'exclusivité de tes découvertes. Jusqu'à ce que j'arrive... Don ?

Lui comme moi savons qu'une interview du survivant ferait un prochain scoop génial. Surtout s'il s'avère qu'il a eu un comportement héroïque.

— Puisque c'est toi, d'accord, répond Don. Mais je ne peux pas me permettre de me mettre le reste de la meute à dos, alors motus, d'accord ?

— Merci. On se voit dès que j'arrive. Et Don, peux-tu m'envoyer un message s'il y a du nouveau ?

— Sans problème. On se retrouve au bar.

Lesley est penchée vers moi, impatiente de connaître ce dernier rebondissement.

— Qu'est-ce qu'il a dit ? Qui est à l'hôpital ?

— Un garçon qui aurait été blessé dans l'incendie. Mais c'est encore vague pour le moment.

Les traits de Lesley se décomposent sous l'effet de la déception.

— Un garçon, répète-t-elle tout bas. Est-ce qu'il sait ce qu'il s'est passé ?

Je pose la main sur la sienne pour la serrer.

— Je l'ignore. L'enquête n'en est qu'au tout début, Lesley, alors rien n'est sûr.

Elle acquiesce mais je vois bien qu'elle n'écoute que d'une oreille, comme si elle avait déjà entendu tout ça. C'est le cas.

— Mon correspondant sur place nous préviendra s'il y a le moindre élément nouveau. Il est en contact permanent avec la police.

Elle articule un merci silencieux et retourne auprès de son mari pour lui rapporter notre conversation. Puis elle se dirige vers une autre table. Jenny Shaw est assise avec son ex-mari, elle lui tourne le dos.

Eh bien, ça ne les aura pas rapprochés alors. Je lève la main pour la saluer lorsque Jenny braque les yeux dans ma direction.

16

Lundi 18 août 2014
La journaliste

Mon téléphone sonne et je vois Lesley se tourner vers moi, le regard interrogateur. C'est Mick. Je secoue la tête pour lui indiquer que je n'ai pas de nouvelles infos.

— Je viens de passer l'enregistrement, Kate. Comment as-tu fait pour être surclassée ? Y a pas eu moyen quand j'ai essayé. La fille de la compagnie m'a dévisagé comme si je lui demandais une gâterie.

Je me détourne pour dissimuler mon sourire à Lesley.

— J'ai repéré trois autres photographes dans la queue des contrôles, poursuit Mick. On va être plusieurs sur le coup.

Je devine l'excitation dans sa voix. Mick adore le travail en meute : les beuveries, la compétition, le plaisir d'être avec des confrères journalistes.

— Comment ça se passe de ton côté ?

— Bien. J'ai discuté avec Lesley. Ils sont tous terrifiés, les pauvres. Bref, je vais m'asseoir avec eux dans l'avion, ça facilitera les choses à l'arrivée.

— Bon, pense à moi en savourant ton repas gastronomique avec ton verre de champagne.

— Je te garderai les restes.

J'attends que les familles s'assoupissent pour me rendre en classe éco. Mick, la tête dodelinante, dort comme un bébé.

— Mick, dis-je trop fort et les passagers se retournent dans les sièges autour.

— Salut, Kate, me lance George Clarkson du *Telegraph*, assis dans la rangée derrière lui. J'ignorais que tu étais à bord. Comment vas-tu ?

— Oui, tu es à l'avant, c'est ça ? demande Louise Butler du *Herald*, de l'autre côté de l'allée.

— Oh, salut. Bien et oui, dis-je. Et toi, George ? Je ne t'ai pas vu depuis que tu as quitté le *Mail*. Comment ça se passe dans la cour des grands ?

— Beaucoup moins de cris et de haine, répond-il avec un sourire. Personne n'élève la voix. C'est très civilisé.

Je regarde autour de moi et compte cinq reporters de la presse écrite et un journaliste télé. Je les connais tous. C'est ma famille professionnelle. Je me sens bien ici, dans mon élément, enveloppée des relents de repas sous vide et des flatulences de la classe éco.

— As-tu discuté avec l'une ou l'autre des familles ? Ou bien les hôtesses de l'air jouent-elles les vigiles ? s'enquiert Louise.

Je comprends alors qu'ils n'ont pas vu mon article, celui que j'ai publié depuis le salon des voyageurs juste avant d'embarquer. Je marque une hésitation qui n'échappe à personne et mes collègues devinent avec douleur qu'ils ont été coiffés au poteau.

— Qu'est-ce qu'ils disent ? Ils doivent être effondrés, reprend Louise.

Elle met les mots dans ma bouche. Je me contente d'acquiescer.

— Comment as-tu convaincu ta rédaction de te payer la classe affaires ? Ils ont refusé chez moi. J'ai essayé d'aller à l'avant voir les familles quand ils ont servi les repas mais je me suis fait rembarrer.

Satanée Louise Butler, Madame Je m'impose, me dis-je en mon for intérieur, avant d'avoir un flash troublant de moi sur le seuil d'une maison. Je me tourne vers George.

— Comment vont-ils, Kate ? s'enquiert-il.

— Pas trop mal. Un employé de l'ambassade va les prendre en charge.

— Et nul doute que tu seras dans la voiture, bien au chaud, avec eux. Mais tu partageras tes infos, n'est-ce pas ? insiste Louise en se rapprochant pour poser la main sur mon bras. Nous sommes tes collègues.

George hausse un sourcil pour marquer le scepticisme des autres.

— Je me doute que tu cherches le scoop, Louise, dis-je en éloignant mon bras d'elle. C'est ce que nous voulons tous. J'ai publié mon interview avec eux juste avant le décollage. Ta rédaction peut la lire sur le site Internet.

— Non mais écoutez-la ! marmonne Louise à son voisin en imitant ma voix. « Ta rédaction peut la lire sur le site Internet. » Pour qui elle se prend ?

— Bon, on est au beau milieu de la nuit, dis-je pour tenter de calmer le jeu. Tout le monde est fatigué et sur les nerfs. Nous devrions tous essayer de dormir. Vous descendez à quel hôtel ?

Avant que je ne les quitte, Mick m'attrape par la main et je serre la sienne. Il se lève et me suit jusqu'au rideau de séparation.

— Dès qu'on atterrit, essaie de descendre le plus vite possible, Mick. Je partirai devant avec les O'Connor et les Shaw et te retrouverai sur place. Je prendrai des photos et des vidéos avec mon portable en t'attendant. Appelle-moi dès que tu es en chemin, et essaie de te débarrasser de Louise. Elle n'hésitera pas à nous doubler.

Mick se fend d'un sourire.

— Elle est cuite.

— Parfait. Et Mick, évite ce genre de commentaire devant les parents.

17

Mardi 19 août 2014
La journaliste

L'employé de l'ambassade me décoche un regard impassible lorsque Lesley me présente.

— Ah, la presse britannique. Je ne doute pas que vous puissiez organiser votre propre transport, madame Waters.

— Elle vient avec nous, décrète Lesley. On se serrera.

Je ne dis rien, c'est inutile. Lesley s'en sort magnifiquement toute seule. Malcolm garde le silence et les Shaw regardent ailleurs.

— Bien, si vous êtes sûre, répond l'employé en détachant chaque syllabe pour bien marquer son mécontentement. Par ici.

L'hébétude regagne chacun d'entre nous lorsque nous retrouvons le vice-consul Clive Barnes au terminal d'arrivée.

— L'établissement était occupé par plusieurs personnes et la police souhaiterait que vous preniez part au processus d'identification afin qu'il n'y ait pas d'erreurs, explique-t-il d'un ton prudent.

J'ouvre la marche, les autres me suivent d'un pas trébuchant en tirant leurs valises derrière eux. Je dois m'attirer les bonnes grâces de Clive.

— Ce doit être l'aspect le plus difficile de votre poste, dis-je en m'efforçant de caler mon allure sur la sienne. Vous occuper des tragédies des autres.

— En effet. Mais je suppose que vous en savez quelque chose, madame Waters. Je dois avouer que ça ne me plaît pas de vous conduire sur les lieux du drame mais puisque c'est le souhait des familles...

Ce n'est pas gagné.

Je ralentis et marche à hauteur de Lesley dont je prends délicatement la poignée de la valise.

— Vous avez l'air épuisé. Laissez-moi vous aider.

Son mari avance d'un pas lourd en queue du groupe, tête basse, chargé d'une autre valise et des bagages cabine. Mike Shaw porte son sac et celui de Jenny. Il l'a récupéré sur le tapis quand elle le lui a montré du doigt et il l'a gardé comme elle ne faisait pas mine de vouloir le lui reprendre. Elle avance juste derrière Lesley mais les deux femmes ne se parlent presque pas.

Lesley prend la main de son mari quand Clive Barnes range les valises dans le coffre du monospace qui les attend. Elle semble frigorifiée malgré la chaleur, ses dents s'entrechoquent lorsqu'elle tente de prendre la parole. *Tout devient réel maintenant. Ce n'est plus seulement sur Facebook. Ils sont ici et leur fille est sans doute morte.*

Malcolm aide Lesley à monter en voiture, je me faufile entre elle et Jenny et me tortille pour essayer de boucler la ceinture du siège du milieu pendant que leurs conjoints prennent place sur la banquette avant. Lesley et Jenny regardent par la vitre pendant que les hommes tentent de faire la conversation.

— Je vous ai réservé des chambres dans un hôtel proche de l'ambassade, annonce Clive Barnes. Je vous y conduirai dès que vous aurez identifié…

Le silence tombe dans l'habitacle. Il ne peut se résoudre à prononcer le mot « corps » et personne dans la voiture n'est prêt à l'y aider.

Au bout d'un moment, Malcolm demande :

— Est-ce que ce sont bien Alex et Rosie qu'ils ont trouvées ?

Je sens Lesley se crisper à côté de moi.

— Nous n'avons aucune certitude à ce stade mais comme vous le savez il a été confirmé qu'il s'agissait de deux jeunes femmes de type caucasien, dont la description correspond à celles de vos filles.

Je caresse le bras de Lesley pour la réconforter ; elle se penche sur moi et se met à sangloter.

Jenny tourne davantage la tête de l'autre côté.

Malcolm essaie de poursuivre.

— Nous voulons parler tout de suite à la police et nous rendre sur les lieux de l'incendie.

Clive Barnes paraît reconnaissant quand il répond :

— Oui, bien sûr. Un de mes collègues s'est entretenu avec l'inspecteur chargé de l'affaire tout à l'heure. L'examen post mortem est prévu plus tard dans la matinée et la police fouille encore les lieux du sinistre. Il serait souhaitable que vous soyez accompagnés d'un interprète quand je ne suis pas disponible. Dois-je vous trouver quelqu'un ?

— Combien ça va nous coûter ? marmonne Mike Shaw.

— Oui, s'il vous plaît, monsieur Barnes, répond Malcolm.

— Appelez-moi Clive, je vous en prie.

Lesley sanglote toujours contre mon épaule.

— Oh, chérie, dit Malcolm en contorsionnant son corps massif pour lui prendre la main. Essaie de tenir le coup.

La voiture s'arrête devant une grille qui barre l'entrée d'une étroite ruelle. Au-delà, j'aperçois des policiers en uniforme gris, un masque de protection sur la bouche, ainsi que des ouvriers avec de lourds engins. Et Don Richards.

— Il vaut peut-être mieux ne pas vous adresser à la presse, intervient Clive Barnes avant de se reprendre. Pardon, madame Waters, c'est le conseil que nous donnons systématiquement.

— Je comprends. Bien sûr la presse peut aider à mettre la pression sur les autorités afin de découvrir ce qu'il s'est passé ici, dis-je en m'efforçant de garder un ton égal.

— Oui, bien. On y va ?

Ils partent devant et je vois Lesley et Jenny prendre la main de Malcolm tandis qu'ils atteignent la barrière et l'agent en faction. Mike reste deux mètres derrière.

Don Richards s'approche aussitôt.

— Monsieur et madame O'Connor ? Monsieur et madame Shaw ?

Ils lèvent vers lui des regards plein d'attente.

— Bonjour, Don, dis-je.

— Ma chère Kate. Tu es là !

Je perçois la déception dans sa voix. Je l'ai coiffé au poteau.

— Seigneur, je vous en prie, faites que ce ne soit pas elle, gémit Lesley tandis qu'on les fait passer de l'autre côté.

Je m'apprête à les suivre mais Clive m'arrête d'un regard.

— Familles uniquement. Ordre de la police.

Raté.

J'essaie d'attirer l'attention de Lesley pour lui demander son aide mais tous sont concentrés sur la carcasse noircie du bâtiment. Ce qu'il reste de l'auberge penche dans la rue comme un vieil ivrogne et vomit ses derniers décombres. Les planchers des étages semblent s'être effondrés les uns sur les autres. Un matelas en mousse carbonisé est enroulé sur lui-même sur le trottoir et des cendres tournoient autour de nos pieds.

L'odeur âcre de la fumée et de la suie me pique la gorge quand je crie :

— Je vous attends ici, Lesley.

J'ignore si elle m'a entendue. Je sors mon portable pour les filmer en train de s'avancer vers l'immeuble en ruine.

Accroupie au bord de la chaussée, dans la poussière et la chaleur, je rédige mon article sur mon téléphone. Je préférerais de loin mon ordinateur portable mais je ne suis pas sûre d'avoir le temps de le sortir, d'écrire mon papier et de le transférer sur mon téléphone pour l'envoyer avant leur retour. Des deux pouces, je tape citations et description de la scène pendant que Don Richards tente de lire par-dessus mon épaule.

— Dégage, Don, dis-je quand il fait mine de me prendre mon portable. Écris ton propre papier.

— C'est ce que je fais, ma vieille.

Il griffonne dans un carnet en piteux état, debout à côté de moi.

— Je l'enverrai sur mon ordinateur dans une minute. J'ai des commandes de tout le monde, affirme-t-il en fourrant son calepin dans sa poche. Les voilà. Ça a été rapide.

J'appuie sur la touche « envoi » et me redresse en chancelant pour filmer leur retour. On dirait une procession funéraire : ils marchent d'un pas lent, tête baissée, Malcom a le bras autour des épaules de sa femme pour la soutenir.

— Comment vous sentez-vous, Lesley ? dis-je tout bas quand le groupe arrive à ma hauteur.

— C'est affreux, Kate. Vous êtes allée voir ?

Je contourne un officier de police et regarde par un trou dans la barrière le tas d'affaires balayées. Difficile de bien distinguer mais je crois apercevoir la forme noircie d'un sac à dos ou peut-être le cadre déformé d'un lit.

— Je n'ai rien vu qui appartenait à Alex, déclare Lesley. C'est bon signe, n'est-ce pas ?

Je hoche la tête.

— Que dit la police ?

Clive Barnes s'éclaircit la gorge.

— Je crois que nous devrions nous diriger vers les locaux de la police puis vers l'hôtel. Vous devez être épuisés.

— Nous n'irons pas dormir tant que nous n'aurons pas fait tout ce que nous pouvons, affirme Malcolm. Il faut que nous parlions aux enquêteurs. Viens, Lesley.

Mike Shaw acquiesce et tente de saisir la main de son ex-femme. Elle commence par se laisser faire, mais quelque chose l'en empêche et elle le repousse.

— Jenny, siffle-t-il entre ses dents. Pour l'amour du ciel. Il s'agit de Rosie, pas de nous.

Les traits de Jenny se décomposent.

— Ça ne serait pas arrivé si tu ne lui avais pas donné l'argent.

Lesley laisse échapper un petit cri et j'essaie de ne pas croiser son regard tandis que Mike Shaw se dirige avec raideur vers le véhicule.

— Laisse-le, tonne Jenny à Malcolm qui s'élance après lui. Partir, c'est ce qu'il fait de mieux.

— Calme-toi, Jenny, lui intime Lesley. C'est bien assez pénible comme ça sans que tu tortures Mike.

Jenny se met à pleurer, Malcolm la prend par le bras pour la faire avancer.

Lesley m'attrape le coude au passage.

— N'écrivez rien de tout cela pour votre journal, d'accord ? Ils sont tous les deux bouleversés. Le chagrin nous fait dire des choses affreuses.

18

Mardi 19 août 2014
La journaliste

En attendant l'arrivée de Mick, Don m'emmène dans l'un des nombreux cafés à proximité où nous essayons de discuter par-dessus le vacarme discordant des plus grands tubes des Eagles.

— Pourquoi n'ont-elles pas encore été identifiées ?

Je mélange mes feuilles de thé vert avant de poursuivre :

— Est-ce qu'ils disposent du matériel adéquat au moins ? Peuvent-ils procéder à des tests ADN ici ?

— Bien sûr qu'ils peuvent. Bangkok est une métropole internationale, pas un pays du tiers-monde. Mais les touristes étrangers ne sont pas la priorité. Des centaines de voyageurs trouvent la mort ici chaque année ; des noyades et des accidents de circulation surtout. Et les flics les considèrent comme des enquiquineurs. Ils les éliminent des statistiques aussi vite que possible. La mort et le chaos ne sont pas bons pour le tourisme.

À la table d'à côté, un garçon avec un sérieux coup de soleil écoute notre conversation sans aucune discrétion ; il tombe presque de sa chaise en se penchant pour saisir nos paroles.

— Bonjour, dis-je, incapable de me retenir plus longtemps. Est-ce que vous logez dans un de ces taudis ?

Il m'offre un sourire défoncé et esquisse un vague geste du bras.

— Alors ? Vous étiez là quand le feu a pris ?

Il hoche la tête.

— Je rentrais à la pension où je dors et j'ai vu la fumée et tout ça.

— Est-ce que vous connaissiez quelqu'un à l'intérieur ?

Le garçon lâche un rire nerveux.

— Non, je ne sais pas qui dort dans le lit à côté du mien la plupart du temps, alors encore moins dans une autre auberge.

Je me retourne vers Don avec un haussement d'épaules.

— Ça ne sert à rien.

— Il a raison. Dans ces établissements, les gamins s'entassent dans les moindres recoins. Et la propriétaire de cette auberge a déguerpi sans laisser d'adresse. Pas surprenant. Ce quartier est une véritable souricière – regarde ces câbles.

Je lève les yeux sur les cordes entremêlées qui vont de bâtiment en bâtiment.

— Les courts-circuits sont fréquents et c'est plein d'ordures et de vieilles bouteilles de gaz qui traînent partout. Si elles se trouvaient à l'intérieur, les filles n'avaient aucune chance.

— Qu'est-ce que fabrique Mick, bon sang ! dis-je et mon cri fait sursauter le zonard à côté. On perd du temps.

Je l'appelle en buvant une gorgée du liquide amer.

— Où es-tu ? je crie dans le téléphone. Tu ne sais pas où c'est ? Combien de temps ? D'accord. On est dans le café en haut de la ruelle. Si tu n'es pas là dans cinq minutes, je pars.

Don hausse un sourcil interrogateur.

— Il faut que je parle au survivant. C'est la seule info exclusive que j'aie.

Le stress perce un trou brûlant dans mon estomac. Les premières heures sur place font ou défont le sujet. Je dois être la première partout et, la paranoïa du journaliste l'emportant, je me demande où se trouve Louise en ce moment.

Elle est sans doute au chevet du survivant, à lui tenir la main et écouter toute son histoire. Elle a payé Don pour qu'il me retienne ici.

— On ne peut pas le voir de toute façon, déclare Don. Pas encore. J'y suis allé ce matin mais pas moyen de l'approcher. Mon contact me préviendra dès que ce sera possible.

Je vois un taxi s'arrêter et Mick en sortir en bafouillant déjà des excuses. Je me lève et la chaleur intense de la journée me fait vaciller.

— Foutue sécurité. Quelqu'un a dû me pointer du doigt. Le type de la BBC et moi, on s'est fait fouiller. Je te parie que c'est Louise.

— Où est-elle maintenant ? Et les autres ?

— À l'hôtel de police. C'est là que se rendent les familles, apparemment. On parle d'une conférence de presse organisée plus tard. George doit me prévenir. En échange, j'ai promis de lui filer une citation.

— Bien, s'il se dit quoi que ce soit là-bas, nous l'apprendrons par les câbles officiels. Lesley a accepté de me parler dans deux heures à l'hôtel, alors nous avons un peu de temps devant nous. Il faut aller à l'hôpital avant que les autres n'apprennent qu'il y a un survivant.

— Un survivant ? répète Mick.

— Je te raconterai dans le taxi.

Je jette mon sac dans le coffre et grimpe à l'avant à côté du chauffeur sidéré.

— Monte, Don. Nous avons besoin de tes talents d'interprète. Et demande au chauffeur de mettre la clim. Je meurs de chaud ici.

Pendant qu'on roule, je fais le topo à Mick et appelle la rédaction pour vérifier que mon article est bien arrivé. J'aimerais parler à Terry mais je suis complètement perdue dans les horaires. Il est six heures de moins à Londres et c'est encore le personnel de nuit qui fait tourner la boutique. Les ringards et les vieilles branches.

— Bonjour, bienvenue chez les repris de justice, grommelle Gordon Willis, l'ancien spécialiste des affaires criminelles du journal. Oh, c'est toi. Je viens juste de lire ton papier, Kate. Très émouvant, quand on aime ce genre de trucs.

— La ferme, Gordon. C'est une conversation exclusive. Bref, qu'est-ce que tu fais au journal ? Je n'arrive pas à croire qu'on t'ait laissé entrer. Tu es censé être à la retraite et te dorer la pilule sur une plage avec tous les escrocs sur lesquels tu as écrit. Que s'est-il passé ? Tu as dépensé toute ta prime de licenciement en sangria ?

— J'avais envie de sortir un peu de l'hacienda ; et ils ont demandé gentiment. Tu as vu Don déjà ?

— Il est assis sur la banquette arrière de notre bolide, si tu veux tout savoir. Je lui passerai ton bonjour.

— Ça marche. Où vous allez ?

— À l'hôpital. Pour essayer de rencontrer un éventuel survivant ; un type avec des brûlures s'est présenté la nuit de l'incendie. Pour l'instant, nous sommes les seuls au courant. Dis-le à Terry quand il se lèvera, et aussi que je dois voir les parents plus tard, en tête à tête, que l'identification officielle des filles est prévue dans la matinée et que la police ne lâche rien.

— OK. Je lui demande de t'appeler dès que je le vois. Ça ne sera pas avant une heure ou deux sauf si tu veux que je le réveille maintenant.

— Non, il ne vaut mieux pas. Bon, nous sommes arrivés. À plus tard.

19

Mardi 19 août 2014

La mère

Lesley se concentra sur son environnement : des néons insérés dans le faux plafond éclairaient la pièce, des dalles tachetées noir et crème recouvraient le sol, de grands casiers en inox se dressaient devant un mur. L'odeur était indescriptible. Il lui fallut plusieurs minutes avant de pouvoir poser les yeux sur le chariot. Un drap blanc dissimulait le corps, un pied aux orteils vernis citron vert en dépassait.

— Madame O'Connor, dit quelqu'un dans son dos – Clive. Vous êtes prête ?

Non, elle n'était pas prête Qui le serait pour ça ? Malcolm lui prit la main. La sienne était gelée. Froide comme la pierre.

— Oui, répondit-elle parce qu'il n'y avait rien d'autre à dire.

Un technicien de la morgue tira le drap et dévoila le visage cireux de sa fille. La main de Malcolm fut secouée de tremblements incontrôlables dans la sienne. Elle voulut caresser la joue de son enfant. La réconforter. Mais l'assistant anticipa son mouvement et l'en empêcha.

— Ne touchez pas le corps s'il vous plaît, ordonna un officier de police, un homme austère qui se tenait sur le côté.

— Alex, corrigea Lesley. Ne touchez pas Alex, s'il vous plaît.

— Vous confirmez qu'il s'agit de votre fille Alexandra O'Connor ? poursuivit-il comme si elle n'avait rien dit.

— Il s'agissait. Ce n'est plus elle, n'est-ce pas ?

Le policier prit un air perplexe.

— C'est notre fille, affirma Malcolm.

Elle aurait voulu rester mais son mari la conduisit dans la salle où Jenny et Mike Shaw attendaient en silence. Les explications étaient inutiles. Jenny se liquéfia quand elle les vit.

— C'est Alex, Jenny. Veux-tu que je t'accompagne ? proposa Malcolm en lui prenant la main.

Mike Shaw se leva avec raideur.

— Non, c'est bon. Nous allons y arriver.

Son ex-femme se tenait près de lui quand la porte fut ouverte et qu'on les invita à entrer.

Pendant qu'elle attendait, l'oreille tendue vers les cris de souffrance dans la pièce contiguë, Lesley se prit à imaginer que rien de tout cela n'était réel. Elle allait se réveiller dans une minute, poser les yeux sur le vieux radio-réveil de sa chambre et entendre sa fille sous la douche. Elle utilisait toujours toute l'eau chaude.

Mike et Jenny revinrent. Lesley reprit pied dans la réalité.

— Je pensais que peut-être ce n'était qu'un mauvais rêve, dit-elle.

— Non, mon cœur. Je crains que non, murmura son mari. Nous devons essayer de réfléchir posément, maintenant.

Maintenant. Maintenant que nous savons pour de bon.

Lesley étudia le visage de Jenny, figé par la stupeur.

— Je voulais toucher Alex. Mais ils ne m'ont pas laissée faire.

— L'espace d'une seconde, j'ai cru que ce n'était pas elle, répliqua Jenny. La fille sur la table avait un petit bouton de rose tatoué sur l'épaule. J'ai voulu crier que ce n'était pas Rosie, mais si. Je ne savais pas qu'elle avait un tatouage. J'ai essayé de l'embrasser mais ils m'en ont empêchée, ils ont dit « Plus tard ». Mais c'est faux, n'est-ce pas ? Jamais plus je ne l'embrasserai. La dernière fois, c'était à l'aéroport.

— Il faut découvrir ce qu'il s'est passé.

— Nous le ferons, chérie, assura Malcolm.

Clive trouva le moment opportun pour intervenir :

— Allons voir la police.

Le colonel de police du service de répression du crime était un homme cérémonieux mais courtois. Il était accompagné de l'interprète engagé par les familles, un jeune homme en costume ajusté avec des lunettes à la Harry Potter et une coiffure d'adolescent ridicule.

Une fois tout le monde installé, l'officier exposa les faits sans attendre.

— Les victimes ont été retrouvées ensemble à l'arrière du bâtiment, déclara l'interprète qui avait pris des notes.

Ses paroles étaient rêches après l'intonation musicale du policier.

— Mais leur chambre se situait au dernier étage, répliqua Lesley. Alex l'a mentionné dans un e-mail. Elle a dit en plaisantant que c'était la suite royale.

— Pas dans une chambre. Dans une sorte de placard, expliqua l'interprète d'un air agité.

— Un placard ? répéta Lesley.

L'interprète posa une question à l'officier et hocha la tête de façon obséquieuse avant de reporter son attention sur son public.

— Plus grand qu'un placard. Un endroit pour ranger des choses. Des choses froides, hasarda le jeune homme.

Le colonel s'était déjà remis à parler et ses paroles déferlaient et échappaient à l'interprète qui se replongea dans la prise de notes.

— Il y avait une fête au rez-de-chaussée, intervint-il quand le policier s'arrêta pour reprendre son souffle.

— Il n'a pas dit que ça, le défia Lesley. Il a parlé longtemps. Pourquoi ne nous répétez-vous pas tout ?

— Je traduis tout, madame, se défendit l'interprète, piqué au vif que son professionnalisme soit remis en question. J'allais continuer.

— Bien.

— Il y avait de l'alcool et de la drogue à la fête...

— Nos filles ne se droguaient pas ! s'écria Jenny d'une voix forte. Pourquoi dit-il ça ?

Sa question ne fut pas traduite au colonel.

— La police suppose qu'une bougie a été renversée pendant la fête, continua-t-il. Ou une cigarette mal éteinte. C'était sans doute un accident.

— Est-ce que Rosie fumait ? demanda Mike.

— Non, marmonna Jenny.

— Le feu s'est propagé très vite à travers les chambres. L'avant du bâtiment était en bois. Les deux filles se sont abritées dans la chambre froide. Elles sont mortes de...

Le jeune homme chercha le terme exact, posa ses mains sur sa gorge pour mimer l'asphyxie.

— Je pense qu'il veut parler d'inhalation de fumée, se hâta de murmurer Clive Barnes pour mettre fin à cette pantomime avant qu'elle ne devienne trop visuelle.

— Et crise cardiaque, ajouta l'interprète.

Lesley crut voir Clive Barnes rouler les yeux.

— La propriétaire de l'auberge est recherchée pour violation des mesures de sécurité.

Sur ce, le colonel referma son dossier, leva les mains jointes et inclina la tête pour effectuer un salut thaïlandais avant de s'en aller. Malcolm se retint d'imiter son geste, Lesley, elle, sauta sur ses pieds pour le retenir.

— Personne ne les a entendues ? Elles ont dû appeler au secours…

Le colonel resta de marbre.

— Personne ne savait qu'elles étaient là jusqu'à ce que les corps soient retrouvés, dit l'interprète.

— Personne n'a rien vu ni rien entendu ? Et les autres de la fête ? demanda Mike. Où sont-ils ? Que disent-ils ? Comment ont-ils réussi à s'échapper et pas nos filles ?

L'officier parut agacé par toutes ces questions.

— Nous n'avons trouvé aucun témoin.

— Vous êtes en train de dire que nos filles étaient les seules présentes dans cette auberge au moment de l'incendie ? Où se trouvaient les autres clients ? On ne fait pas une fête à deux.

L'officier hocha les épaules avec tact.

— Nous n'avons trouvé aucun témoin, répéta-t-il.

— Nous avons appris qu'un jeune homme souffrant de brûlures avait été hospitalisé, intervint Lesley en se rappelant sa conversation avec Kate.

— Il n'a pas d'intérêt pour l'enquête.

— Qu'est-ce que ça signifie ? demanda Lesley à l'interprète.

L'expression du colonel demeura impassible tandis qu'il s'expliquait plus longuement.

— Le jeune homme à l'hôpital n'a rien pu leur apprendre, traduisit l'interprète. Nous ne sommes même pas sûrs qu'il était sur les lieux.

Le colonel serra mollement la main de chacun.

— Nous vous rendrons les dépouilles dans les jours à venir, déclara-t-il en guise d'au revoir. Nous vous fournirons les documents nécessaires pour le rapatriement.

Après quoi, Clive Barnes les escorta jusqu'à la voiture.

— Vous n'aviez pas l'air ravi là-dedans, Clive, affirma Lesley. Je ne crois pas que l'interprète nous ait répété tout ce que ce policier a déclaré.

— Je ne parle pas très bien thaï mais il me semble qu'il a laissé de côté certaines parties.

— Comme quoi ?

— La police s'était déjà rendue dans cette pension pour des histoires de drogue. Disons que c'était un lieu connu des autorités. Il a fourni d'autres éléments sur la façon dont les filles ont été retrouvées. Elles n'ont souffert d'aucune brûlure ni blessure, elles ont dû succomber à l'inhalation de fumées. La réserve dans laquelle elles se trouvaient était en acier, ce qui les a préservées des flammes, et elles s'étaient enveloppées dans une sorte de tapis en nattes pour se protéger.

— Oh, Seigneur !

L'image de son enfant terrorisée, se mettant à l'abri du feu, envahit l'esprit de Lesley.

— Pourquoi affirment-ils qu'il y avait une fête s'ils n'ont aucun témoin ? demanda Jenny.

Barnes secoua la tête.

— Les autres ne souhaitent peut-être pas être interrogés par la police thaïlandaise à propos des drogues qui circulaient, avança-t-il avec prudence.

— Nos filles ne se droguaient pas, répéta Jenny.

Après un instant de silence, Clive Barnes répondit :

— Nous ne savons pas toujours ce que nos enfants font quand nous ne sommes pas avec eux.

— C'est pour cela que le garçon à l'hôpital se tait, à votre avis ? Il doit bien savoir quelque chose s'il y était, fit remarquer Lesley. La police devrait l'interroger une nouvelle fois.

Bangkok, onzième jour,
Mercredi 6 août 2014

De : Alex O'Connor
À : Mags Harding
Objet : Rosie est un vrai cauchemar !!!

Salut Mags,

La journée a été affreuse. Figure-toi que R s'est mis en tête de se faire tatouer ! Elle m'a suppliée de l'accompagner pour la soutenir. Je lui ai dit que c'était une mauvaise idée, qu'elle ne pourrait plus s'exposer au soleil, ni nager ni faire quoi que ce soit au risque que ça s'infecte. Mais elle n'a rien voulu savoir. Je ne sais même pas comment elle peut se l'offrir, avec tout l'argent qu'elle dépense à sortir. Et puis sa mère la tuerait si elle savait.

JW dit que ça fait super mal et il lui a montré le sien : c'est un petit poignard qu'on lui a fait avec une aiguille et un flacon d'encre. Mais elle n'a pas voulu l'écouter. Comme il fallait s'y attendre, elle s'est mise à pleurer dès que le tatoueur a posé son aiguille sur sa peau. Elle hurlait « Il me fait mal, Alex. Arrête-le ! » La honte ! Elle a fait un tel boucan que la femme à qui elle avait donné l'argent est venue lui dire qu'elle effrayait les clients. Elle souriait comme si c'était une blague ; ils sourient tout le temps ici, surtout quand c'est totalement inapproprié. Et elle l'a informée qu'il n'y aurait pas de remboursement alors qu'elle devait se tenir tranquille et la fermer. Rosie voulait un énorme gecko sur l'épaule, comme Lars, mais je l'ai convaincue de choisir quelque chose de plus petit. Elle s'est décidée pour un bouton de rose au final. C'était trop moche quand ça a été terminé, ça suintait et il y avait du sang. Beurk !

On est rentrées direct à l'auberge après pour que Rosie puisse se reposer. Alors que je l'aidais à retirer son T-shirt pour qu'il ne frotte pas sur la plaie, il s'est passé un truc trop bizarre. Tu sais cette impression quand quelqu'un te regarde ? En plus, j'ai cru voir quelque chose bouger par le trou entre nos rideaux. J'ai sursauté et Rosie a crié parce que j'avais touché son bras. On a eu peur toutes les deux. Rosie m'a obligée à aller vérifier ce que c'était. J'avais vraiment la trouille. J'ai ouvert la porte tout doucement. Je n'arrêtais pas de penser à *Hostel*, ce film d'horreur qu'on a vu ensemble. Je tremblais comme une feuille. Mais il n'y avait personne dans le couloir. Pourtant je suis convaincue d'avoir vu quelqu'un.

Rosie ne pensait plus qu'à prendre des antalgiques mais moi, j'ai sorti mon kit de couture et j'ai cousu ensemble les deux rideaux.

La suite, bientôt !

Bises,

A.

Le soir, Rosie jouait encore à fond la carte du tatouage, elle grimaçait de façon théâtrale chaque fois que quelqu'un s'approchait et racontait à qui voulait l'entendre combien c'était douloureux.

— C'est comme un coup de poignard, lança-t-elle à Mama, la seule personne de l'auberge encore disposée à écouter ses jérémiades. Ils auraient dû me prévenir.

Mama gloussa puis examina la plaie avec un sourire.

— Pauvre Rosie, murmura-t-elle. J'ai quelque chose pour ça.

Elle rapporta des balles de coton de l'arrière-salle, la mystérieuse pièce où elle semblait avoir ses quartiers.

En revanche, elle n'avait pas du tout été intéressée lorsque Alex lui avait fait part de ses craintes concernant la présence d'un voyeur.

— Le ventilateur a dû faire bouger les rideaux, avait-elle dit. C'est un établissement respectable. Pas de problème ici.

Sujet clos.

Je me demande s'il y a un Monsieur Mama ? songea Alex en regardant leur logeuse, dans son caftan et ses chaussures plateforme qui ressemblaient à des petits bateaux, se déplacer dans un bruissement.

Cette pensée la fit éclater de rire et l'infirmière de fortune et sa patiente se tournèrent vers elle avec un regard noir.

— Tais-toi, Alex. Je souffre, moi, se plaignit Rosie.

— Prends ça, la réconforta Mama en lui fourrant un cachet dans la main. Ça te fera du bien.

20

Mardi 19 août 2014
La journaliste

Le médecin a cru que nous étions de la famille. Nous n'avons rien dit en ce sens pourtant. Nous avons jailli du taxi affolés et sommes entrés en trombe dans l'hôpital avec un air désespéré. Les agents de sécurité nous ont aussitôt conduits dans un bureau.

Don et un jeune docteur à la mine grave s'entretiennent en thaï, les phrases s'enchaînent jusqu'à ce que le médecin hoche la tête et nous offre, à Mick et moi, un sourire compatissant.

— Qu'est-ce que tu lui as dit ?

Don me fait signe de me taire et nous sortons.

— Peu importe.

— Allez, raconte !

— Je lui ai dit que tu venais d'arriver d'Angleterre pour voir le survivant. Il a supposé tout seul que tu étais sa mère.

— Et tu l'as corrigé ? Don ?

Il me décoche un clin d'œil.

— Tais-toi. Tu vas pouvoir entrer. Troisième étage, chambre 6. Tu as cinq minutes.

Je me lève, indécise, tandis qu'autour de moi les gens s'activent. Mick me donne un petit coup de coude.

— Allez, Kate. On va juste lui demander s'il accepte de nous parler. Il n'y a pas de mal à ça.

Avec un hochement de tête, je me dirige vers l'ascenseur.

*

Et nous y voilà. Face à un lit vide. Les draps ont même été retirés et changés pour le patient suivant. Don ressort vérifier que nous sommes dans la bonne chambre. Il revient en secouant la tête.

— C'est bien la numéro six. Je vais chercher une infirmière.

À son retour quelques secondes plus tard, il fait une tête d'enterrement.

— Il est parti. Il a quitté l'hôpital à la première heure ce matin. D'après l'infirmière, ils n'ont rien pu faire pour le retenir.

Pendant que j'attendais Mick, je fulmine.

— Elle t'a donné un nom ? Une adresse ?

— Non. C'est confidentiel. Elle m'a demandé qui j'étais. Je crois qu'elle est partie chercher un supérieur. On devrait peut-être filer.

— Je croyais que tu avais un contact ici.

— En effet. Je l'ai appelé mais il fait les visites.

J'ai envie de hurler. *On était si près du but ! Si seulement on était arrivés deux heures plus tôt…*

Je suis en train de fouiller dans le casier au cas où l'inconnu aurait oublié quelque chose quand le médecin à la mine grave de l'accueil et une de ses collègues entrent dans la chambre.

— Bonjour, dit cette dernière en anglais. C'est moi qui me suis occupée de ce patient, M. Waters.

— C'est Mme Waters, je la corrige.

Elle prend un air perplexe.

— Pardon, c'est sans importance, dis-je à la hâte. Savez-vous où est allé votre patient ?

Elle hausse les épaules.

— Non. La police le sait peut-être. Ils sont venus l'interroger. Ce matin, il a souhaité partir. Il n'avait pas d'argent pour rester.

— C'était un Britannique ?

— Oui, M. Waters, il est anglais.

— Mme Waters, dis-je en m'efforçant de dissimuler mon irritation. Je ne suis pas M. Waters, je suis Mme Waters.

— Vous êtes Mme Waters ? répète le médecin.

— Oui, oui. Que savez-vous d'autre sur ce patient ? Son nom ?

— M. Waters, dit-elle.

— Écoutez…

Je commence à avoir l'impression de jouer dans une mauvaise comédie de boulevard.

— Êtes-vous en train de dire que le patient s'appelle M. Waters ? intervient Don.

— Oui, le patient, c'est M. Waters.

J'ai l'impression de tomber dans le vide.

— Et son prénom ?

Je pose la question d'une voix fêlée mais je sais que j'en connais la réponse.

Elle sort une feuille d'un dossier.

— Jake.

21

Mardi 19 août 2014
La journaliste

— Qu'est-ce qu'il se passe ? Tu le connais ? demande Mick, la voix soudain trop forte. Kate ?

— C'est mon fils.

Je m'assieds sur la chaise à côté du lit vide.

— Non ! Ben ça alors ! s'exclame Mick en approchant un autre siège.

— Je n'arrive pas à croire que ce soit lui.

Et Mick qui murmure :

— Tu m'étonnes…

La femme médecin et Don discutent à voix basse.

— Pourquoi personne ne m'a informée ? dis-je. Pourquoi n'ai-je pas été prévenue de son admission ?

— Le patient ne souhaitait pas avertir qui que ce soit, explique le médecin. C'était son droit, madame Waters.

— Pourquoi ? Pourquoi ne voulait-il pas que nous sachions ?

Je crie et tout le monde se resserre autour de moi. Don m'aide à me relever sur mes jambes flageolantes.

— Allez viens, ma belle. Il faut rentrer à l'hôtel. Tu es en état de choc. Prends-la par l'autre bras, Mick.

— Est-il gravement blessé ? Est-il brûlé ? je demande en les repoussant.

— Non, ses blessures sont superficielles, répond le médecin. Il avait des brûlures aux mains et quelques égratignures sur la joue droite et le nez.

Elle détaille l'étendue et la profondeur des plaies, évoque le taux de guérison et je tente au mieux de tout saisir mais mon esprit dérive sans cesse sur la vision de mon fils en train de sortir du bâtiment en flammes. L'angoisse qu'il a dû éprouver me submerge alors. Je veux le serrer dans mes bras, mais c'est impossible. À la place, je tapote le matelas sur lequel il s'est allongé.

— Est-ce qu'il sait pour les filles ? demande Don au médecin.

Et je me rappelle tout à coup la raison de ma présence ici.

Elle acquiesce.

— La police l'a interrogé à leur sujet quand ils sont venus. Mais nous ne savions pas s'il comprenait. Il était en état de choc à son arrivée. Il était incapable de parler les deux premiers jours et, quand il a pu à nouveau s'exprimer, il ne les a pas mentionnées. Ce qui est tout à fait compréhensible compte tenu des circonstances.

Je hoche la tête comme si, moi aussi, je comprenais, mais tout ça m'échappe.

— Et c'était Jake, vous êtes sûre ?

Elle me tend le formulaire d'entrée pour preuve. Sont indiqués sa date de naissance et son numéro de passeport. Mon fils.

Dans la case « parent proche », il est écrit « inconnu ».

— Il faut que je prévienne Steve, dis-je à Mick.

— Nous allons te chercher un peu d'eau, annonce-t-il en invitant Don à l'accompagner.

Je les entends discuter tandis qu'ils s'éloignent dans le couloir.

— Nom d'un chien, ça ne s'invente pas ! s'exclame Don.

J'appuie sur les touches à gestes lents pour repousser le moment.

Que vais-je lui dire ? Comment le lui dire ? Je ne sais rien. Je ne sais pas pourquoi Jake se trouvait dans cette auberge. Ni ce qu'il y faisait. Ni même ce qu'il a fait ces deux dernières années.

Steve décroche à la première sonnerie.

— Salut. Tu appelles tôt. Heureusement, je viens de me réveiller. Quelle heure est-il chez toi ? Ça a été, le vol ? La pièce était géniale. J'essaierai de trouver d'autres billets à ton retour.

— Steve, il s'est passé quelque chose. C'est Jake, je bafouille.

— Jake ? Quoi ? Que lui arrive-t-il ?

Il parle fort, sa voix résonne dans le téléphone et emplit la chambre d'hôpital.

— Tu es déjà à Phuket ? Comment va-t-il ? Je peux lui parler ?

— Steve, je suis dans un hôpital de Bangkok. Jake était dans l'incendie. L'incendie de l'auberge de jeunesse que je suis venue couvrir.

Silence perplexe à l'autre bout du fil tandis que mon mari se débat avec cette nouvelle.

— Quoi ? s'écrie-t-il. Je ne comprends pas. Qu'est-ce que Jake a à voir avec cet incendie ?

— Il était là, Steve. Je ne sais pas pourquoi. La police lui a parlé. Ils sont venus l'interroger à l'hôpital.

— L'hôpital ? La police ? C'est un témoin ?

— Je n'en sais rien.

— Oh Seigneur, est-ce qu'il est blessé ?

— D'après le médecin, ses blessures sont superficielles. Il se serait brûlé le visage et les mains.

— Tu ne l'as pas vu ?

— Non. Il est parti. Il a disparu de l'hôpital.

— Disparu ?

— Oui. J'ai peur pour lui, Steve.

— Je ne comprends pas.

— Moi non plus. Le médecin affirme qu'il est parti après la visite de la police. Il a refusé de nous prévenir, Steve. Il n'a pas demandé à l'hôpital de nous contacter.

Je pleure à chaudes larmes maintenant, mes sanglots m'empêchent de m'exprimer et Steve me demande de le rappeler.

— Inspire profondément, ma chérie. J'ai besoin de comprendre tout ce que tu me dis. Et de te voir, Katie. Appelle-moi en visio dès que tu peux.

Je raccroche et ferme les yeux, prends de grandes inspirations hachées et laisse la panique redescendre avant de rappeler Steve. Je vois l'angoisse marquer ses traits quand il apparaît à l'écran.

— Bon, explique-moi tout depuis le début.

Et je raconte mon histoire. Comme si je dictais mon article à une dactylo de la vieille époque. *Nouveau paragraphe. Il a déclaré, ouvrez les guillemets. Point.*

Et Steve me répond de sa voix calme et rassurante, il m'assure que nous allons le retrouver et que la peau se régénère très bien, il me promet que nous allons le ramener à la maison dès que possible, que tout va bien se passer. Il me dit tout ce que j'ai besoin d'entendre.

À la fin, je lui murmure :

— Je suis désolée, Steve.

— De quoi ? demande-t-il, mais il sait.

— Je l'ai perdu. Exactement comme tu l'avais prédit.

Il pousse un soupir.

— Ce n'est pas ta faute. Va à l'hôtel. Nous devons informer les autorités. Il va nous falloir de l'aide pour le retrouver. Nous allons le retrouver. Appelle-moi quand tu y es, d'accord ?

— D'accord.

Mais plus rien ne va, tout a changé dans cette chambre qui empeste les pansements et l'antiseptique. Je ne suis plus la journaliste. Je suis la mère.

22

Mardi 19 août 2014
La journaliste

Don passe des coups de fil à la police touristique et mes oreilles se dressent chaque fois que je l'entends prononcer le nom de Jake. Je me demande ce qu'il leur raconte. Mick est assis sur un banc à l'accueil et j'essaie de réfléchir comme une journaliste. Où irait un homme blessé avec peu ou pas d'argent ? Prendrait-il une chambre dans l'hôtel bon marché le plus proche ? Se rendrait-il à l'ambassade ? Irait-il chez des amis ? Il aurait besoin d'une pharmacie pour les antidouleurs. Avait-il une ordonnance ? Il faut que je demande au médecin. Elle pourrait mettre les pharmacies sur le qui-vive. Je note tout ça dans mon calepin. Ma main tremble et mon esprit dérive à nouveau vers le lit vide.

Où es-tu ? Je me pose cette question depuis le 1er mai 2012, le jour où Jake est sorti de la maison avec sa valise et son ego blessé. Je n'aurais jamais dû laisser traîner notre brouille aussi longtemps.

J'ai besoin d'agir, de faire quelque chose. N'importe quoi. J'appelle Clive Barnes sur le numéro inscrit sur sa carte de visite. Il n'est pas ravi de m'entendre.

— Nous n'avons aucune déclaration à faire à la presse pour le moment, madame Waters. Vous allez devoir attendre. Je suis un peu occupé tout de suite avec les familles des jeunes filles, alors si vous voulez bien m'excuser…

Je coupe court et me jette à l'eau. Je lui raconte pour Jake. Son ton passe aussitôt en mode « soutien aux victimes », sans la moindre trace de surprise ni de triomphe.

— Je comprends votre inquiétude, se contente-t-il de répondre. Je vous en prie, donnez-moi plus de détails : sa date de naissance, son numéro de passeport si vous le connaissez, une description physique. Je vais voir ce que je peux faire. Tâchez de ne pas trop vous inquiéter.

Il me sert le discours officiel, me dis-je en m'efforçant de ne pas y prêter attention.

— Puis-je vous demander si vous en avez informé les O'Connor et les Shaw ? reprend-il. Je crois savoir que vous êtes en contact régulier.

— Heu, pas encore. Je viens juste de l'apprendre moi-même.

— Je le leur dirai. Mieux vaut qu'ils ne le découvrent pas dans la presse, n'est-ce pas ?

Une petite pointe de jubilation alors, quand même.

— Je préférerais l'annoncer moi-même à Lesley. Je pourrai répondre à ses questions. Ce sera une conversation de mère à mère…

— Comme il vous plaira. Je vous tiens au courant, Kate. Et faites-moi savoir si Jake réapparaît.

Mick tire sur mon bras.

— Ils sont là, souffle-t-il.

À travers les portes, je vois la meute descendre d'un convoi de taxis. Ils se déversent dans le hall d'accueil et me repèrent aussitôt.

— Bon sang, elle est arrivée la première ! s'écrie Louise.

Mick tente de faire barrage.

— Salut, tu as été sur les lieux de l'incendie ? Et à la conférence de presse ? La police a-t-elle fait une déclaration ?

— Il n'y a pas grand-chose pour l'instant, répond George. Apparemment, cette auberge était réputée pour la facilité avec laquelle on pouvait s'y procurer de la drogue. On attend l'identification et les résultats d'autopsie alors on ne fait que poser le décor et interviewer les mêmes touristes défoncés.

J'essaie de plaisanter avec eux mais mon rire sonne faux.

— Peu importe, as-tu parlé au survivant ? me demande Louise qui ne se laisse pas berner si facilement.

— Non.

Ma voix tremble. Louise me jette un regard noir et nos confrères se rapprochent.

— Tu as l'air bouleversé, intervient George. Que s'est-il passé ? Il y a eu du grabuge ? Tu t'es fait mettre à la porte ?

— Non, rien de tout ça.

J'inspire un grand coup et envisage de tenir ma langue. Mais ils vont le découvrir de toute façon. Moi, je le découvrirais.

— Ce qu'il y a, c'est que le survivant est mon fils, Jake.

— Tu plaisantes ! Ton fils ? s'exclame George.

Une vague d'excitation parcourt les journalistes agglutinés.

— Oui, je sais. Incroyable. Je l'ignorais avant de parler au médecin.

— Waouh ! s'exclame Louise.

Je la vois gribouiller quelque chose dans son carnet.

— Je savais qu'il se trouvait en Thaïlande ; je te l'ai dit, George. Mais je le croyais à Phuket, en train de sauver des tortues de mer.

Ma tentative d'explication semble désespérée.

— Punaise, quel choc. Comment va-t-il, Kate ? s'enquiert George.

— Pas trop mal, d'après le médecin. Il a quelques brûlures aux mains et au visage.

J'ai l'impression de bavarder avec des amis ; ils le sont, pour la plupart. Mais ils sont aussi de plus en plus nombreux à prendre des notes. Serait-ce une conférence de presse ?

— Quel âge a Jake ? demande quelqu'un.

— Donc, il est en vacances ici ?

— Comment a-t-il réchappé au feu ?

— Est-ce qu'il s'est brûlé en essayant de sauver les filles ?

— C'est un héros, Kate ?

Et tandis que je m'efforce de trouver des réponses, Louise lance :

— Tu vas nous laisser le rencontrer, n'est-ce pas ?

Mes confrères se taisent. J'avale ma salive avec difficulté.

— Non, je ne peux pas. Jake n'est plus ici.

— Où est-il alors ? Tu le planques dans un hôtel ? rétorque Louise.

— Non. Je ne l'ai pas vu. Il a quitté l'hôpital contre avis médical ce matin avant mon arrivée. J'ignore où il se trouve.

— Comment ça, il a disparu ?

Tous se pressent davantage autour de moi pour ne pas en perdre une miette.

— La police est au courant ? demande un journalise télé derrière sa caméra.

Je hoche la tête.

— Ils lui ont parlé hier soir.

— Est-il un héros ou un suspect alors ? insiste Louise.

— La ferme, Louise, intervient George. Ignore-la, Kate.

Je les observe tous, ces visages que je connais si bien. J'ai eu peur avec ces personnes, j'ai ri avec elles, je me suis confiée à elles, je me suis soûlée avec elles… Pourtant, tout à coup, je suis une étrangère parmi elles. Je suis devenue le sujet.

DEUXIÈME PARTIE

Le sujet

23

Mardi 19 août 2014
La mère

Elle se tourna vers Malcolm sitôt la porte de la chambre d'hôtel refermée.

— Pourquoi ne m'as-tu pas soutenue ? Tu es resté là, sans rien dire.

— Il n'y avait rien à dire, Lesley. Jenny et toi avez posé toutes les questions. Et la police sait ce qu'elle fait.

— Ah tu crois ? J'ai bien vu Barnes rouler les yeux quand l'officier parlait. Je veux découvrir ce qui est arrivé à ma fille.

— Notre fille.

— Oui, oui. Notre fille.

— C'est aussi ce que je souhaite. Tu le sais. Ne laissons pas tout cela nous séparer, chérie.

— Nous ne sommes pas comme Jenny et Mike, rétorqua Lesley avec hargne.

Pour l'heure, elle n'avait aucune envie de se montrer raisonnable. Elle était tellement en colère qu'elle avait l'impression d'être au bord de l'implosion. Sa fille. Sa fille était étendue à la morgue et personne ne pouvait lui expliquer pourquoi. Pourquoi Alex était-elle morte ? Qui était responsable ?

Malcolm se mit au lit tout habillé, vaincu par la fatigue, et il ferma les yeux.

— On ne peut pas dormir maintenant ! hurla-t-elle en le faisant sursauter. Nous devons comprendre ce qu'il s'est passé. Debout !

Malcolm roula sur le dos et fixa le plafond, les larmes coulant dans ses cheveux.

— Comment peux-tu être aussi passif ! s'écria-t-elle.

Il tendit la main vers elle et elle s'effondra sur le lit, se pelotonna dans ses bras.

— Nous le découvrirons, assura-t-il en caressant ses cheveux et ses poings serrés. Mais nous avons besoin de repos, chérie. Tu es tellement fatiguée que tu n'arrives plus à réfléchir. Ferme les yeux, rien qu'une demi-heure.

Elle attendit qu'il s'endorme, guettant le rythme de sa respiration qui ralentissait. Puis elle se leva et s'assit au bureau devant le mince bloc-notes qu'elle avait déniché dans la table de nuit.

Elle écrivit « à faire » comme lorsqu'elle était à la maison. Mais au lieu de dresser la liste des corvées ménagères : appeler la banque, acheter des croquettes pour le chat, passer au pressing ; elle nota « trouver comment le feu a démarré ; qui d'autre était sur place ? Y avait-il une fête ? Où étaient Alex et Rosie ? Pourquoi ne sont-elles pas sorties ? »

Elle serrait le stylo bon marché de l'hôtel si fort entre ses doigts qu'il se brisa.

Lorsqu'elle releva le nez de sa feuille, elle surprit son reflet dans le miroir. La mère endeuillée la fixait, les yeux sombres et caves.

— Pourquoi n'es-tu pas sortie, Alex ? demanda-t-elle à son double.

Mais la femme du miroir n'avait pas de réponse.

Le téléphone sonna et elle se hâta de décrocher pour ne pas réveiller Malcolm.

— Madame O'Connor, dit une voix douce. Ici la réception. J'ai quelqu'un pour vous. Ne quittez pas.

— Lesley ? C'est Kate. J'espère que je ne vous réveille pas. Puis-je monter vous voir ?

— D'accord. Mais Malcolm dort.

Lorsque Lesley lui ouvrit la porte, Kate avait une mine affreuse. Son maquillage avait coulé, comme si elle avait pleuré. *Quelle raison aurait-elle de pleurer ?* s'interrogea fugacement Lesley sans pour autant poser la question à voix haute ; elle n'en avait pas le courage.

— Allons discuter dans la salle de bains, chuchota-t-elle.

Elle abaissa le couvercle des toilettes et s'assit dessus. Kate se percha sur le rebord de la baignoire.

— Nous avons identifié les filles. Ce sont elles, annonça Lesley dans un souffle. J'espérais qu'ils se seraient trompés mais c'est bien Alex et Rosie.

— Je suis tellement navrée, Lesley.

— Oui, bon. Maintenant, il faut découvrir ce qu'il s'est passé.

Elle avait conscience de se comporter comme une folle mais elle devait continuer, si elle s'arrêtait, elle allait craquer. *Sois forte*, s'intima-t-elle en se massant la cuisse du poing pour rester concentrée.

— Bien sûr, répliqua Kate. Que dit la police ?

— Il y aurait eu une fête ce soir-là. Avec de l'alcool et de la drogue. Ce serait un accident. C'est ce qu'a dit l'interprète. Une bougie renversée ou quelque chose comme ça.

— D'accord. Ils ont trouvé des traces de cette bougie ?

— Je l'ignore. Ils ne l'ont pas précisé. Le problème, c'est qu'il n'y a pas de témoin, selon la police. Ça n'a aucun sens.

— D'accord.

Pourquoi n'arrête-t-elle pas de répéter ça, comme si elle ne me croyait pas ?

— Mais Clive Barnes est au courant pour le garçon dont vous avez parlé à l'aéroport ; celui qui en a réchappé. Je voudrais lui parler et savoir pourquoi ma fille n'a pas pu sortir, elle.

Un silence pesant emplit la petite pièce carrelée. Lesley arracha une feuille de papier toilette pour essuyer ses yeux.

Kate paraissait aussi bouleversée qu'elle lorsqu'elle lui tendit un autre rouleau.

— Pardon, Lesley. Je suis un peu perturbée. Quand est-ce que Clive vous a dit ça ? Est-ce qu'il avait un nom ?

— Non, pourquoi ? Vous savez qui c'est ? Vous l'avez vu ? demanda Lesley.

— C'est mon fils.

— Quoi ? De quoi parlez-vous ?

Elle était complètement perdue, comme si elle s'était évanouie et venait de reprendre conscience à ce moment de la conversation.

Kate se pencha en avant pour s'expliquer et manqua glisser du mince rebord de la baignoire. Lesley tendit la main pour la rattraper mais Kate la repoussa.

— Lesley, je suis allée à l'hôpital pour interroger le survivant et en arrivant j'ai découvert qu'il s'agissait de mon fils, Jake. C'est le médecin qui me l'a appris. Je ne savais même pas qu'il était à Bangkok, nous le pensions à Phuket. C'est ce qu'il nous avait raconté. J'étais complètement sous le choc.

— Votre fils ?

— Oui. Jake.

— Il était dans l'incendie ?

— Oui. Je sais combien ce doit être difficile à comprendre pour vous. Ça l'est pour moi.

Pendant plusieurs secondes, Lesley fut incapable de prononcer le moindre mot ; elle s'efforçait de donner un sens à tout ça.

— Que s'est-il passé ?

— Il semblerait qu'il n'ait rien pu révéler à la police quand elle l'a interrogé, Lesley.

— Oui, c'est ce que nous a raconté l'officier que nous avons rencontré. Mais à nous, il pourra le dire, n'est-ce pas ?

— Pas pour l'instant.

— Bon, quand allons-nous le voir ?

Lesley sauta sur ses pieds, l'adrénaline fusant dans ses veines. Elle ouvrit la porte de la salle de bains à la volée et appela Malcolm.

— Quoi ? grogna-t-il. Alex ?

— Réveille-toi, chéri. Nous allons à l'hôpital. Nous partons tout de suite.

Rien ne l'arrêterait.

Kate tenta d'attraper son bras. Lesley se dégagea avec agacement.

— Venez, Kate. Vous nous emmenez.

Mais quelque chose n'allait pas. Elle était la seule à être animée d'une énergie débordante dans cette chambre. Kate semblait aussi déprimée qu'affolée.

— Attendez, Lesley. J'ignore où il se trouve en ce moment. Personne ne le sait. Il a quitté l'hôpital ce matin.

— Quoi ? Il s'est enfui ?

Kate n'arrivait pas à la regarder dans les yeux.

— Alors ?

— Non, Lesley, répondit Kate d'une voix forte. Il a dit au médecin qu'il n'avait pas assez d'argent pour payer les soins médicaux.

— Il ne vous a pas prévenue qu'il se trouvait à l'hôpital ?

Nouveau silence.

— Non. Je n'ai pas de nouvelles depuis un moment. Il est venu en Thaïlande pour se trouver. Pardon, mes problèmes familiaux ne vous intéressent pas. Écoutez, aller à l'hôpital ne sert à rien. Franchement. Il est parti.

— De quoi parlez-vous ? intervint Malcolm, la tête toujours sur l'oreiller, la voix endormie.

— Rendors-toi, chéri.

Elle lui expliquerait plus tard.

— Qu'allez-vous faire pour le retrouver ? demanda Lesley à Kate.

— Tout mon possible mais j'ai besoin de votre aide. Nous avons différents interlocuteurs, Lesley, mais nous pouvons partager nos informations. Me tiendrez-vous au courant dès que vous apprendrez quelque chose ?

Ce fut au tour de Lesley de rester silencieuse un instant.

— Publierez-vous ce que je vous confie, Kate ?

— Non. Pas maintenant.

La réponse avait fusé malgré elle et Kate décida de jouer carte sur table.

— Je veux retrouver mon fils.

— Très bien. Nous devons voir Clive tout à l'heure et nous allons donner une conférence de presse dans la matinée. Nous voulons nous adresser aux médias.

— Ils vont poser beaucoup de questions sur la drogue, Lesley. Vous en avez conscience ?

— Elle ne se droguait pas.

— Non, mais la police et la presse locales risquent de raconter une autre histoire. Soyez-y préparée.

— Et vous, alors ? Vous allez devoir vous préparer à répondre à des questions sur votre fils, non ? Nous sommes dans le même bateau.

Bangkok, treizième jour

Vendredi 8 août 2014

De : Alex O'Connor
À : Mags Harding
Objet : Le cauchemar continue !

Coucou Mags,

J'attends toujours de partir pour la prochaine escale – ça fait déjà une semaine qu'on aurait dû quitter Bangkok ! – mais R est une vraie peau de vache et refuse même d'en discuter.

Quand je suis entrée dans notre chambre aujourd'hui, je les ai surpris en pleine action, Lars et elle. Trop gênant. Rosie m'a crié de ficher le camp. Mais bon, c'est ma chambre aussi ! Lars est sorti en remettant sa chemise et il s'est excusé. Ensuite, Rosie a fait comme si de rien n'était. Elle est bizarre des fois. Elle a juste dit que Lars allait l'emmener dans une autre boîte ce soir. Il va mixer. Il se fait appeler DJ Rappo. DJ Nullos, plutôt oui. Je crois qu'il m'a piqué des affaires. Si c'est pas lui, quelqu'un d'autre alors. Je n'arrête pas de perdre des trucs. Les boucles d'oreille que j'avais achetées pour le bal du lycée ont disparu. Rosie et moi, on s'est disputées à ce sujet. D'après elle, je laisse traîner mes affaires partout. Mais c'est faux. Ce n'est pas dans ma tête.

J'ai tellement envie de partir. Je commence à envisager sérieusement de planter Rosie et de voyager en solo. Mais ça me fait trop peur. Je n'aimerais pas loger toute seule dans un endroit comme celui-ci. Il y a des gens bizarres qui vont et viennent tout le temps ; et les casiers ne ferment pas bien. Il vaut sans doute mieux attendre. Les Hollandais partent en Birmanie en bus lundi alors elle n'aura plus personne avec qui s'amuser après ça. Et je continue de penser que peut-être les choses seront différentes quand nous serons sur la route rien que toutes les deux. Peut-être que ça se passera bien alors.

Je m'occupe comme je peux. Je lis et j'observe les autres. Il y a tant de passage. Mama emmène beaucoup de visiteurs dans son arrière-salle. Mais ils ne restent pas. Parfois, ils prennent un café ou une bière au bar. D'autres fois, ils s'en vont juste d'un pas lent. Il y a de quoi observer, en tout cas. Et puis, il y a ce mystérieux Anglais que j'ai vu plusieurs fois. Il ne parle pas ; il fume des joints en regardant par la fenêtre sous la pancarte qui dit « pas de drogue ici ». Les garçons qui partagent sa chambre l'appellent le Défoncé.

Mais il y a quelque chose chez lui… Il est plus âgé et plus intéressant. Je sais que ça n'a pas l'air très sexy comme ça mais il l'est, d'une drôle de manière. Bon, je vais prendre le petit déjeuner, à tout à l'heure.

Deuxième partie !

Il se trouve que le mystérieux Anglais n'est pas un touriste. Il travaille ici pour payer sa chambre. Il nettoie les douches et prépare le petit déjeuner. D'habitude, il a fini quand je reviens de ma promenade mais je n'y suis pas allée ce matin. J'ai trop de choses à t'écrire !

Bref, il m'a adressé la parole tout à l'heure…

J'étais assise au bar et les Hollandais étaient à côté, en train de discuter d'un jeu à boire auquel ils ont joué hier soir. Ils avaient peut-être la gueule de bois mais ils ont quand même réussi à avaler une énorme omelette aux poivrons, avec une sorte de viande et ce qui ressemblait à des caillots de sauce tomate ! Beurk !

« Terminé ? » il m'a dit quand il a ramassé les assiettes.

On s'est mis à parler de la nourriture horrible ; il sait qu'elle est dégoûtante parce qu'il la mangeait aussi avant ! Il a un sourire adorable. Il a proposé de me montrer un meilleur endroit où manger plus haut dans la rue. D'après lui, il y a moins de cafards, et c'est moins cher. Gagnant-gagnant !

Souhaite-moi bonne chance !

A.

Elle se rendit compte alors qu'elle ne lui avait même pas demandé son prénom. Un des Hollandais lui apprit qu'il s'appelait Jake.

24

Mardi 19 août 2014
La journaliste

J'appelle Terry de ma chambre, je lui répète les faits concernant Jake, désormais immunisée contre la consternation que provoque mon histoire.

— Alors, c'est un héros ? demande Terry d'un ton hésitant.

— Possible, dis-je en priant pour que ce soit vrai.

— Envoie ce que tu as, Kate, et je vais charger Joe de rassembler tout ça au bureau. Il y a quelques belles déclarations des proches des familles qu'on peut insérer. Que vas-tu faire maintenant ?

— En toute franchise, je n'en sais rien. Don a sollicité ses contacts mais c'est une aiguille dans une botte de foin. Il pourrait être n'importe où.

Pour la première fois de ma carrière, je ne sais pas par où commencer. D'ordinaire, j'adore partir en chasse mais là, c'est personnel. Tout est trop important. Et j'ai peur de ce que je vais découvrir.

— Tu continues comme tu peux, alors, dit Terry. Et tiens-nous au courant.

Je m'allonge sur le lit, rien que cinq minutes avant de passer à l'action. Je ferme les yeux pour faire cesser le tumulte d'idées, d'images et de craintes qui s'agitent dans ma tête. Je repense à la fois où Jake a sauté du toit de la remise. Il est resté figé à se tenir le poignet comme si ce n'était pas le sien. Pâle mais calme. « Il doit être cassé », a-t-il dit. C'est Freddie qui a pleuré. « Mon courageux petit garçon », ai-je répété encore et encore à Jake pendant que nous attendions aux urgences qu'il passe une radio. Il s'est avéré plus tard qu'il essayait de convaincre son petit frère de sauter quand il était tombé. Mais nous avons passé l'éponge. Il s'était cassé le poignet après tout. Je me demande sur quoi d'autre nous avons fermé les yeux. Mon père affirmait que nous le pourrissions. Nous nous étions disputés à ce sujet. Quel mot affreux, *pourrir*. Il évoque un langage enfantin mais il signifie la mort et la destruction. Étendue sur le lit, je me demande si c'est ce que nous avons fait. *Avons-nous pourri notre fils ?*

— Calme-toi ! me dis-je tout haut. C'est une bonne nouvelle. Il est en vie. Ses blessures ne sont pas graves. Il a sûrement tenté de porter secours à ces filles.

Mais une voix dans ma tête demande : *pourquoi s'est-il enfui dans ce cas ?*

Je m'assieds et me mets à taper. *Écris ton article et passe des coups de fil ensuite.*

Lorsque je le rappelle, Terry m'apprend que le sujet fait la une du journal, avec une double page intérieure, et qu'un député signe une colonne dans laquelle il raconte avoir perdu un enfant à l'étranger.

— Et Jake ? je demande.

— Trois paragraphes en première page sur ses blessures et le fait qu'il s'en est sorti vivant. D'accord ? Un des tabloïdes monte l'affaire en épingle et joue à fond la carte du héros. Ils ont dégoté une photo de lui quelque part.

— Laquelle ?

— Tirée de ton quotidien local, on dirait. Je ne savais pas qu'il avait reçu un prix pour ses résultats au bac. Tu as engendré un génie.

— Oui.

Je me rappelle la visite du journaliste et du photographe, Jake qui faisait comme s'il n'était pas impressionné. « Je suis si fière de toi », lui avais-je dit en l'embrassant sur la joue, avant de frotter la trace de rouge à lèvres. Je l'avais regardé poser devant l'objectif, mon fils si brillant, si sûr de lui.

— Bon, maintenant, essaie de dormir un peu, me conseille Terry en me ramenant vers la dure réalité.

— Oui.

Pourtant, je n'en ai aucune intention. Il faut que je sache tout ce qu'il se passe. J'ai besoin d'avoir un semblant de contrôle.

— Joe est au bureau ? J'aimerais juste faire le point.

— Oui. L'enfant chéri est en train de regarder *Des chiffres et des lettres* avec ses copains de la maternelle. Je lui dis de t'appeler.

— Salut, Kate, lance Joe quand je décroche. Comment ça se passe ? Des nouvelles de Jake ?

— Pas encore. Et de ton côté ?

Joe débite la liste des personnes qu'il a interrogées mais c'est sans intérêt. « C'étaient des jeunes filles adorables », voilà le fruit de tous ses efforts. L'avantage, c'est que je peux remettre ma casquette de journaliste. Rien qu'une minute.

— Reste en contact avec tout le monde, lui dis-je. Il faut qu'on sache tout ce qu'ils apprennent.

— Oui, Kate.

— Au fait, je parie que tu as perdu dans la manche finale.

— Quoi ?

— Terry a vendu la mèche pour *Des chiffres et des lettres*. Et Joe ?

— Oui, Kate ?

— Il n'y a que les gros nuls qui regardent la télé en journée.

— Oui, Kate.

25

Mardi 19 août 2014
La journaliste

Je repars à Khao San Road dès que j'ai raccroché. J'ai besoin de trouver un sens à ce qu'il s'est passé. Je cherche mon fils dans tous les visages que je croise. Il n'est pas là, et les traits des passants commencent à se brouiller sous l'intensité de mon regard, désireux de retrouver la familiarité. Les gens me dévisagent aussi et je leur montre une photo de Jake sur mon téléphone. Dessus, il sourit à quelqu'un hors-champ, moi peut-être. Je ne me rappelle plus. Elle est dans mon portable depuis deux ans et je ne me souviens plus de l'occasion où elle a été prise. Autour de moi, on me sourit avec compassion en secouant la tête mais je sais qu'ils ne font pas vraiment attention, ils ne le regardent pas. Je me rends dans une boutique de photocopies pour tirer la photo de Jake en affiches. Au bas, j'inscris son nom, mon numéro de téléphone ainsi que « Aidez-moi à retrouver Jake, SVP ». Comme une héroïne de roman. Puis je me faufile dans la foule et les distribue. Les jeunes prennent le prospectus, sans doute en pensant qu'il s'agit d'une offre promotionnelle pour un bar ou une discothèque. Je les vois qui y jettent un œil puis le fourrent dans leur poche ou le balancent dans la poubelle la plus proche. Pourquoi s'en préoccuperaient-ils ?

Je vais m'asseoir à une table en terrasse d'un des bars, aussi loin que possible des haut-parleurs mais la musique disco résonne dans ma tête comme les cloches de l'Enfer.

Je regarde défiler le troupeau de nouveaux venus, les filles en short qui exhibent leurs cuisses blanches et de grosses boucles d'oreilles. On leur a assuré que c'était la fête ici et elles ont bien l'intention d'en profiter. Leurs éclats de rires et leurs cris s'abattent sur les terrasses des bars, le disputant à la musique dans mes oreilles.

Les garçons sont des gamins maigrichons en comparaison, qui, une bouteille de bière serrée dans le poing, se bousculent les uns les autres, se donnent des coups de coude et se lancent des clins d'œil quand les jolies rabatteuses des restaurants feignent de tirer sur leur jupe trop courte pour en fait la remonter.

La ville de l'éclate, me dis-je, alors qu'un coup d'œil sur les tables avoisinantes me révèle une autre histoire. Ils ont les traits pâles et fatigués et s'anesthésient avec d'immenses gobelets de vodka-Red Bull ou des bouteilles démesurées de bière Chang. Des couples qui s'ennuient s'absorbent dans la contemplation de leur téléphone. Un garçon solitaire observe d'un œil prudent les fauteuils de massage de la boutique d'en face. Des masseuses dont le corps souple contraste avec leur visage marqué y sont allongées, comme des lézards prêts à bondir.

Plus tard, doit songer le garçon. *Après deux autres bières. Si la chance ne m'a pas souri.*

Tout paraît un peu fatigué et médiocre. *Un peu comme Blackpool quand il fait beau.*

— Un gin-tonic ! je crie au garçon derrière le bar.

Il ne semble pas m'entendre pourtant il m'apporte ma boisson et l'addition. Je lui montre le flyer de Jake et, avec un haussement d'épaules, il m'indique l'entrée derrière lui. Sur les piliers qui soutiennent l'auvent sont placardées des dizaines d'affiches photocopiées, chacune avec une photo et la supplique d'un ami ou d'un parent. Je prends une grande lampée de mon cocktail et savoure l'amertume et les bulles.

— Tu es toute seule ? lance une voix dans mon dos.

Je pivote et découvre Louise installée deux tables plus loin.

— Oui.

Je me retourne face à mon verre. Je ne peux pas l'affronter. L'inévitable inquiétude feinte, les questions sournoises.

Elle vient s'asseoir sur la chaise vide à côté de moi.

— Je sais que ce doit être très difficile, commence-t-elle et je m'esclaffe.

— Bon sang, Louise. Tu vas vraiment me faire ce coup-là ?

Elle se tait.

— Un autre gin-tonic, s'il vous plaît ! demande-t-elle au serveur. Désolée. L'habitude, tu sais… Comment vas-tu ?

— J'ai connu mieux. Écoute, Louise, je n'ai vraiment pas envie de discuter. Pourquoi ne dînes-tu pas avec les autres ?

— Ça ne me faisait pas envie. Ils sont en train de se soûler au bar de l'hôtel. Tu as mangé ?

Non, pas depuis que je suis arrivée, il y a une éternité. Et le gin commence à me tourner la tête. Elle n'attend pas ma réponse.

— Je vais prendre quelque chose ici, annonce Louise. Je commande pour toi aussi, si tu veux. Il faut te nourrir, pour garder des forces.

Elle fait comme moi, je songe en réprimant un sourire devant l'identification. *Elle materne, elle prend les commandes.* J'ai envie de lui dire de se fourrer son bol de riz où je pense mais c'est si agréable d'être dorlotée comme ça. De ne pas avoir de décision à prendre. Je la laisse faire.

Et je dévore le poulet sucré et le riz collant comme une affamée. Je termine mon repas la première et Louise s'arrête de manger même si son bol est encore à moitié plein. *Pas facile de poser des questions la bouche pleine.*

— Tu as une idée de l'endroit où Jake a pu aller ? demande-t-elle. Il doit être traumatisé par ce qui est arrivé.

Je ne réponds pas. J'attends qu'elle craque la première. Elle aussi. Nous restons sans rien dire tandis qu'elle joue avec sa serviette en papier puis essaie de ramasser du bout du doigt des grains de riz épars sur la table.

— Tu as choisi quel angle ?

C'est moi qui flanche la première.

— Les filles, les mères, les vacances de rêve. Les trucs habituels. Et j'ai décrit Jake comme le héros malgré lui, celui qui risque tout pour venir en aide aux filles puis s'éclipse pour éviter le feu des projecteurs.

— Oui. Il paraît que tu as trouvé une photo de lui...

— C'est l'agence de presse locale qui l'a dégotée. Je crois que tout le monde l'a. Jolie photo mais un peu datée. J'imagine qu'il a changé depuis.

— Oui.

Sauf que je n'en ai aucune idée. J'essaie de le visualiser avec une barbe ou le crâne rasé.

— Quand l'as-tu vu pour la dernière fois ? demande Louise sur le ton de la conversation en faisant signe au serveur de nous apporter d'autres cocktails.

— Pas pour moi, merci, dis-je à la hâte. Il faut que je rentre à l'hôtel.

Je cherche mon porte-monnaie pour payer mais Louise m'arrête d'un geste de la main.

— C'est pour moi. Ça passe en notes de frais de toute façon.

Et elle ramasse le flyer que j'ai sorti en même temps que mon portefeuille.

— C'est une bonne idée. Je peux le garder ?

Plus tard, dans ma chambre d'hôtel, je surfe sur les sites d'informations en ligne et découvre mon affiche accompagnée du gros titre « La quête désespérée d'une mère pour retrouver son fils héroïque ». C'est moi. Je compose le numéro de Louise avant de m'immobiliser. Tout ce que je dis à compter de cet instant se retrouvera écrit noir sur blanc. Je dois me taire.

26

Mercredi 20 août 2014

La journaliste

Terry fournit de gros efforts pour ne pas être blessant. Il ne dit jamais ce qu'il faut et je me suis souvent demandé comment il avait réussi en tant que reporter.

— Écoute, Kate, c'est un gros sujet mais je ne peux pas te laisser le couvrir si tu en fais partie. Tu comprends, n'est-ce pas ?

En effet. N'empêche que j'ai l'impression qu'on me claque la porte au nez.

— Bon, juste pour un jour ou deux, le temps que je règle cette histoire avec Jake.

Ma tentative de minimiser la situation donne l'impression que je dois m'occuper d'un enfant qui fait un caprice.

— Oui, mais si les choses se compliquent ?

— Se compliquent comment ? je rétorque aussitôt alors que nous savons tous les deux ce qu'il entend par là.

— Tu sais comment ça se passe des fois, tente Terry avec prudence. Je n'ai pas besoin de te faire un dessin.

Non, c'est inutile. C'est peut-être même déjà en train de se passer.

— Qu'est-ce qui se raconte sur Jake, alors ?

— Pas grand-chose. L'opinion est plutôt positive. Il est dépeint comme le survivant qui détient la clé de ce qu'il s'est passé.

— Bon, ça n'a pas l'air si mal, dis-je, optimiste.

— J'espère que tu as dit à Steve de ne faire aucun commentaire.

Pas encore, mais je vais l'avertir. Et Freddie aussi.

— Bref, tu dois te concentrer sur ta famille, ajoute-t-il.

C'est le début de la fin. Quand la rédaction invoque la famille, on sait que c'est terminé.

— C'est la consigne officielle ?

Terry ne répond pas tout de suite mais j'ai raison. Je suis mise à l'écart au cas où mon fils et moi causerions du tort à la précieuse réputation du journal.

— Simon se fait beaucoup de souci à propos de ce que tu traverses, Kate, explique Terry au bout d'un moment. Il a des enfants, lui aussi. Il considère que tu dois te concentrer sur Jake. Nous le pensons tous.

— Qui va couvrir cette affaire sur place pour nous alors ? Don ?

— J'envoie Joe.

— D'accord. Eh bien, il va être content d'avoir son premier gros sujet à l'étranger. Quand arrive-t-il ?

— Il est en route. Il doit t'appeler dès qu'il atterrit demain. Mince, c'est peut-être déjà demain chez toi. Va te coucher, Kate. Et n'hésite pas s'il y a quoi que ce soit que je puisse faire, OK ?

Il a hâte de raccrocher et d'en finir avec ses efforts de compassion.

— OK.

Je consulte l'heure sur la télé, il est 2 heures du matin. Mon bloc-notes en main, je relis ma liste : hôpitaux, pharmacies, refuges pour tortues de mer.

Je téléphone chez moi et le message du répondeur s'enclenche. Par-dessus ma propre voix enregistrée, j'implore Steve de décrocher.

— Kate ? Désolé, chérie, mais je filtre les appels. Tous tes collègues nous harcèlent pour poser des questions sur Jake. Il y a du nouveau ?

— Non, pas encore. J'ai distribué des tracts dans le quartier autour de l'auberge de jeunesse.

— Je devrais être avec toi.

— Ça va, dis-je – c'est un mensonge. Attendons les prochains jours, Steve. Je suis sûre qu'il va se montrer quand il verra le battage médiatique. Et alors je le ramènerai à la maison.

— Oh, j'espère ! Freddie commence à recevoir des demandes d'ajout d'amis de journalistes sur son profil Facebook.

— Comment va-t-il ? Je l'appellerai après.

— Il va bien. Il est un peu perdu. Comme nous tous.

— Je sais. Au fait, cela va sans dire, mais ne parle pas aux journalistes. Même ceux que tu connais. Surtout ceux que tu connais.

— Pourquoi je filtre les appels à ton avis ? Ne t'en fais pas. Que dit la police ?

— Rien à propos de Jake. Juste que les touristes étrangers sont responsables de l'incendie.

— Tu sembles épuisée. C'est le milieu de la nuit pour toi. Tu ne peux rien faire de plus pour l'instant. Va dormir, tu auras les idées plus claires demain matin.

— Oui.

— Dors un peu, Kate.

Je laisse un message sur la boîte vocale de Freddie. « Chéri, c'est maman. Pas de nouvelles pour l'instant mais il va bientôt réapparaître, j'en suis sûre. Je vais me coucher. Ne parle pas aux journalistes… Je t'aime. »

27

Mercredi 20 août 2014
La journaliste

Je suis réveillée par Joe qui appelle depuis la réception.

— Kate, c'est moi. Je viens d'arriver. Le taxi m'a fait payer le prix fort, dis donc ! Tu peux me faire un topo ?

Son énergie débordante traverse la ligne téléphonique et m'oblige à me redresser dans le lit avec l'envie de l'étrangler.

— Je te rejoins, dis-je en m'extirpant des draps. Commande des litres de café.

Il me faut dix minutes pour me laver le visage, m'habiller et me passer un coup de brosse dans les cheveux. À la tête que fait Joe en me voyant, je devine que mes efforts n'ont pas payé et que j'ai une mine affreuse.

Il détourne le regard et je surprends mon reflet dans le chrome étincelant du buffet du petit déjeuner. J'ai l'air d'avoir quatre-vingt-dix ans.

— Est-ce que ça va, Kate ?

Sa question brise mes derniers remparts.

— Ne sois pas gentil avec moi ou je vais me mettre à pleurer. Et si tu trouves que j'ai une sale tête, attends de me voir en larmes !

Joe semble effrayé.

— Ne t'en fais pas. Je vais bien. Je n'ai pas assez dormi, c'est tout.

— Tu as perdu une boucle d'oreille.

— Tant pis. Laissons mon style de côté et concentrons-nous sur notre affaire. Tu as vu les autres déjà ?

— Juste Mick. Il a une tête pire que la tienne…

— Merci.

Je prends une grande gorgée de café et me brûle la langue.

— Où sont les parents des filles ?

— Sans doute dans leurs chambres, s'ils sont malins. À nous éviter. Prends-toi un petit déjeuner, Joe.

Je sirote mon café tout en le regardant s'approcher du buffet pour remplir son assiette de pancakes et de bacon mou. Je refuse d'un geste du menton quand il me demande si je veux quelque chose. Je n'ai pas l'esprit à me nourrir pour l'instant. J'observe la trotteuse de l'horloge de la salle de restaurant en essayant de planifier mes activités de la journée, maintenant que je ne suis plus journaliste.

— Qu'as-tu prévu de faire ce matin ? s'enquiert Joe comme s'il lisait dans mes pensées.

Ce qu'il demande en réalité, c'est : « Qu'est-ce que je dois faire ? »

Je lui dresse la liste des personnes à contacter – Don, la police, Clive Barnes et les parents – pendant qu'il engloutit ses plats, prend des notes sur une serviette en papier et hoche la tête.

— Il faut que tu te rapproches de Lesley et de Jenny. Je les appellerai quand tu auras fini de te goinfrer.

— Oh, ça m'a l'air bien appétissant tout ça ! lance Mick en se penchant derrière Joe. Contrairement à vous, madame Waters.

— Tu t'es regardé dans le miroir ce matin, Mick ? Je crois que tu me bats au concours de zombies. Combien de verres as-tu bus hier soir ?

— Un ou deux.

— Litres ?

— Va te faire voir. C'est quoi dans ton assiette, Joe ? On dirait de la peau.

— Du bacon de poulet. Ça a le goût du bacon en tout cas.

— Ça m'ira. Je reviens.

Je me demande ce que le journal a dit à Mick. En tout cas, il saura ce que les autres journalistes font, et ce qu'ils pensent.

— Tu as vraiment besoin de trois œufs au plat ? je demande quand il revient.

— Chut. Ça va me faire du bien. Il le faut.

— Où sont les autres ?

— Couchés. Je viens de parler à George du *Telegraph*. Une conférence de presse est prévue ici à 10 heures.

Joe prend des notes dans son carnet.

— Terminé ? Allez viens, allons voir les familles.

— Attendez-moi ! s'écrie Mick en mettant son dernier œuf dans une tranche de pain qu'il replie en sandwich avant d'attraper son appareil.

Lesley se tient dans le hall de l'hôtel quand nous sortons de la salle de restaurant. Elle me salue d'un geste de la main.

— Bonjour, Lesley. Comment allez-vous ? Vous avez réussi à dormir un peu ?

— Non, et vous ? Des nouvelles de votre fils ?

Je la prends par le bras et la guide vers des fauteuils dans une alcôve.

— Lesley, on me retire le sujet le temps que je règle cette histoire avec Jake mais mon collègue, Joe Jackson, va prendre le relais.

Nous tournons ensemble le regard vers lui. Joe comprend qu'il est le sujet de notre conversation et sourit avant de faire un signe de la main à Lesley.

— On dirait qu'il a douze ans, soupire celle-ci.

— C'est un bon journaliste. Et un gentil garçon.

— Si vous le dites. On a frappé à la porte de notre chambre à l'aube. J'ai envoyé cette importune se faire voir.

Louise sur le pied de guerre, sans doute.

— Malcolm est au téléphone avec la compagnie aérienne. Nous voulons les ramener à la maison dès que possible mais il y a des tonnes de paperasse à signer. Je suis incapable de m'en occuper.

— Je peux vous aider, si vous voulez, Lesley. On peut se retrouver après la conférence de presse ?

Elle acquiesce, distraite par l'arrivée de son mari et des Shaw.

— Comment ça s'est passé ? est en train de demander Jenny à Malcolm.

— J'ai parlé à une dame très gentille de l'aéroport. Je dois la rappeler à 11 heures.

Je fais signe à Joe de nous rejoindre et le présente aux autres. Mick jette le reste de son petit déjeuner dans une poubelle et serre la main de tout le monde, s'attardant un peu plus longtemps sur celle de Jenny. Elle rougit mais le laisse faire.

— Vous tenez le coup, Jenny ? s'inquiète-t-il en lui touchant amicalement le coude.

La pauvre femme, elle a besoin d'amour et de tendresse, me dis-je. *Moi aussi, ça me ferait du bien.*

Joe discute avec Malcolm et Lesley de Bangkok et de sa circulation infernale, il se tient à l'écart du sujet qui nous préoccupe tous afin de les mettre à l'aise. *C'est bien, petit. Tu vas t'en sortir comme un chef.*

Ils ont décidé de se rendre à l'ambassade de bonne heure afin d'utiliser les téléphones à disposition pour appeler chez eux.

— Ma facture de portable explose en frais d'itinérance, explique Jenny, désemparée. Je n'en ai pas les moyens. J'ignore comment je vais pouvoir payer pour tout ça…

Malcolm la prend par le bras.

— Nous trouverons une solution à notre retour, assure-t-il. Viens, Jenny. La voiture nous attend.

28

Mercredi 20 août 2014
La mère

Clive les avait retrouvés à la guérite à l'entrée pour leur faire signer le registre puis il les avait conduits dans l'ambassade ; ils étaient passés devant les fumeurs rassemblés dans la cour et les visiteurs de la salle d'attente qui avaient perdu leur passeport ou venaient chercher un visa. À leur passage, ils levaient la tête et Lesley sentait leur regard peser sur elle. Impossible qu'ils sachent qui elle était.

Simple curiosité, aurait dit son père s'il avait été là. Oh, comme elle aurait aimé qu'il soit là ! Lesley resserra les doigts sur la main de Malcolm.

On les fit entrer dans une pièce qui ressemblait au plateau de tournage d'un drame historique. Le parquet de la résidence de l'ambassadeur était lustré et le soleil qui se déversait par les hautes fenêtres, filtré par un voilage, le faisait luire de mille feux.

— On se croirait dans un film, dit-elle, aussitôt honteuse de son commentaire.

Ils venaient discuter de la mort de leurs filles, pas visiter.

— Où nous asseyons-nous ? se hâta-t-elle d'ajouter.

On leur apporta du thé et ils prirent place autour de la grande table dans la véranda, sous le portrait souriant de la reine et l'œil vigilant, à travers la fenêtre, d'une statue de la reine Victoria.

Clive évoquait le rapatriement et les procédures légales et Malcolm intervenait à l'occasion. Mike et les deux femmes gardaient le silence ; trouver quoi dire demandait trop d'effort.

— Nous avons un peu de temps avant que vous ne deviez retourner à l'hôtel, annonça Clive. Souhaitez-vous passer des appels téléphoniques ?

— Oui, soufflèrent Jenny et Lesley en même temps.

Et Lesley ajouta :

— S'il vous plaît.

Elle dut écouter Jenny pleurer au téléphone avec sa sœur, le poing serré contre son ventre pour contenir sa peine tandis que Mike restait figé à côté d'elle, le regard creux et stupéfait.

Puis ce fut son tour. Jenny se pelotonna sur le canapé dans un coin de la salle avec une boîte de mouchoirs, Mike sortit fumer. Lesley composa le numéro de la maison et écouta passivement un beuglement incompréhensible.

— Ça ne marche pas, dit-elle d'une voix rendue idiote par la fatigue.

— Avez-vous composé l'indicatif international ? répondit Clive avec douceur en lui prenant le téléphone pour taper les chiffres à sa place.

Elle pouvait entendre la sonnerie retentir chez elle et elle ferma les yeux. Un instant, elle pria pour que personne ne décroche. Elle était trop fatiguée pour parler.

— Bonjour, vous êtes bien chez les O'Connor. Vous pouvez laisser un message pour Malcolm, Lesley, Dan ou Alex. Nous vous rappellerons.

Alex…

La douleur la laissa muette.

— C'est, c'est..., réussit-elle enfin à balbutier.

— Maman ? demanda la voix endormie de Dan. C'est toi ?

— Oui, mon chéri.

— Comment allez-vous, papa et toi ?

— Ça va. Nous prenons les dispositions pour la ramener à la maison.

Elle était incapable, et elle refusait tout simplement, de prononcer le mot « corps ».

Son fils se mit à sangloter à huit mille kilomètres de là et elle ne pouvait rien faire pour lui.

— Courage, mon chéri. Nous revenons aussi vite que possible. Tante Sheila est avec toi ?

— Oui, Rick et elle sont arrivés hier soir. Elle est juste à côté si tu veux lui parler.

Le combiné changea de main en un instant.

— Les ? Est-ce que tu vas bien ? Comment va Malcolm ?

— On est effondrés, Sheila, répondit Lesley maintenant qu'elle n'était plus tenue de faire preuve de bravoure. Mais nous la ramenons à la maison. Merci de rester avec Dan. Qu'est-ce que tu as dit à maman ? Est-ce qu'elle comprend ?

— Pas vraiment. Et c'est peut-être mieux comme ça. Ne t'inquiète pas pour Dan. On s'occupe de lui. Prends soin de toi et donne-nous des nouvelles dès que tu peux.

De retour à l'hôtel, tout était organisé pour la conférence de presse. Clive Barnes leur indiqua les chaises où seraient installés les journalistes et leur montra les petits micros posés sur la table à laquelle ils allaient s'asseoir. Une jeune femme était en train de positionner des cartons avec leurs noms sur une nappe blanche. Le sien était mal orthographié : Leslie O'Connor.

Elle voulut faire remarquer l'erreur mais s'arrêta. Quelle importance ? Alex était morte.

Dix minutes plus tard, dans l'antichambre, elle entendait le brouhaha grandissant de l'autre côté de la porte, le raclement des chaises, les salutations enjouées. Clive les avait prévenus qu'ils entreraient une fois tout le monde installé. *Comme les invités d'un talk-show*, avait-elle voulu commenter. Une semaine auparavant, elle l'aurait fait. Une semaine seulement...

Elle considéra Malcolm, Mike et Jenny.

— Je me demande s'ils vont poser des questions, dit-elle avant de se rendre compte qu'elle se répétait.

— Qui sait ? fit Jenny.

— Vous n'êtes pas obligée de répondre, affirma Clive. Ce serait sans doute préférable, d'ailleurs.

Il avait conseillé Malcolm sur la déclaration qu'il allait lire.

« Mieux vaut faire court et dans la dignité », avait-il proposé.

Clive avait ensuite relu leur déclaration et avait approuvé d'un hochement de tête avant d'ajouter à la fin : « Nous souhaiterions pleurer nos filles dans l'intimité et espérons que vous saurez respecter notre vie privée. »

« Ça ne coûte rien d'essayer », avait-il marmonné.

Lorsqu'on les conduisit dans la salle où se tenait la conférence de presse, un vacarme pareil à l'envol d'une volée d'oiseaux surprit Lesley. Les objectifs d'une dizaine de photographes étaient braqués sur eux ; elle vacilla sous leur regard.

— Allez, chérie, lui murmura Malcolm.

La déclaration se déroula sans encombre. Malcolm parvint à lire son texte d'une traite jusqu'au moment où sa voix s'étrangla quand il annonça qu'ils ramenaient Alex et Rosie chez eux. Lesley plaqua son mouchoir froissé contre sa bouche pour empêcher ses lèvres de trembler ; puis elle se leva, prête à partir. Une voix appela son nom et la fit hésiter.

— Madame O'Connor, merci de vous être adressée à nous aujourd'hui. Nous comprenons combien ce doit être difficile.

Elle tenta de repérer la personne qui parlait mais n'y parvint pas dans la mer de visages face à elle.

— Merci pour votre soutien à tous, lança-t-elle à l'assemblée.

Des dizaines de mains jaillirent en même temps.

— Quand avez-vous appris que c'était Alex qui était décédée dans l'incendie, madame O'Connor ? interrogea un homme au premier rang.

— Hier, répondit-elle.

— Savez-vous comment le feu a démarré ?

— Non, intervint Jenny sans quitter la table des yeux.

— Nous avons entendu dire qu'il y avait une fête ce soir-là. Les filles y participaient-elles ?

— Nous pensons que oui, déclara Lesley.

— Savez-vous qui d'autre était présent ? demanda Joe dans le fond.

— Jake Waters était-il présent ? enchaîna une femme au premier rang.

— Qui ça ? intervint Mike.

— Le fils de Kate, la journaliste, lui souffla Lesley. Nous l'ignorons, reprit-elle plus fort à l'intention de la femme. Il a été admis à l'hôpital avec des brûlures la nuit de l'incendie. Mais c'est tout ce que nous savons pour le moment.

— Êtes-vous satisfaits du travail d'enquête de la police ? continua la même journaliste, penchée en avant pour mieux saisir la réponse.

— Heu… commença Lesley.

— La police considère-t-elle Jake Waters comme un suspect ?

— Suspect de quoi ? laissa échapper Malcolm en interrogeant les autres du regard. Qu'entendez-vous par là ? L'incendie était accidentel. C'est ce qu'a affirmé la police.

— Il se trouve que des histoires troublantes circulent sur cette auberge et les activités qui s'y déroulaient. Saviez-vous que Mama's Paradise est bien connu des services de police ? Comme un lieu de distribution de stupéfiants. Les gens vont, pardon, allaient, s'y fournir en drogues, expliqua la femme comme si elle s'adressait à des enfants, des touristes naïfs.

Lesley ne pouvait pas quitter la journaliste des yeux.

— En outre, il y a déjà eu un décès dans cette auberge : l'année dernière, un homme de quarante-deux ans est mort dans des circonstances inexpliquées.

— Non, reconnut Mike d'une voix rauque. Nous ne le savions pas.

— Ce sera tout, déclara Clive Barnes avec douceur en prenant Lesley par le bras pour l'aider à quitter sa chaise. Merci à tous.

Et ce fut terminé. Pourtant, de retour dans l'antichambre, Lesley eut le sentiment que ce n'était que le début.

29

Mercredi 20 août 2014
La journaliste

Une fois seule, je m'effondre dans un fauteuil du hall d'entrée, perdue l'espace d'un instant. Je devrais faire quelque chose. Non ?

Allez, Waters, remue-toi.

Je m'approche de la file de taxis et demande à être conduite à Khao San Road.

Le ruban rouge et blanc qui barrait hier l'allée de l'auberge de Mama a été déchiré et abandonné dans la poussière. La police aussi a disparu. Je marche jusqu'à la structure du bâtiment, l'odeur de suie m'irrite la gorge et me pique les yeux quand j'arrive devant l'entrée carbonisée. Bizarrement, l'enseigne a survécu, suspendue par une dernière vis. Mais le nom est effacé, le bois noirci et la peinture cloquée et écaillée.

Je scrute l'intérieur puis observe autour de moi. Personne pour m'arrêter.

— Il y a quelqu'un ? je lance dans la pénombre, juste au cas où, avant d'y pénétrer sur la pointe des pieds.

J'ignore ce que j'espère trouver mais quand je suis bloquée sur un sujet, je reviens toujours au début, là où tout a commencé, pour voir ce que j'ai raté. Et le début, c'est ici.

J'avance avec prudence, mes yeux s'acclimatent à l'obscurité et je commence à discerner l'ampleur des dégâts. Une fois, j'ai interviewé un enquêteur incendie qui m'a confié que le feu révèle lui-même son point d'origine avec une fumée en forme en V ou un motif carbonisé qui indique le siège des flammes.

À première vue, la partie la plus endommagée se situe à l'arrière du bâtiment ; cependant je décide de ne pas m'aventurer plus loin. Ce qu'il reste des étages supérieurs pend au-dessus de ma tête et des pointes acérées de bois et de béton s'y balancent dangereusement.

— Sortez de là ! s'écrie une voix. Vous êtes folle ? Vous allez vous faire tuer.

Je m'extirpe de l'obscurité. Le garçon défoncé d'hier au café se tient devant l'auberge.

— Qu'est-ce que ça peut vous faire ? je lui rétorque. Je regarde, c'est tout.

— C'est dangereux. Vous avez l'âge d'être ma mère ; c'est vous qui devriez me dire ce genre de choses.

Son faux air indigné me fait éclater de rire ; pour la première fois depuis des jours.

— Oh, on se calme ! dis-je. Tu as quel âge ? Quatorze ans ?

— Vingt, en fait. Pourquoi vous fouillez comme ça ici ? La police est repartie. C'était un accident. C'est ce qu'ils disent toujours.

— Ah bon ?

— Oui, quand des *farang*, comme moi, sont impliqués. Et les filles.

— Tu les connaissais, les filles ?

Le garçon jette des coups d'œil nerveux autour de lui.

— Qu'est-ce qu'il y a ?

— Faites attention, répond-il. Des tas de gens posent des questions.

— Écoute, mon fils aussi était dans cet incendie.

— Votre fils ?

— Oui. Et maintenant il a disparu. Je dois absolument le retrouver.

Je sors un des tracts de mon sac.

Il l'examine puis lève des yeux écarquillés sur moi.

— Jake, dit-il. Vous êtes la mère de Jake ?

Dix minutes plus tard, nous sommes dans sa chambre, lui assis en tailleur par terre et moi au bord de son lit. Ross ne voulait pas discuter dans la rue, par crainte de la police et des journalistes. Je ne lui ai pas révélé que j'en étais une aussi. Il n'a pas besoin de le savoir. Il habite juste au coin de la rue et m'a proposé une tasse de thé. Je l'ai suivi sans hésitation. À la dernière minute, j'ai envoyé un texto à Mick pour le prévenir de l'endroit où j'allais. Par sécurité.

Ross s'excuse du bazar qui règne dans sa chambre lorsqu'il ouvre la porte avec un regard en coin pour observer ma réaction. Pour lui, je suis une mère. Mais je me contente de pousser le papier alu, les pailles et les vêtements sales du matelas pour m'y asseoir.

Il fait chauffer de l'eau sur un réchaud à gaz pendant que je tape du pied avec impatience. Quand il me regarde, je m'arrête et lui lance un sourire d'encouragement.

— Depuis combien de temps habites-tu ici ? Tu es bien installé, dis donc.

Ma piètre tentative de conversation le fait rire et il reporte son attention sur la casserole d'eau en train de bouillir. Quelques instants plus tard, il me tend une tasse sale. Je fais semblant de boire une gorgée lorsqu'il s'allume un joint.

— Ça ne vous dérange pas ? demande-t-il comme si mon avis lui importait.

Bien sûr que si !

— Non, tu es chez toi. Tu fais ce que tu veux.

Mais discutons avant que tu sois complètement stone, ai-je envie d'ajouter.

— Donc, tu connais Jake ?

Il acquiesce lentement en retenant son souffle.

Quand enfin il recrache la fumée, il explique :

— Il travaille chez Mama – à la cuisine ; il fait la vaisselle et d'autres trucs. Il ne gagne pas beaucoup mais en échange elle le laisse loger gratuitement. Ça fait une éternité qu'il est là. Il y était déjà quand je suis arrivé en janvier 2013.

Il était ici pendant tout ce temps, à nous mentir, à prétendre compter les tortues à Phuket. Mon fils si brillant fait la plonge dans une cuisine pourrie.

— Je vais le voir là-bas des fois, continue Ross. Ou sinon il vient ici.

— Vous êtes amis, alors ?

— Ouais, en quelque sorte, répond Ross avant de tirer une autre longue bouffée. On ne parle pas beaucoup. Ça nous arrive de fumer ensemble. Il sait où trouver de la bonne came. Des relaxants.

Il ricane, je croise les mains pour me retenir de le gifler.

— Des relaxants ? je répète alors que je sais très bien de quoi il parle.

— Un peu d'herbe, c'est tout. Il ne prend ni yaba ni héro. Rien de méchant. C'est un bon gars, Jake.

Un bon gars ? Je n'arrive pas à croire qu'on soit en train de parler de mon fils qui se drogue. Il était nul en chimie, me dis-je tout à coup. *Arrête.*

— Tu sais où il est en ce moment ? je demande, impatiente de sortir d'ici.

— Aucune idée. Il suit son bonhomme de chemin. Ça m'a étonné qu'il revienne ici après la mort de ce type.

— Quel type ?

— Un Écossais. La quarantaine. On l'a retrouvé dans sa chambre chez Mama juste avant Noël. La police a prétendu que c'était un suicide mais...

— Mais quoi ?

— Eh bien, il n'a pas laissé de lettre, disons-le comme ça. Il avait l'air de s'être bagarré et ses affaires avaient disparu quand ils l'ont découvert. Son argent et son passeport n'étaient plus là.

— Il a été assassiné ?

— J'en sais rien. Il avait fait la fête la veille, la grosse éclate. Jake l'avait bien arrosé au bar et il m'a dit qu'en plus le gars sniffait du Spécial K.

— Du Spécial K ?

— De la kétamine. Plein de gens en prennent ici – ça fait planer direct et super haut. C'est top.

Je voudrais arrêter de poser des questions, je n'ai pas besoin d'en savoir plus. Mais c'est plus fort que moi.

— La police est venue ? Ils ont interrogé des témoins au sujet de ce décès ? Ils ont interrogé Jake ?

Ross sourit.

— Non. Mama lui a conseillé de disparaître le temps qu'elle arrange les choses. D'après elle, les flics accusent toujours les Occidentaux quand c'est possible. Et son visa avait expiré. Mama sait comment ça se passe – elle a un arrangement avec la police. Mais Jake, il a bien flippé. Il est parti un peu. Des petites vacances le temps que ça se tasse. C'était la meilleure chose à faire. Et il est resté à l'écart pendant les manifestations antigouvernementales. C'était le chaos ici. La folie. Ensuite il est revenu à l'auberge. Il n'avait nulle part où aller. Il disait qu'il ne pouvait pas parler à ses parents parce qu'ils l'avaient prévenu de ce qui arriverait, qu'il se planterait.

— Je n'ai jamais dit ça !

Mais peut-être que si. J'essaie de me rappeler.

— Quand l'as-tu vu pour la dernière fois, Ross ?

— La semaine dernière. Deux fois. Je l'ai croisé dans la rue et il allait super bien. Il avait rencontré une fille.

Ross accompagne ses paroles d'un clin d'œil et d'un sourire endormi.

— C'est bien. Est-ce qu'il a dit qui c'était ?

— Non. Mais elle a dû le planter parce que deux jours plus tard, il était super mal, il voulait fumer. Il était très tôt et j'étais encore couché. Il a frappé à la porte jusqu'à ce que je lui ouvre. Il avait une sale tête et du vomi ou je sais pas quoi sur le pantalon. Je lui ai prêté un des miens du coup. J'ai toujours le sien ici, d'ailleurs. Je n'ai pas eu le temps de le laver mais vous pouvez le récupérer si vous voulez.

Il fouille dans un tas de linge sale et en sort un jean bleu qu'il me tend.

— Désolé. Il pue un peu.

En effet, ça empeste, et je le fourre au fond de mon sac.

Ross sourit et ajoute :

— Écoutez, c'est un chic type. Ne vous en faites pas, il va réapparaître.

Ma tête va exploser avec toutes ces informations que je ne souhaitais pas connaître et j'ai envie que ce gamin maigrichon se taise maintenant.

— Tu as confié à quelqu'un d'autre ce que tu savais sur Jake ?

Seigneur ! Qui d'autre est au courant ?

Ross secoue la tête.

— Une journaliste hier soir m'a posé des questions mais je lui ai dit que je ne savais rien. Elle ne m'a pas plu. Elle en faisait trop. Aucun tact, vous voyez ? Ils vont sûrement essayer de vous interviewer aussi.

— Ils essaient déjà, mais je ne dis rien non plus. Tu veux bien garder tout ça pour toi, Ross ? La mort de l'Écossais, Jake qui fume des joints… Pour le bien de Jake. Les médias vont le traquer s'ils l'apprennent. Et le lyncher s'ils le trouvent.

Ross acquiesce avec sagesse. Il fait mine de verrouiller ses lèvres avec une clé. J'entre mon numéro dans son portable au cas où il apprendrait quoi que ce soit et je le laisse planer dans sa fumée sucrée et anesthésiante.

30

Mercredi 20 août 2014
La journaliste

George se tient devant l'hôtel ; il est en train de vapoter et produit un gigantesque panache de fausse fumée. Je sens la cannelle et la pomme quand je m'approche.

— Salut, Kate ! Mon nouveau vice. Tu as essayé ? C'est dégoûtant mais je peux faire semblant que c'est sain parce que ça sent le fruit. Ça compte dans les cinq par jour.

George est déjà venu chez nous avec sa femme et ses enfants. Pour un barbecue, il me semble. Son fils s'était fait piquer par une guêpe et j'avais mis du vinaigre sur la boursouflure, comme ma mère le faisait quand j'étais enfant. Nous avions passé une bonne après-midi entre amis, allongés sur de vieux transats, à échanger des anecdotes amusantes sur le travail et à boire du rosé frais.

Il m'offre un sourire empreint de compassion.

— Vous nous avez manqué à la conférence de presse, toi et tes questions de tueuse. Où est-ce que tu étais ?

— Oui, à moi aussi ça m'a fait bizarre de ne pas y être. J'ai fouiné un peu, j'ai parlé à des gens mais je ne suis pas plus avancée. Il y avait quelque chose d'intéressant ce matin ?

— Des bricoles. Il y a eu une déclaration et quelques questions. Je viens d'envoyer mon papier. Les parents ressemblaient à des lapins pris dans la lumière des phares, les pauvres. Ils viennent juste de voir leur enfant à la morgue et Louise se met à les interroger comme ça sur un autre décès qui s'est produit dans la même auberge.

Ma peau me picote. Je n'ai qu'un pas d'avance sur eux.

— Ah oui ?

— Un plâtrier en vacances qui se serait suicidé selon la police. Sa famille affirme qu'il ne s'est pas donné la mort ; il venait juste de débourser une fortune pour renouveler son abonnement pour les matches d'Arsenal, alors… Mais la police thaïlandaise n'a rien voulu entendre.

— Tu as interrogé ses proches ?

— Oui. Ce sont des gens bien et ça offre un angle intéressant à l'histoire. Tout le monde en parle. De ça et aussi du fait que Mama's Paradise était considéré comme le repaire des drogués, apparemment.

— Punaise ! dis-je en espérant que mon étonnement soit convaincant.

— Tu ne savais pas ? demande George.

Je secoue la tête. Il faut que je parte d'ici, que je mette un terme à cette conversation. George profite de mon silence pour demander :

— Jake est resté longtemps dans cette auberge de jeunesse ?

— Je l'ignore, George. C'est un adulte. Il a cessé de nous demander notre avis le jour où il est parti de la maison.

— Bien sûr, répond-il. J'ai hâte que les nôtres prennent leur envol.

Il se tait, conscient de la maladresse de sa remarque.

— Je ferais mieux d'aller passer quelques coups de fil, dis-je comme si je lui pardonnais son impair.

Dans ma chambre, je consulte sur mon téléphone les articles au sujet du précédent décès : aucun ne mentionne la présence de mon fils, ni le fait que, cette fois encore, il s'était enfui.

Je retourne à ma liste et contacte une autre association de protection des animaux à Phuket. Je passe le temps, j'en ai conscience. Il n'a jamais été à Phuket. Il vivait une tout autre vie et mentait à tout le monde.

On frappe à ma porte ; Louise affiche l'expression du journaliste qui a décroché le scoop lorsque j'ouvre. Je l'ai vue trop souvent pour ne pas la reconnaître.

— Je suis un peu occupée, Louise, dis-je mais elle réplique aussitôt.

— C'est important, Kate. Tu dois l'apprendre avant que ça ne sorte.

— Apprendre quoi ?

Je tombe dans le piège. Je devrais savoir qu'il vaut mieux se taire mais c'est plus fort que moi.

— Nous avons trouvé la page Facebook de Jake.

— Oh ça ! dis-je avec un rire, déjà au courant. Il ne l'utilise plus depuis qu'il est parti de la maison. Il détestait ça.

Et surtout, je l'ai consultée des milliers de fois.

Louise sourit.

— Pas celle-ci, Kate. L'autre. Il est Jake Sherwood pour ses amis Facebook.

— Sherwood ? je répète en avalant de travers – *c'est mon nom de jeune fille !* Qu'est-ce qui te fait croire que c'est bien mon Jake ?

— C'est lui.

— Comment l'as-tu trouvé ?

— Mon expert en informatique au bureau a remonté sa trace. J'ai discuté avec un ami de Jake ici, un petit branleur qui s'appelle Ross. Il a essayé de me faire croire qu'il ne le connaissait pas mais on le devine toujours quand ils nous baratinent, pas vrai ? Je l'ai fait parler de lui, j'ai obtenu son nom et sa ville d'origine, et son profil en ligne nous a conduits à Jake.

— Et Jake y publie des choses ? je demande. Tu sais où il est ?

Louise secoue la tête.

— Rien depuis l'incendie. Mais il y a d'autres publications dessus.

Mon ventre se noue.

— Quoi ? Qu'est-ce qu'il y a ?

— Tu ferais mieux de regarder. Ce n'est pas beau à voir.

— Dis-moi à la fin ! j'aboie.

— Il y raconte qu'il a dû quitter Phuket dans la précipitation. Nous avons interrogé le propriétaire d'un bar dont il parle dans une publication et, d'après lui, Jake y a travaillé mais il en est parti il y a plus d'un an. Il racontait qu'il s'était fait dévaliser et que la mafia locale avait menacé de le tuer car il leur devait de l'argent. Il semblerait qu'il se soit fourré dans un sacré pétrin avec des personnes peu recommandables...

Ne dis rien. Ne lui fournis pas l'occasion de te citer.

Je m'efforce de garder un visage impassible.

— OK, je vais regarder ça.

— Et il y a des photos...

— Je me doute, dis-je en commençant à pousser la porte. Merci de m'avoir informée, Louise.

Maintenant, fiche le camp.

Elle retient la porte et lance d'une voix pressante :

— Il faut que tu les voies, Kate. Elles vont être publiées.

Je referme et me précipite sur mon ordinateur.

Lorsque je trouve sa page, je fonds en larmes. Il est là. À une fête sur la plage. Le visage illuminé par un feu de joie. Ses cheveux sont coiffés en deux cornes raides sur les côtés. Il porte de l'eyeliner autour des yeux. Et la légende dessous dit : « Je suis un taré de pyromane. »

31

Jeudi 21 août 2014
La journaliste

La photo est publiée en une de quasiment tous les journaux. Évidemment. Même celle du *Post*. Avec le nom de Joe en entête et le gros titre *LE TÉMOIN DISPARU DANS L'INCENDIE DE L'AUBERGE THAÏLANDAISE ?*

Je téléphone à mon fils journaliste.

— C'est quoi cette histoire ? je crie dans le combiné.

— Tout le monde a la photo, Kate. Une agence de presse l'a diffusée et j'ai dû écrire un papier pour suivre le mouvement. J'ai essayé d'édulcorer mais Terry m'a passé un savon. Il m'a demandé de renforcer l'article. Je suis désolé, mais c'est une photo incroyable.

— Oui, mais prise il y a plus d'un an à en croire Facebook. Et il est déguisé en Keith Flint, le chanteur de Prodigy.

Je l'ai reconnu dès que je l'ai vu. C'était une plaisanterie entre nous depuis qu'un des professeurs de Jake l'avait qualifié de prodige à une réunion scolaire. Nous le taquinions en l'appelant Keith quand il prenait un peu la grosse tête. Jake adorait ça. Freddie et lui dansaient dans la cuisine en hurlant les paroles de leur tube *Firestarter*, « Je suis un taré de pyromane ». Quelle chanson débile.

— Oh oui, réplique Joe avant d'entonner le refrain.

— La ferme, Joe. Ça n'aide pas.

— Pardon. Bon, j'ai précisé qu'il s'agissait d'une ancienne photo. J'ai écrit qu'elle avait été prise il y a un an à Phuket. Je ne sais pas si les correcteurs l'ont laissé…

— Pourquoi ne m'as-tu pas prévenue ?

— Parce que je savais que tu me crierais dessus. Je suis dans une position très délicate, Kate, tu dois bien t'en rendre compte ? Je couvre cette histoire, je ne la vis pas avec toi. Je dois faire ce que me dit le rédacteur, Kate. C'est mon patron…

— C'est ça, ouais.

La chasse est ouverte. Jake ne va plus se montrer maintenant. Qui le ferait ?

— As-tu un commentaire ? Tu souhaites donner sa version de l'histoire ?

Je perçois la note d'optimisme dans sa voix.

— Arrête. Je ne connais pas sa version de l'histoire. Et cette conversation reste entre nous. Tu le sais, n'est-ce pas ?

— Oui, oui. Je le sais mais les autres ? Que vas-tu dire aux autres ? Certains sont partis à Phuket. Un des contacts de Don s'y rend pour nous. Terry veut que je reste auprès des familles.

— Oh mon Dieu ! Est-ce que Lesley a vu la photo ?

— Aucune idée.

Je raccroche au nez de Joe et appelle la chambre de Lesley. C'est Malcolm qui décroche.

— Kate ? Nous nous demandions si nous aurions de vos nouvelles aujourd'hui. Avez-vous vu votre fils dans la presse ?

— C'est un déguisement, Malcolm. Il se trouvait à une soirée costumée, il y a plus d'un an. Il est déguisé en Keith Flint, le chanteur de Prodigy. « Je suis un taré de pyromane », ce sont les paroles de leur plus gros tube, *Firestarter.* C'était une blague. Ça n'a rien à voir avec ce qu'il s'est passé ici. Vous comprenez ?

La ligne est coupée.

Les autres viennent frapper à la porte. *Toc toc toc... Bang Bang...*

Ils n'ont aucune certitude sur ma présence dans la chambre alors je reste immobile. Mais c'est de plus en plus dur. Je commence à suffoquer. J'ai l'impression que les murs se resserrent sur moi tandis que je les entends crier à travers la porte. « Kate ! Je sais que tu es là ! Ouvre-nous ! » Quand les appels échouent, ils tentent les supplications à voix basse. « Kate, c'est moi, George. Je peux arranger les choses. Parlons-nous. »

Je sais que si les rôles étaient inversés, je serais là moi aussi, à téléphoner dans la chambre d'hôtel toute la nuit, à attendre sur le seuil à l'heure du petit déjeuner, à glisser des mots sous la porte.

Je peux presque m'entendre de l'autre côté. Je me demande combien de temps ils vont rester. *Combien de temps je resterais, moi ?*

J'écoute les conversations qui se déroulent dans le couloir.

— Tu crois qu'elle est à l'intérieur ? Je n'entends rien.

— Elle doit être dévastée.

— Je parie qu'elle a envoyé son article, par contre, rétorque Louise. Elle ne va pas se laisser arrêter par un petit détail comme le fait d'être sa mère.

Ma main est sur la poignée, je suis prête à ouvrir et à lui livrer le fond de ma pensée. Mais je me retiens.

Elle sait que tu peux l'entendre, idiote. Elle cherche à te faire sortir de tes gonds pour avoir un commentaire.

Mon portable sonne à nouveau mais je l'ai mis en mode silencieux pour que les autres ne l'entendent pas.

C'est Joe. Je gagne à pas de loup la salle de bains et referme la porte tout doucement.

— Kate, dit-il quand je décroche enfin. Est-ce que ça va ?

— À ton avis ? je murmure.

— Je vais venir et prétendre que j'ai eu de tes nouvelles, chuchote-t-il à son tour. Faire croire que tu es partie à l'ambassade. Avec un peu de chance, ça les fera bouger.

— Oui, ça pourrait marcher. Mais ensuite, quoi ?

— Mick t'a réservé une chambre dans un autre hôtel sous son nom. Prépare tes affaires pour sortir dès que la meute a filé.

— Merci, Joe.

Je ne sais pas quoi dire d'autre. L'émotion étrangle ma voix.

— Je suis là dans une minute. Mick frappera trois coups quand le champ sera libre.

Deux minutes plus tard, je l'entends arriver. George lui lance :

— Joe, demande à Kate de sortir pour nous parler. Il faut qu'elle s'exprime.

— Je viens juste de l'avoir au téléphone. Elle n'est pas ici. Elle est partie à l'ambassade pour rencontrer Clive Barnes.

— Merde, lâche Louise. Tu es sûr ? Tu ne te ficherais pas de nous, quand même, Joe ?

Je retiens mon souffle. Je ne suis pas convaincue qu'il soit de taille à se mesurer à une force comme elle.

— La ferme, Louise. Tu crois que tout le monde est comme toi.

Bravo ! Comment ai-je pu douter de lui ?

— Libre à toi de faire le pied de grue devant une chambre vide. Moi, je vais à l'ambassade.

Et j'entends ses pas s'éloigner.

Le silence tombe ; j'agrippe le bord du lit avec force.

— Je viens avec toi ! On pourra partager un taxi ! crie George dans le couloir.

Et tous suivent le mouvement en laissant échapper des grommellements et des jurons.

Les trois coups me font sursauter. J'entrebâille la porte sur Mick.

Il me serre brièvement dans ses bras.

— Viens, allons jouer à cache-cache avec les grands méchants journalistes, dit-il en s'emparant de mon sac de voyage. Une voiture nous attend derrière. Au cas où ils auraient décidé de camper devant l'entrée.

Il poursuit son badinage dans le taxi qui nous fait serpenter dans les rues jusqu'à un minuscule hôtel anonyme.

Il nous a déjà inscrits sur le registre en tant que M. et Mme Murray alors je monte directement à la chambre par les escaliers.

— Bon, j'y retourne ou ils auront des soupçons, annonce-t-il. Appelle-moi en cas de besoin. J'ai enregistré ton numéro sous maman pour que personne ne sache que c'est toi. J'ai dit à Joe d'en faire autant. Il s'en est bien sorti, hein ? C'est bien le fils de sa mère…

— Pas comme Jake, je réplique.

— Ne sois pas trop dure avec lui, Kate. Il était à une fête. J'imagine que tout le monde était déguisé. Il n'a pas eu de chance, c'est tout.

— Je ne sais pas. Je ne le connais plus. Vas-y. Ça va aller. Et merci, Mick. Tu es génial.

— Le top du top, c'est moi. Reste discrète.

Je ne peux pas appeler Steve pour le prévenir que j'ai changé d'hôtel car il a déjà démarré ses visites du matin. Allongée sur le lit, j'essaie de mettre de l'ordre dans mes idées, sauf que tout se mélange dans ma tête.

Pourquoi Jake s'est-il enfui ? D'après les médecins, il a subi un traumatisme. Voilà, il ne supporte pas le souvenir de cette nuit. Il doit avoir tellement peur. Ou bien est-ce de la honte ?

Je tente de joindre Lesley sur son portable. Elle va voir mon numéro s'afficher et je croise les doigts pour qu'elle décroche. La sonnerie s'éternise et je suis sur le point d'abandonner quand elle répond enfin, un peu essoufflée.

— Kate ? Pardon, j'ai dû m'isoler dans une autre pièce. Malcolm ne veut plus entendre parler de vous.

— Je comprends. Les unes d'aujourd'hui ont dû vous causer un choc terrible. Merci d'avoir accepté mon appel. Vous savez que cette photo a été prise il y a longtemps, n'est-ce pas ? À une fête ?

— Oui, oui. Mais ça nous a secoués. Ça a semé le doute dans notre esprit. Malcolm n'arrête pas de me demander si l'incendie a pu être intentionnel. Mais la police le saurait, n'est-ce pas ?

— Je suppose que oui, Lesley. Avez-vous parlé aux enquêteurs aujourd'hui ?

— Malcolm, oui. D'après eux, le feu était accidentel. Il n'y a pas de nouveaux indices.

Le soulagement me submerge ; je suis prise de tremblements et en laisse presque tomber le téléphone.

C'est ridicule. Reprends-toi ! Bien sûr que c'était un accident.

— Pour vous aussi, ce doit être affreux, continue Lesley. Le voir ainsi.

Nous sommes toujours du même côté, donc.

— J'ai changé d'hôtel pour échapper aux journalistes.

Mon aveu lui arrache un soupir.

— Bienvenue dans notre monde. On continue à régler la paperasse. Les assurances s'organisent pour rapatrier les filles et nous prenons les dispositions nécessaires pour les funérailles en Angleterre. Je crois que rester occupés, c'est tout ce que nous pouvons faire.

— Si je peux vous aider…

— Pas pour l'instant. Je parlerai à Malcolm. Il est tellement sur les nerfs. D'habitude, c'est lui qui garde son calme mais là, la pression est trop forte. Nous voulons juste rentrer chez nous.

— C'est normal. Savez-vous combien de temps va prendre l'organisation du rapatriement ?

— Quelques jours. Tout le monde est si prévenant. Nous avons reçu un appel de la police du Hampshire, de Sparkes, ce gentil inspecteur. Il voulait nous présenter ses condoléances et prendre des nouvelles. Il est temps que nous retrouvions Dan. Il vit toute cette épreuve tout seul et, avec le décalage horaire, nous n'arrivons jamais à lui parler.

— Vous rentrerez bientôt chez vous.

Après avoir raccroché, j'appelle sans attendre Bob Sparkes. Il est 8 h 30 chez lui. J'ai besoin de parler à une personne sensée.

32

Jeudi 21 août 2014
L'inspecteur

Il s'était demandé quand elle le contacterait.

Dès la parution des premiers articles évoquant l'implication de Jake Waters dans l'incendie, Zara avait accouru – elle avait littéralement couru ! – dans le couloir. Il avait craint une alerte terroriste pour le moins et s'était précipité à sa rencontre.

« Que se passe-t-il ? avait-il demandé, le cœur battant à tout rompre, sur le seuil de son bureau.

— Le fils de Kate Waters. Il était à Bangkok, dans l'incendie, avec les filles. Il a essayé de les faire sortir.

— Quoi ?

— Votre journaliste préférée, monsieur. Son fils, Jake, fait la une de quasiment tous les journaux aujourd'hui. Il était sur place la nuit de l'incendie. »

L'excitation lui faisait presque sortir les yeux de la tête. Sparkes avait poussé un grognement bougon.

« Nom d'une pipe, Zara, calmez-vous. J'ai cru que le protocole de confinement était enclenché. Et elle n'est pas ma journaliste préférée.

— Pardon. Mais je n'arrivais pas à y croire quand j'ai lu ça. »

Sa course effrénée autant que l'embarras lui colorait les joues.

« Désolée, avait-elle répété. Je vais me remettre au travail.

— Faites donc. »

Après son départ, il avait lu les articles en question avec beaucoup d'attention et s'était autorisé un juron. Il avait envie de contacter Kate pour lui dire qu'il était heureux que Jake aille bien mais la remarque de Salmond l'avait énervé. Était-il à ce point transparent ? Quoi qu'il en soit, elle n'était pas sa « journaliste préférée ». Il lui parlerait quand elle rentrerait de Thaïlande avec son fils héroïque.

Néanmoins ce matin, lorsqu'il entendit sa collègue remonter une seconde fois le couloir à pas rapides et feutrés, il devina qu'il y avait du nouveau.

— Il n'est plus un héros aujourd'hui, annonça-t-elle. C'est « un taré de pyromane » à en croire la presse. Il semblerait qu'il ait pris la fuite. Attendez de voir la photo !

— Merci pour ce flash info, Zara. Je regarderai dans une minute...

Ce qu'il fit sitôt qu'elle le quitta. Le visage de Jake s'affichait sur tous les sites Internet des tabloïdes. C'en était ridicule. Sparkes ignorait à quoi ressemblait Jake Waters mais il espérait que ce n'était pas là son allure habituelle. Il lut les articles, nota le « sans commentaire » émanant de la police thaïlandaise et revint sur la photo, chercha à retrouver les traits de Kate sous l'épais maquillage. Mais il n'y avait rien d'elle dans les yeux ni la bouche.

Il était vrai que son propre fils ne lui ressemblait pas non plus, il avait tout pris du côté d'Eileen. *Le pauvre*, songea-t-il. *Il aurait eu de plus beaux cheveux s'il avait hérité de mes gènes.*

Il pensa à ses enfants. Aucun des deux n'avait demandé si c'était la dernière fois que leur mère rentrait à la maison. Selon lui, ils en avaient conscience, mais peut-être valait-il mieux ne rien dire. Ils avanceraient au jour le jour. Une sensation de chute le saisit et il s'agrippa aux accoudoirs de son fauteuil.

Jake Waters pourrait lui servir de distraction aujourd'hui. Il avait désormais la conviction que Kate allait l'appeler.

Quarante minutes plus tard, elle lui donna raison.

— Bonjour, dit-il. Comment allez-vous ?

— Pas bien du tout, Bob. Avez-vous vu les journaux ?

— Oui, ma collègue a battu un record personnel au sprint pour me tenir informé.

— C'est une vaste blague. Cette fichue photo date d'il y a plus d'un an. Ça n'a rien à voir avec l'incendie. Pauvre Jake... Il se fait démonter à cause d'une photo prise à une stupide fête sur la plage.

— Je dois reconnaître que j'ai été un peu surpris quand je l'ai vue. Les articles que j'ai lus hier vantaient son courage.

Kate poussa un lourd soupir qui fit siffler la ligne.

— C'est un des médecins qui a avancé qu'il s'était brûlé en tentant de secourir des personnes. Et tout le monde y a cru, pendant vingt-quatre heures, jusqu'à ce qu'ils dénichent cette photo. C'est le schéma classique « du héros au zéro » en un éclair.

— Eh bien, vous savez mieux que moi ce que fabrique la presse quand elle s'ennuie.

Elle garda le silence.

— Vous avez eu des nouvelles de Jake ? Pourquoi a-t-il quitté l'hôpital aussi vite ?

— Je n'en ai aucune idée. Je me fais tellement de souci pour lui. Mais j'ai aussi envie de lui tordre le cou. Pourquoi ne se manifeste-t-il pas ? Ils prétendent qu'il est en cavale mais c'est ridicule. C'est un adulte et il a décidé de quitter l'hôpital contre avis médical. Ce n'est pas un crime.

— C'est vrai. Mais c'est aussi étrange qu'il ait eu l'autorisation de partir… et qu'il ne se montre pas.

Sparkes choisissait ses mots avec soin. S'il avait été chargé de cette enquête, il aurait veillé à ce qu'un témoin potentiel ne s'évanouisse pas dans la nature.

— Était-il gravement blessé ?

— Non, encore heureux. D'après les médecins, il souffrait juste de quelques brûlures à la joue et aux mains.

— Donc il pourrait se terrer quelque part pendant sa convalescence. Ou alors être rentré à la maison ?

Ses paroles résonnèrent en lui. *La maison*, c'était là qu'il aurait dû être, lui aussi.

— À la maison ? répéta Kate.

— Eh bien oui. Si j'étais blessé et que j'avais subi un traumatisme, je rentrerais sans doute chez moi.

Nouveau silence révélateur à l'autre bout du fil.

— Je n'y ai même pas pensé. Est-ce que ça fait de moi une mauvaise mère ? murmura-t-elle.

Peut-être, songea-t-il. *Suis-je un mauvais mari parce que je vous parle plutôt que de m'occuper de ma femme ?*

— Écoutez, reprit-il en remuant sur son siège. Personne n'est parfait. Et vous vous retrouvez au beau milieu d'une tempête médiatique, Kate.

De l'autre côté, et pas le plus plaisant, songea-t-il. Il se retint d'enfoncer le couteau dans la plaie et poursuivit :

— Difficile d'avoir les idées claires dans ces cas-là. Jake détient-il un billet de retour ?

— Nous lui avons payé un vol à Noël. Nous avons envoyé le billet par e-mail et il a dit qu'il l'avait récupéré mais il n'a pas pris l'avion. Un de ses amis m'a appris qu'il avait quelques problèmes à ce moment-là…

— D'accord. Alors il l'a peut-être modifié pour plus tard. C'était un billet à date flexible ? L'ambassade devrait être en mesure de contacter la compagnie aérienne. Ou la police s'est peut-être déjà renseignée si elle tient vraiment à le retrouver. Avez-vous rencontré les enquêteurs ?

— Non, pas encore. Toute cette histoire sur Jake vient des médias, pas des autorités. Lesley O'Connor m'a confirmé que les policiers thaïlandais ne s'intéressaient pas à lui. Pour eux, il ne présente aucune pertinence dans l'enquête. J'ignore ce qu'il leur a dit mais apparemment ils n'étaient même pas certains qu'il se trouvait à l'auberge. J'ai le sentiment que la police se satisfait très bien de la théorie de l'incendie accidentel et du décès par inhalation de fumée des filles. Affaire classée.

— Et que pensent les parents de tout ça ?

— La même chose, avant. Mais ce tapage médiatique les a perturbés. C'est normal. En outre, il est aussi question d'un autre décès, qui s'est produit il y a quelque temps, dans cette même auberge de jeunesse. Un suicide. Rien à voir. Mais ça éveille les soupçons, non ? La presse cherche un bouc émissaire et elle se focalise sur Jake à cause de cette photo. C'est classique. On a droit à un procès médiatique dès qu'on a l'air un peu différent.

— Oui, il y a des précédents, insista Sparkes. Vous vous rappelez cette pauvre institutrice de Bristol qui a pratiquement été accusée de meurtre par les médias parce qu'elle avait une drôle de coiffure ?

— Pas par mon journal, se hâta de protester Kate. Bref, je ne sais même pas si Jake connaissait les filles. Personne ne s'est manifesté pour le confirmer. Et il n'est pas là pour se défendre. C'est tellement injuste.

— Je pourrais passer un coup de fil à Interpol pour voir s'il y a une alerte sur Jake, proposa-t-il. Si la police thaïlandaise ne le recherche pas, vous pourrez le crier haut et fort, et calmer un peu les rumeurs des journaux.

— Vous feriez ça ?

— Je les appelle. Votre portable fonctionne là-bas ?

— Oui. Vous me racontez dès que vous leur avez parlé, d'accord ? Merci, Bob. Je vous suis tellement reconnaissante.

Après quoi, Sparkes se rencogna dans son fauteuil et médita sur leur conversation. Il avait déjà contacté Interpol, tout de suite après avoir lu l'article...

Il n'avait pas fait part à Kate de sa conversation la veille avec Hilary Young du bureau du coroner. Cela concernait la police, pas la presse. Il avait joint Hilary après avoir appris que les dépouilles des jeunes filles seraient rapatriées. Le coroner ouvrirait une enquête dès leur arrivée sur le territoire britannique qui relèverait de sa juridiction. Sparkes voulait s'assurer des dates. Lors de leur échange sur l'affaire, Hilary et lui avaient évoqué la possibilité que les corps soient incinérés avant leur retour.

« C'est plus économique et nous ne pratiquerons pas d'autopsie si elles sont incinérées, lui avait appris Hilary. Les parents préféreront peut-être ça. J'espère que l'ambassade leur présente toutes les options.

— Je veillerai à ce qu'ils en soient informés », avait conclu Sparkes.

Il s'agissait de détails pratiques sur le coup mais bien sûr, à cet instant, Sparkes ignorait que Jake Waters avait disparu sans laisser de trace. Ce fait éclairait d'une autre lumière toute l'affaire.

33

Jeudi 21 août 2014
La journaliste

J'essaie désespérément de me faire comprendre de la police thaïlandaise et répète sans cesse la même chose.

— Je m'appelle Kate Waters. Parlez-vous ma langue ?

La voix à l'autre bout du fil, la troisième jusqu'à présent, répond « désolé, désolé » et on me met en attente le temps de trouver une personne susceptible de me répondre.

— Allô ? Allô ? dis-je poliment dans le combiné au bout d'un moment.

J'ai envie de hurler mais ça n'aidera pas. Il n'y a personne en ligne. Rien que de la friture. Je raccroche et fais une nouvelle tentative. Je connais le numéro par cœur maintenant.

— Bonjour, je m'appelle Kate Waters, dis-je en m'efforçant au mieux de dissimuler mon énervement. Parlez-vous ma langue ?

Un bruit de respiration et d'incompréhension totale.

— Ne me mettez pas en attente...

Trop tard, me voilà de retour dans les limbes.

L'ambassade, que j'ai contactée en premier, s'est montrée polie mais ferme. « Nous ne pouvons pas obtenir d'informations sur les passagers des compagnies aériennes, madame Waters. Je suis sûr que vous comprenez les règles de sécurité strictes en matière de trafic aérien. La police pourra peut-être vous aider. »

Il me faut dix minutes de plus et un nouvel appel pour enfin avoir au bout du fil une personne qui prononce la phrase magique : « En quoi puis-je vous aider ? »

Je m'efforce au mieux de raconter mon histoire dans les termes les plus simples, non sans édulcorer mon langage au passage.

— Mon fils se nomme Jake Waters. Il a été blessé dans l'incendie de l'auberge Mama's Paradise où deux Anglaises sont mortes.

— Oui, répond l'officier.

— Vous comprenez ce que je dis ?

— Oui.

Comment savoir si c'est vrai ou pas ?

— Êtes-vous à la recherche de mon fils, Jake Waters ?

— Oui.

Arrête de poser des questions fermées ! je hurle intérieurement. *Demande-lui une chose à laquelle il devra répondre par un mot de plus d'une syllabe.*

— Pourquoi ?

— Nous avons des questions.

Ah, cette fois c'est bon !

— Des questions à quel sujet ? Je croyais que l'enquête était close ?

— C'est une affaire qui concerne la police. Savez-vous où est votre fils ?

— Non, je suis vraiment désolée, mais je n'en sais rien. Moi aussi je suis à sa recherche.

— Oui. Merci de me prévenir si vous lui parlez.

— Sans faute, dis-je en croisant les doigts comme une collégienne.

Le ferai-je ?

— Avez-vous vérifié si mon fils avait quitté la Thaïlande ?

Silence au bout du fil.

— Possède-t-il un billet d'avion ?

— Peut-être. Je ne suis pas sûre…

— Je vois. Quelle compagnie aérienne ? Nous vérifierons.

Je lui donne les informations en ma possession, celles que j'ai retrouvées dans l'e-mail envoyé à Jake, et énonce le numéro de réservation.

— Merci, madame Waters.

Bob m'apprend que Jake a été mis sur la liste d'alerte d'Interpol.

— C'est une alerte jaune, un simple avis de recherche qui le définit comme une personne disparue. Les filles aussi se trouvaient sur cette même liste avant que leurs corps ne soient identifiés. C'est donc une bonne nouvelle. Une alerte rouge, un mandat d'arrêt international, aurait signifié qu'on le recherchait pour un crime.

— Merci, Bob, mais je ne suis pas sûre que la presse sera intéressée par les nuances du code couleur. Ils vont juste écrire qu'il est recherché par Interpol. Je crois que je vais me taire sur ce coup-là.

Ensuite, j'appelle Mick qui m'annonce une mauvaise nouvelle.

— Ils ont déniché d'autres saletés. Joe a discuté avec une ancienne copine de Jake à la fac. Apparemment, il aurait été renvoyé.

— Renvoyé ? Il a laissé tomber parce que ça ne lui correspondait pas.

— Eh bien non. En fait, il aurait triché et se serait fait prendre.

J'ai l'impression de perdre la tête. Tout ce que je croyais savoir s'effondre autour de moi.

— Passe-moi Joe ! dis-je d'un ton hargneux à Mick.

— Salut, Kate, lance celui-ci, un peu nerveux.

J'imagine très bien le regard d'avertissement que Mick a dû lui décocher en lui tendant le combiné.

— C'est quoi ces salades que tu écris sur Jake qui aurait été expulsé de l'université ?

— Tu l'ignorais, alors ?

— Évidemment que je l'ignorais. C'est quoi, cette question ?

— En fait, le journal a été contacté par une ancienne petite amie qui nous proposait des infos après avoir vu l'histoire du pyromane dans la presse. Terry me l'a passée.

— Qui est-ce ? Elle voulait de l'argent ? Je parie que oui. Vas-y, raconte. Je veux tout savoir, tous les détails.

Joe hésite un instant.

— Quoi, qu'est-ce qu'il y a ?

— D'après elle, Jake se droguait. Autant que tu le saches tout de suite.

Je ferme les yeux et j'attends que la foudre s'abatte.

— Donc en gros, il a été renvoyé de la fac pour avoir rendu des dissertations copiées sur Internet. Son ex prétend qu'il était assez malin pour les rédiger lui-même mais qu'il était trop occupé à faire la fête.

Dans ma tête, je revois Jake le matin où on l'a mis dans le train pour l'université de Durham. Il ne voulait pas qu'on l'y conduise ; il affirmait que le trajet était trop long et que le train lui convenait. Et il était gêné qu'on soit là, à jubiler et à l'encourager. Nous, on s'en fichait. C'était un rite de passage ; notre aîné s'envolait vers l'âge adulte. Il ressemblait à Stephen Hawking jeune avec ses lunettes d'intello – un style qu'il voulait se donner, nous le savions – et son magnifique sourire.

Qu'était-il arrivé à ce garçon ? Celui que je croyais connaître ? La donne avait peut-être changé pour Jake à l'université. Il avait toujours été dans les premiers de sa classe. Et quand il se mettait en tête qu'il allait échouer – comme lors de l'épisode catastrophique des leçons de saxophone – il abandonnait et passait à autre chose. Il était habitué à ce que la vie soit facile. Pourtant, il devait y avoir des tas d'étudiants tels que lui à la fac. Jake assurait que tout allait bien quand il donnait des nouvelles. Mais peut-être y avait-il des signes que j'aurais dû remarquer si j'avais prêté attention. Je suis plutôt douée pour lire entre les lignes quand j'interviewe des personnes, je perçois les frémissements de vérité derrière les mensonges polis. Mais pas là. Je suppose que je ne souhaitais entendre que des choses positives. Les bonnes nouvelles requièrent moins d'énergie émotionnelle, non ? Et j'étais trop absorbée par les drames des autres.

J'essaie de me remémorer nos conversations téléphoniques, les indices que j'aurais dû relever. Il avait raconté que les autres étudiants de son cursus étaient premiers de leur classe au lycée et certains d'entre eux étaient plus intelligents que lui mais Steve et moi l'avions simplement taquiné. Pauvre Jake… Ça avait dû être un choc pour lui de prendre conscience qu'il allait devoir travailler pour rester au niveau. Il avait essayé au début, c'est sûr. Il nous avait expliqué qu'il passait ses soirées à la bibliothèque. « Tu ne me reconnaîtrais pas, maman. Je suis un intello maintenant… » Il lisait tous les ouvrages recommandés dans ses cours et se vantait quand il avait une bonne note à une dissertation.

Mais peut-être que l'attrait de l'effort s'était dissipé au bout d'un moment et qu'il avait perdu toute concentration. Si c'était aussi dur, ça n'en valait peut-être pas la peine. Ça ne serait pas la première fois. Il avait arrêté le saxo au bout de trois mois, alors qu'il nous avait suppliés de lui en acheter un, un instrument qui coûtait des centaines de livres.

Joe est toujours en train de parler, il me donne les détails croustillants sur mon fils tombé en disgrâce. Je reporte mon attention sur lui.

— La copine prétend qu'il a commencé à boire tous les soirs et à sniffer un peu de coke. Ses amis faisaient pareil. Peu à peu, il a commencé à être défoncé en cours ; il se trouvait très malin alors qu'il racontait n'importe quoi pendant les travaux dirigés.

— Quel idiot, je marmonne.

— D'après l'ex-copine, le prof principal de Jake lui a donné un avertissement en début de deuxième année. Il l'aurait invité à passer moins de temps à sniffer et davantage à travailler ses devoirs, en lui précisant que la drogue ne le rendait pas plus intelligent. Ça le transformait en emmerdeur de première et il risquait d'échouer. Jake a continué. Ses amis se faisaient du souci pour lui.

— Tellement de souci qu'ils vendent des anecdotes sur son compte. Sympa.

Pourquoi ne nous a-t-il rien dit ? Il ne téléphonait plus aussi souvent en deuxième année, mais pourquoi l'aurait-il fait ? Il n'avait pas besoin que sa maman veille sur lui. Ou peut-être que si. Et moi, l'ai-je appelé ? Non, j'envoyais des textos. Le strict minimum. Et ensuite il est resté à Durham pendant l'été. Il disait qu'il travaillait.

— Il a commencé à plagier des textes par-ci par-là sur Internet quand il n'avait pas fait son travail. Et puis il a recopié des dissertes entières. Il s'est fait choper. Il n'avait même pas pris la peine de changer un mot ou d'y ajouter des phrases de son cru. Il y a eu une procédure disciplinaire officielle. Et on lui a demandé de partir.

— Seigneur...

Je ne sais pas quoi dire d'autre.

— Nous allons publier cette interview, Kate, m'annonce Joe d'une voix douce. Je suis désolé.

— Vraiment ? En quoi est-ce un scoop ? Ça n'a rien à voir avec l'incendie. Je suppose que Jake a plaqué cette fille. Voilà pourquoi elle se manifeste maintenant. Elle ne cherche qu'à se venger.

Ma piètre tentative pour étouffer cette histoire n'a aucun effet sur Joe. Je l'ai bien formé.

— Non, elle affirme que c'est elle qui l'a quitté, à cause de la drogue. Il avait changé. Et j'ai vérifié ses propos. Ça colle. L'université a publié une déclaration qui confirme qu'il a été renvoyé.

— Tant mieux pour toi.

Mon amertume me fait horreur. Deux jours auparavant encore, je l'aurais félicité. Mais aujourd'hui, c'est impossible. J'ai été à la place de Joe Jackson des milliers de fois, à brandir la vérité d'un air triomphal. On nous apprend que les faits, c'est tout ce qui compte. Mon premier rédacteur en chef avait l'habitude de dire « peu importent les jolis mots que tu emploies. S'ils sont faux, ils ne valent rien ».

Tout le monde veut connaître la vérité. Sauf ceux qu'elle dérange. Ceux qu'elle blesse. Je le sais maintenant.

— Il faut que je prévienne Steve, dis-je avant de raccrocher au nez de Joe.

*

Mon pauvre mari reste sans voix quand je lui raconte tout ça.

— Oh Katie…, finit-il par gémir. Que lui est-il arrivé ?

— Je ne sais pas, Steve. Il a peut-être fréquenté les mauvaises personnes ?

Je grimace en m'entendant sortir l'excuse éculée brandie par des générations de parents d'enfants à problèmes.

— Rentre à la maison, Kate, s'il te plaît. Freddie et moi, nous avons besoin de toi ici. Et puis nous ne savons même pas si Jake est toujours en Thaïlande…

Je suis malheureuse et en colère qu'il me demande de quitter Bangkok alors que Jake pourrait encore s'y trouver. Mais les arguments pour rester me manquent…

— D'accord, dis-je à contrecœur.

Le ton que j'emploie laisse à penser que je n'accepte que pour faire plaisir à Steve mais la vérité, c'est que je suis trop fatiguée, trop brisée pour faire autre chose. D'un coup de fil à l'agence de voyages, je change mon billet de retour pour le prochain vol. Dans mon autre vie, j'appréciais le pic de joie à la perspective de rentrer à la maison à la fin d'une mission. Mais ce n'est pas la fin, si ?

Une fois ma valise prête, j'allume la télévision pour combler le silence qui m'entoure mais l'insipidité du film d'action ne parvient pas à me distraire. Je tente de me mettre à la place de Jake : j'essaie d'imaginer la honte, l'anéantissement qu'il a dû ressentir au moment de son renvoi. La Thaïlande lui a sans doute alors paru un choix évident. Après une année sabbatique, il pourrait revenir dans le droit chemin. Il avait seulement besoin de se trouver, de voyager, de faire des rencontres pour avoir de nouvelles perspectives.

Pourtant, Jake semblait avoir glissé sur une mauvaise pente et s'être caché la vérité. Il s'était coupé de sa famille, nous tenait à distance avec un message de temps en temps et un coup de téléphone encore plus rare.

Il ne voulait pas que nous sachions ce qu'il était devenu. Un raté.

34

Vendredi 22 août 2014
La mère

Malcolm s'était lancé dans la complexité de l'organisation avec un semblant d'enthousiasme. Elle savait qu'il agissait ainsi pour ne pas avoir à penser à l'avenir sans Alex, aussi s'efforçait-elle de ne pas faire éclater sa bulle d'activité. Elle l'observa en silence pendant qu'il discutait au téléphone d'autorisations et de documents ; il lui expliquerait plus tard, en consultant son carnet spécial dans lequel il gardait une trace écrite de tout. Lesley avait remarqué que son écriture, dont il était secrètement si fier, devenait plus petite et plus serrée.

Les sourcils froncés, il se concentra sur ce qu'on lui expliquait. Une attitude qu'il aurait pu avoir dans son bureau du conseil municipal, très professionnelle et autoritaire. L'opposé d'un père en deuil. Jusqu'à ce qu'il croise son regard et que ses traits se décomposent.

— Désolé, articula-t-il en écartant les doigts de la main pour lui faire savoir qu'il n'en avait plus que pour cinq minutes.

— Je vais nous chercher un café, lui répondit-elle à mi-voix.

Avant d'ouvrir, Lesley colla l'oreille contre la porte. Elle savait y faire maintenant. Sourire et ne pas prononcer un mot. Les journalistes se relayaient par paires pour camper devant leur chambre depuis que la direction de l'hôtel avait menacé de tous les mettre dehors s'ils encombraient les couloirs.

Le charmant directeur s'était excusé du désagrément auprès de Lesley avec un sourire. Il avait fallu un peu de temps pour s'habituer à ces sourires permanents. Au début, Lesley avait cru qu'on se moquait d'elle quand elle s'était plainte des coups frappés à sa porte en pleine nuit.

« Ça vous amuse ? avait-elle lancé à la fille de l'accueil. C'est très dérangeant. »

Le sourire de l'hôtesse s'était élargi et Lesley était repartie d'un pas rageur. Clive lui avait expliqué plus tard que c'était un tic culturel qui déroutait beaucoup d'Occidentaux.

« Elle exprimait ainsi ses excuses puis sa gêne quand elle a vu que vous étiez contrariée parce que ce n'est pas la même conversation. »

« Comment pouvais-je le savoir ? s'était-elle plainte auprès de Malcolm. Cette idiote a continué. Je devrais aller m'excuser, à ton avis ?

— Laisse tomber, chérie. »

Elle s'était habituée à repérer le changement de tour de garde des journalistes qui installaient avec précaution les chaises récupérées dans leur chambre près de sa porte. On aurait dit qu'ils attendaient chez le dentiste.

Elle se demanda qui serait dans le couloir maintenant. Joe, du *Post* ? Pourvu que oui. Il avait de très bonnes manières et se levait toujours quand il la voyait. Il lui rappelait un peu Dan. Sinon George du *Telegraph*, qui était sérieux et respectueux. Contrairement aux autres. Louise Butler, pour ne nommer qu'elle. Elle se collait toujours à Lesley et feignait de compatir. Mais son air revêche ne trompait personne.

Tout était calme dehors et, lorsqu'elle ouvrit la porte, le couloir était désert. Elle fut presque déçue. *Reprends-toi, Lesley. Tu es censée éviter les journalistes.*

Ce qui ne l'empêcha pas de scruter les alentours dans l'espoir d'apercevoir l'un d'entre eux. En vérité, reporters et photographes étaient des visages familiers dans un pays plein d'inconnus. À l'instar de voisins, ils prenaient de ses nouvelles, s'inquiétaient de comment elle s'en sortait et discutaient d'Alex avec elle. De son côté, Lesley avait également appris à les connaître. Elle était au courant des soucis de Kate, mais elle avait aussi compris que Mick allait se marier. « Le prix qu'ils indiquent pour un morceau de saumon et trois feuilles de salade est un scandale », l'avait-elle entendu crier derrière sa porte. Joe cherchait à acheter un appartement et George avait attrapé la tourista. Elle avait failli lui proposer des cachets d'Imodium mais Malcolm l'avait retenue. C'était déplacé.

Elle s'était tout même permis de lui demander s'il se sentait mieux quand elle l'avait recroisé.

En pénétrant dans la salle de restaurant, elle salua d'un geste de la main deux photographes qui prenaient leur petit déjeuner.

Malcolm écrivait encore dans son carnet lorsqu'elle revint avec deux tasses de café dont un peu avait coulé dans les soucoupes.

— Fais attention à ne pas tacher tes notes, lança-t-elle depuis la salle de bains où elle prenait du papier toilette pour éponger.

— L'entrepreneur des pompes funèbres s'occupe des actes de décès au registre civil, des certificats d'embaumement et des documents pour le transfert des dépouilles au Royaume-Uni, annonça Malcolm. D'après Clive, nous pouvons réserver nos vols retour.

Elle se laissa tomber sur l'abattant des toilettes. Elle reçut « transfert des dépouilles » comme un coup de poing à l'estomac.

Ils avaient décidé de ramener les filles ainsi car ils ne supportaient pas l'idée de les faire incinérer sans cérémonie.

— Tout va bien là-dedans ?

— Oui. Je reprends mon souffle, c'est tout. Jenny et Mike sont au courant ?

— Non, j'allais justement les voir. Qui est dehors ce matin ?

— Personne. C'est bizarre d'ailleurs. Je me demande ce qu'ils font. J'y vais.

Jenny Shaw n'était pas habillée. Retirer son pyjama, choisir une tenue et l'enfiler représentait un effort trop important, expliqua-t-elle à Lesley après l'avoir fait entrer dans la chambre plongée dans la pénombre. Elle voulait retourner se coucher et ne jamais se réveiller.

Lesley eut envie de la secouer mais opta pour une mesure rapide et efficace.

— Je vais ouvrir les rideaux, Jenny. Les choses vont toujours mieux à la lumière du jour.

— Rosie sera toujours morte à la lumière du jour, répliqua Jenny.

Lesley pivota pour lui faire face.

— Je le sais, mais nous devons continuer. Il y a des choses à faire et à régler, Jenny.

Elle chercha dans sa tête des tâches dont Malcolm ne pouvait s'occuper.

— Nous devons acheter des vêtements pour les filles. Pour le cercueil.

— Des vêtements ? répéta Jenny comme si elle ne connaissait pas ce mot.

Lesley vint s'asseoir près d'elle sur le lit. La douleur de Jenny emplissait toute la pièce. Elle suintait des murs, se dégageait des draps en désordre, s'écoulait des mignonnettes d'alcool sorties du minibar et des plats intacts sur le plateau de la table de nuit.

Le monde s'était arrêté dans cette chambre. Elle prit Jenny par l'épaule.

— Tu ne crois pas que nous souffrons tous ? Tu n'es pas seule. Mike aussi est anéanti.

Jenny se recroquevilla sur elle-même.

— Mike rentre à la maison. Voilà à quel point il est anéanti. Imogen a besoin de lui alors il me laisse tout régler ici seule. Le sale égoïste.

Lesley se retint de réagir pour ne pas énerver davantage Jenny mais elle était furieuse contre Mike. *Il ne pouvait pas attendre deux jours de plus ?* Elle dirait à Malcolm d'essayer de le convaincre de rester.

— Écoute, Jenny, reprit-elle d'une voix douce. Nous ne pouvons pas changer ce qu'il s'est passé. Ce que nous pouvons faire en revanche, c'est veiller à ce que tout se déroule au mieux pour que les filles rentrent à la maison avec nous. Malcolm fait sa part et nous devons faire la nôtre. Viens, habille-toi et nous irons au centre commercial près de l'ambassade.

Lesley examinait d'un œil réprobateur une petite robe moulante dans laquelle seule une enfant de cinq ans aurait pu se glisser lorsque Jenny posa la question qui allait tout changer.

— Que portaient-elles quand elles sont mortes ? demanda-t-elle.

Les deux femmes s'immobilisèrent.

— Je ne sais pas, Jenny. Le colonel de la police a dit qu'elles s'étaient enveloppées dans une sorte de natte pour se protéger du feu, non ?

— Mais personne n'a parlé de leurs tenues. Personne n'a proposé de me rendre les habits de Rosie. Je veux savoir comment elles étaient habillées, Lesley. Il doit y avoir des photos. Appelle Clive.

Lesley attrapa son portable et se tint aussi rigide que les mannequins qui l'entouraient.

— Clive, c'est Lesley. Nous voudrions savoir ce que les filles portaient quand on les a retrouvées. Eh bien, renseignez-vous. Quelqu'un doit bien le savoir.

Elles se cramponnèrent l'une à l'autre quelques instants avant de gagner la sortie en ignorant une vendeuse venue les aider.

Clive rappela au moment où elles entraient dans la chambre de l'hôtel.

— Clive ? Alors, qu'avez-vous appris ?

Le silence dans la suite au décor luxueux s'étira tandis qu'elle écoutait, le téléphone pressé contre son oreille si fort qu'il laissa une marque sur sa joue.

Jenny scrutait ses traits pour tenter d'y lire ce qu'on lui racontait et Malcolm patientait sans poser de questions. Il aimait connaître l'histoire en entier, dans les moindres détails.

Lorsqu'elle raccrocha, Lesley se laissa lourdement tomber sur le lit à côté de lui.

— Raconte, supplia Jenny en bondissant de sa chaise. Qu'est-ce qu'il a dit ?

— Elles étaient nues.

35

Vendredi 22 août 2014
L'inspecteur

Du bout de sa fourchette, Sparkes jouait avec une part de lasagnes spongieuses lorsque Salmond vint le rejoindre à la cantine du personnel.

— Ça a l'air infect, commenta-t-elle en se laissant tomber sur une chaise.

— Merci bien, répondit-il avant de repousser l'assiette et de la recouvrir de sa serviette en papier. Je suis en pause déjeuner, vingt minutes de féculents et de tranquillité. Quoi qu'il se passe, ça ne peut pas attendre ?

— Pas vraiment, affirma sa collègue d'un ton grave. Il s'avère que les deux jeunes filles étaient nues lorsqu'on les a découvertes dans la chambre froide.

Aussitôt, Sparkes se leva et gagna son bureau, Salmond sur les talons.

Celle-ci lui rapporta le coup de fil hystérique qu'elle avait reçu de Lesley O'Connor ainsi que la conversation qui avait suivi avec l'ambassade à Bangkok.

— C'est vrai. Le vice-consul en a eu confirmation de la police. Leur rapport mentionne que les corps étaient dénudés et qu'aucun vêtement n'a été retrouvé sur les lieux.

— Ils le savent depuis le début ? Et ils n'ont pas cru bon de nous en faire part ? Nom d'un chien ! Il nous faut ce rapport pour voir quels autres éléments on ne nous a pas communiqués. Est-ce qu'ils ont mal fait leur boulot ? Ou voulaient-ils dissimuler des preuves ?

— La deuxième option à mon avis, répliqua Salmond. Cet élément contredit leur théorie selon laquelle les filles seraient décédées en tentant d'échapper aux flammes, non ? Il ouvre la voie à toutes sortes de scénarios, dont aucun n'est très réjouissant.

— Non, en effet. Que s'est-il donc passé dans cette auberge ?

— C'est la question qu'a posée Lesley.

— Que lui avez-vous répondu ?

— Que j'allais vous informer et que vous la rappelleriez.

La conversation ne débuta pas sous les meilleurs auspices. D'abord en ligne avec Jenny Shaw, il lui fut impossible de placer un mot le temps qu'elle récrimine contre l'enquête déplorable, les mensonges, les indices ignorés. Il la laissa vitupérer tout son soûl pendant qu'il prenait des notes pour lui-même.

— Jenny ? hasarda-t-il lorsqu'elle se tut enfin.

— Oui, je suis là, marmonna-t-elle. Nous sommes tous là. J'ai mis le haut-parleur.

— Très bien. Pour quelle raison avez-vous interrogé la police à ce sujet ? Y a-t-il autre chose que vous deviez me dire ?

— Non, je ne crois pas. Lesley et moi, nous voulions acheter une tenue pour les filles. Et j'ai repensé à la robe que j'ai offerte à Rosie juste avant son départ. Je me demandais si elle la portait quand elle est morte. Je ne sais pas pourquoi. J'ai de drôles de pensées en ce moment.

— Et c'est tant mieux, Jenny. Cela pourrait nous aider à découvrir la vérité sur les événements de cette nuit-là.

— Sauf que la police ici ne veut rien savoir. Ils ont classé l'affaire.

— Ils n'écoutent rien, inspecteur, intervint Lesley. Nous avons voulu parler au colonel mais il n'est pas disponible. C'est un jeune policier qui nous a reçus et il nous a affirmé en souriant qu'avec le certificat de décès le sujet était clos. Nous avons demandé une copie du rapport de police et il a refusé. Il doit contenir d'autres éléments qu'ils souhaitent nous cacher. Quand nous avons insisté sur le fait qu'elles étaient nues, il a osé nous répondre qu'elles s'étaient peut-être déshabillées parce qu'elles avaient trop chaud !

Sparkes poussa un grognement.

— Vraiment ?

— Je crois qu'il aurait dit n'importe quoi pour se débarrasser de nous.

— Je vais tâcher d'avoir une discussion avec la police thaïlandaise, assura Sparkes. Sachez que je vais mener moi-même l'enquête sur leur décès. J'ai mentionné ce nouvel élément au coroner du West Hampshire et il m'a chargé de l'investigation.

— Tant mieux, commenta Lesley.

— Il va sans dire qu'il est primordial que les filles ne soient pas incinérées à Bangkok. Nous ne serons pas en mesure de pratiquer d'autopsie sinon. Si les corps sont embaumés avant le rapatriement, les indices sur les causes du décès pourront être préservés.

Malcolm s'empara du téléphone.

— Je suis en train de m'occuper de ces détails, inspecteur. Je vous tiens au courant dès que nous connaissons la date du retour.

— Merci, lança Lesley d'une voix plus lointaine.

— Avez-vous d'autres questions ? reprit Sparkes, plus par habitude que par désir de prolonger les souffrances.

— Pas pour l'instant. Nous verrons quand nous serons rentrés, conclut-elle.

36

Lundi 1er septembre 2014
La mère

Elle se força à se concentrer sur le retour d'Alex à la maison et ferma son esprit à toutes les questions et les horreurs qui la tourmentaient ces derniers jours à Bangkok. Elle se restreignait à une activité, ne prêtait aucune attention aux gros titres épouvantables qui surenchérissaient sur les corps dénudés des filles et Jake Waters – *La triste vérité sur le héros de l'incendie ; Comment la drogue a transformé le héros en monstre* – et ignorait les questions des deux derniers journalistes encore présents à l'hôtel.

Pendant des jours, elle avait été incapable de voir au-delà de l'atterrissage à Heathrow. Mais lorsqu'ils ouvrirent enfin la porte de chez eux, elle sentit quelque chose se briser en elle. Elle retrouvait le monde réel, sa petite vie avec son travail à mi-temps, les quizz hebdomadaires au pub et les courses au supermarché, les chansons à la radio sur lesquelles elle fredonnait tout en repassant les chemises de Malcolm. Sauf que tout cela ne représentait plus rien pour elle. Elle avait l'impression de jouer dans une pièce de théâtre. Tel un automate, elle ouvrit le courrier qui s'empilait sur le comptoir de la cuisine et feignit de s'intéresser aux lettres de la banque ou des compagnies d'assurances.

Son besoin de connaître la vérité sur ce qui était arrivé à Alex grondait dans sa tête comme le roulis de l'océan.

Il fallait qu'elle sache si quelqu'un avait sciemment fait du mal à son enfant ; il lui fallait la preuve que les Thaïlandais ignoraient.

L'avait-on droguée ? Violée ? Laissée mourir dans les flammes ?

Elle se ressaisit, se recula du précipice au bord duquel elle se tenait. Elle devait se montrer forte maintenant. *Je ne peux pas te sauver, ma petite fille chérie, mais ton père et moi avons fait le serment de découvrir la vérité coûte que coûte. Nous te rendrons justice.*

Lesley ne savait pas très bien sous quelle forme se présenterait la justice. Mais c'était un objectif que les autres paraissaient comprendre, surtout les médias. Les journaux avaient annoncé l'ouverture d'une enquête dans le Hampshire et les photos des cercueils avaient fait la une, même si les articles, eux, étaient discrètement relégués dans les pages intérieures. La saison des conventions politiques se profilait et l'agenda des informations se remplissait. La période creuse dont Kate leur avait parlé s'achevait en même temps qu'étaient rangées les serviettes de plage.

— Nous avons les certificats de décès thaïlandais, annonça Malcolm à l'officier du bureau du coroner.

C'était une femme d'une jovialité surprenante, vêtue d'une robe à motifs chargés, qu'ils avaient rencontrée dans son bureau de Winchester, le lendemain de leur retour en Angleterre.

— J'ai fait traduire tous les documents, ajouta-t-il.

— Je vous en prie, appelez-moi Hilary, monsieur O'Connor. C'est très bien. J'ai déjà des copies fournies par l'entrepreneur des pompes funèbres, annonça-t-elle en se déplaçant dans la pièce avec toute la paperasse.

— Il faut découvrir ce qu'il s'est passé, s'entendit déclarer Lesley comme si elle se trouvait ailleurs.

— Naturellement.

Et Lesley se surprit à essayer d'identifier les oiseaux qui volaient sur la robe d'Hilary. Des grues ? Des hérons ?

— Et pour l'enterrement…, commença Malcolm.

— Je suis navrée, monsieur O'Connor. Nous ne pouvons pas vous restituer le corps d'Alex tant que l'enquête est en cours.

La femme se pencha en avant et lui tapota le dos de la main.

— Nous procéderons aussi vite que possible. L'examen post mortem est programmé pour la fin de la semaine.

De retour chez eux, Lesley s'allongea et pleura toute la matinée, le visage enfoui dans l'oreiller détrempé, jusqu'à ce que Dan tente de la consoler avec une tasse de thé et fonde à son tour en larmes à la vue de sa mère aussi désespérée. Elle s'obligea à se calmer.

Je ne pleurerai plus jusqu'aux funérailles d'Alex, se promit-elle plus tard en attrapant le torchon pour essuyer la vaisselle sur l'égouttoir.

Jenny et Mike avaient entendu le même discours lors d'un rendez-vous similaire. Lesley avait proposé que Malcolm les accompagne, pour servir de médiateur au besoin, mais la sœur de Jenny, Fran, était descendue du nord pour les soutenir.

« C'est une bonne chose, avait approuvé Lesley. Tu as besoin de ta famille auprès de toi.

— Fran parle tout le temps, s'était plainte Jenny. Je n'aurai pas une seconde de tranquillité tant qu'elle sera là. »

Lesley lui avait décoché un regard réprobateur et Jenny avait ajouté, honteuse :

« Ça part d'un bon sentiment, je sais. »

À leur retour du rendez-vous avec le coroner, Fran relata leur conversation dans ses moindres détails à Lesley et Malcolm. Lesley tenta plusieurs fois de faire remarquer qu'ils avaient eu la même discussion mais Fran ne se laissa pas interrompre.

— Comment allait Mike ? Comment supporte-t-il la situation ? s'enquit Lesley.

Il avait disparu pour reprendre le cours de son autre vie sitôt la réunion terminée, selon Fran.

Jenny, qui n'avait pas prononcé un mot depuis qu'elle s'était assise, s'anima soudain.

— Comment savoir ? Il avait l'air de vouloir être n'importe où ailleurs.

— Il a perdu sa fille, lui aussi, Jenny, hasarda Fran en marchant sur des œufs.

— Il l'a perdue il y a longtemps, lorsqu'il l'a abandonnée. Je ne veux pas parler de lui. Tout est de sa faute.

Malcolm s'empara de sa tasse et, pour changer de sujet, proposa un autre café. Fran le couva d'un regard reconnaissant.

— Volontiers, Malcolm. Je vais vous aider.

Elle jacassait encore lorsqu'ils quittèrent la pièce.

En tête à tête avec Jenny, Lesley tenta de lui parler mais elle refusait de croiser son regard.

— Ce n'est pas la faute de Mike, Jenny. Tu le sais. Mais je comprends que tu sois blessée et en colère. Parce que je le suis aussi.

Jenny s'affaissa sur sa chaise.

— Elle ne serait pas morte si elle n'était pas partie. Et elle ne serait pas partie s'il ne lui avait pas donné l'argent.

— Jenny…

— Je sais, je sais. Je suis injuste.

Lesley baissa les yeux sur ses mains sans faire de commentaire.

— Ce qu'il y a c'est que Fran n'arrête pas de parler de lui, reprit-elle. Elle appuie là où ça fait mal. Elle répète que Mike doit être triste et malheureux. Il devrait être là avec moi. J'ai besoin de lui.

Elle parut aussi stupéfaite que Lesley d'entendre la vérité franchir ses lèvres.

— Lui as-tu fait part de ce que tu ressentais ? s'empressa de demander Lesley.

— Non, je ne peux pas. Je ne supporte pas l'idée de tomber sur Imogen si j'appelle.

— Dans ce cas, demande à Fran de téléphoner à ta place et de récupérer son numéro de portable.

Jenny acquiesça.

37

Lundi 1er septembre 2014
La journaliste

Lorsque je la ramasse sur le paillasson, l'enveloppe blanche est encore humide et l'encre de l'adresse a bavé, sans doute mouillée dans la sacoche du facteur ce matin quand il a plu. Je l'ouvre sans réfléchir d'un coup de pouce et la déchire tout en parcourant du regard le reste du courrier.

— Génial ! dis-je en lisant la première ligne.

Une contravention pour excès de vitesse. Je m'assieds à la table de la cuisine et la jette sur le côté. Le dernier coup bas d'une journée pourrie.

C'est Steve qui la lit en entier quand il rentre à la maison une heure plus tard.

— Coucou ! appelle-t-il par-dessus le bulletin d'informations à la radio qui beugle à plein volume pour que je puisse l'entendre où que je sois dans la maison. Katie ! Baisse le son, bon sang. Toute la rue doit en profiter.

Je sors la tête de la cuisine et lui tire la langue.

— Je vois que Monsieur est de bonne humeur. Mauvaise journée ?

Il grommelle. Je sais déchiffrer ses geignements maintenant. Vingt-cinq années de mariage ont aiguisé mes oreilles, désormais capables d'en saisir toutes les nuances.

— Moi aussi. Buvons un verre de vin pour nous apitoyer sur notre sort, dis-je en posant un léger baiser sur ses lèvres.

Cela nous arrive souvent ces derniers temps, pour soulager l'angoisse qui couve sous la surface.

Il s'assied avec lassitude, la fatigue creusant les poches sous ses yeux.

— Je suis resté debout pendant douze heures. J'ai enchaîné les opérations délicates aujourd'hui.

Je tais mes malheurs. Ils sont pitoyables en comparaison. Je suis sur le banc de touche au travail, tenue à l'écart par Terry. J'ai dû insister pour pouvoir reprendre, promettre de ne pas m'occuper de l'incendie et leur rappeler qu'ils avaient besoin de moi. « Ce n'est pas comme si tu pouvais te passer de main-d'œuvre, Terry. Je ferai de la correction si tu veux. Il faut que je m'occupe. »

Le rédacteur en chef m'a convoquée dans son bureau dès mon retour. Une conversation de deux minutes pour m'assurer du soutien du *Post*, sauf qu'il m'évite depuis. Et mon nom n'apparaît plus dans le journal.

« Il vaut mieux faire profil bas quelque temps, Kate », a conseillé Terry.

Par conséquent, j'ai passé cette dernière semaine à gérer des broutilles et à négocier avec des agents de stars qui veulent me dicter ce que je peux écrire ou pas.

— Tu gagnes. Ta journée a été pire que la mienne, dis-je.

Steve se perd dans la contemplation de sa boisson.

— Santé !

Je trinque mon verre de sauvignon blanc contre le sien et nous buvons une gorgée.

— À part ça, qu'est-ce que tu veux pour le dîner ? Il reste de la tourte au poisson. Sinon on peut se faire livrer quelque chose.

— N'importe, répond Steve. Les deux me vont. Tu as l'air fatigué, Kate.

— Je le suis. Je vais passer la tourte au micro-onde.

— D'accord. Il y avait des messages sur le répondeur ? Du courrier ? demande-t-il comme il le fait toujours.

— Ta mère a appelé pour dimanche. Elle a hâte de nous voir, etc. Il y avait un rappel pour l'assurance habitation et la confirmation de mon rendez-vous chez le dentiste. Oh, et on a reçu une contravention pour excès de vitesse.

— Kate ! Pas encore ! Pourquoi faut-il tout le temps que tu conduises comme Jenson Button ? Ça nous coûte une fortune en amendes...

— Tais-toi et bois ton vin. Si ça se trouve, c'est pour toi. Je ne l'ai pas regardée.

— Où est le courrier ?

Je retrouve l'enveloppe molle sur le comptoir et la lui tends avant de me tourner vers le frigo en quête de légumes que j'ai oublié d'acheter.

— Alors ? dis-je. Qui est coupable ?

— C'est Jake.

Je le dévisage, figée.

Steve me tend la lettre pour preuve.

— La contravention est à son nom. Il semblerait que notre fils ait roulé à 132 kilomètres à l'heure sur l'A3 le 26 août. C'était la semaine dernière. Dans une voiture de location. C'est l'agence qui fait suivre l'amende.

— Jake ? je répète.

C'est le seul mot que j'ai vraiment entendu.

— Jake, confirme Steve en me prenant la main. Il est rentré...

38

Mardi 2 septembre 2014
L'inspecteur

Salmond et lui s'étaient rendus au domicile des familles le lendemain de leur retour ; une rencontre que les deux mères attendaient avec impatience.

— C'est tellement agréable de pouvoir discuter avec un inspecteur qui sait ce qu'il fait, déclara Lesley en guise de préambule.

Sparkes lui offrit un sourire d'encouragement tout en espérant éviter un lynchage en bonne et due forme des forces de l'ordre étrangères.

« Nous les écouterons avant d'émettre le moindre jugement, avait-il prévenu Salmond. Mais les parents n'étaient pas sur place au moment des événements alors n'oublions pas que ce sont des informations de troisième main. »

Malcolm O'Connor approuvait en hochant la tête pendant que sa femme et sa voisine relataient ce qu'elles savaient. Ou croyaient savoir. *Difficile d'être objectif sur ce qui constitue une preuve quand on est aussi impliqué émotionnellement.*

— Ainsi que nous vous l'avons expliqué au téléphone, elles ne portaient pas de vêtements quand on les a découvertes, inspecteur, commença Lesley O'Connor en comptant les « faits » sur ses doigts. Mais la police thaïlandaise a refusé d'enquêter sur la possibilité d'une agression sexuelle.

À ces mots, Malcolm O'Connor avait aussitôt fixé son regard au plafond. *C'est toujours dur pour un père*, songea Sparkes.

Lesley n'avait rien remarqué, elle ; toute son attention était concentrée sur la liste des erreurs commises par les policiers thaïlandais.

— Ils n'ont préservé la scène de l'incendie que pendant vingt-quatre heures. Après quoi, n'importe qui a pu entrer et détruire des indices. Ce n'est pas du tout professionnel. Ils n'ont recherché aucun témoin. Aucun des participants à cette prétendue fête ne s'est manifesté. Il devait bien y avoir d'autres clients dans cette auberge de jeunesse, mais le seul dont nous ayons connaissance est Jake Waters, cracha-t-elle. Et il est en cavale.

— Je ne suis pas certain qu'en « cavale » soit l'expression adéquate, madame O'Connor, intervint Sparkes en l'arrêtant d'une main levée. Jake Waters a quitté l'hôpital de son plein gré. Et il n'a contacté ni sa famille ni la police. Il ignore peut-être que nous souhaitons l'interroger.

— Dans ce cas, c'est qu'il habite sur une île déserte.

— Ce qui n'est pas impossible dans cette partie du monde, me semble-t-il, avança Sparkes avec prudence.

— Inspecteur, c'est partout sur Internet. Les médias considèrent qu'il a des réponses à fournir, ajouta Jenny.

Encore une chance que les journalistes n'aient pas le dernier mot en la matière, songea-t-il.

— Et nos filles ont été calomniées par la police thaïlandaise qui les a traînées dans la boue et les a présentées comme des dévergondées pour dissimuler la vérité. Vous vous rendez compte ?

La voix de Lesley était montée dans les aigus à mesure que les accusations franchissaient ses lèvres ; elle se leva à demi pour appuyer sa dernière réplique. Son mari lui attrapa le bras et la fit rasseoir en douceur.

— Je comprends que vous soyez bouleversée, répliqua Sparkes. Vous voulez des réponses. C'est ce que nous voulons tous. Et nous allons faire notre possible pour les obtenir. Les autopsies vont nous permettre d'établir la cause des décès.

Cette dernière phrase réduisit tout le monde au silence. Lesley se mit à pleurer.

— C'est insupportable, sanglota-t-elle. Je sais qu'il faut en passer par là mais je ne veux plus qu'on touche à Alex. Elle s'est retrouvée entre les mains des policiers, des médecins légistes, des embaumeurs, de l'entrepreneur de pompes funèbres. Et entre celles d'un inconnu dans cette auberge. Parce que quelqu'un a déshabillé Alex et Rosie et les a roulées dans un tapis en coco. Mais qu'a-t-il fait d'autre ? Je n'arrête pas d'imaginer ces mains sur sa peau. Et je ne peux rien faire pour les repousser.

— Il faut procéder à cet examen, chérie, déclara Malcolm d'un ton ferme. Moi aussi, je préférerais l'éviter mais il nous faut des indices concrets. Alex détient la clé de ce qui lui est arrivé.

— Tout comme Rosie, ajouta Jenny. Elles voudraient que nous sachions, n'est-ce pas ?

— Oui, Jenny, répondit Malcolm. C'est ce qu'elles voudraient.

Sparkes les écouta en silence rationaliser leur tragédie pour parvenir à la supporter.

— Où est Jake Waters ? s'enquit Sparkes de retour au bureau. Qu'a-t-il vu ?

— Il est sans doute quelque part en Asie du Sud-Est, répondit Salmond sans nécessité.

— Nous n'en savons rien. Il faut interroger sa mère, vérifier si elle a eu de ses nouvelles.

— Je pensais que vous vous en étiez déjà chargé, répliqua Salmond d'un air entendu.

— Pas de façon officielle. Pas dans le cadre de notre enquête. Il nous faut un point sur la situation à Bangkok. Ils pourraient détenir de nouvelles informations et ne pas prendre la peine de nous en avertir. Établissez une liaison avec les autorités thaïlandaises, je vais m'entretenir avec mon contact à Interpol. Il nous faut aussi un accès aux e-mails, textos, réseaux sociaux de Rosie Shaw et Alex O'Connor. Les parents nous ont fourni les mots de passe, n'est-ce pas ?

— Celui d'Alex, oui, elle utilise le même partout. Jenny Shaw ne connaît pas celui de sa fille.

— Bien, nous commencerons avec Alex.

— Je m'en occupe, lança-t-elle avant de filer.

Elle revint, l'air épuisé.

— L'officier Collins est en train d'explorer le contenu en ligne. Il est très doué pour ça.

— Encore une chance que quelqu'un le soit ! s'esclaffa Sparkes. Et pour les Thaïlandais ?

— Le colonel de police Prasongsanti du service de répression du crime ne possède aucune information sur l'endroit où pourrait se trouver Jake Stephen Waters, né le 15 mars 1992, récita Salmond.

— D'accord, je vais contacter Kate Waters. Inutile d'aller la voir, ce serait trop de temps perdu pour uniquement lui demander si elle a de ses nouvelles.

— Je devrais peut-être m'en charger, monsieur. Ça rendra les choses plus… officielles.

— Très bien.

Sparkes lui lut le numéro pendant que sa collègue le composait ; elle mit le haut-parleur.

— Allô ? répondit la voix vive de Kate.

— Madame Waters, bonjour. Inspecteur Zara Salmond à l'appareil, police du Hampshire.

— La police du Hampshire ? répéta la journaliste comme pour mieux se concentrer. La collègue de l'inspecteur principal Sparkes ? Nous nous sommes rencontrées, non ? Il doit y avoir deux ans. Au tribunal, je crois ?

— Oui, c'est exact. Lors de l'affaire du bébé du chantier, si mes souvenirs sont bons. Écoutez, je vous appelle car la police du Hampshire a ouvert sa propre enquête sur les décès d'Alex O'Connor et Rosie Shaw.

Silence à l'autre bout du fil.

— Allô ?

— Oui, désolée. Je me suis mise au calme. Je croyais que l'affaire était close.

— Elle l'est à Bangkok mais les dépouilles des deux jeunes filles ont été rapatriées et le coroner a demandé l'ouverture d'une enquête.

— Oui, bien sûr, désolée. J'avais oublié comment cela fonctionne. En quoi puis-je vous aider, alors ?

— Nous cherchons à localiser votre fils, Jake Waters, annonça Salmond en douceur.

— Eh bien moi aussi, marmonna Kate.

— Afin de l'interroger sur la nuit de l'incendie à Bangkok.

— Nous ne savons même pas s'il se trouvait dans l'établissement, inspecteur Salmond, rétorqua Kate d'une voix fêlée.

— C'est la raison pour laquelle nous aimerions lui parler, pour vérifier où il était. Son témoignage pourrait se révéler primordial.

— D'accord.

— Avez-vous eu le moindre contact avec votre fils, madame Waters ? Savez-vous où il se trouve ?

— Bob Sparkes est-il au courant de votre appel ? Nous avons déjà échangé sur le sujet.

— Oui, l'inspecteur principal Sparkes est informé.

— Je préférerais en discuter avec lui si cela ne vous dérange pas.

Sparkes secoua la tête.

— Je crains qu'il ne soit pas disponible pour le moment, répondit Salmond d'un ton bref et direct. Alors, avez-vous eu des nouvelles de votre fils ?

Une légère pause au bout du fil.

— Non, je n'en ai pas eu.

Sparkes griffonna sur une feuille : « Quelqu'un d'autre ? » et l'agita sous le nez de Salmond.

— Quelqu'un d'autre en a-t-il eu ?

Nouvelle hésitation.

— Je ne suis pas sûre.

— Pas sûre ? Comment ça ?

— Eh bien, j'ignore si ça signifie quelque chose mais il semblerait qu'il soit rentré en Angleterre.

Sparkes haussa les sourcils de surprise.

— Qu'est-ce qui vous fait penser cela ?

— Il a reçu une amende pour excès de vitesse.

39

Mercredi 3 septembre 2014
La journaliste

L'inspectrice Salmond m'a convoquée sur-le-champ au commissariat mais j'ai réussi à repousser à ce matin. À cause du trajet de deux heures et d'un article à boucler, ai-je prétendu. Je ne lui ai pas précisé que j'écrivais des absurdités sur les mois d'août les plus caniculaires de l'histoire. Je voulais garder l'avantage.

Nous avons convenu d'un entretien à 11 heures. J'ai raconté à Terry que j'avais un rendez-vous médical et il m'a répondu d'un vague geste de la main. Il ne veut pas de moi dans la salle de rédaction.

Mon retour au bureau s'est avéré bien plus difficile que je ne le pensais. Steve m'avait prévenue mais j'avais hâte de regagner le vaisseau mère, d'être entourée de mes amis et collègues. Cependant, mon expérience de l'autre côté du miroir ne m'a pas laissée indemne. Je me méfie désormais des entrées en matière de mes interlocuteurs, surtout si elles sont à première vue inoffensives.

« Tu dois être anéantie, Kate, a compati Gail, une des journalistes d'investigation avec qui j'ai appris la sténo, en me serrant dans ses bras. Et le pauvre Jake. Toutes ces choses affreuses qu'on raconte sur lui. »

Je me suis crispée dans l'attente que cette empathie consternée vire à l'interrogatoire.

Le problème, c'est qu'on ne peut pas s'en empêcher. Nous voulons tout savoir et moi-même je poserais ces questions. « Tu ignorais qu'il avait été renvoyé de l'université ? Que crois-tu qu'il faisait là-bas ? Penses-tu qu'il a quelque chose à voir avec ces décès ? »

Face à mon absence de coopération, les autres ont fini par faire machine arrière et se sont mis à parler de moi à la place. Toute cette gêne, aussi pénible que douloureuse, m'use jusqu'à la moelle. Les conversations cessent lorsque j'entre dans une pièce.

Je suis devenue paranoïaque et m'interroge quand ils détournent le regard, feignent d'être occupés. Est-ce moi ou Jake qu'ils considèrent comme une mauvaise personne ?

Ces doutes continuent de me tourmenter. Les réponses de m'échapper. Je lui envoie des messages chaque jour, je le supplie de donner des nouvelles. J'espérais que Freddie aurait appris quelque chose, mais rien. Il est retourné à Birmingham. Il disait vouloir rester avec nous mais j'ai perçu la réticence dans sa voix. Il faut qu'il reprenne le cours de sa vie ; il ne peut pas rester juste pour essayer de nous remonter le moral. C'est un garçon adorable mais la patience n'est pas son fort. Je crois que l'angoisse de l'attente commençait à l'épuiser. Nous finissions par errer de pièce en pièce, à préparer d'innombrables tasses de thé, à regarder des émissions de rénovation de maisons pour ne pas avoir à nous parler. Parce qu'il n'y a pas trente-six manières de dire « ce n'est pas possible ».

Maintenir les platitudes était sans risque. Mais l'atmosphère est vite devenue pesante, lourde de non-dits. J'ai fini par me demander si Freddie ne jubilait pas en cachette de voir le fils prodige de la famille tomber de son piédestal. Et je me suis reproché de telles pensées. Il aime son frère.

Ironiquement, c'est avec le journaliste que je tiens pour responsable de la notoriété de Jake que je me sens le plus à l'aise. Joe m'apporte du café en même temps que les potins du bureau.

J'ai décidé de faire profil bas le temps que cette histoire se tasse. Jusqu'à ce que l'enquête conclue à des morts accidentelles et que les filles puissent être enterrées. Alors, je leur ferai payer à tous d'avoir soupçonné mon fils. Quand ce sera fini.

Steve a reçu comme un soulagement l'appel de la police du Hampshire. Il souhaitait les prévenir tout de suite après avoir appris pour la contravention mais j'ai refusé.

« C'est sans doute une erreur. J'appellerai l'agence de location. Et si c'est bien lui, il est possible qu'il nous contacte. Ou rentre à la maison. Ça n'arrivera pas si la police est informée et que ça fuite dans les journaux. L'histoire sera encore montée en épingle. Attendons, je t'en prie. »

J'ai aussitôt téléphoné à l'agence de location de voitures et j'ai écouté en boucle Vivaldi (pas la version moderne de Nigel Kennedy) pendant que j'attendais. Je ne pensais qu'à Jake et, tout en lissant les plis du courrier sur le bureau, je caressais son nom du bout du doigt. J'essayais de me convaincre qu'il s'agissait d'une erreur administrative. Et Steve faisait pareil, car admettre que notre fils était rentré au pays sans nous avertir ni chercher à nous joindre est trop douloureux pour lui comme pour moi. Un cafouillage administratif, ça, nous pouvons l'encaisser.

Quelqu'un a enfin décroché et j'ai exposé ma situation.

« J'ai reçu un courrier dans lequel il est écrit que mon fils a commis un excès de vitesse dans une de vos voitures. Sauf qu'il se trouve en Thaïlande. Alors il doit y avoir une erreur.

— Vous avez le numéro de référence ? »

Dix longues minutes plus tard, la femme de l'agence de location a changé de ton : de professionnelles et attentionnées ses répliques sont devenues mécaniques et intransigeantes. Elle s'est mise à prononcer mon nom au début de chaque phrase – ce qui n'est jamais bon signe – sans dévier une seconde de la ligne officielle.

« Madame Waters, je crains de ne pouvoir vous en apprendre davantage. Je ne peux parler qu'à votre fils.

— Mais il est en Thaïlande.

— Il devra régler cela avec la police, madame Waters. C'est la police qui a émis la contravention, pas nous. Nous faisons suivre au client qui a loué le véhicule, c'est tout, répéta-t-elle.

— Je vois.

— Y a-t-il autre chose pour votre service, madame Waters ?

— C'est une blague ? »

La ligne a été coupée.

Je réfléchissais encore à ce que j'allais faire ensuite lorsque l'inspectrice Salmond avait téléphoné et posé une question directe à laquelle je ne pouvais mentir.

J'ai la lettre dans mon sac. Ainsi que l'enveloppe. J'imagine que Salmond a déjà contacté l'agence de location. Elle a l'air du genre efficace.

Elle m'accueille à l'entrée du commissariat et me conduit à une salle d'interrogatoire. Bob Sparkes est là. Il lève les yeux de son dossier et me sourit.

— Bonjour. Vous avez fait bonne route ?

— Oui, merci.

Je manque ajouter « Bob » mais soudain cette familiarité paraît déplacée. Je choisis de ne rien dire du tout.

C'est Salmond qui pose les questions de toute façon.

— Quand avez-vous reçu le courrier de l'agence de location ?

Elle doit déjà le savoir si elle sait mener une enquête mais je joue le jeu.

— Lundi. Le facteur l'a déposé le matin mais je ne l'ai vu qu'en rentrant du travail. Je croyais qu'il m'était adressé. Ça m'arrive quelquefois...

— À quel moment avez-vous compris que cela concernait votre fils ?

— Un peu plus tard. C'est mon mari qui a lu son nom sur la lettre.

— Et vous n'avez pas contacté la police ?

Je jette un œil vers Bob Sparkes mais son visage ne trahit rien, il baisse le nez sur ses papiers.

— Eh bien, j'ai cru qu'il s'agissait d'une erreur. Je voulais d'abord vérifier auprès de l'agence de location. Bien entendu, ils ont refusé de me donner la moindre information. D'après eux, ils ne peuvent en discuter qu'avec Jake. Et c'est l'affaire de la police.

— En effet. Votre fils vous a-t-il contactée directement ?

— Non. Non, dis-je quand elle darde sur moi son regard appuyé. Je vous le dirais.

— Comme vous nous avez informés pour la contravention ?

— D'accord. J'ai eu tort. Je suis désolée.

— C'est important, Kate, intervient Bob et j'acquiesce.

— L'agence de location vous a-t-elle fourni le moindre élément qui confirme qu'il s'agit bien de Jake ? je demande

— Il a utilisé son permis de conduire et sa carte de crédit pour louer la voiture.

— Il l'a toujours ? La voiture ?

— Non, ce véhicule a été rendu, répond Salmond.

— Il en a loué un autre, alors ?

Sparkes esquisse un sourire.

— Toujours aussi vive d'esprit, Kate. Oui, Jake a loué une autre voiture. Nous la recherchons. Tout comme lui.

— Que se passera-t-il quand vous le retrouverez ?

— Nous l'interrogerons sur ce qu'il a vu et entendu la nuit de l'incendie.

— S'il y était.

— En effet. N'oubliez pas de régler votre amende, lâche Salmond en refermant son calepin d'un coup sec.

Bangkok, seizième jour
Lundi 11 août 2014

C'était la faute des Hollandais, ils avaient tout déclenché, avec leurs jeux à boire débiles. À leur tête, on devinait qu'ils avaient passé toute la journée à biberonner de la bière, ces Chang gigantesques qu'on voyait partout. À leur retour à l'auberge, ils brandissaient une bouteille sans étiquette et avaient crié qu'ils voulaient s'éclater.

« On part ce soir ! On veut une fête d'au revoir ! »

Alex avait pris un peu peur. Ils avaient le visage rouge et en sueur, et un air qui ne présageait rien de bon. Ils leur lançaient des œillades avant d'échanger des regards entendus. Elle avait tenté d'avertir Rosie d'un coup d'œil appuyé mais celle-ci s'était contentée de rire. Puis Lars l'avait prise dans ses bras et l'avait embrassée sur la joue.

« Ma belle petite Anglaise », lui avait-il hurlé au visage.

Il avait gardé ses bras autour de Rosie et assez vite Alex l'avait vue qui essayait de se libérer.

« Alors, Lars, avait-elle lancé, *elle, la grande chef*. Qu'est-ce qu'il y a dans ta bouteille ?

— De la tequila, à ce qu'il paraîtrait, avait répondu Diederik avant de lâcher un rot sonore. »

Après quoi, il avait couvert sa bouche de sa main.

« Attention, il va vomir ! » avait prévenu Alex en le poussant vers les toilettes.

Lars avait relâché Rosie et aidé Alex à soutenir son ami.

« Il va bien, il va bien.

— Il ira bien dans une minute. »

Elle avait guidé Diederik dans une cabine et refermé la porte sur lui. *Inutile que je lui tienne les cheveux comme à une fille. Il peut se débrouiller tout seul*, avait-elle songé. Les bruits dégoûtants en provenance de l'autre côté de la porte lui suffisaient. Lorsqu'il avait émergé, il souriait de toutes ses dents et s'essuyait la bouche d'un revers du bras.

« C'est reparti ! » s'était-il écrié avant de courir au dortoir pour démarrer un nouveau jeu.

Rosie était en soutien-gorge et en culotte lorsque Jake entra dans le dortoir une heure plus tard.

— Qui a gerbé dans les chiottes ? demanda-t-il d'une voix glaciale qui fit taire tout le monde. Et qu'est-ce qu'il se passe ici ?

Il fixait Rosie, qui se couvrit maladroitement de ses mains. Alex eut presque pitié d'elle.

Elle voulait expliquer à Jake qu'elle avait essayé de mettre un terme au jeu mais que son amie refusait de l'écouter, qu'elle perdait ses défis et buvait sans discontinuer, mais elle garda le silence. Alex en avait fini de trouver des excuses à Rosie.

Et même si elle n'était pas aussi soûle que son amie, elle était un peu pompette. Au début, elle avait suivi le rythme de Rosie, agacée d'être toujours la plus raisonnable des deux, mais au bout d'un moment sa tête s'était mise à tourner et elle avait commencé à vider ses verres dans la poubelle derrière elle quand les Hollandais ne la regardaient pas. De toute façon, ils n'avaient d'yeux que pour Rosie. Alex les avait vus encercler son amie, l'estomac noué mais secrètement soulagée de ne pas être leur proie.

Jake était furieux ; Lars sauta sur ses pieds et se mit à danser dans la chambre. Un gamin d'un mètre quatre-vingt-treize vêtu d'un caleçon de Superman… Ils éclatèrent tous de rire. Alex ne put se retenir : il ressemblait à un phasme sous ecsta. Rosie renfila son T-shirt et la colère de Jake s'estompa. Il ramassa un verre et s'assit par terre avec eux.

— Je connais un jeu, annonça-t-il.

Il commença par inscrire leurs noms sur des bouts de serviettes en papier, ensuite chacun devait tirer au sort et prétendre être la personne sur le papier. Aux autres de deviner qui on imitait. S'ils se trompaient, ils buvaient un verre.

Alex tira le nom de Jake, aussi resta-t-elle sans bouger et attendit. Elle avait déjà observé la façon dont il réajustait ses lunettes quand il était sérieux, son sourire en coin, sa manie de se ronger l'ongle du pouce quand il écoutait avec attention. Les autres choisirent leurs bouts de papier en chahutant et en s'insultant. Diederik tomba sur Rosie et entreprit de retirer ses vêtements et de flirter avec Lars : il lui embrassait la joue et lui caressait les cheveux. Ils comprirent tout de suite mais le spectacle était si drôle qu'ils le laissèrent continuer. Rosie riait plus fort que tout le monde ; Alex savait qu'elle s'éclipserait avec Lars dès que possible.

Lorsque vint le tour de Jake, celui-ci baissa la tête et regarda chacun d'entre eux par-dessous, à la dérobée, comme un voyeur. Alex comprit sur-le-champ et se tourna vers Jamie pour voir s'il s'était reconnu. Il paraissait à des années-lumière. Elle articula « C'est toi ». Jamie parut horrifié de découvrir que c'était ainsi que les autres le voyaient, comme un type bizarre.

Devant son public qui commençait à se lasser, Jake ébouriffa ses cheveux et les dressa sur sa tête comme Jamie au réveil. Lars hurla :

— JW !

L'épreuve était terminée.

Mais maintenant Alex savait que Jamie les avait observés. Il savait qui ils étaient.

Des heures plus tard, Jake partit finir la vaisselle et Rosie accompagna Lars et Diederik à la gare routière. Alex resta seule avec Jamie, assise par terre dans le dortoir. Il avait continué à boire après la fin du jeu.

Elle voulut l'aider à se lever mais il ne tenait pas sur ses jambes et ils s'écroulèrent en riant comme des fous.

Une fois qu'ils furent un peu calmés, il la couva d'un regard flou.

— Je t'aime, Alex, dit-il.

Elle tenta de rire mais s'en trouva incapable.

— Je t'aime depuis que je t'ai vue dans l'avion, ajouta-t-il.

— De quoi tu parles ?

— Tu m'as souri dans l'avion pour venir ici. Tu ne te rappelles pas ?

Non, elle ne s'en souvenait pas ; elle songea que c'était l'alcool qui parlait.

— Je t'ai suivie dans le bus mais tu ne m'as pas remarqué. J'ai cru que c'était à cause du décalage horaire. Bref, on a atterri tous les deux ici, pas vrai ?

— Chut, Jamie.

Il lui saisit la main.

— Je sais que tu es trop bien pour moi. La plupart des filles le sont.

Il prit une longue inspiration comme si quelque chose venait de se libérer en lui et les mots jaillirent de sa bouche.

— Un des gars sur le dernier chantier où j'ai bossé me traitait de raclure ; il racontait aux autres que je ne draguais que les filles moches parce qu'elles étaient faciles. Je voulais lui dire que c'étaient des filles bien, gentilles, mais je sentais venir le coup où ils allaient me mettre en colère. Alors je respirais calmement, comme on m'a appris, et je riais avec lui avant de me remettre à faire du ciment. Sauf que je n'ai pas arrêté d'y penser. J'ai passé en revue les filles avec lesquelles j'étais sorti. Il n'y en avait pas beaucoup, en fait. Je les choisissais parce qu'elles ne me prenaient pas de haut. Elles ne me lançaient pas ce regard méchant que les jolies filles me décochaient pour me signifier que j'étais un moins que rien. Je cherchais ces filles, au sourire nerveux lorsque je m'approchais d'elles, dans un pub ou dans une boîte. Celles qui gloussaient, aussi effrayées que moi d'être rejetées, quand je leur parlais. Avec elles, je me sentais bien, alors ça ne peut pas être mauvais, si ?

Bien que très éprouvée par ce flot de confidences, Alex secoua la tête.

— Non, ça ne peut pas être une mauvaise chose.

— Tu m'aimes bien, Alex ?

Elle acquiesça, incapable de quoi que ce soit d'autre ; elle avait envie de lui préciser qu'elle l'aimait bien en tant qu'ami mais la soudaine vulnérabilité qu'il démontrait l'effraya. Elle ne voulait pas le blesser.

Il sourit puis se laissa doucement glisser sur le flanc pour s'allonger au sol. Elle attrapa le drap sur son lit et l'en couvrit.

40

Jeudi 4 septembre 2014
L'inspecteur

Un rappel était apparu sur l'écran du portable de Sparkes vingt-quatre heures plus tôt : *autopsie Alex O'Connor.*

Il n'avait pas souvenir de l'avoir inscrit dans son calendrier Outlook ; il l'avait gribouillé dans son agenda papier. « Il est très analogique », entendait-il Zara Salmond commenter. Ce devait être elle qui l'avait enregistré.

Il se rendit au bureau en avance pour se préparer. Les autopsies ne le dérangeaient pas. Elles faisaient partie du métier. Salmond, quant à elle, veillait à rester dans un coin de la salle d'examen, « loin de la tête », quand elle devait y assister. Wonder Woman, ainsi qu'on la surnommait dans le service, avait un point faible. Cette idée réjouissait secrètement Sparkes.

La police avait été priée d'assister à l'autopsie par le coroner du West Hampshire, un avocat aux cheveux argentés et à la patience limitée, qui n'hésitait pas à simplifier les procédures tout en parvenant à conserver les bonnes grâces des familles endeuillées.

Sparkes n'avait aucune idée de ce que révélerait l'examen. Les preuves d'agression sexuelle étaient difficiles à déceler sur un corps embaumé. D'autant qu'il n'y avait peut-être rien à découvrir. Un malentendu au sujet des vêtements était toujours possible. Une erreur de traduction. Et cette absence d'habits était leur seule piste pour l'instant. Un indice indirect.

Mais les parents voulaient entendre une autre histoire et il se demandait s'ils seraient en mesure de faire le deuil de leurs enfants si le coroner confirmait que les filles avaient trouvé la mort dans l'incendie, ainsi que l'affirmaient les Thaïlandais. Il en doutait fortement. Mais au moins ils pourraient les enterrer.

La veille au soir, Eileen avait évoqué ses funérailles. Elle avait expliqué qu'elle souhaitait que son prénom soit écrit en gerbes de fleurs, que les invités chantent *The Rugged Cross* et qu'elle désirait une séance de lamentations. Ensuite, elle avait ri de sa mine horrifiée.

« Je plaisante, Bob. Si tu te mets à chanter *The Rugged Cross*, je sors de mon cercueil. Pourquoi pas *Ding Dong, la sorcière est morte*, à la place ? »

Il avait tenté d'entrer dans son jeu mais à l'intérieur il mourait à petit feu.

« Bon alors, avait-elle fini par dire en lisant la liste sur ses genoux. Des lis sur le cercueil. Des dons à la recherche contre le cancer. Le poème de *Quatre mariages et un enterrement*, toutes les strophes d'*Amazing Grace* et *Starman* de David Bowie en conclusion. »

Elle avait arraché la page de son calepin et la lui avait tendue.

« C'est réglé. »

Sauf la partie où tu meurs, avait-il songé, l'estomac noué par cette peur irrationnelle. *C'est ridicule*, s'était-il réprimandé en refoulant une vague de nausée. *J'ai vu la mort des centaines de fois.*

Sauf qu'en général, c'était après coup. Dans ce cas, il serait présent au moment où la mort surviendrait. Et cette perspective le terrifiait. Il ne savait pas vraiment ce qu'il redoutait. À la façon dont l'infirmière en soins palliatifs avait décrit le processus, tout se passerait dans la sérénité. Eileen s'enfoncerait simplement dans un sommeil sans retour. Mais elle serait partie. Et sa vie sans elle commencerait.

Salmond toqua à sa porte entrouverte et le fit sursauter. Il se hâta de cacher ses yeux au cas où il aurait pleuré sans s'en apercevoir. Ça lui arrivait parfois.

— Vous vous rappelez que c'est aujourd'hui l'autopsie d'Alex O'Connor ? demanda-t-elle en tendant le cou par l'entrebâillement.

— Entrez, bon sang ! J'ai l'impression de parler à une tête qui flotte dans le vide. Oui, bien sûr que je m'en souviens. Qui est le médecin légiste ?

— Aoife Mortimer. C'est Hilary du bureau du coroner qui me l'a appris.

— Ah, très bien. Nous ferions mieux d'y aller. Elle aime commencer à l'heure.

— D'accord. Vous êtes certain que ma présence est nécessaire ?

— Oui. Vous conduisez.

*

Dans la voiture, Salmond suça des pastilles de menthe forte pour prévenir les nausées que les odeurs allaient provoquer.

— Pourquoi les Thaïlandais n'ont-ils pas pratiqué d'autopsie selon vous ? C'est tout de même un sacré manque de rigueur, dit-elle sur le ton de la conversation.

— Ce n'est pas une décision que j'approuve. Mais attendons de connaître les conclusions d'Aoife, voulez-vous ?

L'attente ne fut pas longue.

Le photographe médico-légal prenait son premier cliché du corps d'Alex O'Connor lorsqu'ils pénétrèrent dans la galerie d'observation de la morgue.

— Bonjour, Bob, lança Mortimer de l'autre côté de la vitre. Bonjour, inspecteur Salmond. Comment allez-vous aujourd'hui ? Je vous ai installé un tabouret dans le coin. Juste au cas où.

Sparkes tenta de réprimer son sourire et s'avança pour observer le corps étendu sur la table.

— Les embaumeurs ont mis la dose de formol.

La concentration du fluide d'embaumement utilisé pour préserver le corps d'Alex O'Connor était si forte que les yeux de Sparkes le brûlaient.

Aoife Mortimer acquiesça.

— On passe en revue les informations tant qu'on peut encore respirer ?

Sparkes lui exposa les faits à leur connaissance, veillant à préciser chaque fois « selon la police thaïlandaise ». Le médecin légiste prit des notes puis se dirigea vers la table afin de procéder à l'examen.

Elle enclencha une hotte aspirante pour se protéger des vapeurs de formol, posa son calepin sur la table recouverte d'un drap derrière elle et leva le regard vers Sparkes.

— Bien, commençons.

Le silence se fit dans la salle tandis qu'elle déambulait autour de la dépouille marbrée et cireuse pour un examen visuel primaire.

— Retirons d'abord tout ce maquillage post mortem, annonça-t-elle tout bas à son assistant. Je suppose qu'ils cherchaient à dissimuler les marques laissées par les aiguilles pour l'embaumement dans le cou mais ils y sont allés à la truelle.

Le fond de teint orange donnait à la défunte un air macabre de danseuse de music-hall.

Sparkes essaya de ne pas respirer par le nez lorsque le médecin légiste nettoya le maquillage d'Alex O'Connor pour faire apparaître sa peau.

— Il y a comme des contusions sur le cou, déclara Aoife Mortimer en se penchant pour écarter les cheveux de la jeune fille. Vous voyez ça, inspecteur ? Là où il y avait du fond de teint.

Il regarda avec attention. La décomposition avait terni la peau mais il distinguait un motif plus foncé formé d'hématomes et d'égratignures.

— On dirait qu'elle a été étranglée.

Salmond descendit d'un bond de son tabouret et s'approcha, une main sur la bouche.

Ses yeux hurlaient « Je vous l'avais dit ! » quand elle pivota vers son patron.

— Ne nous emballons pas, poursuivit avec calme le Dr Mortimer qui saisit son regard. Je dois terminer l'examen avant de vous livrer mes conclusions définitives.

Elle reprit l'inventaire de l'observation externe et Salmond regagna sa place dans le coin où elle griffonna des notes au dos d'un dossier.

Le Dr Mortimer examina avec patience et méticulosité le corps de la jeune fille. Elle s'attarda sur la zone pelvienne, l'observa sous différents angles, à la recherche de traces de sécrétions séchées.

Alex nous raconte son histoire, songea Sparkes avec un petit hochement de tête.

Bangkok, dix-septième jour

Mardi 12 août 2014

La journée avait été difficile et allait encore empirer. Le matin, la dispute qui couvait depuis des jours au sujet de la suite de leur voyage avait éclaté. Et lorsque Alex était entrée dans le bar, elle avait trouvé Rosie en train de flirter avec Jake, battant langoureusement des cils à ses blagues. Sa romance avec Lars semblait oubliée.

Alex eut l'impression de recevoir une gifle en pleine figure. Rosie ne pouvait ignorer ce qu'elle ressentait pour Jake – elle lui en avait fait part plusieurs fois, lorsqu'elles étaient seules dans la chambre. Elle s'était confiée pour comprendre ce qu'elle éprouvait, apprendre comment les autres le voyaient. Rosie avait paru s'en moquer et voilà qu'elle ne le lâchait plus maintenant ! Qu'Alex l'ait vu la première ne l'arrêtait pas. Pire, Jake avait l'air de bien apprécier.

— Rosie, je te parle ! cria Alex.

— Quoi encore ? Je suis occupée…

— Je vois ça.

Alex s'approcha en poussant les chaises sur son passage.

— Je ne sais pas pourquoi j'use ma salive avec toi mais nous devons acheter les billets aujourd'hui. Ça va être hors de prix sinon.

Rosie haussa les épaules.

— Nous sommes censées partir vendredi, après avoir reçu les résultats. On s'était mises d'accord.

— C'est toi qui as décidé ça, pas moi. Je préfère rester. Je m'amuse bien ici. Jake veut me montrer une nouvelle boîte de karaoké, pas vrai ?

— En fait, je t'expliquais juste où elle se trouvait. Je n'ai pas prévu d'y aller, s'empressa de répliquer l'intéressé avant de se mettre à l'abri derrière le comptoir.

— Jake ! tenta de le retenir Rosie qui se tourna ensuite vers son amie. Tu fais fuir tout le monde, Alex. Ils te prennent tous pour une pauvre fille pitoyable. Détends-toi et profite un peu.

— Je profite. Seulement j'ai envie de découvrir autre chose de la Thaïlande. Je suis venue pour voyager, pas rester assise dans une auberge à me droguer et à me jeter au cou de tous ceux qui passent.

— La ferme ! Je m'éclate et tu ne le supportes pas. C'est quoi, ton problème ?

— C'est toi mon problème ! Et combien de temps penses-tu pouvoir t'éclater si tu continues à dépenser tout ton argent en alcool et en tatouages ? Est-ce que tu sais combien il te reste au moins ?

Rosie fit la grimace, jouant à nouveau l'enfant boudeuse.

— Occupe-toi de tes affaires, Alex. Tu n'es pas responsable de moi.

— Parfait ! Mais moi je pars vendredi soir, avec ou sans toi. D'ailleurs, je vais acheter mon billet de car ce soir. Tu fais comme tu veux.

Jake feignait d'essuyer des verres et Jamie fixait son téléphone dans un coin de la salle mais aucun des deux n'en perdit une miette. Alex détestait se disputer en public. Elle devenait toute rouge et les larmes lui montaient aux yeux. Mais impossible d'y couper cette fois. Elle tournait autour du pot depuis des jours. D'après leur itinéraire d'origine, elles devaient célébrer leurs résultats au bac sur l'île de Ko Phi Phi, « en contemplant des monolithes dans une mer bleu azur ». C'est ce qu'Alex avait lu dans son guide de voyage. Mais vu la tournure des événements, il semblerait que ce serait plutôt à Oxxi's Place, en contemplant un océan d'ivrognes...

Après le départ en furie de Rosie, Jamie vint s'asseoir à côté d'elle et resta toute la matinée, à compatir et à lui répéter que tout le monde en avait marre de Rosie, de ses caprices et de ses jérémiades.

Elle parvint à s'en débarrasser après le déjeuner, lorsqu'il se rendit aux toilettes. Elle avait besoin de se retrouver seule. Il serait peut-être contrarié mais il la collait tout le temps maintenant. Il la poussait à se brouiller avec Rosie, insistait pour qu'elle voyage avec lui à la place. Elle se sentait incapable de lui dire que ça n'arriverait pas. La vulnérabilité qu'elle lisait dans son regard l'empêchait de lui révéler la vérité : il ne lui plaisait tout simplement pas.

Alex partit se promener le long du fleuve où elle contempla les bateaux et les mottes de jacinthes d'eau qui glissaient à sa surface. Elle avait beau clamer qu'elle partirait seule, elle savait au fond d'elle que ça n'arriverait pas. Elle avait trop peur. Qu'allait-elle faire ? Son esprit revenait sans cesse à Jake. Il était si gentil. Elle n'était pas sûre que sa mère approuverait ; ce garçon avait besoin d'une bonne douche et de se couper les ongles, mais bon, sa mère n'était pas là pour le jauger de ses yeux de fouine, alors...

On aurait dit une âme perdue et Alex ne pouvait pas y résister. L'idée d'avoir quelqu'un à sauver, comme Lizzie avec M. Darcy ou Belle avec la Bête, était si romantique. Elle pouvait fantasmer sur cette vision pendant des heures.

Elle savait que Jake était allé à l'université mais que ça n'avait pas marché. Il le lui avait confié lors de leur premier rendez-vous – elle appelait ça un rendez-vous même s'il lui avait simplement indiqué où manger sans risque. Selon lui, il y avait eu incompatibilité de caractère avec son prof principal et il avait choisi de partir. De l'avis d'Alex, sa réaction était un peu extrême mais elle n'avait pas osé le lui dire.

« Comment ont réagi tes parents ? » avait-elle préféré lui demander.

C'était la première pensée qui lui était venue. Elle s'était imaginé annoncer la même chose à sa mère et la peine qu'elle lui aurait causée.

« Ils s'en fichaient, avait-il répondu. J'étais majeur, je n'avais pas besoin de leur approbation. »

Il n'avait pas pu la regarder dans les yeux en prononçant ces mots.

« Quand prévois-tu de rentrer ? avait-elle demandé pour changer de sujet.

— Je ne sais pas trop. Je n'ai rien décidé. »

Il avait gardé le silence tout le chemin de retour à l'auberge ; elle était sûre qu'il ne l'inviterait plus à sortir. Pourtant, arrivés au bout de la ruelle, il s'était éclairci la voix et lui avait avoué :

« La vérité, c'est que j'ai foiré en beauté. Ma famille ne le sait pas mais je me suis planté à la fac. Je n'avais pas le niveau et je ne leur ai pas dit. Ils avaient tant investi en moi, ils croyaient tellement que je réussirais. Ils ne parlaient que de ça. Ils étaient si fiers que je fasse du droit.

— Mes parents aussi sont un peu comme ça. J'ai l'impression qu'ils planifient mon avenir à ma place des fois. Ils veulent tellement que je réussisse que c'en est douloureux. La pression est trop forte. »

Jake avait acquiescé.

« Chaque fois que j'ai voulu leur dire, je les revoyais sur le quai de la gare pour mon départ à la fac. Et je me suis dégonflé. Et j'ai atterri ici.

— Ils savent ce que tu fais en ce moment ?

— Non, là encore j'ai tout raté. Je ne peux plus leur avouer maintenant. J'ai téléphoné chez moi il n'y a pas très longtemps, complètement ivre. Je voulais juste entendre leurs voix mais je n'ai pas su quoi dire quand ma mère a décroché. »

Alex lui avait pris la main.

« Je les appellerai quand je me serai repris, avait-il ajouté, la voix tremblante.

— Tu devrais le faire maintenant, Jake. »

Il avait répondu d'une sorte de hochement de tête.

« On verra. Merci de m'avoir écouté. Mais s'il te plaît, n'en parle à personne.

— Évidemment. »

En remontant vers sa chambre, elle s'était demandé pourquoi il avait choisi de se confier à elle. Mais quelle importance ? Il lui avait révélé son secret, c'était tout ce qui comptait. Elle se surprit à siffloter sous la douche en s'imaginant dans ses bras et en rêvant au goût de ses lèvres. Même s'il n'avait pas montré le moindre signe de vouloir passer à l'étape suivante. Il ne lui avait même pas encore tenu la main… Mais bon, ils avaient le temps. Elle y travaillerait, elle avait d'ailleurs commencé à se maquiller un peu.

Elle se réjouit à l'idée qu'il la remarquerait, puis se rembrunit. Elle devait se dépêcher. Rosie se jetait déjà à son cou. Elle n'avait aucun scrupule. Alors Alex ne devrait en avoir aucun non plus. Elle essaya d'imaginer la tête de Rosie quand elle lui annoncerait que Jake l'accompagnait à Ko Phi Phi. Ça les calmerait un peu, elle et sa queue-de-cheval blonde. Alex envoya un texto à Jake avant de se dégonfler pour lui demander s'il voulait aller boire un verre plus tard. Il répondit aussitôt. « Super ! Je t'emmènerai dans mon bar préféré. »

*

Elle ne revint pas avant 18 heures. Jamie l'attendait.

— Punaise, Jamie. Tu es resté là tout l'après-midi ?

— Où étais-tu ? Je m'inquiétais.

— Je vais bien. J'avais juste besoin de m'éclaircir les idées.

Elle saisit son reflet, rayonnant, dans le miroir derrière le comptoir. Jamie avait l'air si malheureux qu'elle lui pressa le bras et lui assura qu'elle était désolée.

— C'est bon. Où est-ce qu'on va manger ce soir ?

— Heu... En fait, je sors avec Jake dans un de ses bars préférés ce soir.

Le visage de Jamie se décomposa, ce qui énerva Alex. Elle avait le droit de sortir avec Jake quand même ! Pourtant elle se tut. Elle ne lui révéla pas qu'elle n'avait pas ressenti ça pour un garçon depuis longtemps. Que Jake avait un regard doux. Et de belles mains. Et qu'elle allait mettre ce haut que sa mère n'aimait pas. Elle raconterait tout cela à Mags plus tard.

Jamie se contenta de la fixer, bouche bée.

— Alex, croassa-t-il.

Mais elle ne voulait pas l'écouter. Elle s'éloigna et monta dans sa chambre pour se doucher et se préparer pour sa soirée avec Jake.

— Sois prudente ! lui lança-t-il quand elle gravit les marches.

41

Jeudi 4 septembre 2014
L'inspecteur

Cinq heures plus tard, Sparkes voulut déguster un café à la cantine du personnel mais le liquide devenait aigre au contact des résidus tenaces de fluide d'embaumement. L'arrière-goût de la mort.

— Bon alors, commença-t-il quand Salmond le rejoignit avec une copie des conclusions préliminaires du médecin légiste. Où en est-on ? Du nouveau par rapport à ce qu'elle nous a annoncé à la morgue ?

— Pas vraiment. Elle va envoyer au labo les prélèvements buccaux, vaginaux et anaux ainsi que les autres échantillons de tissus. Il y a vingt-huit jours de délai en ce moment. On ne peut pas espérer les résultats d'analyse avant le début du mois prochain, à moins de faire jouer nos relations. En revanche, elle a noté les ecchymoses, des blessures défensives, une fracture de l'os hyoïde, des ongles cassés… Des éléments qui indiquent tous une strangulation manuelle. C'est un scandale que la police de Bangkok n'ait rien décelé. Pas besoin d'une autopsie pour remarquer ça. Des yeux et un peu de jugeote suffisent.

— Tenons-nous-en aux faits tels que nous les connaissons, voulez-vous ? Je suppose que la cause de la mort n'est pas mentionnée dans le rapport préliminaire ?

Sur la copie du certificat de décès thaïlandais d'Alex O'Connor qui se trouvait devant lui était inscrit « inhalation de fumées et de gaz toxiques ».

— Non, mais il est indiqué qu'il n'y avait pas de présence de particules de suie dans les voies respiratoires au-delà des cordes vocales.

« Il semblerait que la victime ne respirait déjà plus lorsque le feu a démarré », avait déclaré le Dr Mortimer à la morgue sans lever la tête de la trachée exposée devant elle.

— À quelle heure est prévue l'autopsie de Rosie Shaw ? demanda Sparks en consultant sa montre.

— Dans vingt minutes. Voulez-vous un sandwich ?

— À votre avis ?

— Moi, je vais en prendre un. Je suis incapable de faire ça l'estomac vide.

— Faites-vous plaisir.

Il attendit que sa collègue se soit éloignée pour téléphoner chez lui.

— Salut toi, dit son épouse en décrochant. Helen, mon ange gardien, insiste pour que je mange davantage.

Sparkes visualisa sans problème Helen, l'infirmière en soins palliatifs, assise dans le vieux fauteuil Lloyd Loom près du lit d'Eileen installé au rez-de-chaussée. *C'est moi qui devrais être auprès d'elle*, songea-t-il fugacement avec culpabilité.

Eileen disparaissait sous ses yeux, son teint devenait gris comme si elle s'estompait. Il l'avait embrassée trois fois aujourd'hui avant de partir. Il ne pouvait plus s'arrêter de la couvrir de baisers. « Désolé, j'en ai besoin ce matin », lui avait-il dit. « Tu n'as pas à t'excuser, Bob. Embrasse-moi encore. »

— Helen a raison. Comment te sens-tu ? À quelle heure vient Sam, cet après-midi ?

Leur fille lui rendait visite tous les jours et endossait le rôle de maman à sa place.

Leur fils venait et repartait, il restait en général sur le seuil comme s'il craignait d'être contaminé ou de trop s'impliquer. Eileen fournissait de gros efforts avec lui : avec un ton enjoué forcé, elle riait à ses anecdotes. C'était un spectacle déchirant et, à sa vue, Sparkes sentait les grands tentacules de la terreur qui l'étranglaient.

« Ne sois pas aussi dur avec lui, Bob. Il a peur, lui avait dit Eileen après une visite particulièrement pénible. Il ne lui est rien arrivé de mauvais dans la vie jusqu'à présent. Il n'a jamais été confronté à l'échec.

— L'échec ? Tu as un cancer, Eileen. Ce n'est pas un choix de vie.

— Oui, eh bien, je crains que Jim ne voie les choses ainsi. Ce n'est pas sa faute, il est fait comme ça. »

*

— Il faudra aller informer les parents quand l'autopsie de Rosie Shaw sera terminée, annonça Sparkes dès que Salmond fut de retour avec un sandwich œuf mayonnaise peu appétissant – il préférait presque l'odeur du formol. J'aimerais autant leur apprendre dès ce soir. C'est injuste de les laisser dans l'attente. Êtes-vous disposée à travailler tard ?

— Aucun problème. Neil a une réunion parent-prof à l'école de toute façon.

— Bien. Qui est l'officier de liaison avec les familles ?

— Wendy Turner. Je vais la prévenir.

Aoife Mortimer franchit les portes battantes de la salle de restaurant et les salua.

— Je me prends juste une barre énergétique. Vous êtes prêts ?

Elle jeta un œil au sandwich de Salmond.

— Est-ce bien raisonnable ?

Sparkes éprouva malgré lui un léger élan d'excitation lorsqu'il pénétra pour la seconde fois dans la salle d'autopsie. Aoife Mortimer ressentait-elle la même chose ? Il étudia son profil. Le masque et les lunettes dissimulaient ses traits mais il savait que rien ne transparaissait derrière de toute façon.

— Pas de traces visibles de contusions ni de plaies externes sur la partie supérieure du corps, dictait le Dr Mortimer dans son magnétophone. Décoloration gris bleuté de l'épiderme indiquant que les tissus ont commencé à se décomposer avant l'embaumement.

— Elle n'est pas morte de la même manière qu'Alex O'Connor, alors ? dit-il en percevant la pointe de déception dans sa voix.

— Il semblerait que non.

Le Dr Mortimer prélevait des échantillons sur les dents et le palais.

— Présence de particules de suie dans la bouche, poursuivit-elle. Mais pas dans la trachée, ajouta-t-elle des heures plus tard. Cette fille aussi était morte quand le feu a pris.

— Quelle est la cause du décès, alors ? demanda Sparkes plus pour lui-même que pour le médecin légiste. A-t-elle été agressée ?

— Il est trop tôt pour le déterminer. Je ne vois aucune plaie externe ni blessure défensive. J'ai fait des prélèvements pour l'analyse toxicologique ; il va falloir attendre les résultats. Navrée, je ne peux rien dire de plus.

— Quand pouvons-nous espérer le rapport complet ?

— Comme d'habitude, Bob. Il faut compter mi-octobre pour la totale. Ça s'empile dans les labos.

— C'est trop long. Je vais déposer une requête pour que ces analyses passent en priorité. Il faut découvrir qui a fait ça.

— Eh bien, bonne chance.

Bangkok, dix-septième jour

Mardi 12 août 2014

Plongée dans ses pensées, elle ne comprit pas tout de suite ce qu'elle vit en ouvrant la porte. Elle devait envoyer un texto à leurs mères aujourd'hui et réfléchissait à la façon dont elle allait le formuler.

Rosie était assise en tailleur sur le lit et le contenu du sac à main d'Alex s'étalait sur le drap devant elle.

— Oh ! laissa-t-elle échapper, surprise, avant d'entreprendre de ranger brochures et plannings dans le sac. Désolée, je cherchais du paracétamol.

Alex acquiesça avec circonspection.

— Les cachets sont rangés dans la poche latérale de mon sac à dos. Comme ils le sont depuis le début.

— Ah oui, pardon, j'avais oublié.

Alex ramassa son sac. L'atmosphère dans la chambre s'alourdit, comme annonciatrice de l'imminence d'une catastrophe.

— J'ai moins mal au bras, déclara Rosie.

D'un léger mouvement de l'épaule, elle indiqua l'emplacement de son tatouage comme si tout était normal, mais sa voix était haut perchée.

— Tant mieux.
— Tu sors ?
— Oui. Je suis venue me changer. Je sors avec Jake.
— Oh ! s'exclama Rosie avec une grimace.
— Eh oui.
Elles se parlaient sans se regarder. Alex piocha son portefeuille de secours dans son sac.
— Je viens aussi. C'est moi qui invite ce soir ! s'écria Rosie avec trop d'empressement.
— Non merci, marmonna Alex en ouvrant son portefeuille. Nous préférons être tous les deux. Bon, il faut que je prenne de quoi acheter mon billet de bus. Je n'arrive pas à tenir le compte de ce que je dépense. J'ai toujours moins dans mon porte-monnaie que ce que je crois. Je devrais peut-être noter…
— Arrête de t'affoler pour un rien, aboya Rosie.
Alex posa le portefeuille sur ses genoux.
— Je m'en vais, c'est sûr.
— Et moi je veux rester.
— Alors reste.
Alex voulut sortir les billets qu'elle avait soigneusement comptés le jour de leur arrivée. Ils n'étaient pas là.
— Qu'est-ce qu'il y a ? demanda Rosie en haussant le ton.
L'inquiétude dans sa voix était fausse et exagérée.
Alex la regarda dans les yeux.
— Mon argent a disparu.
— Non ! Quelqu'un a dû le prendre.
Sa performance ne lui vaudrait pas un Oscar, songea Alex.
— Où est-il, Rosie ?
— Pourquoi tu me demandes ? Je n'en sais rien, moi !
— C'est ça que tu faisais quand je suis entrée. D'abord, tu essaies de me piquer Jake et maintenant tu me voles mon argent.
Le visage de Rosie vira au rouge écarlate.

— Je… Je… Je n'arrive pas à y croire…

Malgré ses piètres tentatives pour exprimer son outrage, Alex vit le masque tomber. Elle allait fondre en larmes ensuite.

Rosie ne la déçut pas. Elle pleura comme un bébé et à chacun de ses sanglots la boule dans le ventre d'Alex se durcissait. Elle était incapable de réconforter Rosie. Elle avait envie de la frapper.

— Où est l'argent ? demanda-t-elle sans reconnaître sa propre voix.

La dureté de son ton surprit aussi Rosie. Celle-ci sortit deux billets de vingt livres de sous sa cuisse.

— C'est tout ce que j'ai. Le reste est dépensé, avoua-t-elle entre deux hoquets.

— C'est tout ? J'avais deux cents livres dans ce portefeuille la dernière fois que j'ai regardé.

— Je suis désolée, Alex. J'allais te le rendre. Promis, je te rembourserai. Qu'est-ce que tu vas faire ? Ne le dis à personne, s'il te plaît.

— Je ne sais pas ce que je vais faire, répondit Alex, plus pour elle-même que pour Rosie.

C'était vrai. Elle n'en avait aucune idée. Elle se sentait vulnérable et complètement seule. Plus que tout au monde, elle voulait rentrer chez elle et laisser sa mère arranger la situation. Elle avait besoin de réfléchir.

— Je vais changer de chambre, annonça-t-elle au bout d'un moment. Je ne veux plus rester ici avec toi. Je n'ai pas confiance en toi.

Les sanglots de Rosie redoublèrent d'intensité.

— Ne me déteste pas ! gémit-elle.

— La ferme, Rosie. Il n'y en a toujours que pour toi ! Comment je me sens, moi, à ton avis ?

— Tu es bouleversée. Je le sais. Je peux t'expliquer…

— Vraiment ? Permets-moi d'en douter.

— Alex, écoute-moi, je t'en prie. J'ai des ennuis.

42

Jeudi 4 septembre 2014
L'inspecteur

— Je le savais ! s'exclama Salmond en bouclant sa ceinture.

— Ce n'est pas beau de se vanter, marmonna Sparkes. L'officier de liaison avec les familles est averti ?

— Oui, Wendy est sur place. La rencontre a lieu au domicile des O'Connor.

— Allons-y alors. Je dois rentrer chez moi, à un moment donné.

— Oui, bien sûr. Pardon.

Wendy Turner ouvrit la porte avec un froncement de sourcils inquiet.

— Ils sont tous très agités, monsieur.

— Merci de nous prévenir. Ce n'est guère étonnant.

Sparkes prit son air le plus professionnel avant de gagner le salon où il serra la main à chacun.

— Qu'ont révélé les autopsies, inspecteur ? Qu'avez-vous à nous apprendre ? attaqua Lesley en coupant court aux formalités d'usage.

— Laisse-lui le temps d'arriver, Les, intervint Malcolm. Nous vous écoutons, inspecteur.

Sparkes détestait ces moments. Certains policiers en raffolaient. Il appelait ça le complexe Hercule Poirot. Ce moment où, dans son esprit, l'enquêteur convoquait tous les protagonistes dans la bibliothèque et leur livrait les réponses. Il mesurait le poids que ses paroles auraient sur ces quatre individus et il hésita. Rien de ce qui serait dit ne pourrait être retiré ensuite. Il tenait à choisir ses mots avec soin mais, à trop y réfléchir, il bafouilla.

— Merci, heu... Je sais que vous êtes impatients de savoir alors j'irai droit au but. Nous avons reçu les conclusions préliminaires des autopsies. Le rapport est incomplet, bien sûr, mais le légiste a relevé, heu, des indices qui indiquent qu'aucune des deux filles n'était en vie au moment de l'incendie.

Les visages levés vers lui semblèrent complètement perdus par ce flot de paroles brumeux. Pourquoi ne s'était-il pas montré plus concis ?

— Désolé, ce que je veux dire c'est que, selon toute vraisemblance, elles étaient toutes les deux mortes quand le feu a pris.

Un éclair de compréhension illumina une fraction de seconde les visages qui se décomposèrent ensuite.

— Elles ont été assassinées, c'est ça ? laissa échapper Jenny Shaw. Quelqu'un les a tuées et a mis le feu pour dissimuler son crime ?

— Comment sont-elles mortes ? murmura Malcolm.

— Nous n'avons aucune certitude en ce qui concerne Rosie pour l'instant mais l'examen tend à prouver qu'Alex aurait été étranglée, annonça Sparkes sans quitter des yeux Malcolm O'Connor.

La mâchoire du père se contracta et il serra les lèvres dans une tentative pour contenir son chagrin.

— Étranglée. Qui a étranglé notre petite chérie ? s'écria Lesley d'une voix aiguë. Où est Jake Waters ? Il doit savoir quelque chose. Il n'y a que les coupables qui se cachent, non ?

— Ou ceux qui ont peur, ajouta Sparkes.

— De quoi pourrait-il bien avoir peur ? De la vérité ?

— N'allons pas trop vite en besogne, Lesley. Je comprends combien cette nouvelle est accablante mais à ce stade, ce qui compte ce sont preuves, pas les suppositions ni les accusations. Attendons les résultats du labo pour déterminer qui est impliqué ou pas.

— Et combien de temps ça va prendre ? gémit Lesley.

— Le rapport complet sera rendu dans quatre à six semaines, Wendy a dû vous le préciser. Cependant, nous avons demandé que la priorité soit donnée à certaines analyses. Nous aurons peut-être des résultats la semaine prochaine, mais je ne promets rien.

— Et pour Rosie ? demanda Mike Shaw qui se tenait derrière l'inspecteur, à la porte, comme prêt à fuir. Elle a été étranglée aussi ?

Sparkes se tourna vers lui.

— Nous l'ignorons encore. Son corps ne présente aucune blessure visible, répondit-il avec prudence. Les analyses pourront nous fournir des indices sur la cause du décès.

Chacun tomba dans le silence, en proie aux affres de ce torrent d'informations dévastateur.

Malcolm O'Connor reprit la parole le premier.

— Pourquoi la police thaïlandaise n'a-t-elle pas découvert cela ?

— Je l'ignore. Nous leur ferons part de nos découvertes.

— Inutile de prendre cette peine, répliqua Lesley. Ils se fichent de ce qui est arrivé à nos filles. Mais pas vous, n'est-ce pas ?

Il était 19 h 30 lorsqu'ils quittèrent le domicile des O'Connor, pourtant Sparkes n'était pas encore prêt à rentrer chez lui. Il lui restait une chose à faire. Il aimait que tout soit en ordre.

— Bien, maintenant petit détour dans le sud-est de Londres, décréta-t-il.

Il feignit de ne pas entendre Salmond grommeler « C'est une blague ».

— Je croyais que vous deviez rentrer chez vous, monsieur ?

— En effet mais Sam est avec sa mère. Et je veux boucler cela aujourd'hui.

Il prévint Kate par téléphone qu'ils étaient en chemin.

— Votre mari est-il à la maison ?

— Mon mari ? Vous avez retrouvé Jake ? Dites-moi ce qu'il se passe, insista-t-elle.

— Mieux vaut en parler de vive voix.

La maison de Kate Waters n'était pas telle qu'il l'imaginait. Dans son idée, une journaliste et un chirurgien hospitalier devaient gagner des fortunes, pourtant ils habitaient un modeste pavillon mitoyen, sans doute un ancien logement social, non loin du marché de Roman Road. Malgré tout, selon le prix de l'immobilier en vigueur à Londres, cet endroit devait valoir le triple de son propre domicile.

Sur le rebord de la fenêtre, des géraniums rouges se flétrissaient dans une jardinière en terre cuite.

— Elle devrait les arroser, fit remarquer Salmond en appuyant sur la sonnette.

Steve Waters leur ouvrit. Il était plus petit que Bob Sparkes et, sans savoir pourquoi, celui-ci s'en réjouit.

— Vous devez être l'inspecteur principal Sparkes, les accueillit-il d'un ton aimable. Et l'inspecteur Salmond. Entrez, je vous en prie.

Kate attendait dans le salon. Le poste de télévision était allumé et elle avait son ordinateur portable ouvert sur les genoux. Elle le referma, coupa le son de la télé et se leva à l'entrée des enquêteurs.

— Bonjour. Vous avez fait vite.

Son ton était très calme, cependant Sparkes nota le léger tremblement de ses lèvres.

— Asseyez-vous et racontez-nous de quoi il s'agit, proposa Steve Waters en les guidant vers le canapé.

— Ça ne devrait pas prendre longtemps. Merci, docteur Waters.

— C'est monsieur Waters en fait. Pardon, c'est sans importance. C'est juste qu'en tant que spécialiste hospitalier, on ne nous appelle pas docteur bizarrement…

Évidemment. Sparkes maudit son impair.

— Oui, bien sûr. Bref. Les autopsies d'Alex O'Connor et de Rosie Shaw ont eu lieu aujourd'hui.

— Ah, souffla Kate.

— Il semblerait qu'aucune des deux filles n'ait trouvé la mort dans l'incendie.

Kate soutint son regard.

— Comment sont-elles mortes alors ?

— Les analyses sont toujours en cours mais nous avons de bonnes raisons de penser que l'une d'elles a été étranglée.

Steve Waters laissa échapper un hoquet de stupeur.

— Et vous avez fait tout ce chemin depuis Southampton pour nous annoncer cela ? s'étonna Kate. Pourquoi ?

Elle savait pourquoi. Et Sparkes savait qu'elle le savait.

— C'est à propos de Jake ? demanda Steve à voix basse.

— En effet, monsieur Waters. Nous ouvrons une enquête pour meurtre et cette nouvelle information nous incite encore plus à interroger de toute urgence votre fils. Son témoignage sur les jours et les heures qui ont précédé l'incendie pourrait s'avérer crucial.

— Bien entendu, répondit Steve.

— Nous aurions également besoin d'un échantillon d'ADN de Jake. Il nous faudrait son peigne ou sa brosse à dents, par exemple.

— Vous voulez son ADN ? Hors de question ! s'écria Kate. Vous venez de dire que vous souhaitiez seulement l'entendre en tant que témoin. Qu'est-ce que vous nous cachez ? La police thaïlandaise ne l'a accusé de rien. Seule la presse s'en prend à lui. Et rien ne le relie à...

— Nous rassemblons des indices, Kate. Les événements qui entourent les décès d'Alex et de Rosie se dessinent peu à peu. Un échantillon d'ADN permettrait de l'écarter des suspects.

Silence dans la pièce.

— Nous n'avons rien de lui, de toute façon, reprit-elle avec moins d'assurance. Il n'a pas laissé de brosse à dents ici quand il est parti. Et nous avons vidé son ancienne chambre.

— Vous seriez surprise de savoir où on peut récolter de l'ADN de nos jours. Puis-je faire intervenir un technicien du service médico-légal ?

— Bon d'accord. Si c'est pour l'écarter de la liste des suspects.

Il perçut la peur dans sa voix, qui nourrissait son agressivité.

— Qu'avez-vous découvert d'autre ?

— Nous préférons ne rien divulguer pour le moment, déclara Sparkes avec fermeté.

Il accompagna ses paroles d'un regard d'avertissement à sa collègue. Il ne tenait pas à évoquer les prélèvements génitaux.

— Je vois, commenta Kate avant de poursuivre un instant après : quand allez-vous en informer les médias ? Allez-vous tenir une conférence de presse ?

Elle avait repris les commandes de la conversation et Sparkes se surprit à se tenir un peu plus droit. Il se demanda si c'était une réaction habituelle chez les personnes qu'elle interviewait.

— Oh Seigneur…, murmura son mari à part lui.

— Une conférence de presse est inévitable, Steve. C'est l'étape suivante, expliqua-t-elle.

— Oui, confirma Sparkes. Elle est prévue dans la matinée. Nous allons lancer un appel au public pour retrouver Jake, et les autres témoins potentiels.

— Qui d'autre recherchez-vous ? demanda Kate.

Journaliste un jour, journaliste toujours.

43

Jeudi 4 septembre 2014
La journaliste

Après leur départ, je vais m'enfermer dans les toilettes du rez-de-chaussée. Je ne supporte pas de voir Steve, assis sur le canapé, la tête dans les mains ; j'ai peur qu'il craque. Depuis que je le connais, je ne l'ai vu pleurer qu'en de rares occasions. À la naissance des garçons, nous avons versé des larmes de joie ensemble, puis à la mort de son père, l'année dernière, l'émotion l'a emporté. Il y a aussi la fois où je l'ai quitté. Les enfants étaient petits et il n'était jamais à la maison, toujours au travail ou en train d'y penser. Mon intention était juste de lui faire prendre conscience de la situation mais j'étais allée trop loin et nous avions mis des mois à retrouver un équilibre conjugal.

J'ai eu l'impression de me déconnecter de la réalité en écoutant le compte rendu des autopsies. J'ai enfilé mon armure de journaliste, pesé l'information, rédigé le premier paragraphe dans ma tête. Sauf qu'il s'agit de nous. Pas d'une histoire à décortiquer pour trouver la meilleure citation.

Ils ont relevé un ADN inconnu sur les filles. La phrase résonne dans ma tête comme une alarme. *Ils vont découvrir qui a fait ça.*

Reprends-toi, Kate, me dis-je dans le miroir. *Jake n'a rien à voir là-dedans. Et Steve a besoin de toi.*

Il lève la tête à mon retour.

— Qu'est-ce qu'on va faire, Katie ?

Je me doutais qu'il dirait ça. C'est à moi de m'occuper de ce problème, d'arranger la situation.

— Qu'est-ce qu'on va dire aux autres ?

— Eh bien, tout le monde sait que la police souhaite parler à Jake. C'est dans tous les journaux.

— Mais pas que les filles ont été assassinées, si ?

— L'une d'elles. L'une d'elles a été assassinée. Nous ne savons pas pour l'autre.

— Oh bon sang, Kate ! Arrête de chipoter. Une fille ou les deux. Ça ne change rien, si ?

Non, en effet.

— Pardon. Tu as raison. Il faut prévenir la famille tout de suite. Appelle ta mère. Je m'occupe de Freddie.

Chacun s'empare de son portable et je pars m'isoler dans l'entrée. J'entends Steve s'excuser auprès de Dorothy de téléphoner si tard. *Elle est sans doute déjà au lit. Nous aurions dû attendre demain. Elle ne va plus réussir à dormir maintenant.*

— Désolé, maman, dit Steve. Je voulais juste t'avertir qu'il y a du nouveau au sujet de l'incendie à Bangkok. Oui, je suppose que ça concerne Jake, en quelque sorte…

Freddie décroche et me voilà aussitôt happée dans l'ambiance bruyante d'un pub.

— Maman ! Il s'est passé quelque chose ?

J'ai envie de crier que non. Il est trop jeune pour porter le fardeau de mes craintes, mais il est concerné aussi.

— Si on veut. Tu peux te mettre au calme un moment, s'il te plaît mon chéri ?

— Tu as eu des nouvelles de Jake ? Il est revenu ?

— Non, pas encore. Il s'agit d'un nouvel élément qui va être publié dans les journaux. Une des filles a été assassinée.

— Ce n'est pas Jake..., murmure-t-il.

— Ils ignorent qui l'a tuée, Freddie. Mais ils vont annoncer l'ouverture d'une enquête pour meurtre dans la matinée et préciser qu'ils souhaitent s'entretenir de toute urgence avec ton frère. Je voulais te prévenir.

— Oh maman !

— Je sais, mon cœur. Je sais. Ils veulent un échantillon de son ADN. Pour l'écarter des suspects, dis-je non sans percevoir combien mes paroles sonnent faux. Mais nous n'avons plus rien qui lui appartienne à la maison.

— Moi si, m'apprend Freddie. J'ai gardé un de ses T-shirts et la casquette de baseball qu'il portait pour t'embêter.

— C'est vrai ? Je ne savais pas.

— Ouais, répond-il simplement et je note le tremblement dans sa voix. Ils sont dans mon placard. C'est idiot, je sais, mais ils avaient son odeur. Il me manquait, maman.

Et je n'avais rien remarqué, trop occupée que j'étais à porter mon propre masque de bravoure.

— Je suis désolée, Freddie. Nous allons le retrouver.

Plus tard, Steve et moi sommes plongés dans le silence, une tasse de café entre les mains. Au bout d'un moment, je répète pour la énième fois :

— Il n'a rien à voir avec cette histoire, Steve.

— Non.

— Je vais découvrir qui est responsable.

Et tout à coup, je me sens beaucoup plus légère.

— Voilà ce que je vais faire. Je vais rechercher ceux qui logeaient dans cette auberge de jeunesse. Je vais retrouver les autres. Je suis douée pour ça.

Plus que pour jouer mon rôle de mère, manifestement.

— Katie, ce n'est pas en interrogeant des gens ni en harcelant les policiers que tu vas arranger les choses. Il s'agit de notre fils. Nous sommes responsables de lui. Et s'il a fait quelque chose de mal, nous devons le soutenir et l'aider à accepter son châtiment.

Je le fixe d'un regard noir. Il ne croit pas en Jake. Il ne peut pas faire partie de mon plan ; je resserre mes lignes de défense.

J'appelle Joe Jackson depuis la cuisine pour l'informer du résultat des autopsies.

J'entends monter l'excitation dans sa voix à mesure que je lui distille les détails que j'ai choisi de partager.

— Elles étaient mortes avant le début de l'incendie ? répète-t-il. L'une d'elles a été étranglée ? Ben ça alors ! Et je peux le publier maintenant ?

— Oui, Joe. L'information sera officiellement divulguée par la police dans la matinée. Tu ferais mieux de contacter les O'Connor et les Shaw tout de suite. Tu peux même me citer : « C'est une nouvelle terriblement douloureuse pour leurs familles, cependant rien ne relie mon fils à ces décès. »

— Noté.

— Et Joe ? Tu m'en dois une belle, maintenant. Il faudra me rendre la pareille. Compris ?

— Absolument. Je serai ravi d'aider.

On verra ça.

Bangkok, dix-septième jour

Mardi 12 août 2014

Mama lui décocha un regard noir lorsque Alex demanda une chambre pour elle toute seule.

— Tu ne partages pas avec Rosie ?

Alex la considéra avec la même dureté.

— Non. Je veux une autre chambre. Rien que pour moi.

Elle n'était pas d'humeur à discuter ou à s'expliquer. Elle avait besoin de son propre espace. Un point c'est tout.

Elle était profondément choquée par l'aveu de Rosie. Elle se rendait compte qu'elle ne connaissait pas vraiment cette fille avec qui elle partageait un lit mais rien n'aurait pu la préparer à ce qu'elle lui avait révélé.

Rosie avait brusquement cessé de pleurer, peut-être parce qu'elle avait compris qu'Alex ne tombait pas dans le panneau de la petite fille perdue. Elle s'était essuyé les yeux sur son T-shirt. Allongée sur le lit, s'adressant au plafond, sans doute pour ne pas voir la réaction d'Alex, elle avait annoncé qu'elle était partie de chez elle car elle allait échouer au bac.

« Moi, je m'en fiche mais ma mère va péter un câble.

— Comment sais-tu que tu vas échouer ? Tu te fais peut-être des films, avait commenté Alex.

— J'aimerais bien. J'ai raté un exam. Toute une disserte. La veille, je suis allée à une fête qui s'est prolongée toute la nuit. J'ai fini avec un type et je ne me suis pas réveillée à temps. Ma mère croyait que je révisais avec mon groupe de biologie. Mais moi, j'avais besoin de m'amuser. J'en avais marre d'étudier. De toute façon, je ne veux pas aller à l'université. C'est ma mère qui en a envie, pas moi. »

Maintenant qu'elle était lancée, Rosie avait presque l'air d'apprécier. Elle se retrouvait au centre de l'attention, à sa place de toujours. Et tout était la faute des autres. Comme d'habitude, elle n'était qu'une innocente victime.

« Peu importe. Où est passé mon argent ? Pourquoi me l'as-tu volé ?

— Je ne l'ai pas volé. Je t'ai dit que je l'avais emprunté. Je te rembourserai, Alex.

— Quand ? »

Alors Rosie avait raconté à l'ampoule dénudée qui pendait au-dessus d'elle la suite de ses mésaventures larmoyantes.

« J'étais obligée, Alex. Tout est beaucoup plus cher que ce que je croyais. Le tatouage m'a coûté quatre mille bahts, rappelle-toi, même si je n'ai pas fait le gros.

— Tu n'avais qu'à pas te faire tatouer du tout ! » avait explosé Alex.

Mais les excuses avaient continué de fuser tandis que Rosie examinait ses ongles brillants qu'elle avait passé l'après-midi à vernir.

« Et tout le monde m'arnaque.

— Qui ça ?

— Eh bien, le salon de tatouage. Et le gars du scooter.

— Quel gars du scooter ? »

Pour la première fois, Rosie s'était assise et l'avait regardée dans les yeux.

« Ce n'était pas ma faute, Alex. Franchement. Je lui ai loué un scooter. Lars voulait faire le tour de Bangkok mais il n'avait pas assez d'argent pour la caution, alors j'ai payé pour lui. C'était un vrai magasin de location, promis. On s'est éclatés et, à un moment, on a laissé le scooter devant un bar pendant qu'on buvait un verre. Il était verrouillé et tout, je te jure. Mais quand on est ressortis, il avait disparu. Le type a pété un plomb quand on lui a raconté. Il a dit que je devais lui payer des milliers de bahts pour le remplacer.

— Sérieux ? Qu'est-ce que tu croyais ? C'est l'une des arnaques les plus répandues en Thaïlande. On en parle sur tous les forums de voyageurs. Ces escrocs font un double des clés et volent eux-mêmes les scooters pour te les faire payer ensuite.

— Je ne savais pas.

— Passons. Pourquoi tu ne me l'as pas dit ?

— Parce que je me doutais que ça te mettrait en colère. Je pensais que je pourrais arranger les choses toute seule et que tu n'aurais pas besoin de le savoir.

— Tu as prévenu la police ?

— Je voulais mais le type du scooter avait mon passeport. J'ai dû le laisser en garantie au moment de la location. J'ai demandé à Mama de m'accompagner au commissariat mais elle a dit qu'on m'arrêterait si je n'avais pas de passeport. Et que les policiers allaient planquer de la drogue sur moi. Si je lui donnais de l'argent, elle pourrait les payer. Elle arrangerait tout. Elle a promis que je n'aurais pas de problèmes. Elle l'a déjà fait pour d'autres étrangers avant. »

Elle avait glissé un coup d'œil à Alex avant de s'effondrer et d'enfouir sa tête sous l'oreiller.

Un silence stupéfait s'était alors installé. Tout ce à quoi Alex pensait, c'était que Rosie avait tout gâché.

« J'aurais dû t'en parler, avait murmuré Rosie.

— Tu crois ? Tu l'as dit à ta mère ?

— Bien sûr que non !

— Et ton père ? Peut-être qu'il pourrait te prêter l'argent pour que tu récupères ton passeport ? »

Rosie s'était redressée et avait tenté un rire forcé.

« Ça m'étonnerait. J'ai dû le menacer de raconter à Imogen qu'il la trompait pour qu'il me donne l'argent du voyage. Je l'ai surpris en train de bécoter une des vendeuses dans une voiture à son travail. C'était le hasard. Il ne m'aurait jamais donné d'argent sinon. Mais là, il a payé pour que je me taise et que je débarrasse le plancher. Je ne sais pas où il a trouvé le fric parce qu'il prétend qu'il est complètement fauché, qu'il vit à crédit. »

Alex l'avait dévisagée. *Qui est cette fille ?* tournait en boucle dans sa tête.

— Tiens.

Mama fourra une clé dans sa main.

— Rez-de-chaussée. Par là, ajouta-t-elle en pointant du doigt.

Alex remarqua alors ses ongles vernis de la même couleur que ceux de Rosie. *Les deux font la paire*, songea-t-elle. *Une belle paire de voleurs, même.*

— Merci.

Alex se hâta de mettre son sac à dos sur l'épaule et s'enfonça d'un pas décidé dans la pénombre qui régnait à l'arrière de l'auberge.

Rosie dévala à grand bruit l'escalier en l'appelant, mais Alex l'ignora. Elle était si furieuse qu'elle craignait de prononcer des paroles qu'elle pourrait regretter. Elle raconterait tout à Mags.

— Mama, elle sait, entendit-elle Rosie gémir tandis qu'elle s'éloignait.

44

Vendredi 5 septembre 2014
L'inspecteur

Mags Harding téléphona le matin.

— Je dois parler à quelqu'un d'Alex O'Connor et Rosie Shaw, déclara-t-elle à l'opératrice d'une voix tremblante. Je viens de voir les infos à la télé.

— Très bien, mademoiselle, calmez-vous et expliquez-moi comment vous connaissez Alex et Rosie, répondit la standardiste d'une voix douce. Commençons par le commencement.

Quelques minutes plus tard, l'appel de la jeune fille fut transféré sur le poste de l'inspectrice Salmond, qui écouta avec attention avant de gagner le bureau de Sparkes.

— Nous avons reçu des infos au sujet des filles, monsieur.

— Ça n'a pas traîné. À quel sujet ? Des nouvelles de Jake Waters ?

— Oui, d'une certaine manière. Il est question de la situation avant le décès des filles, ce qu'il se passait vraiment. Le témoin est la meilleure amie d'Alex qui lui racontait son voyage par e-mail. Et ça se passait mal depuis le début ou presque. Il y avait toutes sortes de problèmes, et des disputes.

— Vraiment ? À quel propos ?

— Sexe, drogue et rock and roll, apparemment. D'après les messages, Rosie et Alex se disputaient Jake Waters.

— Ah bon ? Donc elles le connaissaient, c'est sûr. Il était là-bas.

— Oh oui. Et ce n'est pas tout. Rosie a été victime d'une arnaque. Et dans son dernier e-mail, Alex explique qu'elle l'a surprise en train de voler dans son sac. Oh, et aussi que Rosie a fait chanter son père pour qu'il lui donne l'argent pour la Thaïlande.

— Nom de Dieu ! Mais pourquoi l'officier Collins, notre super génie de l'informatique, n'a-t-il pas repéré ces e-mails ?

— Elle s'est servie d'un autre compte de messagerie, dont nous ignorions l'existence. Elle l'utilisait pour des trucs privés d'après sa meilleure amie.

— Bon alors, qui est cette meilleure amie ? Je croyais que c'était Rosie.

— Apparemment pas. Elle s'appelle Margaret Harding, Mags. C'est elle qui devait partir avec Alex en Thaïlande mais qui s'est désistée.

— Ah oui, et Rosie l'a remplacée à la dernière minute.

— Alex a écrit à son amie Mags tout au long de son séjour. Le dernier message remonte au 12 août, plus de quarante-huit heures après le dernier reçu par ses parents. Ces e-mails brossent un tableau très différent de celui qu'elle présentait sur les réseaux sociaux. « Les meilleures potes en vacances » semblent être une pure invention. Alex a écrit qu'elle détestait Rosie.

— Pourquoi ne nous a-t-elle pas contactés plus tôt ? Quand les filles ont été portées disparues ?

— Elle avait juré à Alex de garder le secret et elle ne voulait pas lui attirer des ennuis. Les e-mails sont on ne peut plus explicites, leur contenu interdit aux parents. Et comme tout le monde, elle pensait que les filles réapparaîtraient.

Quand on les a retrouvées, elle a cru à un accident et donc que personne n'avait besoin de savoir pour les e-mails. Mais maintenant qu'il s'agit d'une enquête pour meurtre...

— D'accord. Voyons ça. Et mettez Collins sur le coup.

Les messages, parfois trois par jour, faisaient état de la tension grandissante entre les deux filles à Bangkok, des disputes, des silences, de la colère et du vol.

Sparkes se mit à lire des passages au hasard.

Rosie est complètement défoncée ce soir. Je n'arrive pas à la raisonner.

Rosie est bourrée vingt-quatre heures sur vingt-quatre et se tape tous les garçons de l'auberge. Je ne suis pas venue en Thaïlande pour ça. Elle gâche tout.

Je me suis encore disputée avec Rosie. J'en ai marre.

Rosie drague Jake. Incroyable !

— Pourquoi n'apprenons-nous tout cela que maintenant ? demanda Sparkes. On nous a dit qu'elles passaient du bon temps.

Salmond ouvrit la page Facebook d'Alex.

— Parce que c'est ce qu'Alex voulait nous faire croire. Regardez, par exemple, le 2 août, elle a raconté à Mags que Rosie couchait avec tous les garçons et, sur Facebook, elle a publié une photo d'elles deux en train de trinquer. « Je vis la belle vie avec ma coloc », est-il écrit.

— Pourquoi mentir et prétendre qu'elle s'amuse ?

Salmond le dévisagea.

— Parce que c'est ce qu'elle veut que ses « amis » pensent. Il s'agit de son profil public. Ça n'a rien à voir avec la réalité de sa vie.

— Son profil public ? répéta Sparkes. C'était une lycéenne de Winchester, pas une star de la téléréalité !

— Oui, eh bien nous sommes tous les stars de notre propre téléréalité désormais, monsieur. Vous ne le saviez pas ?

— Taisez-vous, Zara. C'est un ramassis de salades. En attendant, tout ceci..., fit-il avec un geste vague en direction de l'écran,... soulève de sérieuses questions sur ce qu'il s'est vraiment passé pendant ce séjour.

La drogue, les relations sexuelles multiples, le vol. Le comportement à haut risque. Était-ce la raison de leur mort ?

— Il nous faut la déposition de Mags Harding le plus vite possible et un accès total aux e-mails d'Alex.

— Elle est en route pour le commissariat et elle apporte son téléphone pour qu'on puisse l'analyser.

— Bien. Prévenez-moi dès qu'elle arrive. Je veux assister à l'interrogatoire. J'imagine que je devrais avertir Bangkok de ces nouvelles informations, pour la forme...

— Je parlerai aux Thaïlandais, déclara Salmond. La grande question est de savoir si on informe les parents.

Sparkes fit défiler les e-mails pour s'accorder le temps de la réflexion.

— Il le faut, à mon avis. Si nous transmettons ces messages à la police thaïlandaise, ils pourraient fuiter. On ne connaît pas leur niveau de sécurité et ce sera cent fois pire si les parents les découvrent dans les journaux.

— Voulez-vous que je m'en charge ?

— Non, je m'en occupe. Informez l'officier de liaison avec les familles que je souhaite les rencontrer à midi, après avoir interrogé Mags Harding. Je me rendrai à leurs domiciles. Je m'entretiendrai avec Mike Shaw en premier, puisqu'il est question de lui dans ces messages. Devant les autres, il se pourrait qu'il refuse de parler. Ensuite j'irai voir son ex-femme puis les O'Connor. Ça risque de ne pas être une partie de plaisir.

Il tenta d'imaginer la réaction de Jenny Shaw lorsqu'elle apprendrait tout cela. Elle ne voudrait pas y croire sans doute. *Personne n'a envie d'entendre que son enfant a un côté sombre. Surtout après sa mort.*

La dernière phrase, toute simple, qu'Alex avait écrite à Mags ricochait dans son crâne.

Je hais Rosie. Je pourrais la tuer.

45

Vendredi 5 septembre 2014
La journaliste

J'ai regardé la conférence de presse trois fois déjà, les temps forts diffusés en boucle et les grandes lignes défilant sur le bandeau sous le présentateur guilleret de Sky News. Chaque fois qu'apparaît la photo de Jake que je leur ai fournie, je ferme les yeux comme si elle m'éblouissait. Je sais qu'elle arrive toujours au même moment dans le reportage, mais je suis ébranlée chaque fois. Elle m'achève.

J'avais décidé d'aller travailler ce matin mais cette idée a horrifié Steve.

« Pourquoi ferais-tu cela ?

— Pourquoi je ne le ferais pas ? Tu vas bien à l'hôpital, toi, ai-je rétorqué avec hargne.

— Ce n'est pas pareil, si ? »

Il voulait dire que son travail était important, que des vies étaient en jeu. Mais il s'était retenu. Sans doute s'est-il douté que le moment était mal choisi.

Je ne l'ai pas laissé s'en tirer aussi facilement pour autant.

« Quoi ? Qu'allais-tu dire ? Que mon travail ne compte pas autant que le tien ?

— Arrête, Katie. Je n'allais pas critiquer ton travail. Écoute, nous sommes fatigués, nous n'avons pas dormi. Nous sommes tous les deux stressés et ton bureau t'a demandé de rester chez toi. Je vais être en retard pour mon premier patient. Je dois y aller. Retourne te coucher. »

Je l'ai laissé m'embrasser et j'ai poursuivi notre dispute toute seule dans ma tête pendant que l'eau chauffait dans la bouilloire. J'ai gagné. Je crois. Je n'allais pas retourner au lit. J'allais faire quelque chose, m'occuper.

Et me voilà, figée devant les bulletins d'informations qui s'enchaînent, à fermer les yeux toutes les quinze minutes.

C'est Joe qui rompt pour moi le charme de la télé. Mon portable est en mode silencieux sur la console du couloir pour que je n'aie pas à parler aux journalistes. Je l'entends qui vibre sur le bois vernis et monte le son du poste. Mais Joe vient jusque chez moi et frappe à la porte. Je lui ai bien appris. J'écarte le rideau et le vois, en chemise et cravate, qui observe mes plantes.

— Je sais, elles ont besoin d'être arrosées, dis-je en ouvrant. Dépêche-toi d'entrer. Il y a quelqu'un d'autre dehors ?

— Non, j'ai fait une reconnaissance avant de frapper. Règle d'or numéro cent vingt, non ?

— La ferme. Café ?

— Allez. Ce sera le troisième ce matin. Je serai une vraie pile électrique en partant d'ici.

— Que fais-tu ici, d'ailleurs ? Pourquoi n'es-tu pas avec les parents ? Terry est au courant ?

— Pas vraiment. J'ai envoyé mon article et ils ont missionné Gail du service reportage pour faire la grosse interview.

Ç'aurait dû être moi, je songe avec le même pincement au cœur qu'une fille plaquée par le futur marié, caché au fond de l'église. Mais Gail va faire de l'excellent travail.

— J'ai raconté à Terry que je retrouvais un contact. Ce qui est le cas. Tu es mon meilleur contact.

— Et c'est tragique, Joe. Les contacts sont censés te révéler des infos. Ce sont des personnes qui savent des choses. Comme les flics, ou les politiciens.

— Comme toi, ajoute-t-il.

Et il a raison. Je sais ce qu'il veut apprendre. Je détourne la conversation de ma personne.

— Bon, tu as eu droit à une médaille pour le scoop d'hier, j'imagine ?

Il sourit, une expression de pure joie au visage.

— Terry a dit « merde ! ».

Terry n'a jamais juré ainsi pour un de mes articles.

— Tant mieux pour toi. Maintenant, assieds-toi et je vais t'expliquer ce que nous allons faire.

*

Nous avons dressé une liste. J'aime bien les listes. Un semblant d'ordre dans ce monde chaotique. Nous allons rechercher d'autres témoins et pour avoir une chance de les retrouver, il va nous falloir davantage d'informations.

— Qu'est-ce qu'on a ? demande Joe.

— J'ai contacté Ross, l'ami de Jake, à Bangkok. D'après lui, il y avait deux Hollandais à l'auberge. Il y en a un qui s'appellerait Lars.

— Bon, on a fait la moitié du boulot alors...

— Le sarcasme n'est pas autorisé à ce bureau, dis-je en tapant du poing sur la table de la cuisine. OK, où trouver l'information dont nous avons besoin ?

— Internet. Forums de voyageurs. Facebook. Instagram. Twitter, répond Joe qui tapote des doigts en quête d'un clavier.

— Oui, oui. Mais qu'en est-il des personnes réelles que nous connaissons ?

— Eh bien, il y a Jake, évidemment.

Je lui décoche un regard noir. Nous avons déjà abordé le sujet « il n'a rien à voir avec la mort de ces deux filles ».

— Et Rosie et Alex, dis-je.

Il paraît perplexe.

— Elles écrivaient à leurs parents, non ? Enfin, Alex en tout cas. Rosie semble s'être reposée sur elle pour les tenir informés à sa place. Alex ne devait sûrement pas donner des nouvelles qu'à ses parents. Elle utilisait les réseaux sociaux, et il doit y avoir d'autres e-mails. Il faut qu'on les voie. Elle aura sans doute distillé quelques détails et des potins sur les autres pensionnaires de cette fichue auberge.

Joe hausse les sourcils, le regard interrogateur ; j'opine du menton.

— Oui, il y aura peut-être des trucs sur Jake aussi. Mais ces informations pourraient jouer en sa faveur.

— Je vais appeler l'inspectrice Salmond. Je lui téléphone tous les jours, de toute façon. En général, elle est trop occupée pour me répondre mais on ne sait jamais.

— Il faut que tu réussisses à te la mettre dans la poche, Joe. Parle-lui de l'affaire, des longues heures qu'elle fait, de la rémunération des fonctionnaires de police. Tu dois créer un lien, lui prouver que tu es un journaliste digne de confiance.

— Ça me paraît un peu trop direct et personnel pour moi.

— Être journaliste c'est côtoyer les autres, espèce d'idiot. Nous ne sommes pas là pour observer l'info à travers un télescope – ou sur Google, comme on le fait maintenant. Il faut t'investir et plonger tête la première pour ressentir les événements, les voir de près, les comprendre. Il faut se salir les mains. Jusqu'aux coudes.

— D'accord. J'ai compris. Est-ce que je dois prendre des notes ?

Je fais mine de le frapper avec mon calepin et m'esclaffe. Je pourrais l'embrasser pour m'avoir fait rire aujourd'hui.

— Bon, le cours est terminé. Alors, ne l'attaque pas en lui demandant à consulter les e-mails. Elle refusera et mettra tout le monde en garde contre toi. Qui d'autre possède ces e-mails ?

— Les parents ?

— J'ai vu ceux qu'ils avaient reçus quand j'ai fait la première interview. Il n'y avait que des trucs insipides à propos de temples et de tuk-tuk. Nous devons retrouver les amis à qui elles pouvaient se confier.

— Je m'en occupe, assure Joe en se penchant pour gribouiller sur son calepin avant de se frayer un chemin dans les méandres du monde numérique.

46

Vendredi 5 septembre 2014
La mère

Elle avait regardé la conférence de presse à de trop nombreuses reprises. Tant de fois qu'elle se surprit à prononcer en silence les paroles de l'inspecteur Sparkes avec lui dans l'extrait avant l'apparition de la photo d'Alex et Rosie juste après le gros titre.

Et le portrait de Jake Waters. Elle avait enregistré toute la séquence pour faire un arrêt sur image sur son visage au regard fixe. Ce n'était pas l'horrible photo sur la plage, où on aurait dit le diable, mais une autre où il ressemblait à un fils. Il portait des lunettes et il avait les cheveux ondulés et un sourire en coin.

— Est-ce toi le responsable ? demanda-t-elle à l'écran figé. Pourrais-tu avoir fait ça ?

Elle essaya d'imaginer son propre fils faisant du mal à quelqu'un, mais sans y parvenir. Pas son garçon, donc. Mais le fils d'une autre ? Celui de Kate ?

Elle releva la tête, surprise quand Malcolm s'encadra dans la porte.

— Cesse de te torturer, soupira-t-il.

— Je cherche un signe dans ses traits, Mal. À quoi ressemble un individu qui étrangle des filles ? À ça ? À quelqu'un de normal ?

— Je ne sais pas, chérie. C'est du domaine de la police, pas le mien. Je ne supporte pas de ressasser encore et encore ce qu'il s'est passé. Je me sens tellement coupable de ne pas avoir pu l'empêcher.

Il s'assit et pleura sans bruit, ses épaules tressautant au rythme de ses sanglots. Lesley le considéra avant de reporter son attention sur l'écran. Elle appuya sur la touche de retour en arrière puis enclencha la lecture, se concentra sur le visage de Bob Sparkes.

Elle prépara deux œufs à la coque pour le petit déjeuner, puis, l'envie passée, elle les oublia dans l'eau qui refroidissait. Malcolm resta immobile, le teint livide, dans le salon. Elle drapa le couvre-lit d'Alex sur ses épaules et, sans un mot, le laissa à son chagrin. Elle ne pouvait pas supporter celui de son mari en plus du sien. Pas aujourd'hui.

Wendy Turner leur téléphona à 10 heures.

— Wendy ? Des nouvelles ? Un témoin s'est-il manifesté ? A-t-on retrouvé Jake Waters ?

— Bonjour, Lesley. Je crois savoir qu'un journaliste vous a importunés hier soir. Vous auriez pu m'appeler. C'est aussi à cela que je sers.

— Il était très tard. Je ne voulais pas vous déranger, et Joe Jackson était déjà au courant. Nous ne pouvions pas l'empêcher d'écrire son article, si ?

— Je suppose que non. Quoi qu'il en soit, j'appelle pour organiser une rencontre avec l'inspecteur principal Sparkes. Il souhaite vous voir tous. Peut-il venir à midi ?

— Oui, bien sûr. Même plus tôt s'il préfère. De quoi s'agit-il ?

— Non, midi c'est très bien. C'est ce qu'il m'a demandé. Attendons qu'il soit là pour le reste, d'accord ?

Non, elle n'était pas d'accord mais elle ne contrôlait plus rien désormais. Il lui faudrait supporter l'attente.

— Comment allez-vous, Lesley ? demanda Wendy.

— Pas bien. Malcolm s'est complètement renfermé sur lui-même et moi je fonctionne en mode automatique.

— Il serait peut-être utile d'en parler à votre médecin ; il pourrait vous prescrire quelque chose pour vous aider un peu.

— Nous n'avons pas besoin de médicaments mais de découvrir qui a tué Alex.

— Je sais. Mais des cachets pourraient vous soulager pendant cette période d'incertitude.

Période d'incertitude ? Un nouvel euphémisme à ajouter à son vocabulaire, songea Lesley. *Ce moment difficile, votre tristesse, votre deuil. Personne ne disait « le temps qu'on trouve le meurtrier de votre fille »*.

— Merci, Wendy. Je vais en discuter avec Malcolm.

Figée et le regard dans le vide, elle garda le téléphone à la main. Cet immobilisme était en train de la tuer. Elle composa le numéro de Kate Waters.

— Où est-il ? attaqua-t-elle d'une voix aiguë. Où est votre assassin de fils ?

— Qui est à l'appareil ? murmura Kate avec stupeur.

— Lesley. C'est Lesley. Saviez-vous ce qu'il avait fait ? Quand vous prétendiez tant vous soucier de nous ?

— Évidemment que non. Qu'est-ce qui vous arrive ? Vous parlez de mon enfant. Mon fils n'a tué personne. La presse et la police se trompent complètement.

— Ce n'est pas ce qu'ils nous disent.

— Et qu'est-ce qu'ils vous disent ? Écoutez, je comprends que vous soyez bouleversée. Votre fille a été assassinée ; mais mon fils n'a rien à voir là-dedans. Je vous en prie, croyez-moi.

— Vous n'en savez rien. Vous n'y étiez pas. Et il se droguait à la fac, avant d'être expulsé. Ça non plus vous ne le saviez pas. Alors franchement, est-ce que vous le connaissez si bien ?

Kate raccrocha.

Lesley tenta d'éprouver un élan de triomphe mais elle se sentait aussi vide que le silence au bout de la ligne.

47

Vendredi 5 septembre 2014
L'inspecteur

Sparkes s'éclaircit la voix avant de prendre la parole.

— Je suis navré que la presse vous ait importunés hier soir.

Il touilla son café avec nervosité, la tasse tinta contre la soucoupe.

— Satanés journalistes ! se récria Jenny. Qui a communiqué les résultats des autopsies à Joe Jackson ? Parce que ce n'est pas nous, ça c'est sûr.

Les autres confirmèrent en secouant la tête avec vigueur. Ils étaient tous entassés dans la minuscule cuisine de Jenny Shaw cette fois : Sparkes, Wendy Turner, les O'Connor. Il considéra les traits tendus des parents et se réjouit en son for intérieur de l'absence de Mike Shaw.

Sparkes lui avait rendu visite en premier, sur son lieu de travail au magasin de moquette. Shaw, en sueur, paraissait mal à l'aise dans son bureau-réserve. Il avait retiré des échantillons d'une chaise pour que l'inspecteur puisse s'asseoir et les deux hommes avaient discuté genoux contre genoux.

« Comment vous portez-vous ? » avait commencé Sparkes.

Ils étaient si près l'un de l'autre qu'il pouvait sentir les notes sucrées du chewing-gum censé couvrir l'odeur de cigarette dans l'haleine de Shaw. Il s'était reculé d'un centimètre en quête d'un peu d'espace.

« Super mal, avait répondu Shaw. Voilà comment je me sens. Désolé, mais je vis un putain de cauchemar. »

Sparkes avait compati d'un signe de tête.

« C'est normal. C'est un moment extrêmement difficile pour vous tous. »

Et ça va encore empirer…

« Mike, maintenant que nous en savons un peu plus sur la façon dont les filles ont trouvé la mort, nous devons comprendre ce qu'il se passait dans cette auberge. Pour cela j'ai besoin de votre aide. »

Shaw l'avait regardé droit dans les yeux pour la première fois.

« Mon aide ? Que pourrais-je vous apprendre ? Je me trouvais à des milliers de kilomètres quand c'est arrivé. Je n'ai eu aucune nouvelle de Rosie depuis avant son départ. Je ne sais rien du tout. »

Sparkes s'était emparé du dossier qu'il avait posé par terre.

« J'aimerais vous montrer des e-mails qu'Alex a envoyés à une amie et dans lesquels elle mentionne Rosie. Ils pourraient revêtir une grande importance dans l'enquête. »

Les yeux écarquillés, Shaw s'était emparé des feuilles que l'inspecteur lui tendait.

« Je dois vous avertir qu'il est question de vous », avait ajouté Sparkes.

La main de Mike Shaw avait tremblé à ces mots. Sparkes l'avait observé pendant qu'il lisait et il avait su aussitôt à quel moment Shaw découvrait la référence explosive : son visage s'était liquéfié.

— Oh mon Dieu ! Est-ce que Jenny les a lus ?

Tu ne t'inquiètes que pour toi, alors ? Rien à faire de ta fille décédée ? songea Sparkes tout en secouant la tête.

« Pas encore. Je rencontre les autres dans une demi-heure. J'ai trouvé plus juste que vous soyez informé en premier.

— Parce que c'est moi qu'on dénigre, avait répliqué Shaw en desserrant son nœud de cravate.

— Comptez-vous venir tout à l'heure ?

— À votre avis ? Je n'en avais pas l'intention de toute façon. Pour être honnête, je pensais qu'il valait mieux que je me tienne à l'écart vu la tension entre Jenny et moi. Nous nous sommes encore disputés après votre départ hier soir. Elle m'accuse à nouveau de les avoir abandonnées, Rosie et elle. Je ne peux plus le supporter, inspecteur. Malcolm a promis de m'appeler après. »

Tout en parlant, Shaw avait sorti d'un tiroir de son bureau un paquet de cigarettes.

« Je vais ouvrir une fenêtre, avait-il assuré après en avoir allumé une et inspiré profondément.

— Ça vaudrait mieux. N'est-ce pas illégal de fumer sur son lieu de travail ?

— Allez-y, arrêtez-moi », avait-il rétorqué avec un rire amer.

Sparkes avait chassé la fumée vers la fenêtre d'un geste de la main et poursuivi.

« Je comprends combien c'est difficile mais je dois vous demander si ce que Rosie a déclaré à Alex est vrai. Rosie vous a-t-elle forcé à lui donner de l'argent ? »

Shaw s'était redressé sur sa chaise et avait écrasé sa cigarette dans ce que Sparkes espérait être un cendrier dissimulé dans le tiroir.

« Quel rapport avec ce qu'il s'est passé ?

— Nous cherchons à vérifier la véracité des déclarations d'Alex. Elle raconte aussi que Rosie se droguait, qu'elles se disputaient les garçons. Il pourrait y avoir un lien avec le drame. Vous le comprenez, n'est-ce pas ?

Shaw avait ouvert puis refermé la bouche, comme sur le point de nier en bloc, mais avait fini par acquiescer d'un air las.

« J'ignore si Rosie se droguait avant son départ, c'est possible. Je ne savais pas vraiment ce qu'elle fabriquait. J'aurais dû, mais Jenny compliquait les choses. Elle revenait sur les arrangements que nous avions pris, elle annulait les visites à la dernière minute. Je la voyais de moins en moins. Elle se servait de Rosie pour me punir de l'avoir quittée, d'être heureux avec Imogen…

— Mais votre fille est bien venue vous trouver au sujet de son voyage ? avait insisté Sparkes.

— Oui, Rosie est venue. »

Il s'était pris la tête entre les mains avant de continuer.

« Je ne l'avais pas vue depuis des lustres. Je croyais que plus grande, elle serait libre de choisir de me fréquenter ou pas mais j'imagine que Jenny avait réussi à la monter contre moi. Bref, il y a eu une scène effroyable. Elle m'a surpris en train de fricoter avec une des vendeuses – ce n'était rien d'important, vraiment, le genre de choses qui arrive tout le temps au bureau. »

À votre bureau, peut-être, avait pensé Sparkes, soulagé que Zara Salmond ne soit pas là pour s'insurger devant ces remarques machistes.

« Mais Rosie en a fait toute une histoire, elle a menacé de le répéter à Imogen. Ma nouvelle épouse n'aurait pas compris. »

Il avait détourné le regard avant d'ajouter :

« Vous voyez le tableau. »

Sparkes avait hoché la tête sans le quitter ses yeux. Shaw avait repris.

« J'ai dû l'en empêcher. Elle a promis de ne rien dire si je lui donnais l'argent pour ses fichues vacances.

— Et cet argent, où l'avez-vous trouvé ? Vous avez déclaré devoir rembourser des arriérés sur vos cartes de crédit. »

Shaw s'était esclaffé ; un rire faux et amer.

« Ne jouez pas au plus malin avec moi, inspecteur. Vous savez où Rosie a eu l'argent. De ma mère.

— C'est vous qui avez procédé au virement depuis son compte ?

— Je ne m'en souviens pas.

— Votre mère était-elle au courant ? »

Shaw s'était levé pour mettre fin à la conversation.

« C'est du passé, inspecteur. Et nous en avons déjà parlé. Ma mère a retiré sa plainte concernant la disparition de l'argent. Je suis sûr que vous avez mieux à faire que de vous intéresser à ça. Comme découvrir comment ma fille est morte, par exemple.

— En effet. »

Sparkes s'était levé lui aussi et avait repris les copies des e-mails.

« Je vais les montrer à votre ex-femme maintenant.

— Je vais m'assurer d'éteindre mon téléphone alors, avait répliqué Shaw. Non mais, quel cauchemar ! »

Sur les petits tabourets empilables de la cuisine de Jenny Shaw, tous paraissaient assis en équilibre précaire.

— J'ignore qui a informé Joe Jackson, affirma Sparkes.

Bon, il n'en était pas certain mais il avait sa petite idée et il ne souhaitait pas que la discussion suive cette direction dans l'heure qui venait. Il s'éclaircit une nouvelle fois la voix, annonçant un changement de sujet. Cependant, Lesley resta sourde à ses sous-entendus.

Les e-mails demeureraient le sujet tabou qui devrait attendre le moment opportun pour être abordé.

— Peu importe. Quelqu'un a-t-il vu Jake Waters depuis la conférence de presse ? s'enquit Lesley. Où est-il ?

— Non. Cependant, nous recevons des appels très utiles.

C'était faux. Il s'agissait de témoignages absurdes et improductifs. « Il ressemble au marchand de frites. Sauf qu'il est noir... » était son préféré jusque-là.

Il rapprocha dans un grincement son siège de la table et se pencha pour tenter de capter toute leur attention.

— Je suis venu vous faire part de nouvelles informations que nous avons reçues ce matin.

— De quoi s'agit-il ? demandèrent-ils tous en chœur.

— Nous avons été informés d'e-mails qu'Alex a écrits à une amie et dans lesquels elle évoque les difficultés que Rosie et elle rencontraient.

— Des difficultés ? Alex n'a jamais mentionné aucun problème. Selon elle, elles s'amusaient beaucoup, affirma Lesley. Pourquoi n'avons-nous pas été tenus au courant plus tôt ?

Il poussa un soupir.

— Parce que nous venons de l'apprendre nous-mêmes.

— Dites-nous ce qu'il y a dans cet e-mail, intima Jenny avec force.

— Tout d'abord, il y en a plusieurs. Adressés à Margaret Harding.

— Mags ? Elle ne m'en a pas parlé, commenta Lesley d'une voix rendue haut perchée par l'inquiétude. Je l'ai contactée dès le début pour savoir si elle avait des nouvelles d'Alex, elle a prétendu que non, comme nous. Ensuite, à notre retour de Thaïlande, elle a téléphoné pour nous présenter ses condoléances. Pourquoi ne nous a-t-elle rien dit ?

Sparkes leva la main pour endiguer le flot de récriminations.

— À l'époque, elle avait promis à Alex de ne rien répéter. Les e-mails contiennent des informations sensibles qu'Alex ne souhaitait pas que vous sachiez. Mags est une adolescente. Il arrive que les adolescents ne prennent pas les meilleures décisions. Vous allez sans doute avoir de nombreuses questions mais il vaudrait mieux que vous lisiez d'abord ces messages et que nous en discutions ensuite...

— Il s'agit de drogues ? le coupa Lesley.

— Oui.

— Montrez-les-nous ! aboya Jenny.

— S'il vous plaît, ajouta Malcolm.

Sparkes sortit les exemplaires imprimés des e-mails et les laissa à leur lecture. Il s'éclipsa dans le couloir.

— Je vais faire le point avec mon équipe pendant que vous découvrez leur contenu, annonça-t-il, pressé de s'échapper un moment.

Il contempla les photos de Rosie dans l'entrée. Au fil des anniversaires, elles présentaient une variation d'une même fille en robe de fête qui soufflait les bougies sur un gâteau et souriait à l'objectif.

La tension grandissante dans la cuisine s'infiltra dans le petit couloir, s'enroula autour de ses chevilles tandis qu'il envoyait un texto à Salmond. C'était insupportable. Les parents poussèrent des exclamations étouffées quand ils lurent les premiers signes de discorde, la première accusation. Un simple « oh ! », rien de plus. Puis ils s'enfoncèrent peu à peu dans un silence étrange, peut-être inquiets de ce qu'ils allaient apprendre ensuite.

Dix minutes plus tard, Wendy Turner le rappela dans la cuisine. Il nota la détresse sur chacun de leurs visages.

— Quelqu'un d'autre a-t-il vu ça ? interrogea Malcolm en prenant l'initiative.

— Seulement l'inspecteur Salmond et moi-même. Ainsi que Mike.

— Mike les a lus ? s'écria Jenny. Quand ? Pourquoi les a-t-il vus avant nous ? Pourquoi n'est-il pas ici pour répondre à vos questions ?

— Je l'ai rencontré ce matin en tête à tête, Jenny.

— Il ne peut pas nous affronter, c'est ça ? Le sale lâche. Et il recommence comme avant. Il fricote avec ses collègues. La sainte Imogen ne le lui pardonnera pas !

— Arrête, Jenny ! s'exclama Lesley en abattant sa main sur la table. Il ne s'agit pas de toi et de la fin de ton mariage. Nous devons nous concentrer sur les filles.

Jenny devint toute rouge.

— Pardon. C'est plus fort que moi, ça fait tout remonter à la surface.

— C'est normal, Jenny, intervint Wendy Turner avec douceur pour clore le sujet.

— Qui d'autre va lire ces e-mails ? insista Malcolm sans perdre le fil de son idée.

— À ce stade, nous n'allons les communiquer à personne en dehors des autorités thaïlandaises, répondit Sparkes d'un ton prudent.

— Dieu merci, déclara Jenny. Ça ne suffit pas qu'elle soit morte ? Il faut en plus que sa mémoire soit salie ?

Sparkes laissa ces mots flotter dans l'air entre eux.

Plus personne ne se regardait tandis qu'il évoquait les informations contenues dans les messages et ce qu'elles impliquaient.

— Alex mentionne d'autres clients de l'auberge. Lars, sans doute le petit copain de Rosie, et un autre Hollandais, Diederik. Ainsi qu'un garçon qu'elle nomme Jake et JW qui lui plaît.

— Jake Waters, dit Lesley tout bas. Ils l'appellent le Défoncé. Il est question de lui dans plusieurs des messages.

Et elle ne l'apprécie pas toujours. Elle écrit qu'elle voudrait qu'il arrête de la coller à un moment donné.

— De toute façon, tout ce qu'elle raconte est un mensonge, ajouta soudain Jenny.

Les O'Connor se tournèrent vers elle de concert.

— Oh Jenny, c'est bien la vérité, assura Lesley.

La litanie de reproches formulée par Alex dansa dans l'esprit de Sparkes.

— Ma fille n'était pas une voleuse. Et elle ne se droguait pas, répéta Jenny, comme pour mieux s'en convaincre ; pourtant sa voix tremblait.

— Nous ignorons ce qu'elles faisaient, continua Lesley.

En effet, songea Sparkes.

— Pourquoi Alex ne nous a-t-elle pas confié qu'elle était malheureuse ? souffla Lesley à son mari. Pourquoi faisait-elle semblant ?

— Je n'en sais rien, chérie. Elles étaient jeunes, sans surveillance. Nous avons tous fait des choses stupides à leur âge.

— Je ne peux pas à y croire, c'est tout. Je suis désolée, déclara Jenny comme s'ils ne le savaient pas déjà.

— Ne discutons pas de ça maintenant, décréta Lesley. Tu es trop bouleversée pour pouvoir réfléchir.

— Tais-toi, Lesley, je ne suis pas bouleversée ! s'écria Jenny. Je sais très bien ce que je dis. Tout ça n'est qu'un tissu de mensonges !

48

Vendredi 5 septembre 2014
La journaliste

Après avoir raccroché avec Lesley, je reste muette de stupeur. Je ne suis pas seulement en rage face à cette abominable injustice. Je suis choquée et meurtrie comme si on m'avait physiquement agressée. « Où est votre assassin de fils ? » tambourine dans mon cœur.

Dans le silence, je me laisse glisser contre le mur sur la moquette de l'entrée, j'essaie de recouvrer mon souffle et de rassembler mes pensées. Je m'efforce d'extirper de la boue mon étendard « Jake est innocent » pour le brandir.

J'ignore ce que Joe a entendu mais lorsqu'il passe la tête par la porte de la cuisine, j'ai ma réponse. Il est aussi blême que moi.

— Tu vas bien ? C'était Lesley O'Connor ?

J'acquiesce.

— Elle est bouleversée, tente-t-il pour me réconforter. Elle ne sait pas ce qu'elle dit.

Sauf que si.

— Je n'ai pas envie d'en parler. Allez, viens, faisons quelque chose de constructif, dis-je avant d'essayer de me lever. Tu as avancé ?

— J'ai trouvé quelqu'un, m'annonce-t-il en m'aidant à me redresser.

Joe a mis moins de trente minutes à localiser Mags Harding, la compagne de voyage d'origine, très présente sur le compte Instagram d'Alex à l'époque. Il prévient la salle de rédaction qu'il se rend dans le Hampshire pour suivre une piste avant de boucler sa ceinture. Tout en branchant mon portable dans son chargeur, je demande :

— Qu'est-ce qu'ils ont dit ?

— Que ça avait l'air intéressant… C'est la réponse habituelle quand ils n'écoutent pas vraiment.

— Ça a du bon parfois d'être ignoré, Joe. Viens, dépêchons-nous !

Il conduit comme un pépé et respecte les limitations de vitesse tout le trajet même lorsque je crie :

— Bon sang, pourquoi tu roules à deux kilomètres à l'heure ? Tu n'as pas quatre-vingt-dix ans ! Appuie sur le champignon.

— Et sinon, combien de contraventions pour excès de vitesse tu as eues cette année ? demande-t-il. Tu pourrais t'acheter une nouvelle voiture avec l'argent des amendes.

Voilà qui me rabat le caquet. Mais intérieurement je continue de hurler quand il ralentit à chaque feu de signalisation.

Mags Harding nous attend dans un fast-food. Son choix de toute évidence. Au téléphone, elle était surexcitée quand Joe lui a parlé. Nous sommes ses premiers journalistes…

« Bingo ! ai-je exulté lorsqu'il m'a répété leur conversation. Premiers servis ! »

Joe va commander des doubles cheeseburgers pour Mags et lui, un café pour moi, pendant que je la mets à l'aise. Je me présente comme la collègue de Joe et ne lui donne que mon prénom. Je ne voudrais pas que mon nom de famille éveille ses soupçons.

— Comment vous sentez-vous ? Vous devez être bouleversée pour Alex.

— Oui. Nous sommes… Nous étions amies depuis l'école primaire. Je n'arrive toujours pas à y croire. D'abord l'incendie, et maintenant il paraît qu'elle a été assassinée.

Les larmes emplissent ses yeux ; elle se mordille un ongle.

— Vous étiez censée accompagner Alex en Thaïlande en plus, non ?

Elle retire son doigt de sa bouche et je remarque un éclat d'ongle argenté qui tombe sur la table. Mags passe du chagrin à l'épouvante exagérée et vice versa. Elle pense à la façon dont elle a échappé aux griffes de la mort. Le premier rôle dans sa propre émission du survivant.

— Ç'aurait pu être moi, n'est-ce pas ? C'est ce que j'ai dit à ma mère. Si j'étais partie. Si je ne m'étais pas désistée. Ç'aurait pu être moi. C'est tellement affreux.

— Tout à fait. Pourquoi n'êtes-vous pas partie, Mags ?

— À cause de l'argent. J'avais vraiment envie d'y aller, et je me répétais tout le temps qu'il fallait que j'économise mais je n'ai jamais réussi. Le voyage était trop cher pour moi. Et je n'arrêtais pas de repousser le moment de l'annoncer à Alex. Je savais qu'elle serait furieuse. Elle ne parlait que de ça, la Thaïlande.

— Et est-ce qu'elle a été furieuse ?

— Non, en fait. Je crois qu'elle était trop consternée pour me crier dessus. Je me sens encore coupable. Je me suis excusée, encore et encore, mais au final je l'ai laissée tomber, non ?

Elle a besoin que je la rassure. Je marque une pause pendant que Joe apporte les hamburgers à table et repart chercher ma boisson.

— Il ne faut pas vous en vouloir. D'après sa mère, elle passait un merveilleux séjour là-bas avant… tout ça, dis-je en regardant sa main planer au-dessus de son sandwich.

— Eh bien…

Mags prend une bouchée, une feuille de salade molle tombe sur la table. Elle ne la ramasse pas, la verdure n'est pas son truc visiblement.

Joe s'assied et se met à manger.

J'attends qu'ils aient terminé. Quelques minutes suffisent pour qu'ils engloutissent leur repas.

Mags s'essuie la bouche avec une serviette et me sourit, ses lèvres sont brillantes.

— Ça va mieux ? je demande et elle hoche la tête.

— Désolée, j'étais affamée.

— Donc, je disais que, d'après sa mère, Alex passait un super séjour en Thaïlande…

Mags fait une grimace.

— Pas vraiment, en réalité. Ça se passait super mal avec Rosie.

— Ah bon ? Je croyais qu'elles étaient meilleures copines ?

— Non, c'était moi la meilleure amie d'Alex, me corrige Mags. Rosie m'a remplacée à la dernière minute. Je n'arrivais pas à croire qu'elles partent ensemble. J'ai demandé à Alex si elle était sûre d'elle, si elle la connaissait bien. Elle a dit que ça irait. Moi, je me doutais bien que non, ça n'irait pas. Elles ne sortaient pas ensemble le week-end, comme nous. Rosie traînait avec les Sœurs dangereuses au lycée – les filles qui couchent avec n'importe qui et qui se soûlent tout le temps. Elle n'en était pas une, une Sœur dangereuse, parce que sa mère la surveillait de près. Mais elle aurait bien aimé.

— Et ce n'était pas ainsi que s'amusait Alex ?

— Ça non, alors ! Les autres nous trouvaient sûrement un peu intellos. On est fans d'Harry Potter...

— Comment ça s'est passé, alors, en Thaïlande ?

— Pas bien. Rosie était horrible, d'après Alex.

— Vous avez discuté avec elle, alors ? intervient Joe. Sur Facetime ?

— Une fois, au tout début. Mais à cause du décalage horaire, ce n'était pas facile. On s'envoyait des e-mails presque tous les jours à la place.

— Elle devait être drôlement contente de pouvoir se confier à vous, poursuit Joe.

Je me rencogne dans mon siège et sirote mon café, observatrice attentive.

— Nous avons toujours pu nous parler sans crainte. On était pareilles, comme deux gouttes d'eau d'après nos mères. On se racontait tout. Elle savait que je ne répéterais rien à personne. Et je n'ai rien dit. Sa mère m'a appelée quand Alex a cessé d'écrire, mais j'ai tenu ma promesse. J'ai prétendu que je n'avais pas eu de nouvelles cette semaine-là ; je regrette de ne rien avoir dit à ce moment-là, mais je ne pouvais pas montrer à Lesley les trucs que m'envoyait Alex. C'était trop chaud. Les parents préfèrent ne pas savoir ça, pas vrai ? J'ai contacté la police lorsqu'ils ont annoncé qu'Alex avait été assassinée.

Je me redresse d'un bond.

— La police ? Quand les avez-vous vus ?

— Ce matin, en fait. Ce n'est pas pour ça que vous m'avez appelée ?

— Si, dis-je avec précaution. Quoi qu'il en soit, vous avez fait ce qu'il fallait, Mags.

Une expression reconnaissante s'affiche sur son visage.

— Pas sûre que la mère de Rosie soit d'accord.

— Pourquoi ? Parce que Alex raconte que Rosie faisait n'importe quoi ?

— Oui, mais surtout parce que Rosie avait volé de l'argent à Alex et qu'elle avait fait chanter son père pour qu'il finance son voyage.

Mags attrape le dernier oignon frit et le trempe dans la sauce tomate. Je m'efforce de conserver un masque d'impassibilité.

— En effet, ça pouvait être perturbant, dis-je. Quand est-ce que tout ça s'est produit ?

— Alex me l'a appris dans son dernier e-mail. Deux jours avant l'incendie. Elle venait de surprendre Rosie en train de flirter avec le type qu'elle aimait bien et ensuite elle l'a trouvée qui fouillait dans son sac à main. Rosie lui avait volé presque deux cents livres, qu'elle avait dépensées pour un tatouage et Dieu sait quoi d'autre. C'est là que Rosie lui a révélé qu'elle avait surpris son père en train d'embrasser une autre femme et qu'elle l'avait menacé de tout dire à sa nouvelle épouse s'il ne lui donnait pas l'argent. Alex était complètement sous le choc. Elle disait qu'elle allait laisser Rosie là-bas. Elle envisageait de rentrer. Et puis plus rien...

— Waouh, siffle Joe. C'est dingue.

— Je sais. Jamais je n'y aurais cru si Alex ne me l'avait pas dit elle-même. Regardez, vous pouvez lire le message.

Bien joué, Joe.

Mags lui tend son téléphone et il fait défiler l'écran tout en poussant des petits cris abasourdis et en haussant les sourcils comme un pro.

— Je pourrais en avoir une copie ? demande-t-il.

Mags hausse les épaules.

— Pas de problème.

— Je vais le transférer sur ma boîte électronique et je rentre mon numéro dans votre portable si jamais vous voulez me contacter à nouveau.

Elle sourit et enroule une mèche de cheveux autour de ses doigts graisseux.

— Je peux prendre une photo de vous ? demande-t-il en attrapant son propre téléphone.

Bangkok, dix-septième jour

Mardi 12 août 2014

Dans sa nouvelle chambre, Alex percevait le murmure des voix des garçons dans le dortoir contigu tandis qu'elle dressait dans un e-mail à Mags la liste des crimes de Rosie en lettres capitales. Déchargeant sa colère, elle termina par un brutal : « JE HAIS ROSIE. JE POURRAIS LA TUER ! »

Elle hésitait à parler à quelqu'un de l'argent disparu. De Rosie. De Mama.

Dois-je demander son aide à Jake ? Que pourrait-il faire ? L'argent a disparu. Je n'en reverrai jamais la couleur. Mais il faudrait quand même que les autres sachent ce qu'il se passe, parce que Mama pourrait leur faire le même coup.

Alex se rendit aux sanitaires du rez-de-chaussée ; elle voulait chasser ces pensées désagréables et laver la moiteur amère que sa fureur avait laissée sur sa peau. La douche était un horrible dépotoir, l'odeur de moisissure sur le carrelage et de la testostérone qui y régnait la désignait comme le territoire des garçons. Sans attendre, elle boucha les trous dans les murs en plâtre avec de nouveaux tortillons de papier toilette avant de se déshabiller ; elle redoublait de prudence depuis qu'elle avait vu cette ombre à la fenêtre de leur chambre du haut. Les yeux fermés, elle retint sa respiration jusqu'à se retrouver sous le jet d'eau froide.

Elle ne voulait pas s'habiller dans l'humidité, aussi enroula-t-elle une serviette autour d'elle, ramassa ses vêtements et regagna sa chambre à pas de loup. Au moment où elle tournait la clé dans la serrure, Jake sortit du dortoir.

— Alex ? Qu'est-ce que tu fais en bas ? Ne me dis pas que tu as pris une douche ici ? Tu dois être traumatisée...

Elle resserra la serviette et ses habits contre elle, sa peau dénudée frissonnant sous le regard intense de Jake.

— Heu... J'ai emménagé dans une chambre seule. Bon, il faut que je m'habille.

— Est-ce que ça va ? Tu sembles contrariée. On va toujours prendre un verre ce soir ? Après mon service ? Rejoins-moi au bar quand tu seras prête.

Elle hocha la tête et franchit la porte aussi vite que possible. Il était si gentil. Il saurait peut-être quoi faire.

Une bière l'attendait sur le comptoir à son arrivée. Le bar était bondé et Jake devait s'occuper des clients ; elle se percha sur un tabouret et attendit. À l'autre bout de la salle, elle vit Rosie en grande conversation avec Mama. Les deux comparses levèrent les yeux d'un coup, comme si elles se sentaient observées, et Alex se retourna vers le bar. Elle ne voulait parler ni à l'une ni à l'autre.

Reste calme, s'intima-t-elle. *Toi, tu n'as rien fait de mal.* Pourquoi se sentait-elle coupable alors ?

— Tout va bien ? demanda Jake quand la foule se dissipa un peu. Ta bière est encore fraîche ? C'est Jamie qui te l'a offerte.

— Oui, merci.

Elle pivota pour chercher Jamie du regard. Il était assis tout seul à une table au fond du bar, le visage inexpressif. Elle leva son verre pour le remercier et but une gorgée.

— Alors, raconte. Pourquoi as-tu changé de chambre ? demanda Jake. Même si j'ai bien ma petite idée...

— Ah oui ? J'en doute.

Il haussa les sourcils.

— Je vous ai entendues vous disputer, tu sais.

— C'est une longue histoire, répliqua Alex qui tout à coup hésitait à se confier.

— On a toute la soirée. Je termine dans deux heures.

Le sourire qu'il lui décocha fit fondre son cœur et la convainquit.

— Rosie a volé mon argent, déclara-t-elle.

— Rosie ? Vraiment ? Tu en es sûre ?

Il tourna le regard vers l'accusée et Alex la vit lever la tête. Elle avait dû entendre son nom. Rosie fit une grimace et reporta son attention sur Mama qui lui prêtait toujours une oreille attentive.

— Oui, je l'ai surprise en train de fouiller dans mon sac. Et elle a avoué. Mais ce n'est pas le pire. Elle s'est fait rouler par un type : il l'a arnaquée en lui faisant payer une grosse somme parce que le scooter qu'il lui avait loué a été volé.

Jake plissa ses adorables yeux.

— Ensuite, Mama lui a fichu la trouille : elle a prétendu que la police allait la piéger et l'arrêter si elle portait plainte.

Elle n'ajouta pas que Rosie avait payé Mama pour qu'elle l'aide. Un client interpella Jake à l'autre bout du bar et elle l'attendit tout en sirotant sa bière. Celle-ci n'avait plus de bulles. Alex prit une poignée de cacahuètes dans une coupelle.

À son retour, Jake reprit la conversation là où ils l'avaient laissée.

— Eh bien, le coup du scooter, c'est le B-A BA des arnaques. Mais se faire arrêter ? Peut-être que Rosie en rajoute pour te faire oublier qu'elle a piqué ton fric, pour que tu la plaignes. Elle joue souvent la carte de la pauvre petite fille perdue, j'ai remarqué. Elle est insupportable, en fait, non ?

— Je croyais être la seule à penser ça ! s'exclama Alex, avec un soupir de gratitude. Elle dit que vous me prenez pour une rabat-joie qui déprime tout le monde.

— Il ne faut pas croire tout ce qu'elle raconte. Personne ne pense ça de toi. Nous trouvons tous que tu es héroïque de supporter Princesse Rosie.

Alex esquissa un sourire.

— Mais pour l'argent ? Tu en as assez pour continuer ? Qu'est-ce que tu vas faire ?

— Je ne sais pas.

— Tu pourrais en parler à Mama, avança-t-il d'un ton prudent.

— Mama ? J'ai peur qu'elle ne fasse partie du problème.

— Comment ça ? Elle connaît beaucoup de monde, c'est tout ce que je dis. Elle sait comment ça fonctionne ici. Elle m'a aidé par le passé.

— De quelle manière ?

— Eh bien, la situation était un peu compliquée pour moi l'année dernière. J'ai eu des problèmes avec mon visa et elle a arrangé les choses. Je lui dois beaucoup.

— Oui, sauf qu'elle ne m'aime pas et elle ne s'en cache pas. Mais je vais y réfléchir.

— J'ai des clients. On en reparle tout à l'heure, lança-t-il au moment où une foule bruyante de touristes entrait.

*

Plus tard, elle commença à se sentir mal. Tout ce qui l'entourait sembla s'évaporer, devenir flou. Elle se rappelait le visage de Mama levé vers elle, mais c'était comme si la bouche d'Alex ne fonctionnait plus, et les mots franchissaient ses lèvres à moitié formés ; elle tanguait dangereusement sur son tabouret. Elle avait besoin d'aller aux toilettes mais elle ne savait plus où elle était. Au bar, toujours ?

— Qu'est-ce qui m'arrive ? voulut-elle demander mais elle n'entendit que des sons inarticulés.

Elle sentit des mains qui la soulevaient.

Puis plus rien.

Lorsqu'elle reprit conscience la première fois, sa tête tambourinait ; elle tenta de se redresser et vomit par terre à côté du lit. Trop faible pour s'en préoccuper, elle referma les yeux.

La deuxième fois qu'elle se réveilla – était-ce bien la deuxième ? – il faisait sombre et son vomi avait été nettoyé. Une cuvette en plastique se trouvait près du lit.

Elle voulut se lever mais ses jambes étaient trop faibles et chancelantes et elle retomba en arrière. Au bruit, Jamie apparut à sa porte.

— Comment te sens-tu ? Tu as une sale tête. Je vais te chercher de l'eau.

Alex ne dit rien. Elle ouvrit la bouche et fut aussitôt secouée de haut-le-cœur. Ses côtes et son estomac la faisaient souffrir, comme si elle avait reçu des coups.

— Reste allongée, lui dit Jamie. J'en ai pour une minute.

— Qu'est-ce qui m'est arrivé ? demanda-t-elle d'une voix rauque lorsqu'il revint avec un verre d'eau.

— Je ne sais pas. Tu as peut-être mangé un truc qui n'est pas passé. Tu t'es évanouie près des toilettes. Ma pauvre. Tu as été très malade.

Elle chercha à se rappeler ce qu'elle avait mangé. Des cacahuètes ? Elle n'en avait pris que quelques-unes. Elle avait trop mal à la tête pour réfléchir.

— Je t'ai mise au lit. Et je viens voir régulièrement comment tu vas.

Les larmes jaillirent des yeux d'Alex, trempèrent son oreiller.

— Je me sens si mal. Je voudrais que ma mère soit là.

Jamie s'assit sur le lit et lui caressa les cheveux.

— Ne t'inquiète pas. Je vais m'occuper de toi.

— Est-ce que Rosie sait que je suis malade ?

Comme Jamie ne répondait pas, elle lui agrippa le bras.

— Demande-lui d'envoyer un texto à nos mères, s'il te plaît, pour qu'elles sachent qu'on va bien. Je ne l'ai pas fait hier. Elles vont s'inquiéter. Et Rosie oublie tout le temps. Et ne dis pas que je suis malade. Ma mère va paniquer.

— Ça marche. Dors maintenant.

Alex resta aussi immobile que possible afin de réprimer les nausées. Elle glissa la main sous l'oreiller pour attraper son téléphone. Il n'y était pas. Elle le chercherait plus tard.

49

Vendredi 5 septembre 2014
La journaliste

Joe me reconduit chez moi mais au moment où nous remontons ma rue, j'aperçois les journalistes assis sur le muret de mon jardin.

— L'arroseur arrosé, dis-je en me baissant quand Joe passe sans s'arrêter devant la maison.

Il tourne à l'intersection suivante. Je me redresse et demande :

— Combien sont-ils ?

— Trois. Plus un photographe. Sans doute des agences de presse. Ils semblaient bien jeunes.

Un rire monte dans ma gorge.

— Comme toi ?

Il me sourit.

— Oui, mais je conduis comme une personne âgée… Où allons-nous ?

— Laisse-moi au coin, dis-je quand nous atteignons le bout de la rue derrière. Je t'appelle quand j'aurai épluché les e-mails.

Il m'a transféré tous les messages, des centaines de mots dans d'innombrables e-mails qui vont du 27 juillet au 12 août. Nous avons convenu qu'il ne les divulguerait pas tout de suite.

— Il y a beaucoup de travail avant, Joe. Aucune des informations n'a été confirmée – surtout le vol d'argent. Alex O'Connor pourrait avoir tout inventé. Il faut commencer par vérifier.

Il a acquiescé, visiblement déçu.

*

Je longe à pas de loup l'arrière de la maison, adresse un signe de la main à Bet, la voisine. Elle est en train d'étendre du linge dans son jardin et me salue. Un doigt sur les lèvres, je lui indique l'avant de la maison ; elle me sourit d'un air entendu et en bonne complice m'offre refuge dans sa cuisine.

— Venez, dit-elle en poussant Albert, son chat, d'un tabouret en Formica. Asseyez-vous un instant.

— Ils vous ont dérangée, Bet ?

— Ils ont essayé. Je leur ai dit d'aller se faire voir. Satanés vautours. Un de ces petits fripons m'a donné du « chérie ».

L'idée qu'on tente d'amadouer Bet me fait sourire. Dieu sait que j'ai moi-même essayé au début, quand nous avons emménagé il y a un million d'années. Cette femme détecte l'hypocrisie à des kilomètres et rien ne l'impressionne. Comme mon père l'aurait dit, elle est « elle-même ».

Elle me dévisage, attendant que je réagisse mais je peux difficilement me joindre à elle pour critiquer la presse.

— Ils ne font que leur travail, Bet. Ils vont finir par partir. Ignorez-les.

— Pas facile quand ils racontent toutes ces horreurs sur Jake. Je leur ai dit que c'est un garçon adorable, que je le connais depuis qu'il est né et qu'il ne ferait pas de mal à une mouche.

Ses paroles d'une grande gentillesse me prennent par surprise. Je m'assieds et fonds en larmes tandis qu'elle farfouille dans la cuisine à la recherche de mouchoirs. Au bout du compte, elle me tend un rouleau de papier toilette rose.

— Il faut que ça sorte, affirme-t-elle en guise de consolation. Vous ne devriez pas garder tout ça à l'intérieur. C'est mauvais.

Je renifle lamentablement et tente de reprendre contenance.

— Je ferais mieux d'y aller, Bet. Je dois prévenir la famille.

— Prenez ce paquet de biscuits. Je parie que vous ne vous nourrissez pas assez.

Je fourre les sablés dans mon sac à main.

— Vous allez appeler Freddie ? Passez-lui le bonjour de ma part, d'accord ? Comment va-t-il ? Que pense-t-il de tout ça ?

— Il est d'un grand soutien.

En fait, je ne sais plus vraiment ce que Freddie pense. Je me demande s'il me reproche l'éloignement de son frère, ses problèmes actuels. Nous nous parlons avec prudence ; j'essaie de le protéger mais il fait sans doute la même chose avec moi. Il se livrerait peut-être davantage à Steve. Je le rappellerai ce soir.

Je me précipite vers le portail de derrière que je verrouille après moi. D'habitude, nous le laissons ouvert ; jamais encore nous n'avons eu de raison de le fermer. Les garçons rentraient de l'école à vélo et rangeaient leur bicyclette dans l'abri avant de débouler dans la maison. Ça fait si longtemps que la clé a rouillé dans la serrure que j'ai du mal à la faire tourner. Après quoi, je reste un instant sous le soleil, à l'abri des regards derrière le haut mur en brique qui sépare les jardins, et j'observe Albert qui se prélasse maintenant sur le toit de notre remise. J'ai besoin de temps pour réfléchir. Sauf que mes pensées me replongent dans mes souvenirs de Jake enfant. Où est-il aujourd'hui ? Qu'avons-nous fait de travers ?

Je ferme les yeux et prends une profonde inspiration.

La liste, Kate. Retour à la liste.

Je récupère mon ordinateur portable dans le salon. J'avais tiré les rideaux ce matin avant de partir avec Joe pour tenir les curieux et leurs objectifs à l'écart, et après la forte luminosité extérieure la soudaine obscurité m'aveugle. À tâtons, je gagne le canapé et ouvre l'ordinateur. Je veux m'asseoir mais je les entends au-dehors. Je crois même reconnaître certaines voix. Me terrer ainsi chez moi alors que mes amis sont de l'autre côté de la porte me paraît surréaliste. Je redresse les épaules et m'éloigne d'eux.

Moi aussi, j'ai du travail.

Je pars à la pêche, je lance mon filet sur chaque mot contenu dans ce flux de conscience adolescent.

Je copie les e-mails dans un document Word et fais une recherche de différents mots-clés. Je commence par « Jake ». Obligé. Il faut que je découvre ce que la police sait. Son nom apparaît à plusieurs reprises mais je remarque qu'il arrive aussi à Alex de l'appeler JW. Surtout dans les derniers messages. JW fait ci, Jake fait ça. Elle semble partagée : parfois elle n'en a que pour mon fils, à vanter sa gentillesse, à s'extasier sur son beau regard et ses mains douces, à rêver qu'il l'invite à sortir. Elle raconte ses stratagèmes pour attirer son attention, les paroles qu'il lui dit, la façon dont il la regarde. Mon fils, son idole. Mais à d'autres moments, il l'agace. Elle se plaint qu'il la colle. *Ah, les filles !* Enfin, qu'est-ce que j'en sais ? Je n'en ai pas eu.

Ce n'est que plus tard que je comprends que Jake est aussi mentionné dans les premiers e-mails, quand Alex parle d'un garçon surnommé le Défoncé, qui fume des joints dans le dortoir quand il ne nettoie pas les tables. C'est lui. Je mets ce Jake-ci de côté et continue.

Une recherche sur « Lars » me conduit à son ami Diederik. Ils partaient en Birmanie. Il est aussi question d'Amsterdam – « Je suppose qu'il fume tout le temps chez lui, apparemment tout le monde le fait à Amsterdam » – et des projets de Lars d'étudier pour devenir ingénieur du son à son retour. Alex ne paraît pas beaucoup l'apprécier. Elle affirme avoir peur pour Rosie, qui est incontrôlable et se drogue avec Lars. Elle devait bien s'attendre à faire la fête et à boire ; quelle adolescente n'y penserait pas ? Mais on lui avait confié la surveillance d'une fille qu'elle ne connaissait pas vraiment. Les craintes d'Alex sont détaillées avec clarté et j'ai de la peine pour elle. La pauvre s'est retrouvée complètement dépassée. À dix-huit ans, une telle responsabilité est un lourd fardeau.

Quelle peste, cette Rosie, je me surprends à penser. *Arrête, Kate. Tu es déjà trop impliquée…*

Les messages s'enchaînent, et Rosie devient de plus en plus ingérable sous le regard innocent d'Alex. « Ça va aller » devient son mantra, et je l'imagine très bien en train de croiser les doigts tout en pensant cela, comme un enfant le fait quand il formule un vœu. Pourtant, l'imminence de la catastrophe me saute aux yeux.

Pourquoi n'as-tu rien fait, Alex ? Si seulement tu avais parlé à ta mère, elle t'aurait dit quoi faire. C'est à ça que servent les mamans…

Je trouve un autre passage sur Lars : selon Alex, Rosie couchait avec lui.

Quand je suis entrée dans notre chambre aujourd'hui, je les ai surpris en pleine action, Lars et elle. Trop gênant. Rosie m'a crié de ficher le camp. Mais bon, c'est ma chambre aussi ! Lars est sorti en remettant sa chemise et il s'est excusé. Ensuite, Rosie a fait comme si de rien n'était. Elle est bizarre des fois. Elle a juste dit que Lars allait l'emmener dans une autre boîte ce soir. Il va mixer. Il se fait appeler DJ Rappo. DJ Nullos, plutôt oui.

Dans le moteur de recherche, je tape DJ Rappo, Lars et Amsterdam. Il est là, un sourire endormi sur sa photo de profil. Lars De Vries. Il possède son propre site Internet.

— Merci, les réseaux sociaux, dis-je tout haut.

J'ai déniché cette information avant Joe ; que je l'aie devancé le contrarie – « J'ai dû retourner au journal, Kate. Lâche-moi un peu. » – mais son enthousiasme reprend le dessus quand je lui communique le nom.

— D'accord, je vais contacter notre correspondant aux Pays-Bas. Qui est notre correspondant aux Pays-Bas ?

Je lui réponds. Moi je ne peux pas appeler. Je suis *persona non grata* depuis les conclusions des autopsies et l'ouverture de l'enquête criminelle. Hors circuit. Remisée au placard. Terry m'a appelée pour avoir des nouvelles et me proposer de prendre quelques jours de congé. C'est gentil de sa part. Ce n'est pas sa faute si je suis dans ce pétrin, mais il reste mon ami. Mick aussi me téléphone, bien sûr. Sauf que nous sommes mal à l'aise, chacun surveille ses paroles.

Je reste dans le monde numérique anonyme, à traquer ma proie. *Je pourrais en faire mon métier. Si ça tourne mal.*

Le site Internet ne concerne que la musique de Lars – hip-hop et grime, apparemment. *C'est quand ils se hurlent dessus en parcourant la scène de long en large, non ? Punaise, je suis vieille.* Je vois aussi qu'il annonce une date de représentation dans un club. Prévue dans deux jours. J'appelle Joe.

Il est d'humeur sombre lorsqu'il décroche.

— De Vries est un des noms de famille les plus courants en Hollande, se plaint-il. Je viens de regarder, il y en a des centaines.

— Peu importe. Prépare ta tenue de grime. On va en boîte.

Joe se charge de convaincre Terry.

— Je lui ai dit que Lars pourrait nous renseigner sur ce qu'il se passait dans l'auberge et qu'il aurait peut-être des photos des filles.

Je le soupçonne d'avoir ajouté « avec Jake » dans sa conversation avec Terry, mais je me tais. Je veux y aller, c'est tout.

Steve n'est pas enchanté.

— Tu ne travailles pas et tu dois rester ici au cas où Jake reviendrait.

— Je suis toujours employée du journal. Je suis en congé pour raisons familiales. Et ce n'est que pour une nuit. Je te tiendrai informé tout le temps. Je serai juste de l'autre côté de la Manche.

— De la mer du Nord, en fait. Bon, si tu penses que ça peut être utile...

Il est trop épuisé pour en discuter davantage. Et c'est tant mieux.

Bangkok, dix-neuvième jour
Jeudi 14 août 2014

Rosie était partie. Une nouvelle fois, Alex scruta par la fenêtre la chambre qu'elles avaient partagée. Son ouvrage de fortune sur les rideaux avait été défait, les draps du lit changés. Le sac à dos de Rosie avait disparu. Elle essaya de nouveau de tourner la poignée, en vain. Mama apparut en haut de l'escalier.

— Arrête ! s'écria-t-elle d'une voix perçante. Tu vas la casser. Rosie pas là.

— Où est-elle ?

Alex avait la tête qui tournait. Gravir les marches sur ses jambes en coton lui avait coûté un gros effort.

— Elle est partie voir ses amis.

— Quels amis ?

— Les Hollandais. Elle est partie les retrouver.

La main toujours sur la poignée, Alex s'efforça de comprendre ce qu'on lui disait. Mama s'éclipsa, ses talons hauts claquant sur les marches en béton.

— Mais elle n'a pas d'argent..., protesta Alex dans son dos. Vous lui avez pris.

Elle retourna d'un pas lent à sa chambre, s'arrêta devant le dortoir et frappa à la porte.

Jake ouvrit. Elle ne l'avait pas revu depuis le soir où elle avait été malade. Il parut surpris de sa visite.

— Je ne savais pas que tu étais levée.

Il n'y avait aucune chaleur dans sa voix aujourd'hui.

— Rosie est partie, dit-elle.

— Oui, il paraît.

— Tu savais qu'elle s'en allait ? Elle t'en a parlé ?

— Non, non. Pourquoi l'aurait-elle fait ? C'est Mama qui dit qu'elle est partie.

Son regard dériva comme s'il était pressé de mettre un terme à la conversation.

— Jake, est-ce qu'elle m'a laissé un message ?

— Je ne suis au courant de rien. Je viens de te le dire. Bon, désolé de pas pouvoir t'aider...

Et il commença à refermer la porte.

— Je la déteste ! siffla Alex entre ses dents, le coupant dans son élan. Je la hais vraiment. Elle a tout fait pour gâcher notre voyage, c'est une égoïste. Elle n'a qu'à se débrouiller. C'est son problème. Si elle veut se la couler douce sans prévenir personne. On verra bien où ça la mènera. Mama prétend qu'elle est partie rejoindre Lars, mais comment ? Elle n'a pas d'argent...

Jake la considéra. Il avait l'air fatigué et stressé. Ses yeux si beaux étaient rouges, comme s'il n'avait pas dormi.

— Ne t'en fais pas pour Rosie. Elle était horrible avec tout le monde. Tu es bien mieux sans elle. Tu devrais peut-être envisager sérieusement de rentrer chez toi. C'est foireux ici.

— Comment ça ? Tu sais pourquoi elle est partie ?

Il secoua la tête.

— Tu sembles épuisée, Alex. Retourne te coucher, ajouta-t-il.

Elle sentit une nouvelle vague de nausée monter de son estomac et s'agrippa à la porte. Elle n'avait pas envie d'être malade devant Jake. L'avait-il vue l'autre fois ? Elle tâcha de ne pas y penser.

— Que s'est-il passé l'autre nuit ? demanda-t-elle.

— Comment ça ? rétorqua-t-il avec une hargne qui la décontenança.

— Quand j'ai été malade...

— Ah. Je ne savais pas. Il y avait un monde de dingue et Mama m'a envoyé au bar d'un de ses amis chercher du ravitaillement. Tu as dit que tu m'attendrais et, quand je suis revenu, tu étais partie. Pour être honnête, ça m'a mis un peu en colère. Nous étions censés sortir, tu te rappelles ? Je t'ai cherchée. Et Rosie m'a expliqué que le dévoué Jamie t'avait raccompagnée à ta nouvelle chambre.

— Je ne me souviens de rien. Je suis désolée, Jake. J'avais vraiment envie qu'on sorte tous les deux. Jamie pense que j'ai mangé quelque chose qui n'est pas passé.

— Ce bon vieux Jamie, répliqua-t-il d'un ton amer.

Malgré elle, Alex tressaillit de plaisir. Serait-il jaloux ?

— Jamie n'est qu'un ami, Jake. Il ne me plaît pas. Nous pourrions sortir un autre soir ? Pour de vrai, cette fois.

— Peut-être. On verra quand tu te sentiras mieux...

— Je vais aller m'allonger un peu, annonça-t-elle en titubant jusqu'à son lit.

Au moment de se coucher, elle passa machinalement la main sous l'oreiller, en quête de son téléphone. Il n'y était toujours pas ; il ne s'était pas matérialisé comme par magie pendant la nuit. Elle se rassit lentement. Il fallait qu'elle le retrouve. Elle vida son sac à dos sur le lit, puis son sac à main, en explora les moindres recoins, encore et encore.

— Oh bon sang ! gémit-elle.

Jamie apparut à sa porte comme s'il répondait à un signal.

— Tu vas bien ?

— Mon téléphone. On me l'a volé. Et Rosie est partie. Et je me sens tellement mal…

Il entra et la prit dans ses bras.

— Ne t'en fais pas, Alex. Je vais m'occuper de toi.

Elle était trop faible pour le repousser et se détendit dans son étreinte. Il posa le menton sur le sommet de son crâne. Alex tenta de raviver sa colère envers Rosie mais elle s'était envolée – comme elle –, remplacée par la peur sourde de devoir l'annoncer à leurs parents.

— Il faut que je la retrouve, Jamie. Qu'est-ce que je vais dire à sa mère ? Elle va me détester. Elle m'a demandé de veiller sur elle, d'être responsable, et Rosie a filé en Birmanie sans un sou en poche. Elle ne sait même pas où ça se trouve, la Birmanie ! Oh, bon sang ! Je peux utiliser ton téléphone pour consulter mes e-mails et voir si elle m'a écrit ?

Jamie hésita.

— S'il te plaît ?

— Arrête de perdre ton temps avec elle. Tu es bien mieux sans elle. C'est une sale garce. Tu ne sais pas la moitié de…

— Qu'est-ce que tu veux dire ? l'interrompit Alex dont le sang bouillait. La moitié de quoi ?

— Rien, rien. Désolé, mon portable est capricieux. Laisse-moi voir si je peux me connecter d'abord.

Il tripota l'appareil pendant trente secondes avant de rejeter la tête en arrière.

— Ce foutu Wi-Fi ne fonctionne toujours pas. Je vais dire à Mama de le relancer.

Il disparut dans le couloir.

À son retour, il paraissait surexcité.

— Mama a reçu un message de Rosie ! Elle dit qu'elle est désolée mais qu'elle est partie pour réfléchir.

Alex le dévisagea.

— Pourquoi ne m'a-t-elle pas laissé de message à moi ?

— Je ne sais pas, mais son départ est une bonne chose, poursuivit Jamie. Je vais t'accompagner aux îles Phi Phi. Il va te falloir un nouveau compagnon de voyage.

— Une bonne chose ? En quoi ça pourrait l'être ? C'est une catastrophe, oui. Et arrête de me parler de ces îles.

Jamie la considéra comme si elle venait de le gifler. Elle ouvrit la bouche, prête à le consoler, mais se retint. Elle n'avait pas le temps de se soucier des états d'âme de quelqu'un d'autre. Pour une fois, elle devait se concentrer sur elle-même.

— Je dois prévenir nos parents. Ils voudront savoir ce qu'il s'est passé. Tout ce qu'il s'est passé. Oh la la, ils vont être furieux. Ils vont m'en vouloir.

— T'en vouloir de quoi ? demanda Jamie. Tout est la faute de Rosie.

50

Dimanche 7 septembre 2014
La journaliste

Nous arrivons en pleine heure de pointe ; je persuade Joe qui veut prendre un taxi pour gagner le centre-ville que le métro sera plus rapide. Et moins cher. Finies les notes de frais pour moi.

Nina lui a réservé une chambre dans un hôtel quatre étoiles.

— Ça a l'air chouette, commente-t-il. Il y a une piscine et une salle de sport.

— On n'a pas que ça à faire, Joe. Ne me dis pas que tu as emporté ton maillot de bain.

Les dents serrées, je me cherche sur Internet un tarif plus bas dans son hôtel de luxe.

L'idée était d'attendre l'arrivée de DJ Rappo à l'entrée du club ; sauf que la soirée ne commence pas avant le milieu de la nuit – 23 h 30, est-il indiqué sur l'affiche de la discothèque. Je soupire.

— Ça fait douze heures à attendre. Et je ne peux pas veiller aussi tard. Quelqu'un ici doit bien savoir où il habite.

Je franchis la porte et m'attire aussitôt des regards curieux. Personne de mon âge n'entre jamais ici.

— Salut ! dis-je à la fille à la mine lasse en train d'essuyer le comptoir.

— Heu, salut.

— Lars est là ? DJ Rappo ?

Elle part d'un grand rire.

— Ah non, il doit dormir à cette heure. Il ne se lève que dans l'après-midi.

— Et où il crèche ces temps-ci ? demande Joe. Depuis son retour de Birmanie ? Il paraît qu'il s'est éclaté.

— Ouais, il a adoré. Il est revenu dans l'appart de Gibraltarstraat, avec un de ses potes.

— Ce serait pas Diederik par hasard ?

— Si. Vous le connaissez ?

— Un peu. Ça va être sympa de les revoir. C'est quel numéro, déjà, l'appartement ?

— Le 42. Au deuxième étage. Dites à Lars de ne pas être en retard ce soir.

— Beau travail, Joe.

Je suis sincère.

Nous marchons d'un pas rapide en suivant l'itinéraire sur son téléphone, puis appuyons sur la touche de l'interphone de l'appartement 42.

Après un long silence, une voix endormie s'élève :

— Oui ?

Sans attendre de réponse, un bourdonnement se fait entendre.

Dans les escaliers, nous révisons en messe basse notre plan.

— Je commence, dit Joe. Je lui explique la raison de notre présence, l'incendie, etc. Et tu interviens quand ça roule, d'accord ?

C'est lui qui mène la danse aujourd'hui. Et ça me convient. Il a retiré ses petites roues depuis un moment.

— Bien. Ne donne pas mon nom de famille. Je serai Kate Sherwood, au besoin. C'est mon nom de jeune fille.

Nous parlons encore quand nous arrivons devant la porte. Elle est entrebâillée.

— Il y a quelqu'un ? lance Joe en la poussant.

Une silhouette en caleçon et T-shirt apparaît. Une odeur de renfermé flotte dans l'air autour du garçon et ses cheveux auraient besoin d'un bon shampoing.

— Salut, vous êtes qui ?

— Lars ? Je suis Joe, de Londres.

— Vous venez voir Diederik ? Il est sorti, mais il devrait bientôt revenir.

— En fait, nous aimerions vous parler à tous les deux. Je travaille pour un journal britannique.

— Vous êtes journaliste ? Vraiment ? Qu'est-ce qu'il se passe ? Qu'est-ce que vous faites ici ?

Son ton est agressif et il a fait un pas en avant, il nous repousse vers la porte d'entrée. Nous allons bientôt nous retrouver dans le couloir.

— Lars, je suis vraiment désolée de débarquer sans prévenir, dis-je à la hâte. Nous aurions bien appelé pour prendre rendez-vous mais nous n'avions pas de numéro où vous joindre.

Il fléchit un peu. Il ne s'attendait pas à une telle courtoisie. Il paraît nerveux.

— Nous venons d'Angleterre pour vous voir. Nous arrivons directement de l'aéroport.

— Sans blague ?

— Oui. D'ailleurs, serait-il possible que j'utilise vos toilettes ? Je ne tiens plus.

Avec un sourire contrit plaqué au visage, j'ajoute :

— S'il vous plaît ?

Il recule et nous fait signe d'avancer.

Je prends mon temps afin de laisser à Joe l'occasion de continuer. À mon retour de la salle de bains, tandis que j'essuie discrètement mes mains humides sur mon pantalon plutôt que sur la serviette dégoûtante qui s'y trouvait, Lars discute boîtes de nuit dans le Sud-Est asiatique et ouvre une bière à Joe.

Il n'est pas au courant, me dis-je. *Il ne sait pas pour les filles.*

— Merci beaucoup. Vous m'avez sauvé la vie.

— Donc..., commence Joe d'un ton nerveux. J'expliquais à Lars que nous écrivons un article sur les routards en Thaïlande.

OK, il s'est dégonflé.

— Oui. C'est exact. Plus spécifiquement sur les dangers auxquels sont confrontés les jeunes pendant leur voyage, dis-je afin de nous remettre sur les rails. C'est bien sûr suite à ce qui est arrivé à vos amies.

Lars me dévisage, un sourcil haussé.

— Vos amies Rosie et Alex, à Bangkok.

Il repose la bouteille.

— Rosie et Alex ? Ah oui. Qu'est-ce qui leur est arrivé ?

— Quand êtes-vous rentré d'Asie ? je lui demande avec douceur.

— Il y a une semaine. Que s'est-il passé ?

— C'est un peu compliqué, Lars. Venez vous asseoir.

Il se baisse et s'installe par terre en tailleur, comme un enfant prêt à écouter une histoire.

— Il y a eu un incendie à l'auberge de jeunesse Mama's Paradise pendant leur séjour là-bas.

— Non ! Quand ?

— Le 15 août, au petit matin.

— Oh mon Dieu ! On venait juste de partir. Diederik et moi. On a pris le car de nuit pour Yangon le 11, je crois.

Rosie nous a accompagnés à la gare routière pour nous dire au revoir. Elle est blessée ?

— J'ai bien peur que Rosie et Alex soient mortes, Lars.

Il lève brusquement la tête vers moi et me fixe. Le silence tombe sur l'appartement pendant qu'il digère cette nouvelle.

— Mortes ? Toutes les deux ?

— Oui. On a retrouvé leurs corps après l'incendie. Le problème, c'est que la police pense qu'elles étaient décédées avant que le feu ne se déclare.

— Oh mon Dieu ! On les a tuées ?

— Je suis vraiment navrée de vous apprendre ces terribles nouvelles. Je pensais que vous étiez au courant.

Il secoue la tête.

— On voyageait et le Wi-Fi en Birmanie ne fonctionne jamais. J'ai encore des amis à prévenir de mon retour. Oh mince, les pauvres filles.

— Avez-vous passé beaucoup de temps avec elles ? demande Joe.

— Eh bien, on est restés là-bas deux semaines. Rosie et moi, on est sortis ensemble. Mais je n'étais pas très proche d'Alex. Elle ne m'aimait pas, je crois. Elle traînait avec un autre.

— Jake ? lance Joe.

Je lui décoche un regard d'avertissement.

— Non. Enfin, elle aimait beaucoup Jake, je m'en souviens. Il travaillait là-bas. Mais elle était beaucoup avec Jamie. C'était son ami. Il la suivait partout comme un petit chien.

Jamie ?

— Jamie aussi logeait à l'auberge ? C'était un autre Britannique ? C'est la première fois que j'entends son nom.

— Oui, enfin je crois. Je ne peux pas vous dire grand-chose sur lui ; il ne se confiait pas beaucoup. Il préférait observer. Il était peut-être timide, je ne sais pas. Il était bizarre en tout cas. Il dormait sur toutes ses affaires dans le dortoir.

Comme si on allait les lui voler ! Et il avait un sacré béguin pour Alex. Mais elle ne l'aimait pas de cette manière.

Il claque tout à coup des doigts.

— Jamie Way ! C'était ça, son nom. Rosie se moquait de lui parce qu'il se faisait appeler JW. Et il était toujours dans les parages.

Comme le JW des e-mails ? J'essaie de me remémorer les messages. *À quel moment a-t-elle parlé de JW ?*

— Qui d'autre y avait-il ? D'après la police, c'était constamment la fête là-bas, intervient Joe.

— C'est n'importe quoi. On sortait presque tous les soirs. Et tout le temps où on y était, il n'y avait que nous six. Quatre garçons dans le dortoir et les filles à l'étage. Et la proprio, bien sûr. Mama. C'était un sacré personnage, elle.

— Dans quel sens ?

— Dans tous les sens. Elle connaissait tout le monde. Elle pouvait fournir tout ce qu'on voulait. Elle appelait l'auberge « la confiserie de Mama ».

— Elle fournissait de la drogue aussi ? demande Joe.

— Si c'est ce que l'on cherchait, répond Lars, soudain méfiant.

— Est-ce que Rosie achetait de la drogue à Mama ?

Elle devait bien la trouver quelque part.

— Parfois. Écoutez, Rosie était chouette. On aimait bien s'amuser tous les deux et elle n'hésitait pas à tenter de nouvelles expériences.

— Est-ce que quelqu'un d'autre vendait de la drogue là-bas ? je demande.

— Vous rigolez ? Mama n'aurait pas apprécié. Elle était très stricte sur le sujet. C'était chez elle.

— Vous auriez des photos prises à l'auberge ?

Avec un hochement de tête, il attrape son ordinateur portable.

— Je les ai toutes téléchargées. J'allais faire un montage pour mon mur...

Tu vas sans doute éviter, maintenant.

Il ouvre une photo d'eux six.

— Je l'ai prise avec le retardateur. Ça date de la veille de notre départ. C'était une super soirée.

Ils posent dans une chambre devant des lits superposés métalliques. Voilà Jake. Mon cœur se serre à sa vue. Il est plus mince qu'à son départ, dépenaillé. Mais il sourit. Tout le monde semble heureux au premier abord. Pourtant, lorsque j'étudie les visages avec plus d'attention, je remarque que tous ne sourient pas. Alex, par exemple. Tout comme le garçon planté derrière elle, qui affiche un air absent.

— C'est lui Jamie, déclare Lars.

51

Lundi 8 septembre 2014
La journaliste

Le *Post* a publié le cliché de la bande d'amis dans la chambre de l'auberge.

« Dernière photo des étudiantes assassinées en vacances », clame le gros titre au-dessus d'une interview exclusive de Lars. Joe a écrit un bel article. Il a inséré les meilleures citations et nommé toutes les personnes présentes à l'auberge. Jamie Way en fait partie. Puis je remarque une phrase tirée des e-mails qu'Alex a envoyés à Mags. Une simple ligne, qui ne mentionne ni la drogue ni le vol mais qui est clairement identifiable comme provenant de ses messages.

Joe, imbécile. Tu viens d'informer la police que nous avions lu les e-mails, et en plus tu n'as même pas utilisé le plus percutant. Quel gâchis ! Que va dire Bob Sparkes ?

Lorsque je téléphone à Joe, il a déjà reçu un appel de l'inspecteur – et un de Jenny Shaw.

— Ce n'était pas une conversation très agréable avec Jenny, avoue-t-il. Elle estime que c'est une violation de la vie privée de Rosie.

— Pourtant tu n'as parlé ni du vol ni des écarts de son père. Mais bon, maintenant elle sait que tu es au courant. Ce doit être très contrariant pour elle, pour Mike Shaw aussi. Qu'a dit Bob Sparkes ?

— L'inspecteur Sparkes ne souhaitait pas non plus que les e-mails soient divulgués, mais il ne s'est pas attardé dessus. Il s'intéressait davantage à Lars et à Jamie Way, il a posé des tas de questions sur eux.

— C'est excellent. Tu l'as mis en contact avec Lars ?

— Oui. Il semblait content. C'est positif, non ?

— Super. Maintenant, retrouvons Jamie Way. On se rejoint au café à l'angle du bureau dans une heure. Il nous faut son acte de naissance. Je suis sûre que l'équipe de Bob Sparkes est sur la même piste.

Le temps que j'arrive, Joe a fait le gros du travail : il a épluché les registres des naissances de 1985 à 1995. Je lui ai conseillé d'élargir le champ des recherches. Sur la photo, Jamie Way paraît du même âge que les filles mais on ne sait jamais. Il se pourrait qu'il soit plus vieux et s'en cache. Une fois, j'ai interviewé un homme de trente ans qui prétendait en avoir dix-sept afin de repasser son bac. Les gens font des trucs curieux. Et j'ai toujours imaginé qu'à l'étranger on a tendance à se réinventer. C'est tellement facile d'enjoliver ou de réécrire sa vie quand personne autour ne connaît la vérité.

Cinq naissances sur les registres pourraient correspondre à notre Jamie Way.

— Nous ignorons dans quelle partie du Royaume-Uni il habitait alors nous allons devoir tous les contacter, annonce Joe en tripotant de la pointe de son couteau l'alu autour d'une noix de beurre. Je vais demander les actes de naissance.

— D'accord. Mais en attendant nous pouvons rechercher les parents de chacun sur Internet. Mariages et naissance.

Donne-moi le premier nom, je vais commencer à regarder sur mon ordinateur pendant que tu manges ta brioche grillée.

Joe prend une bouchée et mâchonne tranquillement.

— Ça va mettre un jour ou deux avant d'obtenir les certificats.

— Oui, mais nous n'aurons peut-être pas à attendre. Le journal vient juste de publier la photo. Tu as lancé un appel à témoins en bas de page, non ?

— Oui, le truc habituel. « Si vous connaissez une de ces personnes, merci de contacter la rédaction. »

— Parfait, on verra bien si des lecteurs se manifestent. L'un d'eux le reconnaîtra peut-être.

Et ça ne loupe pas. Un chef de chantier à Portsmouth téléphone à la rédaction qui transmet ses coordonnées à Joe. Il l'appelle et met le haut-parleur pour que je puisse suivre leur échange.

— Bonjour, monsieur Watson ? Merci infiniment de nous avoir contactés. Je crois comprendre que vous auriez des informations concernant la photo publiée dans l'édition du jour.

— Oui, en effet ! s'exclame M. Watson d'une voix forte qui fait râler le couple assis à la table d'à côté. L'un d'eux travaillait avec moi. Mais il avait un autre nom.

— Ah oui ? Comment s'appelait votre collègue ?

— Jamie Lawrence. Un drôle de gamin mais travailleur. Il avait l'étoffe d'un bon maçon.

— Comment écrivez-vous Lawrence ? Avec un W ? Drôle comment ? demande Joe.

— Discret, mais quand on le taquinait, il devenait un peu fou. Vous voyez le genre ? Il savait se servir de ses poings si on le poussait trop loin.

— Et ça arrivait souvent, qu'on le pousse trop loin ?

— Il était le plus jeune de l'équipe, alors…

— Je vois, reprend Joe d'un ton las. Et où habitait-il à cette époque ?

— Aucune idée. Il louait une chambre meublée, ou alors il partageait un appartement. Il n'en parlait pas. Je crois qu'il n'avait pas de famille.

À mi-voix, je souffle « quand » à l'intention de Joe.

— Quand l'avez-vous vu pour la dernière fois, monsieur Watson ?

— Heu, est-ce qu'on va me donner un petit quelque chose pour mes informations ?

Je pousse un soupir.

— Eh bien, répond Joe en suivant la ligne officielle, nous n'avons pas pour habitude de payer les témoignages.

— Bon, je vais peut-être plutôt contacter le *Herald*, alors...

J'écarquille les yeux avec inquiétude.

— Mais comme j'allais vous le dire, je pourrais envisager une compensation pour votre aide. Cent livres vous conviendraient ?

— Parfait, réplique M. Watson. Bon, il a quitté le chantier en juillet. Il économisait pour partir et voyager un peu à l'étranger. Il ne parlait que de ça. La Thaïlande par-ci, la Thaïlande par-là. Il était surexcité à l'idée d'avoir son premier passeport. Mais les dernières semaines avant son départ, il n'était plus lui-même. Il était malheureux, d'humeur sombre. Nous devions célébrer son départ au pub mais il n'est pas venu.

— Avez-vous eu de ses nouvelles depuis ?

— La secrétaire du chantier a reçu une carte postale. Elle discutait avec lui quand il n'était pas en forme. Elle le maternait un peu. Bref, il racontait juste qu'il était à Bangkok et qu'il passait du bon temps.

Je mime quelqu'un en train de prendre une photo et Joe m'envoie paître d'un geste impatient.

— Vous n'auriez pas des photos de Jamie par hasard ?

— Non, on ne fait pas de *selfies* sur les chantiers de construction. Mais je pourrais demander au pub. Il y traînait.

— De quel pub s'agit-il ?

— Le Mucky Duck. Heu, non, le Black Swan. C'est un tripot mais on s'y sent comme à la maison.

La barmaid du Black Swan affirme qu'elle était sur le point de nous contacter lorsque Joe l'appelle.

— J'ai lu l'article mais je devais attendre la fin de mon service. Jamie est un chouette type. Il m'offrait tout le temps un verre. Vous allez me rémunérer pour répondre à vos questions ?

— Je demanderai, réplique Joe, mais je ne promets rien. Alors, où habitait Jamie ? Il était du coin ?

— Oh oui. Il habitait après les docks. Il avait une chambre dans une maison en colocation. Avec des étudiants, je crois. Il ne les connaissait pas d'avant. C'était juste pour avoir un endroit où dormir d'après lui.

— Pas de copine ?

— Pas en ce moment, je crois. Il sortait avec quelqu'un l'année dernière mais ça s'est terminé. Il était un peu trop intense pour elle, à mon avis. Il le serait pour moi. Il est adorable mais très en demande. Vous voyez ?

— Oui, je crois. Il a de la famille à Portsmouth ?

— Je ne sais pas. Il n'aimait pas parler de sa famille. Il a été adopté mais, d'après ce qu'il disait, il me semble qu'il a passé la majeure partie de sa vie en foyers d'accueil.

J'adore les barmans. Ils prêtent une oreille attentive à tout le monde, ils amassent des informations avec un sourire étudié. Comme moi.

— Merci, vous avez été d'une grande aide. Vous n'auriez pas un numéro de téléphone ou une adresse e-mail où le joindre, par hasard ?

— Non, désolée. Je n'échange pas les numéros avec les clients, ça crée des malentendus.

— D'accord. Je peux vous laisser mes coordonnées au cas où vous auriez de ses nouvelles ?

— Pas de problème. Et vous demanderez pour le paiement ? Je gagne des cacahuètes ici.

— Je vous tiens au courant, promit Joe.

— Eh bien, c'était très instructif, dis-je dès qu'il a raccroché. Il s'appelait Jamie Lawrence avant de partir à Bangkok. Je me demande pourquoi il a changé son nom de famille. Et si Way est son nom de naissance, avant l'adoption.

Joe vérifie si Jamie Lawrence est inscrit sur le registre électoral de Portsmouth et trouve un nom avec une adresse correspondant à une maison en colocation.

Bingo ! Et tout ça en restant tranquillement assis au café.

Bob Sparkes feint d'être content d'avoir de mes nouvelles mais je ne suis pas dupe.

— Ne vous inquiétez pas, je ne viens pas me plaindre, Bob. J'ai des infos sur Jamie Way qui pourraient être importantes. Le jeune qui logeait à l'auberge.

— Je vous écoute.

— Un ancien collègue à lui nous a contactés. D'après cet homme, il s'appelait Jamie Lawrence lorsqu'il habitait Portsmouth. Il était ouvrier sur des chantiers de construction avant de s'envoler pour Bangkok.

— Tiens donc.

— Et cela est confirmé par la serveuse du pub qu'il fréquentait.

— Je me demande pourquoi il a changé de nom.

— Il aurait quelque chose à cacher ? D'après la barmaid, il a mentionné avoir été adopté. Nous avons trouvé l'adresse d'une maison partagée qui pourrait correspondre.

— C'est à se demander à quoi on sert, Kate. Vous faites tout le boulot à notre place, dit-il avec ce que je crois être un sourire.

— Désolée, Bob. Loin de moi l'idée de vous concurrencer. Mais vous avez des millions de choses à traiter. Moi je n'en ai qu'une.

— Interpol et les services d'immigration sont déjà à la recherche de Jamie Way. Je vais leur communiquer son alias. Merci de nous avoir informés aussi vite.

Il va raccrocher mais je le retiens à temps.

— Bob, c'est juste une idée mais croyez-vous que ce Jamie soit le JW des e-mails d'Alex ? D'après Lars, il passait son temps à suivre Alex. Et en lisant ses messages, j'ai remarqué qu'elle parlait de Jake d'une autre manière. Comme si c'était elle qui lui faisait des avances.

Il marque une hésitation. Je suis peut-être allée trop loin.

— Je vais me pencher sur la question, Kate, répond-il avant d'ajouter, ainsi que je m'y attendais : Je suppose que vous n'avez pas de nouvelles de Jake ?

Et avec ça, il me remet à ma place.

52

Lundi 8 septembre 2014
La mère

— Quelle garce, cette Mags Harding ! hurla Lesley en jetant le journal par terre.

— Les, regarde ce que tu as fait !

Son mari entreprit de ramasser les pages éparpillées et de les rassembler.

— C'est forcément elle qui a donné les e-mails d'Alex au *Post*. D'après Bob Sparkes, la police était la seule à les avoir vus. Et ce n'est sûrement pas un membre de son équipe qui les aura communiqués. Il est aussi énervé que nous.

— Je parie que lui n'envoie pas valser les journaux dans toute la pièce, marmonna Malcolm.

— Jenny est dans une colère noire. Elle a passé un savon au journaliste. Elle va venir en discuter avec nous.

— Oh c'est pas vrai ! s'exclama Malcolm en cessant son exercice de reconstruction. Je ne suis pas sûr d'être d'attaque pour ça, chérie. Je ne supporterai pas une autre de ses scènes.

— Dans ce cas, va prendre un bain. Je m'en occupe. Allez, ne reste pas assis là.

Il se redressa tant bien que mal, toute son énergie envolée, et s'éloigna à pas feutrés. Elle l'écouta monter les marches avec la régularité du tic-tac d'une horloge. Elle perçut le geignement de la ventilation qui aurait bien besoin de dégrippant ainsi que le jaillissement de l'eau quand il ouvrit les robinets. Plongée dans ses pensées, elle sauta sur ses pieds, prête à piquer un sprint, lorsqu'elle entendit la sonnette. Elle aurait aimé pouvoir partir ainsi en courant, tout laisser derrière elle.

Jenny entra sans attendre, la colère irradiant son regard. Lesley s'écarta pour la laisser passer.

— Malcolm prend un bain, annonça-t-elle. Il n'est pas en forme aujourd'hui.

Voilà qui coupa Jenny dans son élan, mais pas longtemps. Elle prit place à table où les vestiges du *Post* trônaient et frappa du poing dessus.

— Ce torchon…

— Inutile de crier, Jenny. Je suis juste là.

— Ce satané torchon a récupéré les e-mails. Ils ont le droit de faire ça ? De publier des choses aussi personnelles ?

— Je ne sais pas. Je n'aurais pas cru. Tu as parlé au journal ?

Elle savait bien que oui, mais la bienveillance lui dictait de laisser Jenny raconter son histoire à sa manière.

— Oh oui. J'ai appelé à la première heure ce matin. J'ai parlé à ce gamin, Joe Jackson. Nul. Puis j'ai essayé d'avoir le rédacteur en chef mais il était en réunion. Il se planquait, oui plutôt.

Lesley se lève et joue son rôle d'hôtesse attentive en préparant du thé et en réconfortant son amie.

— Le bon côté des choses…, hasarda-t-elle avec prudence.

Le visage de Jenny s'assombrit.

— Il n'y a pas de bon côté.

— Attends, écoute-moi. Le bon côté des choses, c'est qu'ils n'ont publié que quelques phrases, et rien sur Rosie et la drogue, ni sur Mike et l'argent.

Jenny tapa une nouvelle fois sur la table, l'onde de choc fit frémir le thé dans les tasses.

— Mais ils pourraient. Ils pourraient publier tous ces mensonges, pas vrai ?

Un calme singulier envahit la cuisine et Lesley se tourna lentement vers Jenny.

— Des mensonges ? répéta-t-elle.

Le mot sembla s'étirer et combler l'espace entre les deux femmes.

— Qu'entends-tu par là ? poursuivit Lesley.

— Je veux dire : pourquoi Alex écrirait-elle ces choses ? Ces horreurs ? bafouilla Jenny. Rosie n'était pas comme ça. Pas avant que ta fille ne l'entraîne en Thaïlande et ne la mette en danger, en tout cas. Je n'aurais jamais dû la laisser partir. Je crois qu'Alex était jalouse d'elle, parce que tous les garçons l'aimaient bien, et qu'elle a écrit tout ça par dépit.

Lesley sentit une boule de rage incandescente monter en elle. Elle s'exprima calmement, de peur que sa voix ne la trahisse.

— Tais-toi. Ce que tu dis est d'une telle méchanceté… Tu devrais avoir honte. Pourtant, je comprends pourquoi tu fais ça. Après tout, personne n'a envie d'admettre que sa fille se drogue, couche avec n'importe qui et vole son amie. Tu dois être anéantie.

Le visage de Jenny devint écarlate et une minuscule goutte de sueur perla au-dessus de sa lèvre. Elle inspira à plusieurs reprises avant de persifler :

— Elle n'a pas fait ces choses. Tu ne m'écoutes pas ?

— Tu ferais mieux de rentrer chez toi, Jenny, tonna une voix plus grave.

Malcolm, pieds nus et vêtu de sa vieille robe de chambre à rayures, se tenait dans l'embrasure de la porte. Elle pivota pour lui répondre mais il la stoppa net.

— Tu devrais peut-être discuter avec Mike de l'argent qu'il a donné à Rosie. Tu as raison, nous n'avons que la version d'Alex concernant ce qu'il s'est passé à Bangkok. Mais ton ex-mari est ici. Tu peux lui demander.

Jenny s'enfuit en larmes et claqua la porte derrière elle.

— Tu penses qu'elle va le faire ? demanda Lesley.

— Aucune idée. Je ne crois pas que la vérité l'intéresse, Les. Seulement sa propre version. Mais je n'allais pas la laisser parler ainsi d'Alex.

— Non. C'était affreux, Mal.

Il la conduisit dans le salon pour poursuivre leur discussion. La pièce était devenue leur refuge, le lieu où ils pouvaient dire l'indicible et l'y laisser.

Après s'être insurgée et avoir pleuré tout son soûl, Lesley considéra son mari.

— Je vais demander à Mags de venir nous voir. J'ai besoin qu'elle me dise tout ce qu'elle sait. Ce qu'il s'est passé n'est pas sa faute et nous n'avons pas pu discuter depuis notre retour. C'était la meilleure amie d'Alex.

Malcolm hocha la tête.

— Nous pourrions peut-être lui offrir un objet qui appartenait à Alex, en souvenir.

— C'est une bonne idée. Je vais lui chercher quelque chose

Bangkok, dix-neuvième jour

Jeudi 14 août 2014

Il y eut un autre message pour Mama. D'après Jamie, Rosie lui avait envoyé un texto pour expliquer qu'elle avait besoin de temps toute seule. Elle se trouvait avec Lars. Il lui avait prêté de l'argent.

— Comme c'est bizarre, s'étonna Alex. C'est comme si Rosie entendait tout ce que je dis. Je crois que Mama invente.

Jamie se tut un instant avant de demander :

— Pourquoi ferait-elle ça ?

Alex ne réussit pas à trouver une seule raison.

Elle voulut voir les messages mais Mama refusa d'un grognement.

— Tu n'es pas l'amie de Rosie. Elle a écrit à moi.

Alex se sentait complètement seule et abandonnée. Elle ne correspondait plus avec Mags – même si elle avait eu son téléphone, elle n'aurait pas raconté tout cela à son amie. Elle redoutait qu'elle ne puisse garder le secret sur la disparition de Rosie. C'était trop grave pour ne pas être révélé.

À sa place, elle-même tirerait la sonnette d'alarme. Elle décida donc de se taire jusqu'à ce qu'elle ait résolu le problème, que Rosie soit revenue.

Alex ne supportait plus Jamie et sa rengaine sur les îles Phi Phi. Elle s'énerva quand il remit le sujet sur le tapis pour la énième fois au bar. Ils étaient seuls – elle se demandait si Mama refusait les nouveaux clients.

— Bon sang, Jamie ! Je n'ai pas la tête à penser à ça ! Je dois trouver comment faire revenir Rosie. Tu ne comprends pas ?

Visiblement, non.

— Je croyais que tu serais contente que Rosie soit partie. Tu te plaignais tout le temps d'elle. Tu disais que tu regrettais d'être venue avec elle, que tu allais la laisser ici.

— Je n'ai pas de temps pour ça. Il faut que je parle à quelqu'un qui pourra m'aider. Je dois voir Jake. Oh, ne me regarde pas comme ça ! Il sait comment ça se passe ici. Il saura quoi faire.

— Jake devrait peut-être aller en Birmanie chercher Rosie. Elle lui plaît de toute façon..., rétorqua Jamie tout bas.

— Ne dis pas n'importe quoi ! s'écria-t-elle. Elle ne lui plaît pas. Elle le draguait et il avait honte pour elle.

— Si c'est ce que tu veux croire. Mais ça ressemblait à autre chose quand je les ai vus.

— Quand est-ce que tu les as vus ?

— L'autre fois, le soir où tu étais censée sortir avec lui. Ils se sont soûlés ensemble. Rosie l'allumait, elle s'asseyait sur ses genoux, et Jake ne disait pas non. Au contraire. Ils sont montés tous les deux dans la chambre.

Alex ferma les yeux pour repousser les images affreuses qui envahissaient son esprit.

— La ferme ! cria-t-elle pour couvrir ses paroles. Tu inventes pour me contrarier.

— Non. Demande à Mama. Elle les a vus aussi. Je ne dis pas ça pour te contrarier. À ta place, je préférerais le savoir si mon amie faisait ça derrière mon dos. Coucher pour se venger. Elle ne pouvait pas tomber plus bas.

— Laisse-moi tranquille, Jamie, sanglota Alex avant de partir en courant.

Elle le haïssait de toutes ses forces à cet instant. Coucher pour se venger. Rosie était-elle vraiment capable de ça ? Et Jake était-il faible au point de laisser faire ? Elle ne savait plus quoi croire...

Alex se doutait que Jamie attendait encore une fois à l'extérieur de sa chambre. Elle pressa l'oreille contre la porte pour écouter et entendit comme un froissement qu'elle s'efforça d'ignorer. Il fallait qu'elle s'habille et sorte acheter un nouveau téléphone. *Allez, Alex.*

Tandis qu'elle enfilait un short, elle crut entendre murmurer dans le couloir. Elle s'accroupit près de la porte et tendit l'oreille. Elle reconnut la voix de Jake.

— Tout va bien ?

— Non !

— Elle pose encore des questions sur Rosie ?

— Oui.

— Je vais lui parler, dit Jake avant de frapper à la porte juste au-dessus de la tête d'Alex.

Elle se rejeta en arrière et tomba sur le sol en ciment.

— Entrez, fit-elle en se redressant tant bien que mal.

— Comment te sens-tu, Alex ? Oh pardon, tu allais sortir ? dit-il en la voyant à moitié habillée. Est-ce que c'est une bonne idée ?

À sa vue, la peau de son visage la brûla mais la colère qui l'habitait lui redonna des forces.

— Qu'est-ce que ça peut te faire ? demanda-t-elle avec hargne.

— Heu… Bon, je vois bien que tu es contrariée et que tu n'es pas en état de réfléchir.

— Faux. Je sais très bien ce que je fais. Je vais m'acheter un nouveau téléphone et appeler chez moi. Je vais dire à mes parents ce qu'il se passe.

— Écoute, Rosie est grande. Tu ne peux pas lui dicter sa conduite.

— C'est ce que j'ai cru comprendre, oui.

Jake la dévisagea.

— Comment ça ? Qu'est-ce que tu comprends ?

— Oublie ça.

Maintenant qu'il se trouvait devant elle, elle ne pouvait se résoudre à lui demander s'il avait couché avec Rosie. Elle ne supporterait pas l'humiliation.

Jake inspira un grand coup.

— Alex, tu devrais prendre tes propres décisions au sujet de ton voyage. Tu pourrais continuer toute seule. Laisser Rosie faire ce qu'elle veut. Ce n'est pas ta responsabilité.

— Bien sûr que si ! s'écria Alex. Je ne peux pas l'abandonner quand même. Qu'est-ce que je vais faire ?

— Tu pourrais rentrer chez toi.

— Toi, tu n'es pas rentré quand les choses ont mal tourné.

— Non, et je le regrette. J'ai pris de mauvaises décisions, Alex. Ne commets pas les mêmes erreurs que moi.

Jake passa le bras autour de ses épaules pour la réconforter. Elle voulut se dégager mais pour la première fois depuis des jours, elle se sentait en sécurité. Elle resta contre lui, à respirer son odeur, à écouter les battements de son cœur, à se persuader que Jamie mentait. Elle aurait pu rester ainsi pour toujours mais Jake la relâcha tout à coup quand Jamie débarqua sans prévenir, feignant de ne pas avoir espionné toute leur conversation depuis le couloir.

— Désolé, je ne voulais pas vous interrompre, prétendit-il d'un air renfrogné.

— Et pourtant ! aboya Alex. Merci de refermer la porte derrière toi.

Il la claqua sans ménagement.

53

Lundi 8 septembre 2014
L'inspecteur

Jamie Lawrence apparaissait partout. Services sociaux, casier judiciaire, tribunal pour enfants, comité de probation, tous crachèrent son nom. Chacun usait de ses propres termes et de mots équivoques – son préféré jusque-là était « difficile » – mais l'idée générale était claire : c'était un garçon perturbé. Confié à l'assistance publique à l'âge de quatre ans. *Le pauvre petit*, songea Sparkes. *Il était en âge de comprendre que sa mère était incapable de s'occuper de lui.*

Les familles d'accueil avaient suivi – Sparkes en dénombra trois différentes en moins d'un an – puis il avait été adopté par les Lawrence, un couple de quadras sans enfant. Presque une décennie s'écoulait sans rien dans le dossier de Jamie, jusqu'à ce qu'il revienne avec fracas sur le devant de la scène en ado casse-cou. Au final, les Lawrence l'avaient à leur tour remis à l'assistance publique, pour son propre bien, selon leurs dires. Eux non plus n'avaient pas pu s'occuper de lui.

Foyers, petite délinquance, bagarres, comparutions au tribunal – première condamnation, récidive, dernière chance – parsemaient les documents étalés devant Sparkes. Le jour de son dix-septième anniversaire, Jamie était sorti du système, son projet pour l'autonomie en poche, avec l'intention de trouver du travail à en croire les dernières annotations de l'assistante sociale.

Cependant, le plus étrange était qu'il semblait s'être tenu à l'écart des problèmes à compter de cet instant. Il s'était fait discret et on n'avait plus jamais entendu parler de lui.

Jusqu'à aujourd'hui, se rappela Sparkes. Il avait un mauvais pressentiment concernant Jamie. Le chef du chantier de construction avait déclaré qu'il perdait son sang-froid – « il devenait fou » – quand les choses se passaient mal. Si on lui disait une parole de travers. Et les tensions et les problèmes étaient nombreux dans cette auberge de jeunesse, d'après les e-mails d'Alex. Jamie désirait prendre la place de Rosie auprès d'elle et devenir son compagnon de voyage. S'était-il assuré de libérer la place ? Avait-il fait le nécessaire pour concrétiser son vœu ? Alex l'avait-elle découvert ?

Toutes ces interrogations tournaient dans sa tête pendant qu'il étudiait la photo de groupe, cherchant à déchiffrer les expressions sur les visages de ces jeunes et à déterminer leurs relations.

Il cessa son examen en milieu de matinée, lorsque sa boîte de réception électronique commença à se remplir des réponses aux demandes qu'il avait faites. De nouveaux signaux d'alarme retentirent.

Il s'avéra que Jamie Lawrence, armé de son passeport tout neuf, avait voyagé sur le même vol Londres-Bangkok que les filles.

Les avait-il repérées dans l'avion ? Ou suivies depuis l'aéroport ? Sparkes se demanda s'il apparaissait sur les caméras de surveillance des arrivées à Suvarnabhumi. Ou sur celles des départs à Heathrow ? Il convoqua Salmond.

— Occupez-vous de ça, Zara. Demandez à la sécurité de l'aéroport d'essayer de repérer les filles et ceux qui gravitent autour d'elles sur les enregistrements des caméras de surveillance. Je crois que nous sommes enfin sur la bonne piste. Qu'avez-vous d'autre sur votre liste ?

— J'ai interrogé le chef du chantier de construction, la serveuse et les autres locataires de la maison où il loue une chambre.

— Et alors ?

— D'après leurs témoignages, il est très discret et solitaire. Il est du genre à aimer la pop sentimentale, apparemment.

— Vraiment ?

— Whitney Houston passait en boucle. Ses colocs s'en sont plaints.

— C'est un romantique, donc...

— Hum... Son ex-petite amie prétend qu'il était lunatique. Jaloux pour un rien et l'instant d'après taciturne. Elle en a eu assez et a mis fin à leur relation l'année dernière. D'après elle...

Salmond sortit son calepin pour citer les paroles exactes.

— D'après elle, il avait un problème de confiance. Si vous voulez mon avis, elle lit trop le courrier des lecteurs des magazines féminins.

— Un jeune homme perturbé. Alex aurait pu lui donner une raison d'être jaloux. Son engouement pour Jake était plutôt évident dans ses messages. Elle ne s'en cachait peut-être pas.

Les deux enquêteurs méditèrent ces informations et chacun plongé dans ses pensées opina du chef.

— Suivons cette piste, déclara Sparkes. Je sens qu'un profil se dessine.

Tout allait très bien, jusqu'à ce qu'il reçoive un message lui demandant de joindre son contact à Interpol.

— Bob, désolé du délai. C'est la folie, ici. Bref, ton Jamie Lawrence est apparu dans notre système. Il est en détention provisoire à Bangkok dans le cadre d'une enquête pour possession de stupéfiants.

— Non ! Vous le tenez ? C'est formidable. Quand a-t-il été arrêté ?

— Le mois dernier. La police thaïlandaise l'a appréhendé le 14 août.

— C'était la veille de l'incendie. Tu veux bien vérifier la date ?

Sparkes patienta en tapotant des doigts sur son bureau, l'esprit en ébullition. *Les Thaïlandais se sont trompés sur tout le reste, ils se trompent sûrement encore.*

— Oui, c'est bien ça. Ce n'est pas ce que tu voulais entendre, désolé, mais j'ai vu le rapport d'arrestation en ligne. Appréhendé le jeudi 14 août à 14 h 05. Avec deux grammes de cannabis.

— Mince ! Tu peux m'en envoyer une copie ? Quel bazar !

Il raccrocha et hurla dans le bureau vide :

— Salmond, venez ici !

Ensuite, il barra d'un trait le premier nom sur sa liste.

54

Mardi 9 septembre 2014
L'inspecteur

Il attendit toute la matinée les résultats des techniciens du service médico-légal. Il lui arrivait de penser qu'ils se moquaient de lui, à feindre de ne pas savoir qui appelait quand il leur demandait s'il y avait du nouveau. Il savait qu'ils le surnommaient Inspecteur Sparkle – étincelle – dans son dos. Ils n'étaient pas les derniers à plaisanter au labo.

— Inspecteur, je vous envoie à l'instant le résultat des analyses des prélèvements vaginaux, annonça une voix dans le combiné. N'hésitez pas s'il y a quoi que ce soit que vous ne comprenez pas.

Petit insolent.

— Sans faute. Merci.

« L'examen de la pièce à conviction RMS3 (prélèvement génital) révèle la présence de liquide séminal. Un profil ADN complet a pu être obtenu. »

L'infime échantillon de fluide corporel prélevé sur le corps de Rosie Mary Shaw contenait des traces de sperme.

Le labo avait lancé une recherche dans la base de données mais aucune correspondance d'ADN n'était ressortie. Jamie Lawrence mis hors de cause, Sparkes pariait sur Jake Waters.

Pauvre Kate, songea-t-il malgré lui. *Non, pauvre Alex et pauvres parents de Rosie*, se reprit-il. *Ce sont eux les victimes.*

Il relut les résultats, les barra sur sa liste des choses à faire.

Salmond frappa à sa porte.

— Il paraît que le labo a envoyé des résultats, monsieur.

— Ils vous ont dit qu'ils avaient trouvé des traces de sperme sur Rosie Shaw ?

— Non. Mon Dieu. Je parie que c'est Jake Waters. On le tient.

— On en est loin. À moins qu'il ne se soit rendu cette nuit et qu'on ne m'ait pas prévenu. Où peut-il bien être, bon sang ? Comment se fait-il que personne ne l'ait vu ? Qu'il n'y ait aucune activité sur son compte bancaire en dehors de la location des deux véhicules ? Il doit avoir du liquide sur lui et dormir à la dure. Cela fait deux, non trois semaines que l'Immigration nous a confirmé son retour sur le sol britannique. Comment peut-il rester invisible aussi longtemps ? Son portrait est partout.

Kate Waters s'était plainte de la photo utilisée, celle de son permis de conduire, qui le faisait ressembler à un criminel.

« Tout le monde a l'air d'un fou meurtrier sur ces tirages de photomaton, Bob ! s'était-elle écriée. Je vous en prie, diffusez une autre photo. Je vais vous en envoyer une personnelle. »

Cependant, le nouveau cliché n'avait pas non plus fait surgir les témoins. Personne n'avait contacté les services de police en dehors des habituels farceurs et autres cinglés en quête d'attention.

— Bref. Ce que nous avons, Zara, c'est peut-être la preuve qu'il a eu des rapports sexuels avec Rosie. Pas qu'il l'a tuée. Concentrons-nous sur les faits, d'accord ? Nous ignorons encore s'il s'agit de son ADN. Les résultats d'analyse des cheveux retrouvés sur la casquette de baseball devraient nous parvenir cet après-midi. Relancez le labo, voulez-vous ? De mon côté, je souhaiterais m'entretenir avec la hiérarchie sur la prochaine étape. Quelqu'un doit se rendre à Bangkok. Il faut interroger Jamie Lawrence, étudier la scène de crime et tenter de mettre la main sur les rapports originaux. Faire cela par téléphone ne nous avance à rien.

Le visage de Salmond s'illumina :

— Qui va y aller ? Moi ?

— Ne vous réjouissez pas trop. Ce ne sont pas des vacances.

— Bien sûr que non. Mais je ne suis jamais allée à Bangkok.

— Attendez un peu avant de faire vos valises. Ils n'ont pas encore dit oui.

L'inspecteur divisionnaire Chloé Wellington opina du chef pendant toute sa plaidoirie. Elle avait une réunion à 11 heures.

— Une convocation urgente à un vote, alors soyez bref et allez droit au but, Bob.

Cette recommandation l'avait incité à se concentrer sur les éléments en leur possession jusqu'à présent.

Deux jeunes filles mortes.

Décédées avant l'incendie qui avait sans doute été déclenché pour détruire des preuves de meurtre.

L'une étranglée et l'autre très probablement violée.

Le témoin et/ou suspect britannique se terrait à présent quelque part en Angleterre.

Le témoin britannique Jamie Lawrence se trouvait en détention à Bangkok.

Une enquête peu soigneuse sur place n'avait révélé presque aucun des éléments susmentionnés.

— Et combien ça va coûter ? s'enquit l'inspecteur divisionnaire Wellington.

— Un budget est en cours d'élaboration, mais il nous faudrait une équipe de quatre dont un officier de scène de crime et un photographe.

— Ainsi qu'un interprète, ajouta-t-elle avec un coup d'œil sur la pendule au-dessus de la porte. Donnez-moi dès que possible un chiffre approximatif que je puisse annoncer au commissaire divisionnaire. Mais sur le principe, c'est entendu. Vous devriez y aller.

— Pas sûr que je puisse, répondit Sparkes tout bas.

— C'est vous qui décidez, Bob. Mais à mon sens, vous êtes indispensable.

Salmond explosa presque littéralement de joie lorsqu'il le lui annonça.

— L'équipe se réunit dans trente minutes. Demandez à un agent d'étudier les prix des billets d'avion et des hôtels. Il nous faut un budget pour cet après-midi.

— Je m'en occupe.

Au courrier de l'après-midi, ils reçurent des résultats d'analyse qui indiquaient des résidus alimentaires dans les poumons de Rosie Shaw. La microscopie avait identifié des traces multiples de matière végétale dans les voies aériennes distales et les bronchioles.

— Elle se serait étouffée dans son propre vomi, dit-il à Salmond. La pauvre fille.

— Elle a perdu connaissance après avoir trop bu selon vous ?

— Sans doute, mais elle a aussi pu prendre de la drogue.

Sparkes parcourut à nouveau les e-mails d'Alex O'Connor pour retrouver celui où elle racontait que son amie se droguait. Dans son souvenir, elle ne précisait pas de quel stupéfiant il s'agissait mais il voulait vérifier.

> Rosie est complètement défoncée ce soir. Je n'arrive pas à la raisonner. Elle est assise là, le souffle court, les yeux vitreux, à faire peur. Qui sait ce qu'elle a pris ? J'ai posé la question à Lars, un des Hollandais, mais il s'est contenté de rire. Il dit qu'elle va bien, que lui aussi a pris la même chose. Je vais la mettre au lit et j'essaierai de lui en parler demain matin.

Les effets rappelaient ceux de la kétamine – dissociation et respiration difficile. Était-ce la première fois que Rosie y touchait ? C'était une drogue de boîte de nuit ; sniffée en petite quantité ou prise en suppositoire pour un effet plus rapide. Mais il ne durait pas toujours. Peut-être en avait-elle pris en continu afin de ne pas redescendre. Il était possible d'en faire une overdose – surtout si on planait déjà. Cependant ce n'était fatal que si on mélangeait à autre chose. Ou si on buvait trop et qu'on s'étouffait. Pour en être sûr, il allait devoir attendre les résultats toxicologiques de l'analyse du sang qu'Aoife avait réussi à extraire de l'artère fémorale de Rosie. Il était prêt à parier qu'il y aurait des traces de drogue.

— Je vais prévenir les Shaw, annonça-t-il.

Sparkes se rendit à Winchester sans se presser. Il avait besoin de temps pour réfléchir. Alex avait été étranglée. Rosie s'était étouffée. Quelle était la chronologie ? En quoi les deux décès étaient-ils liés ? L'un était-il la conséquence de l'autre ? Mais lequel ?

Il était toujours plongé dans ses pensées lorsqu'il se gara. Mike Shaw attendait devant la maison, dans son propre véhicule.

— Je préfère qu'on entre ensemble, inspecteur, expliqua-t-il d'un ton nerveux alors que Jenny les observait par la fenêtre.

Ils avaient pris place à chaque extrémité du salon si bien que Sparkes, au milieu, ne cessait de tourner la tête pour s'adresser à eux, comme s'il assistait à un match de tennis.

Jenny se mit aussitôt à pleurer et Mike vint s'asseoir sur l'accoudoir de son fauteuil pour lui tapoter le dos d'un geste maladroit quand Sparkes décrivit les derniers instants sur terre de leur fille.

— Elle est partie sans se rendre compte de rien.

C'était ce qu'ils voulaient entendre. Elle n'avait pas souffert.

Il les laissa à leur chagrin et retourna au commissariat.

*

Salmond l'appela au moment où il éteignait son ordinateur et débranchait son cerveau d'enquêteur. Il fallait qu'il rentre retrouver Eileen.

— J'allais partir, Zara. Est-ce important ? S'agit-il des résultats ADN ?

— Non, nous les aurons demain. Mais il semblerait que Jake Waters ait refait surface.

Il ralluma aussitôt son ordinateur.

— Où est-il ?

— À Kingston-upon-Thames. Il a pris de l'essence dans une station à la sortie de l'A3 et retiré du liquide au distributeur. On a mis une alerte sur ses mouvements bancaires et sa carte. On a été prévenus sur-le-champ.

— Et ?

— Il était reparti avant notre arrivée mais nous l'avons sur les bandes-vidéo des caméras de surveillance. Il conduit toujours le deuxième véhicule loué, une Skoda. Nous avons lancé la recherche automatique de plaques sur les caméras de l'A3 pour suivre son déplacement. S'il reste sur ces routes, son immatriculation sera repérée. Il n'ira pas loin.

— Bien, qu'est-ce qu'on a pour le moment ? Des images de vidéosurveillance pour l'identifier ?

— Floues et granuleuses, comme d'habitude. Il porte une casquette enfoncée sur les yeux et une sorte de foulard sur le bas du visage. Le type qui l'a encaissé à la station-service a dit qu'il l'avait rendu nerveux avec son déguisement de braqueur de banque, tout emmitouflé par une journée ensoleillée.

Le soleil brillait aujourd'hui ? Je n'ai même pas regardé une fois par la fenêtre.

— Qui est sur place ?

— Moi et deux agents pour entendre le personnel et les témoins avant qu'ils ne disparaissent. Et je coordonne l'alerte sur le véhicule avec les autres services.

— Se pourrait-il qu'il rentre chez lui ? Avez-vous interrogé Kate Waters ?

— Non, j'allais le faire ensuite.

— Je m'en occupe.

Il composa le numéro tout en réfléchissant à ce qu'il allait dire. Kate était maligne et elle comprendrait sans doute tout de suite. Il ne voulait pas courir le risque qu'elle prévienne son fils pour qu'il disparaisse à nouveau.

Il se demanda comment lui réagirait s'il s'agissait de son fils. Le dénoncerait-il ? Bien sûr que oui. Mais s'il subissait un procès médiatique ? Si les preuves contre lui étaient indirectes ? Pouvait-il, la main sur le cœur, jurer qu'il le dénoncerait ?

Kate mit un terme à ses réflexions en décrochant à la première sonnerie.

— Allô ? Vous avez du nouveau ?

— Jake aurait été vu dans une station-essence à Kingston.

— Kingston ? Dans le sud-ouest de Londres ? Qu'est-ce qu'il fabriquerait là-bas ?

— J'espérais que vous me le diriez. Voyez-vous une raison à sa présence dans ce secteur ? Il y a des amis ?

— Non, pas à ma connaissance. Personne ne s'arrête jamais à Kingston, on ne fait qu'y passer, non ? Comment savez-vous que c'est bien lui ?

— Il a retiré de l'argent avec sa carte de crédit et il conduisait le deuxième véhicule de location.

— D'accord. Plus important, avez-vous retrouvé la trace de Jamie Way ou Lawrence, ou quel que soit le nom qu'il utilise ?

Il marqua une légère hésitation.

— Quoi ? Vous l'avez arrêté ?

— Non, c'est la police thaïlandaise qui l'a arrêté. Il n'était pas présent, Kate. Il se trouvait en détention à Bangkok la nuit de l'incendie. Ce n'est pas lui le coupable.

Il pouvait percevoir la déception écrasante dans sa voix quand elle murmura :

— Non...

— Bon, je ferais mieux d'y aller.

Il prévint Helen, l'infirmière de soins palliatifs, qu'il serait en retard.

— Ne vous en faites pas, Bob. Elle dort. Elle n'en saura rien.

— Comment allait-elle aujourd'hui ?

— Pareil. À tout de suite.

Bangkok, dix-neuvième jour
Jeudi 14 août 2014

Jake quitta sa chambre tout de suite après Jamie, prétendant devoir retrouver Mama.

— Je reviens vite, lança-t-il en lui caressant les cheveux. Essaie de te reposer.

Alex envisagea de suivre son conseil et s'allongea un instant sur son lit, mais sans succès. *Prends une décision et suis-la*, lui aurait dit sa mère. Plus rien ne lui paraissait réel, elle avait l'impression de jouer dans une pièce de théâtre. Elle sortit son carnet et écrivit : « Idées pour retrouver Rosie » en haut de la page, repoussant le moment où il lui faudrait passer à l'action.

Bien, quelle est la priorité ?

Elle nota : « 1. Aller au cybercafé pour utiliser Internet » avant de le barrer. Il lui fallait un téléphone à elle pour que ses parents puissent la rappeler. Elle devait leur parler de vive voix, pas se contenter de leur envoyer un e-mail ou un SMS.

Elle mit son chapeau de soleil et marcha d'un pas lent sous la chaleur accablante, longeant les étals afin de profiter de l'ombre de leur auvent. Premier arrêt, le distributeur automatique pour retirer suffisamment de liquide afin d'acheter un portable et du crédit. Puis direction le magasin d'électronique de contrefaçons pour trouver un smartphone.

Son périple lui parut durer des heures mais elle finit par revenir dans sa chambre où, les doigts fébriles, elle inséra la carte SIM dans le téléphone.

Dès qu'il s'anima, elle tenta de se connecter à sa messagerie électronique mais son mot de passe ne fonctionnait plus. Cela faisait si longtemps qu'elle n'avait pas eu à l'indiquer qu'elle n'était plus sûre. Lorsqu'elle cliqua sur « mot de passe oublié », on l'informa qu'un lien pour le modifier avait été envoyé sur son téléphone. Sauf qu'elle avait perdu son téléphone. Elle eut envie de hurler. C'était comme ces puzzles en plastique où il faut sans cesse faire glisser les cases pour trouver le motif. Bon, elle n'avait qu'à appeler à la maison. Elle connaissait ce numéro par cœur.

Pourtant, elle rechignait à cette idée, tiraillée entre le réconfort d'entendre la voix chaleureuse de sa mère et la panique que son appel allait déclencher. Elle avait toujours été la fille sur qui on pouvait compter ; et c'était terminé. Elle prit une grande inspiration et s'obligea à composer le numéro avant de s'immobiliser soudain. C'était le milieu de la nuit à Winchester. Le soulagement la submergea à l'idée de pouvoir reporter le moment fatidique.

— Je vais essayer Rosie, annonça-t-elle à voix haute.

Elle pouvait la joindre maintenant ; la convaincre de revenir et d'arrêter ses bêtises. Sa mère n'en saurait jamais rien.

Mais impossible de se remémorer son numéro. Il était enregistré dans son portable et elle ne le connaissait pas par cœur. Elle tenta de faire apparaître les chiffres comme par magie – il y avait deux huit à la suite, elle en était convaincue – mais peine perdue. Si seulement elle pouvait retrouver son ancien téléphone... À cette pensée, elle composa son propre numéro. Après tout, il avait peut-être juste glissé quelque part.

Elle attendit, songeant qu'il ne devait plus avoir de batterie depuis le temps et qu'elle tomberait sur sa boîte vocale. Mais la tonalité se mit à retentir à son oreille. Elle éloigna le nouveau smartphone et reconnut sa sonnerie de téléphone, *Happy* de Pharrell Williams. Rosie et elle avaient choisi la même lorsqu'elles avaient embarqué pour Bangkok. *Et dire que ce n'était qu'il y a une quinzaine de jours.* Alex serra le smartphone entre ses doigts au souvenir de la dernière fois où elle avait été heureuse.

Elle entendait Pharrell chanter. Mais pas dans sa chambre. Elle avait dû laisser son portable au bar. Elle parcourut aussi vite qu'elle le put le couloir, sauf que le son s'atténuait. Elle s'immobilisa et tendit l'oreille, pivotant sur elle-même comme un radar pour repérer la faible musique. Elle provenait du dortoir.

Alex poussa la porte à l'instant où la chanson s'arrêtait.

— Merde ! laissa-t-elle échapper avant de rappeler.

— Tu as un nouveau portable ? demanda Jamie dans son dos.

— Heu, oui. Je crois que l'ancien est là-dedans.

— Dans notre chambre ? Qu'est-ce qu'il ferait là ?

— Je ne sais pas. Je l'ai entendu sonner.

— Oh, c'est le mien. J'ai la même sonnerie que toi, affirma Jamie avec un semblant de rire. Je venais répondre justement.

Sa voix était monocorde.

— Non, c'est faux. Ta sonnerie, c'est « I Will Always Love You ».

— J'ai changé, j'en ai eu marre. J'ai téléchargé « Happy ».

Elle battit en retraite, sans trop savoir si c'était la vérité, et avec la forte impression d'être une idiote. Elle s'assit sur son lit pour réfléchir à ce qu'elle allait dire à ses parents quand elle sauterait enfin le pas. Elle attendrait qu'ils soient levés, ou qu'ils soient rentrés du travail. Elle s'accordait encore quelques heures de répit.

55

Mercredi 10 septembre 2014
L'inspecteur

La voiture avait été retrouvée tard la veille ; elle brûlait sur un terrain vague dans le sud de Londres.

— Il a dû comprendre qu'il y avait des caméras de surveillance à la station-service, déclara Salmond quand elle lui téléphona pour le prévenir. Notre petit pyromane est à pied maintenant.

— Les techniciens ont pu prélever des éléments à examiner ? demanda-t-il à voix basse pour ne pas déranger Eileen au rez-de-chaussée.

— Pas grand-chose. Le feu avait déjà bien consumé le véhicule quand quelqu'un a appelé les secours. Apparemment, c'est assez courant dans ce coin.

— Bob...

La voix d'Eileen lui parvint du bas des escaliers.

— Récupérez les résultats ADN de Jake Waters, Zara. Je dois y aller.

Il raccrocha, empli d'un sentiment de culpabilité comme s'il venait de s'entretenir avec sa maîtresse.

— J'arrive, chérie, répondit-il d'une voix douce.

Comment allait-il lui annoncer qu'il désirait se rendre à Bangkok ? Il ne le ferait pas. Il ne pouvait pas partir. N'est-ce pas ? Elle pourrait... Il n'irait pas.

— C'était le travail ? demanda-t-elle lorsqu'il se pencha pour déposer un baiser sur son front.

— Oui. Pas de quoi s'inquiéter.

— Raconte-moi.

Il s'assit au bord du lit et prit sa main froide dans la sienne.

— La voiture que conduisait Jake Waters a été retrouvée incendiée. Il a encore disparu.

— Pas grave. Un flic futé comme toi va l'attraper.

— Je ne me sens pas très futé en ce moment.

— Pardon, chéri.

— Ne sois pas bête, Eileen. Je veux juste dire que j'ai des choses plus importantes à penser. Toi.

— Tais-toi, je vais bien. Mon amie la morphine et moi, nous formons une super équipe et nous faisons du bon boulot. Maintenant, fais le tien.

— J'essaie. Ce qu'il y a, c'est que... Il faudrait aller à Bangkok quelques jours pour interroger un témoin et s'entretenir avec la police locale.

Eileen garda le silence quelques instants pour s'accorder le temps de la réflexion. Elle se redressa tant bien que mal et s'assit ; il l'aida à regonfler les coussins dans son dos.

— Quand pars-tu ?

— Je n'y vais pas, Eileen. Comment le pourrais-je ?

— Oh, arrête de te morfondre. Va à Bangkok, Bob. Je m'en sortirai avec Sam et Helen. Ce n'est l'affaire que de deux jours.

— Mais tu pourrais... Je dois rester ici, bafouilla-t-il.

— Inutile de dramatiser. Ça va aller. Le médecin et Helen sont satisfaits. Ils maîtrisent ma douleur et c'est ce qui compte.

— Mais…

— Bon, si je te promets de ne pas mourir pendant ton absence, est-ce que tu iras ?

Ses yeux s'emplirent de larmes comme il tentait de réprimer le tremblement de ses lèvres. Cela n'échappa pas à Eileen qui lui tapota la main en guise de réconfort.

— Vas-y, reviens et raconte-moi tout. Je commence à apprécier les procédures policières.

Il ne put s'empêcher de sourire. Jamais auparavant son travail d'enquêteur ne l'avait intéressée. Elle se plaignait des longues heures de travail, du salaire de misère et des sacrifices que cela lui coûtait. Mais à présent qu'elle était mourante, elle voulait connaître les détails de chaque affaire. Elle s'était même mise à lire des romans policiers. Plus ils étaient sombres, mieux c'était.

— Nous en reparlerons demain matin.

— Qu'y a-t-il à rediscuter ? Je croyais qu'on était d'accord.

Il l'embrassa une nouvelle fois et se glissa auprès d'elle dans le lit étroit pour l'envelopper de son corps.

Lorsqu'il arriva au bureau le lendemain matin, les résultats l'y attendaient. Ils avaient une correspondance. Jake Waters avait eu un rapport sexuel avec Rosie Shaw. Qu'avait-il fait d'autre ?

— Vous êtes au courant ? demanda-t-il à Salmond quand elle vint frapper à sa porte.

— Oui. Il pourrait s'agir d'un viol selon vous ?

— Il n'existe pas de preuves physiques de cela. Et Alex raconte dans ses e-mails que Rosie draguait ouvertement Jake.

— Ça a pu très mal tourner si Alex l'a découvert…

Sparkes acquiesça.

— Pas un mot à qui que ce soit. Cette enquête se complique de jour en jour et il est inutile de tirer des conclusions hâtives et d'en informer les médias avant d'avoir retrouvé Jake Waters.

— Entendu, patron. Mais les familles des victimes s'impatientent, elles veulent des réponses.

— Prétendez un délai dans les résultats. L'analyse toxicologique qui prend du temps, un imprévu au labo... Faites preuve d'imagination. Les Shaw viennent tout juste d'apprendre la cause du décès de leur fille et ils doivent encore se faire à cette idée. Partons en Thaïlande et voyons ce qu'on peut y découvrir.

56

Vendredi 12 septembre 2014
L'inspecteur

Le vol l'avait épuisé et lui avait embrouillé les idées. Il avait tenté de dormir mais impossible de trouver le sommeil. Et les ronflements de Salmond qui ne cessait de remuer sur le siège à côté ne l'y avaient pas aidé. Ils se dévisagèrent lorsque les lumières se rallumèrent pour le service du petit déjeuner.

— Vous avez l'air d'un mort vivant ! s'exclama-t-elle. Avec un peu de chance, nous ferons tellement peur aux policiers thaïlandais qu'ils seront prêts à coopérer.

Il hocha la tête et enfourna des cuillerées de yaourt et des quartiers d'orange dans sa bouche de zombie.

Une douche brûlante et une chemise propre lui permirent de se sentir frais et dispos pour sa rencontre avec le colonel de police Prasongsanti du service de répression du crime. Vingt minutes plus tard, il se demandait pourquoi il avait pris cette peine.

Le rendez-vous n'était qu'un atroce exercice de diplomatie. Et de l'avis de Sparkes, il n'avait rien à voir avec l'enquête. L'officier supérieur thaïlandais se montrait d'une courtoisie qui frôlait la parodie, à s'incliner sans cesse, à discourir sur l'importance de la coopération avec les autorités britanniques, à s'enquérir des procédures dans leur pays. En revanche, sur les filles, pas un mot.

Bob tenta à plusieurs reprises d'aborder le sujet avec subtilité. Il remercia le policier et lui assura qu'il avait hâte de travailler avec son équipe. Il dut patienter pendant que l'interprète procédait à ses allers et retours linguistiques pour se faire gentiment rabrouer.

Au final, il requit sans détours les rapports de police. Le sourire du colonel Prasongsanti se figea tandis qu'on lui traduisait la demande.

Donc, c'est non.

— Le colonel Prasongsanti regrette mais c'est impossible pour le moment. Les rapports sont toujours en cours. Mais vous pouvez vous rendre sur la scène de crime.

Eh bien, c'est déjà ça.

— Cela nous sera très utile, merci. Quand compte-t-il obtenir les rapports ?

— Bientôt.

— Pourrions-nous rencontrer les enquêteurs en charge de l'affaire ?

— Désolé, ils sont affectés à d'autres cas.

Sparkes offrit un sourire crispé à son homologue.

— Ils pourraient peut-être nous accorder une heure. Nous leur en serions très reconnaissants. Nous voulons seulement apprendre d'eux…

Il avait touché la corde sensible. Le colonel acquiesça d'un air grave.

— Il va organiser un rendez-vous. Plus tard dans la journée. On vous téléphonera au numéro que vous avez fourni.

— Merci beaucoup, le remercia Sparkes en s'inclinant en même temps que son hôte.

— Eh bien, c'était pire que se faire arracher une dent, souffla-t-il à Salmond en regagnant l'entrée principale.

— Quelle fichue comédie. Je me demande avec qui ils vont nous autoriser à nous entretenir. Quelqu'un au courant de rien sûrement.

— Nous verrons bien. En attendant, poursuivons avec ce que l'on a. Allons sur les lieux de l'incendie. Où sont Jason et Nicole ? Faut-il passer les chercher ?

Ils avaient laissé les deux officiers de scène de crime à l'hôtel où ils combattaient les effets du décalage horaire à grand renfort de caféine. Tous deux en avaient ingurgité plus que la dose recommandée à voir leur mine tendue quand ils montèrent dans le taxi. Jason Fellowes entreprit aussitôt d'exposer son plan d'un débit plus rapide que la normale. Sparkes l'écouta sans dire un mot, passant mentalement en revue sa propre liste de choses à faire.

Une fois garés devant l'auberge de jeunesse Mama's Paradise, tous s'accordèrent cinq bonnes minutes pour observer avec attention le bâtiment, les immeubles avoisinants, les accès, les passants. Ils prenaient la température, comme disait Sparkes.

Pour lui, voir la scène d'un regard neuf était crucial. Aussi neuf que le permettaient douze heures enfermé dans un avion, en tout cas. Il se frotta les yeux et tenta de retrouver dans ce décor celui qu'avait brossé Alex dans ses e-mails et celui des photos prises par Lars. La suie et la cendre coloraient le bâtiment en sépia mais il restait des éclats de couleur par-ci par-là. Les lambeaux d'une banderole rouge vif promouvant une marque de whisky au fond du bar ; une caisse en plastique jaune fondu.

Il tenta de trouver des repères : la terrasse où Alex et Rosie buvaient des bières quand il pleuvait ; le bureau de Mama derrière le comptoir ; l'escalier en ciment qui menait à la chambre des filles ; les grilles aux fenêtres de ce qui avait dû être le dortoir – le « repaire des mâles », comme l'avait appelé Rosie, selon Alex.

— Bien, marmonna Sparkes.

Les autres attendaient son signal pour se mettre en mouvement.

— J'adore le glamour des hôtels bon marché, plaisanta Salmond en enfilant sa combinaison de protection aux côtés de Nicole. J'en ai une pour vous, patron.

Sparkes s'empara de la tenue et s'en revêtit avant de glisser les mains dans des gants en latex. Ils respectaient les procédures même si tout Bangkok avait déjà dû entrer et contaminer leur scène de crime. Leur déguisement attira la foule. Surtout des touristes apparemment desœuvrés mais aussi quelques marchands qui s'approchaient pour mieux profiter du spectacle.

— Allez, finissons-en, lança Sparkes, pressé de s'éloigner de leur public.

Il transpirait déjà à grosses gouttes dans sa combinaison.

Nicole Ratner commença à filmer et ouvrit la marche. Sparkes se déplaça derrière elle au milieu des décombres, prenant mentalement la pleine mesure du drame. Il ne prononcerait pas un mot tant qu'il n'aurait pas fait le tour complet. C'était sa manière de procéder. Il choisit un chemin à travers les débris du rez-de-chaussée, se repéra et réprima tant bien que mal sa frustration. Il était étonné – non horrifié – de constater combien de preuves et d'indices potentiels avaient été délaissés pendant des semaines, à la merci des chiens errants et des voleurs. Des bouteilles roulaient au gré du vent sous les structures déformées par les flammes des lits superposés. Des objets carbonisés – un téléphone fondu, un bracelet, des morceaux non identifiables de plastique et de métal – flottaient sur un océan de cendre, reposant sans doute à l'endroit même où on les avait jetés.

La police thaïlandaise avait prétendu au départ qu'une bougie renversée lors d'une fête était à l'origine de l'incendie mais il semblait à Sparkes que le feu avait démarré à l'arrière du bâtiment, au bout d'un couloir.

Drôle d'endroit pour faire une fête. Et si une bougie était tombée sur ce sol en ciment, elle se serait éteinte. Il faut du combustible pour alimenter le feu.

Il suivit du regard les traces de brûlures le long des murs jusqu'à ce qui avait dû être une porte. Il n'en restait plus rien sinon un trou béant. Il était prêt à parier que le feu avait démarré ici, contre cette porte. Était-il volontaire ? Son but était-il d'empêcher les gens de sortir ? D'entrer ? De dissimuler ce qu'il s'était passé de l'autre côté ?

Le passage menait à une petite cour cernée de toutes parts par les murs dénudés des voisins et jonchée de bouteilles de gaz noircies et de plastique rouge fondu. La chambre frigorifique, dans laquelle les corps avaient été découverts quatre semaines plus tôt, se situait dans un coin. Elle paraissait de fabrication artisanale. Il s'agissait en fait d'une grosse boîte en métal bosselée, réparée et rouillée aux angles. La fermeture de la porte était endommagée et la cendre recouvrait la climatisation extérieure. Il se demanda comment on avait pu la transporter dans la cour ; elle avait dû être construite sur place.

À l'intérieur, les casiers à bouteilles étaient encore intacts, empilés contre une paroi ; les bouteilles s'entrechoquèrent lorsqu'il posa le pied sur le sol inégal. Cela empestait la pourriture et les excréments de rat et Sparkes posa la main contre son masque pour filtrer l'air qu'il respirait. Il se retourna et découvrit seulement alors le tapis en coco dans l'ombre de la porte ; à l'endroit même, devina-t-il, où les policiers qui avaient trouvé les corps l'avaient jeté.

— On l'embarque, dit-il à Jason qui l'avait rejoint dans l'espace exigu.

— OK, patron. Nicole prend des photos avant que je ne commence à tout passer en revue.

Sparkes se dénicha un coin d'ombre à l'avant du bâtiment et s'y abrita pour dessiner un plan grossier des lieux dans son calepin. Il prenait ses notes avec soin. C'était primordial – encore plus ces temps-ci où il était si facilement distrait.

Il réfléchissait à la distance qui séparait le dortoir de l'endroit où les filles avaient été retrouvées quand Salmond le rejoignit.

— Tout va bien, monsieur ? demanda-t-elle en retirant ses gants et son capuchon.

— Oui. Enfin à part que cette scène de crime est une honte sans nom. Jason a-t-il ramassé les bouteilles dans le dortoir ?

— Oui, tout est emballé et étiqueté. Il y a des empreintes partout, évidemment, mais il se concentre sur la chambre frigorifique. Il a dit qu'il y avait une belle empreinte de paume à l'intérieur, près de la porte.

— Sans doute un policier ou un intrus venu récupérer un souvenir. Mais nous devons tout examiner.

— Je ne crois pas qu'elles aient été tuées dans le frigo, patron, et vous ? C'est très étroit ; j'y tiens tout juste debout, et il aurait fallu qu'il en tue une pendant que l'autre ne réagissait pas.

Sparkes acquiesça.

— Aucune marque sur les corps ne laisse supposer qu'elles ont été ligotées. Cependant, il reste possible qu'elles n'aient pas été tuées au même moment. Je pense plutôt qu'elles sont mortes dans le bâtiment principal. Cette cour n'est accessible que par l'auberge et la rue devant n'est jamais déserte. Regardez donc ! Il doit y avoir du monde vingt-quatre heures sur vingt-quatre avec tous ces clubs et ces bars dans le quartier. Difficile de déplacer deux cadavres sans se faire remarquer. Même ici.

— Je parie sur le dortoir, déclara Salmond en dévissant le bouchon d'une bouteille d'eau. Il pourrait s'agir d'un jeu sexuel qui aurait mal tourné. Une asphyxie autoérotique. Comme ce député, avec la mandarine satsuma.

— Une mandarine satsuma ?

— Ou une clémentine peut-être.

— Peu importe ! Zara, c'est le décalage horaire qui vous fait cet effet ?

— Un peu, répondit-elle avec une grimace.

— Qui est la dernière personne à les avoir vues en vie ?

— Ceux qui étaient présents à la fête, d'après la police thaïlandaise. Sauf qu'il n'y avait personne apparemment. Les seuls autres clients de l'auberge étaient les deux Hollandais, Jake Waters et Jamie Lawrence. Lars et Diederik sont partis le 11 et Lawrence dormait en prison cette nuit-là.

— Nous devons l'interroger dès que possible – et prendre ses empreintes. Attendre les preuves médico-légales de Bangkok est une perte de temps.

Sparkes consulta une nouvelle fois ses notes.

— Nous n'avons que la parole de la police sur le fait que les filles étaient en vie ce soir-là. Elles ont pu être tuées avant et leurs corps dissimulés les jours précédents. Aoife ne pouvait pas déterminer avec plus de précision le moment de leur mort à cause de la température dans la chambre frigorifique. De quand date le dernier e-mail d'Alex à son amie Mags ?

Salmond sortit son téléphone et fit défiler en silence les données sur son écran.

— Le 12 août, annonça-t-elle. Le soir où Alex a surpris Rosie en train de voler dans son sac.

— Par conséquent, elles ont pu mourir n'importe quand au cours des soixante-douze heures qui ont précédé l'incendie.

— C'est ça.

Le téléphone de Sparkes se mit à sonner. Un numéro local.

Deux officiers thaïlandais – le plus gradé bredouillant un anglais approximatif – arrivèrent une demi-heure plus tard. Un large sourire plaqué aux lèvres, ils saluèrent les enquêteurs britanniques avant de les conduire à l'intérieur de l'auberge pour leur indiquer les zones qu'ils avaient examinées. À l'évidence, on leur avait affirmé qu'ils étaient là pour enseigner à leurs homologues comment mener une investigation.

— Je crois comprendre que, selon vous, c'est une bougie renversée qui serait à l'origine de l'incendie ? dit Sparkes avec un sourire en les imitant. Pour quelle raison croyez-vous cela ? Un témoin a-t-il déclaré qu'il y avait une bougie ?

— La propriétaire, répondit le policier. Beaucoup de fêtes ici. Les jeunes ivres. Ils allument bougies. Bougie est renversée.

Il fit mine de partir, sa tâche accomplie.

— Quand avez-vous interrogé la propriétaire ? Je croyais qu'elle avait disparu ?

— Après le feu. Elle a beaucoup aidé.

— Mais vous n'avez pas d'autres témoins ?

— Juste propriétaire. Elle a tout perdu dans le feu. C'était la faute des touristes qui sont mortes.

— Sauf que l'autopsie que nous avons pratiquée en Angleterre révèle qu'une des filles a été assassinée. Étranglée, insista Sparkes, en bloquant avec nonchalance le passage pour empêcher les policiers de partir. Nous vous avons envoyé le rapport.

Les deux Thaïlandais discutèrent un instant entre eux.

— L'affaire est bouclée. Nous avons du travail, nous devons partir, annonça l'officier supérieur.

— Je vous remercie de nous avoir montré votre façon de procéder, déclara Sparkes en s'efforçant d'étouffer le sarcasme dans sa voix. Pouvons-nous avoir une copie de votre rapport ? Cela nous serait très utile.

— Pas possible, désolé.

Sur ce, ils s'en allèrent.

L'équipe se regroupa dans un café au bout de la ruelle.

— Nous devons de toute urgence interroger la propriétaire, décréta Sparkes. Elle était là. Interrogez les voisins. Ils savent peut-être où elle se trouve. De mon côté, je vais demander à l'ambassade de nous aider à rencontrer Jamie Lawrence.

Et ensuite, nous rentrerons chez nous.

57

Vendredi 12 septembre 2014
La journaliste

Venir était une décision facile à prendre, vraiment. Je poursuivais toutes les pistes de cette affaire pour découvrir la vérité sur les événements, la vérité sur l'implication de mon fils, et Jamie Lawrence semblait être la seule personne en vie susceptible de détenir des informations. *À part toi, Jake. Mais tu n'es pas là. Et j'ai besoin de savoir de quoi je te protège.*

J'ai expliqué tout ça à Steve sitôt après avoir appris que Jamie Lawrence se trouvait en détention à Bangkok. Il a écouté sans prononcer un mot tout en se servant du poulet dhansak qui baignait dans la sauce rouge pleine d'huile dans le plat en alu.

« Pourquoi devrais-tu y aller, alors ? Tu pourrais attendre que ton ami l'inspecteur Sparkes l'interroge et te fasse son rapport, a-t-il marmonné.

— Parce que j'ai des questions à lui poser. Il ne voudra peut-être pas parler à la police.

— Mais à toi, oui ? a répliqué Steve, un sourcil haussé, avant de boire une gorgée de bière.

— Je le ferai coopérer, Steve. Je le convaincrai.

— Je n'en doute pas, Katie. Personne ne peut résister à ton charme, n'est-ce pas ? »

J'ai repoussé mon assiette avant de répondre.

« Ne sois pas désagréable avec moi. Tu es épuisé, je le comprends. Moi aussi. Mais je dois découvrir ce qu'il sait. Tu t'en rends compte quand même ? »

Steve n'a pas répondu. Il a enfourné une autre bouchée de curry.

« Non ? ai-je insisté d'une voix plus forte. Ce garçon est peut-être la clé de toute cette histoire.

— En fait, c'est Jake la clé de toute cette histoire. Tu ferais mieux de consacrer ton énergie à le rechercher, non ? Cet autre jeune homme a déjà été mis hors de cause par la police. Il n'était pas là. C'est un mécanisme de transfert, Katie. Une distraction onéreuse ; ce voyage va nous coûter une fortune. Et si ça se trouve, tu n'auras même pas l'autorisation de le rencontrer.

— Ce n'est pas juste. J'ai fait tout mon possible pour retrouver Jake. »

C'est la vérité. J'ai traqué ses amis du lycée, ses camarades de l'université, même sa traîtresse d'ex-copine que j'ai interrogée avec calme alors que le désespoir me rongeait de l'intérieur. J'ai contacté ses anciens coéquipiers de foot, je me suis rendue dans les pubs qu'il fréquentait, les bibliothèques où il étudiait, les cafés, les boutiques qu'il aimait. En vain. Personne ne l'a vu, personne n'a eu de ses nouvelles.

« Quoi qu'il en soit, je vais y aller. J'ai connu des endroits pires que ça. »

Me sont notamment revenues en mémoire une réserve naturelle après les heures d'ouverture pour trouver un éléphant enchaîné, et une prison façon *Midnight Express* en Bulgarie.

« Et j'ai des économies, j'ajoute.

— C'est l'argent de nos vacances.

— Tant pis. C'est important. Je pars. »

Il a enfourné un autre morceau de poulet qu'il a mastiqué en silence.

Et me voilà. De retour à Bangkok pour l'acte II, à contempler les mêmes immeubles qui se fondent les uns aux autres dans le taxi lancé à vive allure. Don s'est déjà attelé à la tâche pour moi. Je vais devoir le dédommager de ma poche, mais il vaut son pesant d'or. Si quelqu'un peut m'obtenir une entrée au centre de détention provisoire, c'est bien lui.

Nous nous retrouvons dans le même café au bout de la ruelle et je cherche aussitôt Ross du regard aux tables avoisinantes. Il n'est pas là. Je reporte mon attention sur Don et tente de me concentrer sur ce qu'il raconte.

— Tu peux aller à la prison Klong Prem cet après-midi. Ça n'a pas coûté grand-chose mais tu n'auras droit qu'à trente minutes avec le prisonnier.

— Tu es un génie, Don. Tu m'accompagnes, au cas où j'aurais besoin d'un interprète ?

— Bien sûr.

— Mais c'est Kate Waters ! s'écrie une voix par-dessus le brouhaha du café.

Je pivote sur ma chaise. L'inspectrice Zara Salmond est installée deux rangées derrière moi. Elle saute sur ses pieds et s'avance à grandes enjambées entre les tables, tel un missile fonçant sur sa cible. Les deux personnes qui l'accompagnent l'observent d'un œil étonné.

— Qu'est-ce que vous fichez ici ? lance Salmond par-dessus la tête des autres clients, sans attendre d'avoir atteint la table.

— Heu, bonjour, dis-je. Je travaille sur un article.

— Tiens donc ? Attendez que le patron apprenne que vous êtes ici.

Je fais volte-face mais ne vois Bob Sparkes nulle part.

— Il est ici ?

— Ça oui, alors. Il est en train de passer un coup de fil dehors.

Je me lève à la hâte. Je préfère lui parler seule à seul, sans un public de touristes curieux et de policiers vociférants.

Nous manquons nous rentrer dedans quand je débouche à l'angle de la rue. Le téléphone à la main, il a l'esprit ailleurs.

— Bob, dis-je en le faisant sursauter.

Je poursuis ma marche, l'entraînant avec moi à l'ombre d'où il vient.

— Kate ? Qu'est-ce que vous faites ici ?

— Votre collègue vient de me poser la même question. Je suis venue couvrir l'affaire, bien sûr.

— Quelle affaire ? Je croyais que vous aviez confié ce sujet à Joe Jackson. Vous êtes censée être en congés pour raisons familiales.

— Oui, eh bien, je n'aime pas rester sans rien faire. Et Joe est occupé ailleurs pour le moment. Comment allez-vous ? Comment ça s'est passé avec la police thaïlandaise ?

— Disons que nous menons l'enquête de notre côté. Notre équipe examine la scène de crime et essaie de retrouver la propriétaire. La police prétend désormais qu'elle est un témoin.

— Vraiment ? Je pourrais peut-être vous aider sur ce point. Je rencontre un des amis de Jake tout à l'heure. Il saura peut-être où la trouver.

— D'accord, concède-t-il d'un air chagriné.

— Nous pourrions y aller ensemble, discuter tranquillement avec lui, dis-je en retombant dans les automatismes de notre relation professionnelle.

— Pas vraiment, Kate, répond-il d'un ton sec qui me ramène à la réalité. J'apprécie votre proposition mais nous sommes à la recherche de votre fils dans le cadre d'une enquête pour meurtre…

— Oui, pardon, je suis bête.

— Bref, qu'espérez-vous découvrir ici ? Jake est en Angleterre. Ne devriez-vous pas y être également au cas où il se montrerait ?

— On dirait mon mari.

Sparkes se fend d'un sourire.

— Il a toute ma sympathie.

Je marmonne entre mes dents. Je n'ai pas envie qu'il sache pour ma visite à la prison. Il pourrait chercher à m'en empêcher.

— C'est ici que le drame s'est produit. Je dois découvrir la vérité, Bob, pour le bien de Jake. Et je ne peux pas rester les bras croisés. C'est plus fort que moi, je dois agir.

— Je sais.

Et c'est la vérité, il sait. Nous sommes faits du même bois, lui et moi.

— Je dois vous laisser, dis-je. Le temps file.

— Où allez-vous ?

— Faire un truc. Et vous ?

— Pareil, répond-il avec un clin d'œil.

58

Vendredi 12 septembre 2014
La journaliste

Les files d'attente devant la prison Klong Prem sont interminables et je ronge mes ongles d'impatience en me demandant si nous réussirons à entrer avant l'heure de fin des visites.

Le contact de Don lui a fourni l'identité complète de Jamie Lawrence ainsi que le numéro de son bâtiment et lui a assuré que nous n'avions qu'à nous présenter. Les visiteurs doivent suivre des dizaines de règles : ne pas apporter de livres ni de magazines contenant des images de femmes (vêtues ou non), ni argent, ni nourriture. Il est possible en revanche de payer pour des articles de toilette ou des repas dont, bizarrement, des menus KFC, et de les faire livrer par le service pénitentiaire.

« C'est la double peine, ai-je tenté de plaisanter.

— Le repas quotidien là-dedans se compose de riz et de tête de poisson, m'a appris Don. Il sera reconnaissant de ce que nous lui offrirons, quoi que ce soit.

— J'espère qu'il n'est pas végétarien, ai-je répliqué en lui tendant l'argent pour un seau de poulet frit, du dentifrice et du savon.

— Ne t'en fais pas, il s'en servira de monnaie d'échange s'il n'en veut pas. »

La procédure prend un temps infini, il faut présenter son passeport, subir une fouille, remplir des formulaires dans des couloirs qui résonnent puis suivre les panneaux jusqu'à la salle des visites. Enfin, nous prenons place sur un banc en attendant qu'on nous appelle.

*

Un brusque flot de personnes indique la fin de la visite précédente et je me prépare. Je sais quelles questions je veux poser, ce que j'espère entendre. Ce que j'espère qu'il ne dira pas.

À l'appel de leurs noms, les visiteurs sautent sur leurs pieds et se précipitent dans le box qui leur est attribué.

Don se lève tout à coup.

— C'est nous, explique-t-il.

Je n'ai pas entendu mon nom, ni rien d'approchant, mais il me prend par le coude et me souffle :

— Il ne faut pas traîner, nous n'avons pas beaucoup de temps. C'est celui tout au fond.

Nous marchons d'un pas rapide, passons derrière les autres visiteurs déjà installés aux grilles de sécurité et penchés vers leurs proches. Le bruit est assourdissant ; des dizaines de voix rivalisent et se répercutent contre les murs.

Dans le box, il y a un tabouret haut et un combiné téléphonique en plastique. Je m'assieds et à travers les deux grilles métalliques – l'une à quelques centimètres de mon visage, l'autre trois mètres plus loin – je scrute la silhouette assise de l'autre côté, le téléphone à l'oreille. Je plisse les yeux pour mieux discerner.

— C'est un Thaïlandais, dis-je à Don.

Il plaque le nez à la grille pour vérifier.

Je décroche le combiné et demande malgré tout :

— Jamie ?

L'homme répond quelque chose que je ne comprends pas.

— Ce n'est pas lui ! dis-je à Don en criant. Est-ce que c'est le bon box ? On perd du temps.

Il se dirige d'un pas décidé vers le gardien assis au bureau derrière nous et revient presque aussitôt.

— C'est le bon endroit, mais le mauvais prisonnier. Il était là pour la visite précédente. Le nôtre arrive.

Je nettoie le téléphone avec une lingette, puis la grille, tandis que le prisonnier thaïlandais est escorté dans sa cellule et que le jeune homme que nous sommes venus voir s'installe.

Je me fige, incapable de parler.

— Prends le téléphone, me lance Don.

J'obéis. En face de moi, le garçon fait de même.

— Salut, maman, dit-il.

59

Vendredi 12 septembre 2014
La journaliste

Jake aussi reste muet maintenant. Nous nous dévisageons sans parler.

Il est figé, pétrifié comme une gravure sur une pierre tombale. Mais c'est bien lui.

— Jake, je murmure par-dessus le bourdonnement exalté des voix autour de moi.

Sa tête vacille, un léger mouvement.

Il porte une main à son visage, le recouvre de telle sorte qu'on dirait qu'il regarde à travers une fissure dans le mur.

— Je n'arrive pas à croire que tu sois venue, dit-il.

Don se penche pour me donner un coup de coude. Il n'entend notre conversation que de mon côté.

— Tu t'es trompée de prénom. Il s'appelle Jamie. Maintenant, interroge-le, bon sang. On n'est pas venus ici pour le regarder.

J'essaie de parler mais ma gorge est si serrée que seul un couinement s'en échappe.

Don m'arrache le combiné des mains et se lance.

— Bonjour, Jamie. Désolé pour la confusion. Mon amie souffre du décalage horaire. Comment allez-vous ? Nous sommes journalistes et nous souhaiterions vous poser des questions au sujet de l'auberge Mama's Paradise.

Je lui reprends le téléphone d'un geste sec qui l'effraie.

— Jake, qu'est-ce que tu fais ici ?

Les traits de Don se figent.

— C'est mon fils, lui dis-je. C'est Jake.

Mon fils et moi parlons sans nous presser, nous avançons à tâtons sur le champ de mines de nos questions en souffrance. Je serre les doigts sur le combiné, comme je l'ai déjà fait, à des milliers de kilomètres d'ici, pour saisir chaque mot. Don s'assied, l'oreille collée à la mienne pour entendre lui aussi. Il prend des notes et nous interrompt de temps en temps pour approfondir un point.

Jake nous raconte que Jamie lui a volé son passeport et l'a remplacé par le sien. Il ignore pourquoi. Il ne s'en est aperçu que lorsqu'on l'a arrêté dans un bar près de l'auberge. Les policiers ont fouillé son sac à dos et trouvé le passeport de Jamie ainsi qu'un petit sachet de cannabis.

— C'était un piège, maman. Quelqu'un a dit à la police où me trouver. Ils sont venus tout droit à ma table. Ils ont mis la drogue dans mes affaires. Je ne comprenais rien de ce qu'ils racontaient, ils criaient et quand ils ont examiné mes papiers d'identité, ils ont supposé que j'étais Jamie Lawrence. Je ne les ai pas détrompés parce que je croyais pouvoir arranger les choses sans que personne n'apprenne jamais que j'avais été arrêté.

Personne, il veut dire nous. Il ne voulait pas que nous le sachions.

— Y a-t-il eu une audience ? demande Don.

— Non, je suis en détention provisoire.

— Pourquoi ne nous as-tu pas prévenus, Jake ?

Il soupire dans le téléphone.

— Je suis désolé, maman. Je voulais le faire, mais...

— Tu nous as dit que tu étais à Phuket, à protéger la nature ou je ne sais quoi. Ça fait deux ans que nous ignorons ce que tu fais...

— Maman..., me coupe-t-il.

Je me tais. Avant de reprendre :

— Pardon. Je n'avais pas l'intention de te faire subir un interrogatoire.

C'est pour plus tard, me dis-je en mon for intérieur.

— C'est juste que ça me fait un choc de te trouver ici.

Nous voilà de retour au point de départ.

— Alors, pourquoi es-tu venue, maman ? De quoi voulais-tu parler avec Jamie ?

— De l'incendie à l'auberge.

Il se redresse d'un coup.

— Quel incendie ? Quand ?

— Le lendemain soir de ton arrestation. Tu n'étais pas au courant ?

Il secoue la tête.

— Les gardiens ne parlent pas anglais. Je n'ai aucune nouvelle ici.

— Deux filles qui y séjournaient sont mortes.

— Deux ? s'écrie-t-il en se reprenant la tête entre les mains. Oh, mon Dieu ! Alex ?

Pourquoi pas Rosie ?

Don me dévisage. Lui aussi remarque quelque chose de bizarre dans la réaction de Jake. Je secoue la tête et lui souffle que c'est le choc.

— Je sais combien ce doit être pénible, mon cœur, dis-je pour fournir une explication à sa place – autant pour Don que pour moi. La police mène l'enquête, ici et en Angleterre. Alex aurait été assassinée, Jake. On l'a étranglée avant d'incendier l'établissement.

Ses traits se liquéfient et les larmes se mettent à couler. Je pose la main à plat sur la grille ; c'est le mieux que je puisse faire pour le réconforter.

— Ne pleure pas, mon ange.

C'est la première fois que je prononce ces mots depuis qu'il est tout petit ; je sanglote à mon tour.

— Qui l'a tuée, selon toi, Jake ? demande Don. Y avait-il quelqu'un de bizarre dans son entourage ? Quelqu'un qui s'intéressait un peu trop à elle ?

Mon fils tente de calmer sa respiration.

— On plaisantait en disant que Jamie la harcelait, répond-il d'une voix rauque et plate, comme si toute vie l'avait abandonné. Il essayait de la convaincre d'aller aux îles Phi Phi avec lui après que Rosie...

Il s'arrête.

— Après que Rosie... quoi ?

— J'essaie de me rappeler, réplique-t-il d'une voix incertaine. Rosie est partie la veille de mon arrestation. Elle a dit à Mama qu'elle allait en Birmanie avec des Hollandais. Jamie était aux anges. Il pensait qu'il aurait Alex pour lui tout seul.

— Des Hollandais ? Tu parles de Lars et Diederik ?

— Oui. Comment tu les connais ?

Ses yeux lancent des éclairs.

— J'ai rencontré Lars, Jake. Je couvre l'affaire pour le journal.

Et je plonge mon regard dans le sien pour voir s'il ment. Lorsqu'il était petit, je pouvais toujours le deviner ainsi. Il détournait les yeux ou les baissait sur ses chaussures. « C'est la faute de Freddie... » En grandissant, ses mensonges sont devenus plus subtils, et la vérité plus difficile à déterminer. « J'ai essayé de t'appeler, mais je n'avais plus de crédit sur mon portable... » Pourtant, je parvenais toujours à repérer l'imposture. « Promis, maman. »

Si je l'interrogeais dans le cadre de mon article, je lui révélerais sans détour que Rosie n'a jamais rejoint les Hollandais en Birmanie. Mais j'ignore ce qu'il répondrait. Je ne veux pas qu'il me mente. Je n'y suis pas prête.

— Elle n'a jamais quitté l'auberge, intervient Don. Le deuxième cadavre, c'est elle.

— C'est une affaire retentissante, dis-je pour couper court. Ton portrait s'est retrouvé en une de tous les journaux en Angleterre depuis l'incendie. La police souhaite t'interroger sur ces décès, Jake. Tu es dans un sacré pétrin.

— Oh mon Dieu ! Mais pourquoi est-ce qu'ils ne recherchent pas Jamie ?

— Parce qu'à leur connaissance, il est emprisonné à Bangkok.

Ses traits s'affaissent à nouveau.

— Je... Nous allons te faire sortir d'ici, dis-je.

Je ne sais pas du tout comment mais je dois lui redonner espoir.

— OK, répond-il.

— Tiens bon, intervient Don. Nous allons te trouver un avocat. J'en connais un qui pourrait nous aider. Ensuite, nous informerons la police de ta véritable identité. D'accord ?

Jake acquiesce. Il ne me regarde pas. La cloche retentit et nous commençons à nous dire au revoir.

— Je reviendrai demain. Je t'ai fait envoyer du KFC, dis-je en désespoir de cause.

On le tire hors de son siège pour laisser la place au prisonnier suivant.

— Je t'aime, Jake !

J'ai crié à travers la grille mais il ne montre aucun signe de m'avoir entendue.

60

Vendredi 12 septembre 2014
La journaliste

Don et moi attendons d'être dehors pour discuter.

— Est-ce qu'on peut le faire sortir ?

C'est tout ce qui compte pour le moment. Je m'occuperai du reste plus tard.

— On va essayer, répond-il. Je vais joindre mon contact. Et il faut prévenir l'ambassade britannique. Il y a erreur sur la personne et nous pouvons prouver son identité. C'est un début. Sur le sol de la mère patrie, je serais optimiste, mais on n'est pas à la maison…

Pendant qu'il appelle son homme, je téléphone au mien.

— Steve, j'ai retrouvé Jake, je bafouille.

— Vraiment ? s'exclame-t-il d'une voix soudain forte. Il t'a contactée ? Où est-il ? Comment va-t-il ? Je peux lui parler ?

— Steve, il est ici. À Bangkok.

Un silence abasourdi s'installe tandis que mon mari s'efforce d'assimiler mes révélations.

— Quoi ? hurle-t-il. Que se passe-t-il ?

Alors je lui explique, lentement, démêlant l'écheveau de cette histoire incroyable, autant pour mon mari traumatisé que pour moi-même.

C'est Don qui repère Bob Sparkes et Zara Salmond dans la file d'attente des visiteurs.

— Ils viennent sans doute voir Jamie Lawrence, avance-t-il tandis que j'essaie de me planquer derrière un pilier. Il faut leur expliquer ce qu'il s'est passé. Ils pourront peut-être nous aider à faire libérer Jake.

Sans conviction et les doigts croisés, j'acquiesce.

— Inspecteur ! appelle Don à travers la foule pendant que j'essaie de plaquer un sourire à mes lèvres.

Bob semble particulièrement contrarié de nous voir. Il ne sourit pas et se passe une main agacée dans les cheveux où elle creuse des sillons.

— Vous êtes allée dans la prison ? s'exclame-t-il. J'aurais dû m'en douter.

J'essaie d'afficher une mine contrite, j'ai besoin de lui.

— Oui, Bob.

Et me voilà tout à coup à devoir refouler les larmes. Je serre le poing pour m'empêcher de pleurer et tente de me recomposer un visage.

— Kate ? Qu'y a-t-il ? Que s'est-il passé ?

— C'est Jake, dis-je la gorge serrée.

— Quoi ? Qu'est-ce qu'il a ? Que vous a révélé Jamie Lawrence ?

Je secoue la tête, incapable de faire mieux, et Don raconte à ma place l'histoire en trois phrases.

— C'est Jake Waters qui est détenu ici, pas Jamie Lawrence. Jake a été piégé. Jamie a échangé leurs passeports et on a planqué de la drogue dans ses affaires pour qu'il soit arrêté.

— Nom de Dieu ! s'écrie Zara Salmond. Qui a traversé le Surrey dans la voiture de location alors ?

Bob Sparkes lève les yeux au ciel avant de les poser sur moi.

— Vous êtes sûre que c'est lui ?

— C'est mon fils. Évidemment que j'en suis sûre.

— Je suppose que vous étiez assis loin l'un de l'autre et vous ne l'avez pas vu depuis longtemps. Tout le monde peut se tromper.

— C'est lui ! je crie.

— Qu'est-ce qu'il a dit ?

J'essuie mes larmes et me mouche dans le Kleenex que m'a tendu Salmond tandis que les curieux se retournent dans la file d'attente et avancent de quelques pas.

— Il pensait que c'était mieux qu'on le prenne pour Jamie, qu'il pourrait arranger les choses sans que personne ne sache qu'il avait des problèmes. C'est un idiot, Bob. Mais il n'est pas impliqué dans cet incendie. Il ne savait même pas que l'auberge avait brûlé avant que je le lui apprenne. Il était en détention à Klong Prem, à dormir sur le sol d'une cellule avec soixante-dix autres prisonniers.

Sparkes ne souhaite pas entendre le récit larmoyant de Jake et balaie mes paroles d'un revers de la main.

— Et pour les filles ? Sait-il ce qui leur est arrivé ?

— D'après lui, Rosie est partie avant l'incendie. Pour aller en Birmanie.

— Avec les Hollandais, ajoute Don tout bas.

Bob Sparkes hausse les sourcils d'un air sceptique.

— Sauf que, bien sûr, elle n'a jamais quitté l'auberge...

— C'est la propriétaire qui lui a raconté ça, Mama. L'avez-vous interrogée ?

Je me dépêche de dévier les questions à propos de Jake sur Jamie.

— D'après Jake, Jamie était un garçon étrange qui suivait Alex partout et qui essayait de la convaincre de voyager avec lui plutôt qu'avec Rosie.

— Il pense que Jamie les a tuées ?

— Il n'en sait rien. Mais selon lui, Jamie se réjouissait de la disparition de Rosie.

Salmond sort son calepin pour prendre des notes.

— Elle a donc disparu le 13 août ? demande-t-elle, le stylo en main.

— Il me semble. C'était difficile de discuter à travers deux grilles avec tout le monde qui crie autour.

— Je veux bien le croire, affirme Sparkes. Je dois m'entretenir en personne avec Jake. Il est un témoin essentiel dans notre enquête jusqu'à ce que nous l'écartions de la liste des suspects. En outre, il faut que je clarifie moi-même cette histoire d'identité avant de contacter la police thaïlandaise et mon service.

— Je ne sais pas si les prisonniers peuvent recevoir plus d'une visite par jour, dis-je. Il y a un million de règles à suivre.

Je ne suis pas sûre d'avoir envie que mon fils soit interrogé par l'inspecteur principal Bob Sparkes.

— On s'en occupe. Zara s'est fait un ami parmi le personnel carcéral qui nous a facilité l'accès. Maintenant, racontez-moi quelques secrets de famille avec lesquels je pourrai tester l'identité de Jake.

Je lui énumère les animaux de compagnie, les établissements scolaires fréquentés par Jake, le nom de ses professeurs, ses résultats au bac, je lui donne le prénom de sa première petite amie. Et pendant tout ce temps, je me repasse en boucle notre conversation dans la prison. « Deux ? » s'est-il exclamé. Comme s'il ne s'attendait qu'à un seul cadavre. Il ignorait qu'Alex était morte. Mais Rosie ? Que va-t-il raconter à Bob Sparkes ?

— Qu'avez-vous l'intention de faire, Kate ? me demande Bob. Allez-vous informer votre journal ?

L'espace d'un instant, je n'en ai aucune idée. Sauf que je n'ai pas le choix : si je ne dis rien, Don s'en chargera à ma place.

— Oui, bien sûr. Je dois le faire libérer. Don va lui trouver un avocat et je me rends de ce pas à l'ambassade pour les mettre au courant. Ils détiennent la mauvaise personne en prison. Les autorités thaïlandaises devront bien en tenir compte.

— D'accord, bonne chance alors, réplique Sparkes. Je ferais mieux de prévenir notre service de presse dans ce cas. Quelle heure est-il chez nous ?

— Encore très tôt, monsieur, répond Salmond.

— En revanche, je ne confirme rien, Kate. Pas avant de l'avoir rencontré en personne et d'être convaincu de son identité.

— Ne soyez pas trop brusque avec lui, Bob, dis-je. Il en a bavé.

61

Vendredi 12 septembre 2014
L'inspecteur

À la sortie, Sparkes éprouvait un regain d'énergie. C'était bien Jake Waters. Une analyse de sang serait pratiquée à l'infirmerie de la prison pour confirmation mais aucun doute ne subsistait.

— Allez, Zara, on ne traîne pas, lança-t-il en gagnant à grandes enjambées la file des taxis tout en rallumant son téléphone. Il faut prévenir le QG sur-le-champ et diffuser officiellement la photo de Jamie Lawrence.

— Je suis persuadée que Kate Waters a déjà divulgué l'information, monsieur. J'ai des dizaines d'appels en absence.

— Oui, moi aussi.

Dont un d'Eileen. Sparkes composa tout de même en premier le numéro de l'inspecteur divisionnaire Wellington. Il joindrait Eileen plus tard, dès qu'il en aurait terminé avec le travail. Il avait hâte de lui relater ce dernier revirement de situation. Elle allait adorer.

Il informa sa supérieure par à-coups tandis que leur taxi se faufilait dans la circulation. Elle était déjà au courant.

Avant de publier l'article de Kate, le *Post* les avait contactés, mais l'inspecteur divisionnaire avait refusé de répondre tant qu'elle n'avait pas fait le point avec son inspecteur principal qui se trouvait pour l'heure à la prison.

— Nous pouvons déclarer que des tests sanguins sont en cours afin de confirmer l'identité du jeune homme détenu à Bangkok, dit Sparkes. Surtout, nous devons annoncer officiellement que nous souhaitons interroger Jamie Lawrence de toute urgence. Le *Post* détient une photo de lui, que Lars, l'un des touristes hollandais, lui a fournie. Diffusons-la à grande échelle.

De retour dans sa chambre, il retira sa chemise trempée de sueur et se planta devant la climatisation qui soufflait un air frais. Il avait l'impression que sa cervelle bouillait à l'intérieur de son crâne. Assis sur le lit, une serviette sur les épaules, il téléphona à Eileen.

Sam décrocha le fixe de la maison.

— Bonjour, ma chérie, dit-il, la tête encore bourdonnante. J'ai raté un appel de ta mère. Tu veux bien me la passer ? Elle ne va jamais croire ce qu'il se passe ici.

— Impossible, papa. Elle ne va pas bien.

La serviette glissa de ses épaules, il se prépara à la suite.

— Qu'est-il arrivé ?

— Elle est tombée dans le coma pendant la nuit. Je suis désolée, papa. Est-ce que tu vas rentrer à la maison ?

Il essayait déjà tant bien que mal de passer le bras dans sa chemise détrempée, l'adrénaline courait dans ses veines.

— Je rentre, bien sûr. Qu'a dit le médecin, Sam ?

La voix de sa fille trembla. Elle se montrait si courageuse que cela lui brisa le cœur.

— Ça peut être une question d'heures, papa.

Il ne serait pas auprès d'elle. Il le savait.

— Tu étais avec elle, ma chérie ?

— Non. Helen, oui. Elle a juste sombré dans l'inconscience au cours de la nuit et Helen m'a prévenue dès qu'elle s'en est rendu compte. Pourquoi es-tu parti à Bangkok, papa ? Pourquoi n'es-tu pas ici ?

Un instant, il fut incapable de prononcer un mot. La culpabilité et le chagrin emplissaient son esprit, noyaient toute autre pensée.

— Papa ? Tu es toujours là ?

Telle une bouée de sauvetage, la voix de sa fille le ramena sur le rivage.

— Je vais chercher un vol de retour. Embrasse ta mère pour moi. Dis-lui de tenir bon jusqu'à ce que j'arrive. Dis-lui que je l'aime.

Il poussa un juron lorsqu'il raccrocha. Il se retrouvait par terre sur la moquette. S'était-il évanoui ? Il ne voulait pas se lever. Il voulait rester étendu ici. Mais on frappait à sa porte. Tant bien que mal, il se remit sur ses pieds et entrouvrit la porte.

— Bob ! Est-ce que ça va ? s'exclama Kate. Vous avez une mine affreuse.

Il la fit entrer. Il n'avait pas la force de faire un geste de plus.

Elle le conduisit jusqu'à un fauteuil où elle l'aida à enfiler l'autre manche de sa chemise.

— On gèle ici, Bob. Vous frissonnez. Je vais baisser l'air conditionné.

— Je dois rentrer chez moi, déclara-t-il. Il faut que je trouve un vol de retour.

— Quoi ? Pourquoi ? Oh mon Dieu, c'est Eileen ? Je vais contacter la compagnie aérienne pour vous. Où sont votre passeport et votre billet ?

Il les sortit de la poche de sa veste sans un mot. Le billet était humide de transpiration mais Kate s'en empara sans y faire allusion et s'installa sur le lit avec son portable.

Il l'observa pendant qu'elle tentait de convaincre la compagnie aérienne de changer son vol. *Voilà à quoi elle ressemble quand elle prend les choses en main.*

— Bon, fit-elle en s'adressant à lui. Ils ont besoin de connaître le genre d'urgence dont il s'agit. Sinon vous devrez acheter un autre billet. Ça va coûter une fortune. Le vôtre est un tarif réduit.

— Eileen est en train de mourir.

Les yeux de Kate s'écarquillèrent.

— L'épouse de mon ami est mourante. Un cancer. Il doit rentrer chez lui ce soir, l'entendit-il expliquer. Il n'y a rien plus tôt ? Rien avant ? Et avec les autres compagnies ?

Son ton était professionnel lorsqu'elle raccrocha :

— Bien. Le prochain vol direct pour Londres décolle à minuit. Il y en a d'autres avec correspondance qui partent plus tôt mais le trajet est plus long et il existe toujours un risque de rater la correspondance. J'ai donc changé votre billet pour celui de minuit. Avec le décalage horaire, vous serez à Londres à 6 heures et demie demain matin.

Il hocha la tête. C'était perdu d'avance. Jamais il n'arriverait à temps. Il s'affaissa, Kate lui prit la main.

— Nous partirons pour l'aéroport dans quatre heures, Bob. Voulez-vous que je prévienne l'inspectrice Salmond ?

— Non, je m'en occupe.

— Je vais vous servir un brandy, annonça-t-elle en fouillant dans le minibar. Je crois que je vais en prendre un aussi.

*

Salmond rappliqua aussitôt.

— Oh, monsieur, je suis navrée. Que puis-je faire ?

— Rien, Zara. Kate s'est occupée de mon vol ; je veux que vous restiez ici pour boucler cette affaire.

— Bien sûr. Ça ira, monsieur. Vous arriverez à temps.

Kate lui tendit une mignonnette puis retira le plastique qui entourait le verre à dents de la salle de bains.

Ils s'assirent et sirotèrent leurs boissons en silence, chacun dans sa bulle.

Le retour à la réalité survint quand le téléphone de Salmond rompit le calme.

— C'est l'inspecteur divisionnaire Wellington, annonça-t-elle en passant l'appareil à Sparkes.

Les deux femmes se retirèrent dans la salle de bains pour lui accorder un peu d'intimité pendant qu'il informait sa supérieure de sa situation.

— Zara ! appela-t-il quand il eut terminé. Vous devez vous entretenir avec l'inspecteur divisionnaire et la mettre au courant de ce qu'il se passe avec Jamie Lawrence.

— Ça va aller pour vous, monsieur ?

Il acquiesça.

— Je vais rester, affirma Kate. Et je l'accompagnerai à l'aéroport. Poursuivez votre enquête.

Bangkok, dix-neuvième jour

Jeudi 14 août 2014

Cela faisait des heures qu'elle n'avait pas vu Jake. Il lui avait pourtant assuré qu'il revenait vite. Il semblait avoir l'esprit ailleurs mais il lui avait tout de même caressé les cheveux au moment de partir. Elle se raccrochait à ce souvenir.

Elle ne comprenait pas ce qu'il se passait. Elle détestait quand les garçons agissaient ainsi. Ils vous faisaient tourner en bourrique, un instant complètement dingues de vous, celui d'après indifférents…

De toute façon, elle avait d'autres chats à fouetter. Sauf qu'elle ne cessait de revenir à Jake et à ses adorables fossettes. Et elle pensait à Rosie.

Elle inspira un grand coup et relut sa nouvelle liste, butant sur chaque ligne.

Trouver Rosie.

Téléphoner à maman.

Rentrer à la maison ?

Elle avait sorti son billet et l'avait posé sur le lit à côté de son exemplaire de l'*Itinéraire définitif d'A et R.* Rosie et elle n'étaient pas allées plus loin que la page une et elle feuilleta le reste de leur voyage, s'arrêtant sur tous ces incontournables qu'elle ne verrait jamais maintenant. Les larmes tombèrent sur les feuilles, mouillant le papier, brouillant les étapes de leur aventure. La réalité était si triste et glauque. Elle voulut chiffonner les pages et les jeter à travers la chambre mais se retint. Elle avait besoin du numéro de la compagnie aérienne et elle se rappelait l'avoir inscrit sur leur itinéraire. Elle le retrouva dans la liste des contacts utiles. Juste avant celui du portable de Rosie. Aussitôt Alex s'empara de son nouveau téléphone et le composa. Elle tomba directement sur la boîte vocale. La voix pétillante de Rosie emplit ses oreilles. « Salut ! Je m'éclate trop pour vous répondre. Envoyez un texto ou un e-mail pour me joindre… »

Elle supplia Rosie de lui donner des nouvelles. « S'il te plaît ! On peut arranger les choses. Je n'ai rien dit aux parents encore. Mais je vais y être obligée bientôt. Appelle-moi, Rosie ! »

Elle resta quelques instants immobile, le portable à la main. Rosie filtrait-elle ses appels ? Elle lui envoya un SMS pour enfoncer le clou. Puis elle alla trouver Mama.

Celle-ci posa un regard noir sur Alex quand elle approcha.

— Je dois savoir pourquoi Rosie est partie, Mama, annonça Alex. C'est très important.

Les lèvres de la propriétaire se serrèrent, si fort que le rouge à lèvres violet disparut.

— Je vais être forcée d'aller déclarer sa disparition à la police sinon.

Alex tenta de garder un ton assuré.

Les lèvres violettes réapparurent dans un horrible rictus.

— Ce serait une erreur, répondit Mama. Voilà pourquoi Rosie est partie.

Alors elle lui raconta que Rosie était venue la trouver en pleurs parce qu'elle avait honte, elle avait supplié Mama de lui prêter de l'argent et de récupérer son passeport auprès de l'homme du scooter.

— Elle voulait fuir tout ça, et s'éloigner de toi, ajouta Mama en la pointant du doigt.

— Pourquoi de moi ?

— Tu la détestes. Tout le monde t'a entendue.

Elle secoua la tête de dépit avant d'ajouter :

— Rosie et toi, vous causez des problèmes.

Plantée devant le bureau de Mama, Alex ne flancha pas.

— Montrez-moi les messages qu'elle a envoyés, s'il vous plaît. J'ai besoin de les voir.

Mama prit son téléphone et le fourra dans sa poche.

— C'est privé, dit-elle.

Alex garda le silence, la mine grave.

— Quoi ? Qu'est-ce qu'il y a encore ? demanda Mama. Je suis occupée, moi.

Elle leva la main pour se gratter la tête et Alex remarqua alors qu'elle portait ses fameuses boucles d'oreille qui avaient disparu.

— Où les avez-vous trouvées ? s'écria-t-elle en désignant les bijoux en forme de fleurs.

Mama porta les doigts à son lobe.

— Rosie, répondit-elle avec un début de sourire. C'est un cadeau d'adieu. Maintenant, va-t'en.

Elle la congédia d'un geste de la main.

— Est-ce que Rosie couchait avec Jake ? bafouilla Alex.

La question bouillonnait en elle depuis un moment. Mama plissa les yeux.

— Qui t'a raconté ça ?

— Jamie. Il m'a dit de vous demander.

— Tu es une mauvaise fille. Tu fais des problèmes à l'auberge de Mama.

— Où est Jake ? demanda Alex d'une voix soudain plus forte. Est-ce qu'il a quelque chose à voir avec le départ de Rosie ?

— Pas tes affaires ! aboya Mama. Je veux que tu partes maintenant. J'ai besoin de ta chambre.

Alex ne tenait pas en place. Elle arpenta le couloir de sa chambre au dortoir puis revint sur ses pas. Elle ne voulait discuter de rien d'autre avec Jamie sinon lui demander où était Jake.

— Quand est-ce qu'il rentre ?

Jamie ne cessait de lui répéter qu'il n'en savait rien, la voix hachée par l'irritation, le souffle court.

Alex l'observa. Alors qu'il la croyait partie, elle le vit en train de compter lentement, paupières closes, comme un enfant qui joue à cache-cache. Lorsqu'il rouvrit les yeux, il parut étonné de la voir si près de lui.

— Quoi ? demanda-t-il.

Sans baisser le regard, elle répondit :

— Rien. Crois-tu que Jake m'évite ? Je voudrais vraiment lui parler avant de rentrer chez moi.

— Arrête de dire que tu vas rentrer. On va trouver une solution. Je peux parler à Mama si tu veux.

— Non, je demanderai à Jake quand je le verrai. Il travaille ici depuis longtemps. Il connaît mieux Mama que toi.

— Je n'arrive pas à croire que tu veuilles encore le fréquenter après ce qu'il a fait.

— Tu ne sais pas ce qu'il a fait, Jamie. Tu inventes.

— Eh bien, je sais ce que j'ai vu. Et entendu.

— Quoi ? Qu'est-ce que tu as entendu ?

— Rosie qui criait après Jake. Elle lui disait qu'elle allait te raconter qu'elle avait couché avec lui.

— La ferme ! s'écria Alex.

— Si tu ne veux pas me croire, c'est ton problème.

La jeune fille tourna les talons.

— Je vais essayer de le trouver.

— Je viens avec toi, répliqua Jamie aussitôt. Tu ne devrais pas rester seule.

Comme elle ne voulait pas marcher avec lui, il la suivit quelques mètres derrière. Ils se rendirent dans tous les endroits habituels mais Alex remarqua qu'il ne prenait pas vraiment la peine de chercher.

À leur retour, elle consulta une nouvelle fois son téléphone : toujours pas de message de Rosie. Elle contacta la compagnie aérienne pour modifier son billet de retour. Il y avait des places sur les prochains vols mais cela allait lui coûter les yeux de la tête. Elle allait devoir demander à ses parents de payer le supplément. Quand elle les appellerait.

— J'espère avoir un vol demain, annonça-t-elle à Jamie lorsqu'elle revint dans le bar désert.

Il parut abasourdi.

— Mais nous devions demander à Mama pour que tu restes.

— Pas du tout, Jamie. C'est toi qui voulais lui demander. Moi je n'en ai pas envie. Même si Rosie revient. Comment pourrais-je à nouveau lui faire confiance ? Je vais téléphoner chez moi, tout raconter à mes parents et monter dans l'avion… Je suis désolée, mais je dois partir. Ça ira très bien pour toi.

Elle voulait passer un bras autour de ses épaules pour le réconforter mais ne souhaitait pas lui donner de faux espoirs.

— Non, ça n'ira pas, rétorqua-t-il la voix serrée par l'émotion. Je veux que tu restes, Alex. Reste avec moi, s'il te plaît…

Elle s'écarta et lissa de la paume son chemisier froissé.

— Non, ça n'arrivera pas.

On aurait dit qu'il allait se mettre à pleurer.

— Bon, je vais préparer mes affaires. On peut boire un verre tout à l'heure, si tu veux ?

— On fera la fête ? demanda Jamie.

— Oui, on verra, répondit-elle sans conviction.

62

Vendredi 12 septembre 2014
La journaliste

— Préférez-vous que je vous laisse seul ?

Je n'ai pas envie de partir mais je lui pose la question quand même. On dirait qu'il a rétréci, qu'il s'est recroquevillé sous la douleur.

— Non, un peu de compagnie me fera du bien. Même celle d'un scribouillard...

Il tente un sourire.

— Toujours le mot pour plaire, dis-je en souriant à mon tour pour faire durer les taquineries.

C'est ce qu'on fait quand les choses sont au plus mal. On plaisante. Même si ce n'est pas drôle. C'est une forme de bravoure, j'imagine, pour montrer qu'on peut rire en toutes circonstances.

— Je fais votre valise ?

— Merci, Kate. Il reste du brandy dans le minibar ?

J'attrape les mignonnettes et les étale sur la moquette devant lui.

— Pas de brandy mais nous avons du whisky ou du gin. Vous préférez une bière ?

Je le laisse à son choix cornélien et entreprends de vider ses tiroirs dans sa valise. Je m'étonne qu'il ait eu le temps d'y ranger ses affaires ; la plupart des hommes ne prennent pas cette peine. Ses sous-vêtements et ses chaussettes sont bien alignés et ses chemises suspendues à des cintres dans la penderie.

— On dirait que vous aviez prévu de rester un mois, Bob. Vous ne savez pas voyager léger, c'est ça ?

— J'avais du mal à me concentrer quand j'ai préparé mon sac, alors j'y ai tout mis. Je n'aurais jamais dû venir, n'est-ce pas ?

Je vais m'asseoir sur le lit en face de lui et lui caresse le bras. Je ne peux pas m'en empêcher. Mais l'embarras me fait tressaillir et je retire ma main. Il la retient et la presse.

— Merci d'être là, Kate. J'apprécie.

— Et si vous appeliez Sam en visio ? Vous pourriez voir Eileen comme ça. Lui parler…

Il enfile une chemise propre, me tournant le dos pour retirer l'autre. Sa peau est encore humide et le tissu s'imbibe aussitôt.

Je sors de mon sac le trépied de mon téléphone et l'installe sur le bureau. Ce sera plus facile que de tenir le portable avec des mains qui tremblent.

— Je vais aller dans la salle de bains, d'accord ?

— Non, restez. Je risque de ne pas savoir comment ça fonctionne et j'ai besoin de vous.

Il appelle sa fille et je l'aperçois à l'écran, les yeux bouffis et la même bouche que Bob.

— Je peux voir maman ? demande-t-il.

Dans le miroir au-dessus du bureau, je distingue son visage et son expression tendue pendant qu'il attend.

— Bonjour, chérie, dit-il lorsque Sam arrive au chevet d'Eileen.

La forme dans le lit remue à ces mots.

— Je suis là, mon amour, souffle-t-il. Je sais que tu m'entends, Eileen. Je veux que tu saches combien je t'aime ; je serai là avec toi demain matin. Tu m'as promis de tenir jusqu'à mon retour. Tu vas m'attendre, n'est-ce pas ? Je t'en prie, mon amour, attends-moi.

Il pleure. J'essaie de ne pas regarder mais je me surprends à suivre le drame dans le miroir.

— Déplace le téléphone, Sam, que je la voie en entier.

Sam bouge le portable au-dessus de sa mère, en commençant par son visage endormi, aussi blanc que la taie d'oreiller, avant de passer à ses mains aux doigts recroquevillés sur la housse de couette à fleurs.

— On est tous là, dit Sam qui fait un panoramique de la pièce pour montrer les autres, regard timide à l'objectif. Et nous serons encore tous là quand tu reviendras, papa.

— Parfait, chérie. À demain matin.

*

Après quoi, je le force à se mettre au lit et à se reposer. Il est épuisé et il ferme les paupières aussitôt allongé, sur le côté, les mains calées sous l'oreiller. J'éteins le plafonnier et m'assieds en silence et sans bouger jusqu'à ce qu'il s'endorme.

Alors, sur la pointe des pieds, je gagne la salle de bains pour appeler moi aussi à la maison.

63

Vendredi 12 septembre 2014
La mère

Elle alluma le téléviseur de la cuisine pendant qu'elle préparait son deuxième thé de la journée, vêtue de sa chemise de nuit et d'un vieux gilet. Elle monta un peu le son pour entendre par-dessus les gargouillis de la bouilloire.

Leur officier de liaison avec les familles, Wendy Turner, avait téléphoné à l'aube pour leur apprendre la grande nouvelle.

« Lesley, Jake Waters se trouve à Bangkok. Il est en prison.

— Quoi ? Avec Jamie Lawrence ? s'était-elle exclamée, l'esprit encore endormi.

— Non. La police croyait qu'il s'agissait de Jamie Lawrence mais en réalité, c'était Jake Waters.

— Je ne comprends pas, Wendy. Comment ça ? »

Il lui semblait avoir saisi quand elle avait raccroché et s'était tournée vers Malcolm.

« Ils ne recherchent plus Jake Waters. Il est en prison à Bangkok. C'est Jamie Lawrence qu'ils veulent interroger maintenant. Ils pensent que c'est lui qui a tué Alex. »

Les préparatifs du référendum sur l'indépendance de l'Écosse passaient en fond sonore lorsqu'elle ajouta du sucre dans le thé de Malcolm. Au moment où elle prenait les deux tasses pour les apporter à l'étage, le visage d'Alex s'afficha à l'écran. Elle renversa le contenu des tasses sur le comptoir dans sa hâte de les reposer pour s'emparer de la télécommande.

Tout à coup, la télé jouait à plein volume dans la cuisine, pour annoncer le surprenant rebondissement dans le meurtre de l'auberge thaïlandaise.

— Mal ! hurla-t-elle. Descends ! C'est Alex.

Malcolm dévala l'escalier en T-shirt et caleçon, le visage encore fripé par le sommeil.

— Regarde ! s'écria-t-elle en montrant l'écran. Les médias savent que c'est Jake Waters qui est en prison.

Malcolm se laissa tomber sur une chaise et se frotta les yeux.

— Est-ce qu'on pourrait baisser le volume ? J'ai une migraine épouvantable.

Lesley coupa le son et appela Wendy Turner sur son portable. Répondeur. Dès qu'elle raccrocha, Jenny téléphona.

— Tu as réussi à dormir après l'appel ? Moi pas. Ça me rend folle de rage, Lesley. C'est affreux. Alors que je commençais à peine à penser que je savais ce qu'il s'était passé, tout est à nouveau remis en cause. Je veux juste savoir qui a tué nos filles. C'est tout.

— J'ai appelé Wendy mais je suis tombée directement sur son répondeur. Il n'y a personne d'autre à contacter pour avoir des informations. Les inspecteurs Sparkes et Salmond sont en Thaïlande. Je ne sais pas comment les joindre.

— Essaie Kate Waters. Elle saura.

Lesley s'assit en s'efforçant de garder son calme tandis que résonnait la tonalité.

— Bonjour, Lesley, répondit Kate. Vous avez appris la nouvelle ?

Les civilités n'étaient plus de mise désormais. Le langage direct entre mères suffisait.

— Oui. C'est incroyable. Savez-vous ce qu'il s'est passé ?

— Je suis allée rendre visite à Jamie Lawrence ce matin et c'est Jake que j'ai trouvé en prison.

— Mais comment une telle erreur a-t-elle pu se produire ? Est-ce qu'ils se ressemblent ?

— Un peu. Ils font la même taille et ont la même couleur de cheveux. Mais surtout, le passeport de Jamie se trouvait dans le sac de Jake. Comme il ne voulait pas qu'on sache qu'il avait été arrêté, il n'a rien dit. Et la police n'a pas cherché plus loin. Il n'est qu'un touriste étranger maigrichon avec un petit sachet de cannabis dans son sac à dos. Je ne crois pas que vérifier son identité les intéressait beaucoup. Ils se sont contentés de le mettre derrière les barreaux.

— Alors c'était Jamie à l'hôpital ?

— Oui, avec le passeport de Jake. Et c'est Jamie qui se trouvait à l'auberge quand le feu s'est déclaré. Jake n'y est pour rien, Lesley.

Un silence s'installa tandis que les deux femmes se remémoraient leur dernière conversation téléphonique.

— Je suis désolée de vous avoir dit toutes ces choses, Kate. J'étais tellement bouleversée…

— Je sais. C'est un moment extrêmement difficile pour nous tous. Mais la police va attraper Jamie. Désormais, ils sont à la recherche du bon suspect.

— Que font-ils ? Êtes-vous avec les inspecteurs Sparkes et Salmond ?

Kate resta silencieuse un instant, puis elle murmura :

— L'inspecteur Sparkes a une urgence familiale ; il va rentrer en Angleterre cette nuit. Zara Salmond boucle le dossier ici. Vous pourrez l'appeler dans une heure ou deux.

— Oh mon Dieu ! Que s'est-il passé ?

— C'est personnel, Lesley. Je ne suis pas sûre que Bob apprécierait que je raconte sa vie privée. Vous comprenez ?

— Bien sûr. Qu'a dit Jake à propos des filles ?

— Il ignorait qu'elles étaient mortes. Il était très triste quand je lui ai appris pour Alex. Je crois qu'il l'aimait beaucoup.

Lesley se mit à pleurer. Elle avait l'impression de se tenir au bord d'un précipice dans l'obscurité, saisie par l'angoisse de ne pas savoir ce qu'il allait se passer, la tête pleine à craquer de « et si ? ». Elle ne voyait pas la fin de son cauchemar. Elle n'avait même plus la force de tenter un pas en avant.

— Gardez courage, Lesley, la réconforta Kate. Je vais retourner le voir accompagnée d'un avocat pour essayer de le faire sortir. Il pourra nous en apprendre davantage.

— Vous voulez bien m'appeler après ? demanda Lesley. S'il vous plaît…

64

Lundi 15 septembre 2014
La journaliste

Je n'ai toujours pas de nouvelles de Don et je m'impatiente en tapant des doigts sur le bureau de l'hôtel. Je l'ai harcelé tout le week-end pour faire libérer Jake. Il a trouvé un avocat et nous avons eu des discussions sans fin avec l'ambassade, la police, les médias.

Accorde-lui encore cinq minutes, me dis-je. *Il est sans doute en ligne avec l'avocat.* Nous l'emmenons voir Jake ce matin. Je fixe mon portable comme une junkie en manque, vérifiant toutes les trente secondes si j'ai un message.

Bob m'a envoyé un bref SMS hier pour m'annoncer qu'Eileen était décédée. Il ne précisait pas s'il était arrivé à temps.

J'espère que oui. J'ai attendu longtemps à l'aéroport après son départ vendredi. Je suis restée immobile, son chagrin silencieux pesant de tout son poids sur mes épaules. Il n'a plus cédé aux larmes. Il a camouflé sa douleur sous la carapace de sa peau moite pour l'y maintenir jusqu'à son retour chez lui.

« Merci, Kate, a-t-il dit en prenant son sac et en glissant son passeport dans sa poche de chemise. Je ferais mieux d'y aller, les contrôles prennent du temps parfois... »

J'ai eu envie de le serrer dans mes bras mais il paraissait trop fragile pour être touché.

« Faites bon voyage, Bob. Essayez de dormir. Vous arriverez plus vite comme ça. »

Il a esquissé un sourire.

« Allez-y. Une voiture vous attendra à l'aéroport.

— D'accord. Au revoir. »

Il m'a caressé le bras avec gratitude avant de tourner les talons et de disparaître dans la foule.

J'ai pris le train pour regagner le centre-ville. Après de telles émotions je ne supportais pas la solitude du taxi, j'avais besoin d'être entourée de monde, même d'inconnus. Surtout d'inconnus. J'observais leurs visages et me racontais leurs histoires dans ma tête.

Je suis revenue très tard dans ma chambre. Quand j'ai allumé mon ordinateur portable, le portrait de Jake s'affichait de nouveau partout. Mais cette fois, il était présenté en victime, pas en coupable.

« LE MAUVAIS SUSPECT ».

Les médias s'en sont donné à cœur joie, ils accablent la police thaïlandaise pour les fautes commises. « Dix raisons à leurs erreurs », « Fautes dévastatrices », etc. L'histoire est complexe mais les rédacteurs ont frappé fort à grand renfort de graphiques et de puces pour bien appuyer le message.

C'est incroyable. Mais est-ce bien utile ? La honte et la culpabilité pousseront-elles les autorités thaïlandaises à relâcher Jake ?

J'aurais dû me coucher tout de suite en rentrant à l'hôtel, pourtant, un verre de vin du minibar à la main, je me suis repassé en boucle ma conversation avec Jake. Le moment où on s'est reconnus. Sa réaction en apprenant ce qui était arrivé à Alex. Rosie.

Je l'interrogerai quand nous l'aurons libéré.

Il ne paraît pas plus reposé aujourd'hui. Mais bon, moi non plus.

Tout s'accélère maintenant. L'ambassade tente de tirer les ficelles en coulisses et l'avocat prend les commandes à la prison. Je dois attendre mon tour pour discuter avec mon fils. Lorsque l'avocat et Don s'éloignent enfin pour s'entretenir avec les autorités carcérales, j'en profite.

— Tu as pu dormir un peu cette nuit ? je demande en me penchant vers lui.

Il secoue la tête. Ses yeux sont bouffis et la barbe à son menton le vieillit.

— Tu as eu la nourriture que je t'ai envoyée ?

Il acquiesce.

— Il faut qu'on parle, Jake.

— Quand je serai sorti, maman. J'ai trop de choses à l'esprit pour l'instant. J'essaie de comprendre ce qu'il s'est passé.

— Comme nous tous. Surtout pour Rosie. Sais-tu ce qui lui est arrivé ?

Il secoue lentement la tête.

— La police va te poser la même question. Tu en as conscience ?

— L'inspecteur l'a déjà fait et je lui ai répondu la même chose. Je ne sais pas. Elle a disparu la nuit où Alex a trop bu et où on l'a mise au lit. Je devais emmener Alex dîner dehors mais au final j'ai dû travailler. On m'a raconté que Rosie était partie en Birmanie en bus pour rejoindre les Hollandais.

Il débite sa petite histoire à vive allure. Un frisson me parcourt le dos.

— Et tu y as cru ? je demande d'une voix douce.

À travers les deux grilles, Jake me fixe.

— Pourquoi tu me demandes ça ? Qu'est-ce que j'étais censé croire ? C'était possible.

— Qui t'a dit ça ?

— Mama, la femme qui dirige l'auberge. C'est elle que la police devrait interroger.

— Et Alex ?

— Elle était en vie quand je suis parti de l'auberge. Franchement, maman. Elle parlait de rentrer chez elle. C'était le gros bordel.

La cloche retentit et il relève la tête. Je peux lire le soulagement sur son visage.

— Courage, mon cœur.

Je prononce ces mots la main posée sur la grille.

Il acquiesce de nouveau et s'éloigne d'un pas trébuchant.

Ross paraît agité quand on se retrouve enfin. Il renverse sa boisson sur la table en se levant d'un bond pour m'accueillir. Il m'a rembarrée la dernière fois et je n'étais pas sûre qu'il vienne aujourd'hui.

— Salut, lance-t-il.

Il tire une chaise pour moi que je rattrape avant qu'elle ne tombe par terre.

— Attention ! Ça va ?

— Oui, oui. Pardon, je suis un peu sur les nerfs. J'essaie de décrocher. Ça ne fait que quelques jours.

— C'est super, Ross, dis-je avec un sourire d'encouragement.

— J'ai pris un truc pas bon l'autre fois et j'ai fini à l'hôpital. Bref, j'essaie…

Il fait signe au serveur d'apporter un autre café.

— Alors, vous pensez pouvoir faire sortir Jake de prison ? Il va bien ?

— Je viens juste de le voir ; c'est d'un sinistre. Mais nous faisons notre maximum pour que les Thaïlandais le relâchent.

Ross approuve d'un hochement de tête et croise les doigts. Comme s'il avait cinq ans et que nous jouions à un jeu. *Quand est-ce que les garçons grandissent ? Sûrement quand ils ont eux-mêmes des enfants*, me dis-je en touillant mon café. *Quand ils comprennent enfin ce que signifie être adulte.*

Ross semble anxieux.

— Je ferais mieux d'aller à la pharmacie chercher un truc, dit-il.

— Tout à fait. Juste une chose, avant. Jake dit que je devrais m'entretenir avec Mama, la propriétaire de l'auberge, mais je ne sais pas où la trouver. Tu l'as vue récemment ?

Ross me décoche un regard en coin.

— Non, je ne l'ai pas vue, mais j'ai entendu dire qu'elle séjournait chez une cousine. Depuis un moment.

— J'aimerais beaucoup lui parler de Jake. Tu peux me donner son adresse ?

— Elle n'aura peut-être pas envie de vous rencontrer.

— Promis, je ne lui dirai pas que c'est toi qui m'as révélé où la trouver.

Il inscrit l'adresse sur une serviette en papier avec mon stylo.

La femme assise devant la maison dans un siège en plastique orange est maquillée à outrance et porte une perruque, elle se fait de l'air avec un éventail en bambou.

— Bonjour ! Vous devez être Mama.

Elle pince les lèvres, sans se lever.

— Qui êtes-vous ? Qu'est-ce que vous voulez ?

— Je m'appelle Kate. Je suis allée dans votre auberge.

C'est la vérité. J'ai parcouru ses décombres.

Avec un haussement d'épaules, elle roule les yeux à l'intention d'une autre femme, assise à côté d'elle. Un petit paon terne, comparé à son allure flamboyante.

— Je ne me souviens pas de vous mais beaucoup de gens viennent chez moi.

— Je voulais juste vous dire combien j'étais désolée pour l'incendie. Ce doit être affreux pour vous de tout perdre comme ça.

Mama affiche enfin un air intéressé et chasse sa compagne du siège pour me laisser la place.

— Oui, affreux. J'ai perdu ma maison, mon entreprise, mon argent.

J'exprime ma compassion pendant que la cousine s'en va chercher des boissons fraîches.

— Vous y étiez quand ça a pris feu ?

Elle hoche la tête.

— Je dormais dans mon lit. Je me suis réveillée et j'ai senti la fumée.

Elle mime le moment où elle a compris.

— Waouh ! Et comment êtes-vous sortie ?

— Par la fenêtre. Je me suis cassé le bras en tombant.

Elle relève la manche de sa robe pour me montrer un plâtre grisâtre avant de poursuivre :

— Je suis allée dans mon village pour guérir. Mais j'ai dû revenir à Bangkok pour régler les affaires.

— Vous avez beaucoup de chance de vous en être sortie vivante, dis-je en forçant la compassion.

Elle y était. Enfin, je m'adresse à quelqu'un qui y était.

— Beaucoup de chance, oui.

— Comment est-ce que le feu a pris ? Il paraît qu'une bougie a été renversée pendant une fête ?

Ses yeux se plissent.

— C'est ce que dit la police mais il n'y avait pas de fête. C'est un des Anglais qui a mis le feu, déclare-t-elle en s'éventant comme une tragédienne.

Bon public, je me penche en avant, bouche bée.

— Comment le savez-vous ?

— Je l'ai vu s'enfuir. J'ai senti l'essence à briquet qu'il a utilisée.

Elle crache sur le trottoir de dégoût.

Jamie. Jamie qui est toujours dans les parages.

— Ces pauvres filles, dis-je tandis que le visage de Mama se durcit sous son maquillage. Il paraît que l'une d'elles, Rosie Shaw, était partie visiter la Birmanie...

— C'est ce qu'elle m'a dit.

— Ah bon ?

— La dernière fois que je l'ai vue. La veille de l'incendie.

— Oh, dis-je avec prudence. Je croyais qu'elle était partie deux jours avant.

Mama agite son éventail avec plus d'ardeur.

— Oui, oui, c'est ça. Deux jours avant. Je ne me rappelle pas tout.

— Vous deviez être une bonne amie. On m'a raconté qu'elle vous avait envoyé des textos ?

— C'est l'Anglais, Jamie, qui a voulu raconter ça. Les autres étaient inquiets. Il a dit que ça leur ferait plaisir.

— Jamie ?

— Oui, il me rapportait tout ce qu'il se passait. Il voyait tout, affirme Mama comme pour elle-même.

— Et qu'est-ce qu'il a vu ?

— Il regardait Alex tout le temps. Il la voulait. Il l'a même droguée une fois pour pas qu'elle sorte avec Jake.

— Vraiment ?

Je n'en crois pas mes oreilles.

— Oui, il a mis quelque chose dans sa bière et après il l'a emmenée dans sa chambre. Loin de tout le monde.

La cousine nous interrompt tout à coup, elle franchit la porte avec un téléphone qu'elle agite devant Mama.

— Désolée, c'est important, s'excuse celle-ci en s'éloignant.

J'attends sans bouger, un verre d'eau tiède entre les mains. *Rosie n'est jamais partie. Jamie a inventé l'histoire des textos. Alex l'a-t-elle découvert ? Est-ce pour cela qu'elle a été tuée ?*

À son retour, Mama est furieuse.

— Qui êtes-vous ? siffle-t-elle entre ses dents depuis l'embrasure de la porte.

— Je vous l'ai dit, Kate…

— Vous êtes de la police anglaise, mon contact m'a prévenue.

— Non, pas du tout. Vous avez raison, la police britannique se trouve à Bangkok, elle enquête sur le décès des deux jeunes filles. Mais je ne travaille pas pour eux. Je suis la mère de Jake Waters.

Elle éclate de rire. Un grondement profond et grossier.

— Je suis bien contente que ce soit pas moi, persifle-t-elle en me claquant la porte au nez.

*

Il faut le reste de la journée pour que les résultats sanguins de Jake reviennent, qu'ils confirment son identité et que les autorités thaïlandaises le libèrent. Pendant tout ce temps, je quadrille la ville en taxi pour aller récupérer et apporter des papiers administratifs, j'appelle en Angleterre pour que Steve scanne des documents ou que Joe me trouve un numéro. Je le remercierai comme il se doit à mon retour. Avec Jake.

Au final, sa libération s'effectue dans le calme, sans tambour ni trompette, et surtout sans aucune excuse. À la manière thaïlandaise.

J'attends pendant que Jake est escorté à travers les lourdes portes qui se referment dans un claquement sourd. J'ai le duplicata de passeport, les billets d'avion et mon bagage avec moi – Don et l'avocat considèrent qu'il vaut mieux partir tout de suite, avant qu'il ne puisse se passer autre chose. Dans le taxi, je lui tiens la main et il la serre avec force.

— On sera bientôt à la maison, dis-je dans un murmure. Papa et Freddie nous attendront à l'aéroport.

65

Mardi 16 septembre 2014
La journaliste

Ils ne sont pas les seuls à nous y attendre. Le hall des arrivées est bondé d'équipes de tournage et de journalistes. J'aurais dû m'en douter mais je ne suis pas au mieux de ma forme. Je repère Steve au fond de la foule, qui me fait de grands signes. Je pousse le chariot vers lui aussi vite que possible, la main de Jake sur la poignée comme avec un petit garçon dans un supermarché. C'est pire que nager à contre-courant. Les journalistes nous encerclent, ils plongent sous les objectifs des photographes, nous bloquent la route et nous mitraillent de questions.

— Qu'est-ce que ça fait, de rentrer à la maison, Jake ?

— Allez-vous poursuivre les autorités thaïlandaises ?

— Quelle est la première chose que vous allez faire ?

— Boire une pinte et dormir pendant une semaine, répond mon fils avec son magnifique sourire.

Les appareils photo cliquettent et bourdonnent pour capturer ce moment.

Ensuite, nous avançons comme dans une mêlée, les journalistes toujours tête baissée pour ne pas être dans le champ et se mouvant à reculons. Steve se fraie un chemin jusqu'à nous. Il réussit enfin à percer la marée humaine et prend Jake dans ses bras. Il le serre fort et longtemps.

— C'est tellement bon de te revoir, dit-il avant de m'étreindre à mon tour.

— Toujours aussi moche, lance Freddie à son frère avant de lui taper dans la main.

— Allez, on rentre à la maison.

Steve prend son aîné par le coude.

— Souhaitez-vous dire quelque chose aux parents d'Alex et de Rosie ? demande une voix familière par-dessus le tohubohu.

Le sourire de Jake s'efface. Je presse son bras pour le retenir mais il cherche dans la foule l'auteur de la question.

— Que je suis désolé…

— Désolé pour quoi ? insiste Louise Butler.

— Désolé qu'elles soient mortes.

— Savez-vous comment est morte Rosie, Jake ?

Il paraît assommé par le brusque changement de ton et Steve et moi le guidons en avant, loin des questions.

Joe Jackson apparaît soudain à côté de moi.

— Pouvons-nous avoir quelques mots en exclusivité, Kate ? Une interview ? Je peux venir chez vous.

— Appelle-moi dans une heure, je souffle les dents serrées. Nous devons le ramener à la maison d'abord.

66

Jeudi 18 septembre 2014
L'inspecteur

Bob enfilait ses chaussettes, assis du côté intact du lit. Les autres attendaient en bas ; il devait se dépêcher, il le savait, mais il avait besoin de cinq minutes à lui avec Eileen. Toutes les paroles de rigueur avaient été prononcées, des tasses de thé à n'en plus finir avaient été servies, les albums photos avaient été consultés et les souvenirs échangés. Mais il ressentait un besoin vital de se retrouver seul avec sa femme. D'entendre ce qu'elle avait à dire sur tout ça.

Il ferma les yeux et la fit apparaître dans sa tête. Telle qu'elle était à Noël dernier, avant la récidive. Elle avait dirigé sa cuisine comme un général mène une bataille, maudissant les pommes de terre au four qui ne voulaient pas griller et fouettant les grumeaux dans la sauce. Et elle avait souri au milieu du chaos.

« Eh bien, ça valait le coup d'aller mieux, hein ? »

En effet. Chaque minute avait valu le coup.

Elle était toujours en vie quand son avion avait atterri à Heathrow – « Elle est encore avec nous, papa », lui avait assuré Sam quand il avait téléphoné à la maison. Mais à un moment donné sur la M3, elle l'avait quitté pour toujours.

« Elle n'a pas repris connaissance, Bob, avait annoncé Helen sur le pas de la porte. Je suis désolée, elle est partie tranquillement. Sans souffrance. »

Il s'était assis dans le fauteuil de la chambre et avait tenu sa main froide dans la sienne, la frottant pour la réchauffer par habitude, avant de s'arrêter.

« Bonjour, mon amour. Je suis rentré. »

*

Les instructions d'Eileen étaient glissées dans sa poche intérieure, contre son cœur, lorsque Sam et lui avaient rencontré le directeur des pompes funèbres afin de discuter des funérailles.

« Il se peut que j'essaie de mettre en douce "The Old Rugged Cross", avait-il déclaré, ce qui avait fait rire sa fille.

— Elle te hantera jusqu'à la fin de tes jours si tu fais ça.

— Ce serait bien », avait-il répondu avec un sourire.

Les funérailles furent magnifiques, la diffusion de « Starman » à la fin ponctuée de rires et de pleurs ; il y avait eu d'autres larmes pendant les collations dans le restaurant de la jardinerie qu'Eileen avait choisi, sous le parfum entêtant des fleurs.

— Elle aurait adoré, Bob, murmura sa belle-sœur. Elle aurait été fière de toi.

Il l'espérait. *Es-tu fière de moi, Eileen ?* s'enquit-il.

Tout est parfait. Maintenant va aider Sam avec les anciens, lui chuchota sa femme.

— Quand reprends-tu le travail ? lui demanda un vieil oncle en faisant tomber des miettes sur sa cravate noire.

— Demain, s'entendit-il répondre. J'ai une enquête à boucler. Ça m'occupera l'esprit un moment. Ensuite, je prendrai un peu de congés.

Impossible de laisser cette affaire en suspens. Le temps du deuil viendrait plus tard.

Zara l'avait contacté à la première heure le matin même. Jamie Lawrence avait été aperçu pendant la nuit. La diffusion de son portrait avait mis un terme à sa cavale. Tout le monde l'avait vu. Salmond l'avait prévenu par texto et il l'avait rappelée aussitôt, incapable de dormir et également reconnaissant qu'on lui offre cette distraction.

« Quand êtes-vous rentrée ? lui avait-il demandé sans préambule.

— Il y a deux jours, ou hier, je ne sais plus. Désolée, je suis encore perdue dans le décalage horaire. Vous ne dormiez pas ?

— Non.

— Je suis vraiment navrée, monsieur.

— Merci, Zara. Nous sommes tous très tristes mais nous nous en sortons. Nous avons eu le temps de nous y préparer.

— Voulez-vous que je vous tienne informé pour Jamie Lawrence ?

— Absolument. Les funérailles ont lieu cet après-midi et je serai au bureau demain.

— Vous êtes sûr ?

— Tout à fait. »

Bangkok, vingtième jour

Vendredi 15 août 2014

Ce n'était pas vraiment une fête. Juste une excuse pour se soûler et anesthésier sa tristesse. Jamie avait bu avec inconscience, il disparaissait dans la chambre frigorifique de Mama et revenait avec d'autres bouteilles qu'il envoyait valser au sol une fois vides.

Il était tard, bien après minuit, l'heure de passer son appel.

— Je vais téléphoner chez moi, annonça-t-elle plus pour elle-même que pour le garçon affalé par terre. Mes parents seront rentrés du travail maintenant. Il faut que je le fasse. Mais qu'est-ce que je vais leur dire ? Qu'est-ce que tu dirais à ta mère, Jamie ?

Il la dévisagea d'un air absent un moment.

— Ma mère ? Laquelle ?

— Tu as une belle-mère ? Comme Rosie ?

— En fait, j'en ai quatre, si on compte mes deux mères d'accueil.

— Oh !

Il inspira un grand coup, comme s'il allait plonger dans une vague, et elle ne put rien faire pour l'arrêter.

— J'ai été en famille d'accueil puis j'ai été adopté. Ensuite, ma mère adoptive a considéré que j'étais un fardeau trop lourd à porter, alors j'ai vécu en foyer jusqu'à mes dix-sept ans.

— Oh, Jamie, souffla-t-elle en écartant une bouteille pour se serrer contre lui.

— C'était il y a longtemps. Je n'en parle pas d'habitude. Sinon les autres me croient différent d'eux. Mon assistante sociale disait que j'étais trop sensible et que tout le monde ne me jugeait pas. Mais en fait, si.

Alors les confidences jaillirent, rapides et désordonnées. Son enfance, sa mère qui ne pouvait pas assumer. Il avait quelques vagues souvenirs d'elle, son parfum. Une odeur de fumée. Des cigarettes bon marché qui se consumaient inlassablement dans le cendrier ou entre ses doigts jaunis. Des allumettes qu'on craque, du tabac froid.

— Elle me souriait parfois, déclara Jamie en extirpant le souvenir de sa mémoire. Et j'enserrais ses jambes dans mes bras. Et aussi elle pleurait. Je me souviens d'avoir eu faim.

Puis étaient venues les mères d'accueil. Alex tenta de suivre mais Jamie s'exprimait de plus en plus vite.

— La première était vieille et elle sentait bizarre. Il y avait plein d'autres enfants. J'étais entouré de monde mais tout seul quand même. Je n'avais que quatre ans. Je gardais dans ma poche une boîte d'allumettes qui appartenait à ma vraie mère, pour y mettre des choses dedans.

Alex lui prit la main et la serra avec compassion.

— Ce devait être affreux. Tu étais si jeune.

— Ouais. La deuxième mère d'accueil était plus jeune mais je faisais pipi au lit et un jour elle a craqué et m'a giflé. L'assistante sociale a vu la marque et je suis passé à la mère numéro trois. Celle qui m'a adopté, avec son mari. J'ai dû changer d'école en allant habiter chez eux. Je ne portais pas le bon uniforme et les autres enfants se moquaient de moi. Un jour, l'un d'eux m'a demandé pourquoi mon pull-over était bleu et je n'en savais rien. Je devais discuter avec une dame dans la salle des profs, j'y mangeais des biscuits et buvais du sirop. Je tapais et mordais les autres enfants. C'était la pire période de ma vie. Et quand j'ai eu d'autres problèmes plus tard, j'ai fini en foyer. Dans un sens, j'étais soulagé ; j'en avais assez des familles à ce moment-là.

— As-tu essayé de retrouver ta mère biologique ? demanda Alex, tout autant fascinée qu'horrifiée.

— Je croyais qu'elle était morte ; c'est ce qu'une des mères d'accueil m'avait raconté. Mais quand j'ai fait faire mon passeport pour venir ici, j'ai demandé mon acte de naissance et mon certificat d'adoption. C'était la première fois que j'apprenais qui j'étais vraiment. Quand j'ai lu le nom de ma mère, Anita Way, j'ai voulu aller voir la maison qu'elle habitait à ma naissance. L'adresse était notée sur le certificat. Ce n'était pas très loin, au nord de Kingston. J'ai pris un train à Portsmouth, changé à Clapham Junction. Une fois sur place, je suis resté sur le trottoir à essayer de me rappeler y avoir vécu. Une femme est passée près de moi, elle se dirigeait vers la porte, et je lui ai demandé si elle connaissait une Anita qui habitait ici avant. C'était elle.

— Non ! souffla Alex.

— J'ai cru que j'hallucinais mais c'était maman. Elle ne m'a pas reconnu et quand je lui ai dit qui j'étais, elle a paniqué. Elle m'a fait entrer pour que personne ne me voie. C'était drôle, elle avait toujours la même odeur. Elle était habillée avec élégance. Il y avait un énorme poste de télévision dans le salon. Des affaires d'enfants, aussi. Elle avait une autre famille. Ça ne lui a fait ni chaud ni froid quand je lui ai appris qu'on m'avait raconté qu'elle était morte. Elle a répondu qu'elle l'était de toute façon, elle était morte à l'intérieur. Quand j'ai voulu lui demander pourquoi elle m'avait placé, elle s'est mise en colère. « Tu étais une erreur, Jamie », s'écria-t-il en imitant une voix de femme rude et haut perchée qui fit tressaillir Alex. Elle a dit que ce n'était pas sa faute. Quand elle s'est rendu compte qu'elle était enceinte, il était trop tard pour avorter. Mon père avait mis les voiles. Elle était jeune et elle ne pouvait pas se permettre de m'avoir dans sa vie maintenant. Elle n'avait pas parlé de moi à son mari. Ni à ses enfants. Je lui ai répondu que j'étais un de ses enfants mais elle a répliqué que j'étais son petit secret honteux.

Le silence tomba un instant. Alex se demanda s'il lui avait tout révélé, et s'il s'était confié à quelqu'un d'autre. Elle espérait que oui. Elle n'avait pas envie d'être la gardienne de ses secrets. Elle en avait déjà bien assez comme ça.

— Je n'aurais jamais dû aller la voir, n'est-ce pas ? murmura Jamie à part lui.

— Ce n'est pas ta faute, assura-t-elle avec autorité. Ce qu'elle t'a dit était très méchant. Tu ne méritais pas ça.

— Et maintenant, tu me quittes aussi.

— Oh Jamie, s'il te plaît, ne recommence pas avec ça. Ça va très bien aller pour toi. Tu devrais aller te coucher. Tu vas avoir une gueule de bois terrible demain.

Elle le laissa tandis qu'il grimpait dans son lit. Elle avait très soif après la bière. Il lui fallait une bouteille d'eau. Mama en gardait dans la chambre frigorifique. Est-ce que c'était ouvert ? Sans doute puisque Jamie y était allé chercher les bières. Elle irait se servir. Elle partait le lendemain matin de toute façon. Elle se fichait de ce que Mama dirait.

L'auberge était plongée dans le silence. Elle se demanda si elle était la seule personne encore réveillée à cette heure tandis qu'elle se faufilait à pas de loup dans la cour. Elle y était venue une fois ou deux pour y retrouver Jake, discuter avec lui pendant qu'il accomplissait ses corvées. La porte du frigo était difficile à ouvrir et elle tira dessus de toutes ses forces en espérant ne pas faire de bruit. Il faisait noir comme dans un four à l'intérieur. Par chance, elle avait son nouveau téléphone et l'alluma pour avoir la lumière. Elle frissonna à cause du brusque changement de température et se dépêcha de prendre une bouteille dans la caisse. Lorsqu'elle tourna les talons pour repartir, elle buta contre quelque chose à la fois dur et mou. Elle s'accrocha aux cageots pour retrouver son équilibre, ce qui fit tinter les bouteilles. Alors elle baissa le faisceau de son portable à ses pieds. Quelque chose luisait. Elle se pencha pour le ramasser avant de se redresser brusquement. La peur lui fit mouiller son pantalon.

C'était l'ongle verni de Rosie.

Elle ne se rappelait pas avoir hurlé, mais soudain, Jamie se tenait là, il la faisait sortir du frigo.

— Rosie ! s'exclama-t-elle.

Il entra et ressortit trop vite.

— Elle est morte, dit-il.

Sa voix aussi paraissait morte, éteinte. Pourquoi était-il aussi calme ?

La stupeur d'Alex l'empêchait de pleurer. Elle avait froid et tremblait tant que ses dents claquaient. Elle voulut parler mais ses mâchoires s'entrechoquaient chaque fois qu'elle essayait.

Jamie tenta de la conduire à l'intérieur du bâtiment mais elle résista.

— Non, dit-elle les dents serrées. Je ne peux pas la laisser.

— Elle n'a plus besoin de toi, Alex. Rosie est morte.

— Qui a fait ça ?

— Je ne sais pas, souffla-t-il.

Tout à coup, il n'avait plus du tout l'air soûl.

— Il faut faire venir une ambulance et appeler la police. Il faut prévenir quelqu'un.

— Je m'en occupe. Va te coucher.

Elle émit un ricanement d'incrédulité et sa colère libéra la tension de ses mâchoires.

— Me coucher ? Tu es sérieux ? Mon amie est morte ! De quoi tu parles ?

— Je suis ton ami, Alex, répondit-il tout bas.

— Bien sûr que non ! On se connaît depuis quoi ? Cinq minutes ! Je vais prévenir la police. Il y a un commissariat à l'angle de Khao San Road.

Elle hurlait mais Jamie restait impassible.

— Tu es venu chercher des bières tout à l'heure, tu as dû la voir ! s'écria-t-elle soudain.

— Non, je ne l'ai pas vue.

— Oh mon Dieu ! Mais si ! Et tu n'as rien dit. C'est toi qui lui as fait ça ? Est-ce que tu l'as tuée ?

Jamie tourna la tête pour la fixer dans les yeux. Son regard était complètement vide.

— Arrête de crier, demanda-t-il.

67

Vendredi 19 septembre 2014

L'inspecteur

Jamie Lawrence le considéra à travers ses cils. Il était sale, son nez coulait et les marques de brûlures sur son visage étaient rougeâtres.

— Bonjour, Jamie, dit Sparkes en se penchant pour l'aider à se relever. Nous vous cherchions.

Le jeune homme battit des paupières. Il dormait dans le local à poubelles d'un foyer d'accueil, roulé en boule comme un chat sauvage.

Le bénévole du programme de surveillance du voisinage qui habitait en face l'avait remarqué la veille en train d'errer ; il avait prévenu la police locale.

« Soupçon d'intrusion à Meadow View. Homme jeune, casquette de baseball, foulard sur le visage. »

L'officier de service avait noté ces détails avec un soupir. *Sans doute un pensionnaire qui rentre après le couvre-feu. Qui s'introduirait en douce dans un foyer d'accueil ?*

Mais sa relève avait fait le rapprochement et contacté le commissariat de Southampton.

« Il se pourrait que votre suspect ait été aperçu ici, avait annoncé l'inspecteur de Kingston. Comment voulez-vous que nous procédions ?

— Sécurisez le périmètre mais n'intervenez pas, avait ordonné Sparkes. J'arrive. »

L'intrus dormait encore lorsque Sparkes entrouvrit la porte du local et atteignit sa proie. La traque était terminée. Il n'y eut ni course-poursuite, ni lutte, ni insultes, ni coups de poing. Rien qu'un battement de cils.

— Je suis l'inspecteur principal Sparkes et voici l'inspecteur Salmond. Nous souhaiterions que vous nous accompagniez.

Salmond lui passa les menottes pendant que Sparkes lui lisait ses droits.

— Jamie Lawrence, vous êtes en état d'arrestation. Vous êtes soupçonné du meurtre d'Alexandra O'Connor survenu aux alentours du 14 août 2014. Vous avez le droit de garder le silence. Mais sachez que ne pas répondre à ce qui pourra vous être demandé plus tard au tribunal peut nuire à votre défense. Tout ce que vous direz pourra être retenu contre vous.

Sparkes prononça ces mots avec un petit élan de joie triomphante. *Je te tiens.*

Le garçon cilla de nouveau.

Son représentant, un avocat de permanence vieillot, prit place à ses côtés dans la salle d'interrogatoire.

— Veuillez décliner votre identité pour l'enregistrement, s'il vous plaît, commença Salmond en s'installant confortablement sur sa chaise.

— Jamie Lawrence.

Sa voix était jeune, comme si elle venait seulement de muer.

— Pour quelle raison êtes-vous retourné au foyer d'accueil ? Y avez-vous séjourné ? attaqua Sparkes.

Il était presque sûr que non mais il préférait avancer pas à pas.

— Non. C'est parce que c'est près de chez ma mère.

— Votre mère ? Je croyais qu'elle avait déménagé dans le Norfolk quand vous avez été placé ?

May Lawrence, avec qui Salmond s'était entretenue, ne voulait rien savoir de son fils adoptif. « Il a brisé mon mari, avait-elle déclaré la voix serrée. J'espère ne jamais le revoir. »

— Pas elle, rétorqua Jamie, sourcils froncés en jouant avec les bandages grisâtres à ses mains. Ma vraie mère. Elle n'était pas chez elle, alors j'ai tourné en voiture et j'ai vu l'enseigne de ce centre social. Ça ressemblait à chez moi. Bizarre, non ?

Sparkes secoua la tête.

— Non, nous recherchons la familiarité dans tout ce qui nous entoure, pour nous ancrer dans des eaux calmes et sans danger.

Sa tirade provenait d'un ouvrage sur la façon de surmonter le deuil qu'il lisait en secret, comme un magazine cochon. Il se racla la gorge. *Tais-toi ou tu vas lui chanter une berceuse dans deux minutes.*

Il commençait à se faire tard et Sparkes se demandait si Sam serait encore à la maison quand il rentrerait. Lorsqu'il l'avait laissée, elle fourrait quelques vêtements d'Eileen dans une vieille valise.

« Maman voulait que je les apporte à une œuvre de charité, avait-elle expliqué. C'est noté sur sa liste. Tu te rappelles cette robe ? »

Elle lui avait montré le vêtement acheté sur un coup de tête à Noël dernier.

« Tu lui as dit qu'elle ressemblait à la fée qu'on place en haut du sapin. Je crois qu'elle ne l'a plus jamais portée. »

Il s'était emparé du pull-over préféré d'Eileen et avait enfoui son visage dedans. Il dégageait encore son odeur.

« Je garde celui-ci », avait-il marmonné avant de le glisser sous son oreiller.

— Parlez-nous de votre relation avec Alex, demandait-il à présent dans la salle d'interrogatoire. Vous passiez beaucoup de temps ensemble à Bangkok, il me semble.

Jamie hocha la tête.

— Nous étions meilleurs amis.

— Vous veniez juste de vous rencontrer pourtant.

— Peu importe. On avait l'impression de se connaître depuis toujours.

— C'est ce qu'Alex ressentait aussi ?

— Ouais, répondit Jamie sans croiser son regard. Nous allions voyager ensemble.

— Ce n'est pas ce qu'elle a raconté à son amie Margaret Harding. Elle prétendait que vous ne la laissiez pas tranquille, que vous la colliez tout le temps.

Jamie releva la tête d'un coup sec et se repoussa loin de la table.

— Non, nous étions amoureux.

— Pas Alex, n'est-ce pas ? Ça a dû être vraiment dur pour vous. Vous vouliez la garder à tout prix ?

Jamie acquiesçait, apaisé par l'attitude compatissante.

— Vous l'avez même droguée, se hâta d'ajouter Sparkes.

Le visage de Jamie s'empourpra et il serra les poings.

Son avocat se réveilla soudain et décida d'intervenir :

— Quelle preuve avez-vous de cela, inspecteur ?

— Nous avons un témoin.

— La propriétaire de l'auberge, Mama, précisa Salmond. Elle vous a vu glisser du Rohypnol dans la bière d'Alex pour l'empêcher de sortir avec Jake Waters. Ça l'a rendue malade pendant plusieurs jours.

En vérité, leur conversation avec Mama n'avait rien d'officiel. La logeuse s'était à nouveau envolée avant que sa convocation pour déposer ne soit validée. Elle avait cependant confirmé les informations délivrées lors de son entretien officieux avec Kate Waters.

— Je ne pouvais pas la laisser partir avec lui, répondit Jamie, perché au bord de sa chaise. Je ne savais pas que ça la rendrait malade. J'en ai trop mis. Mais en tout cas, c'était pour la protéger. Je voulais la protéger.

— De Jake ? En quoi la menaçait-il ?

— Il essayait de l'emmener loin de moi ! hurla Jamie.

Son avocat posa la main sur son bras pour le calmer.

Ils y étaient presque. Sparkes se pencha vers lui et demanda d'une voix douce :

— Et si vous nous racontiez ce qu'il s'est vraiment passé la nuit où Alex est décédée ?

— Je n'en sais rien. J'imagine que c'était un accident, répondit le jeune homme avec un couinement.

— Qu'est-ce qui était un accident ?

— La mort d'Alex, murmura-t-il.

L'avocat voulut intervenir mais Jamie poursuivit.

— Ce n'est pas ce que je voulais. Je l'aimais. Je n'avais pas l'intention de lui faire du mal. Jamais. Mais elle m'a repoussé. J'ai essayé de la retenir. Tout est parti en vrille.

Salmond fit glisser une boîte de mouchoirs sur la table. Jamie en prit un et s'essuya les yeux et le nez, grimaçant lorsqu'il toucha sa peau brûlée.

— Expliquez-moi comment tout est parti en vrille, Jamie, insista Sparkes en se radossant à son siège afin de laisser au suspect l'espace nécessaire pour raconter son histoire.

— Elle a accepté de boire un verre avec moi en guise d'au revoir. J'étais déjà un peu soûl, j'avais pioché dans la réserve de bières du bar de l'auberge, et j'étais contrarié qu'elle me quitte. J'ai dû la serrer trop fort. Elle a arrêté de respirer…

— Pourquoi est-ce qu'elle vous quittait ?

— À cause de Rosie. Rosie avait disparu et Alex voulait rentrer chez elle. Je ne l'ai pas supporté.

— Il n'y avait que vous deux à cette soirée d'au revoir alors ?

Jamie acquiesça.

— Il n'y avait plus personne d'autre. Jake avait été arrêté.

— Alex était au courant ?

— Non, elle croyait qu'il était sorti. Je ne l'ai pas détrompée.

Sparkes vit le poing bandé de Jamie se serrer sur ses genoux.

— Elle aurait dû le détester, reprit-il d'une voix plus forte. Je lui ai dit que Jake avait couché avec Rosie mais elle ne m'a pas cru. J'étais tellement jaloux quand je les voyais ensemble. Je la voulais pour moi, j'en avais des picotements dans les mains. Ça me fait pareil quand je pense à ma mère. Ma vraie mère. Je déteste penser à elle. J'ai tous ces sentiments qui remontent, ceux dont l'assistante sociale m'a conseillé de me libérer. Mais je n'y arrive pas. Ils sont enracinés dans mon estomac.

Il posa la main sur son ventre comme pour localiser ses émotions.

— Ils sont toujours là, à étouffer le reste quand il m'arrive des trucs bien.

Ses paroles électrisèrent la pièce ; Jamie baissa les yeux sur ses mains.

— J'ai volé le passeport et le portefeuille de Jake la veille, après l'avoir vu avec Alex. J'ai forcé son casier et pris ses affaires dans son sac à dos. J'y ai mis mon passeport à la place pour qu'il ne remarque pas tout de suite sa disparition.

— Pourquoi avoir fait ça, Jamie ?

— Je voulais être Jake si c'était lui qu'Alex désirait. Ça paraît dingue, non ? Vous croyez que je suis fou ?

Il décocha un regard en coin à Sparkes. L'inspecteur secoua lentement la tête.

— Continuez.

— J'aurais sûrement refait l'échange le lendemain, une fois calmé, mais Jake n'est pas revenu. Il a été arrêté. Mama a dû le dénoncer à la police. Ils s'étaient disputés. Je les ai entendus. Jake lui racontait qu'Alex n'arrêtait pas de parler de Rosie, que ça allait mal se passer. Comme la dernière fois avec l'Écossais. La police allait venir et il n'avait plus d'argent à lui donner pour leur graisser la patte. Mama lui a crié de la fermer, sinon quelqu'un allait les entendre.

— Vous, vous les aviez déjà entendus…

Le jeune homme esquissa un sourire.

— Oui. Personne ne remarque jamais ma présence. Bref, Jake a récupéré son petit sac à dos et il est parti sans un regard pour moi. Mama a dû passer un coup de fil. D'après Jake, elle était en cheville avec la police. Il était parti. Rosie était partie. J'étais sûr qu'Alex accepterait qu'on aille ensemble aux îles Phi Phi. Elle était obligée, sinon elle allait se retrouver toute seule.

— Mais elle n'a pas voulu ?

— Non.

Jamie baissa la voix si bien que Sparkes dut se pencher vers lui pour saisir la suite.

— Elle ne voulait même pas en discuter. J'avais tout fait pour qu'elle me choisisse… Et pour rien.

— Comment ça, « tout », Jamie ? demanda Sparkes sur le même ton de la confidence.

Le jeune homme ferma un instant les paupières.

— Je vous l'ai dit. Prendre le passeport de Jake, raconter à Alex ce qu'il avait fait avec Rosie. Tout ça.

Il y avait autre chose, Sparkes en avait la conviction, mais Jamie se hâta de rejouer la carte des reproches.

— Elle ne faisait que parler de Rosie. Où était Rosie ? Et elle allait rentrer chez elle. Elle disait que rien ne la retenait en Thaïlande. J'étais désespéré.

— Où vous trouviez-vous ?

— Dans le dortoir.

— Est-ce qu'Alex a bu ?

— Oui, un peu. J'étais allé lui chercher la bière qu'elle aimait dans le local réfrigéré. Nous étions assis par terre et je m'apprêtais à lui dire que je l'aimais, mais je me suis retrouvé à lui raconter que j'avais été placé en famille d'accueil. J'ai cru que peut-être elle aurait pitié de moi, que ça la ferait changer d'avis, mais elle n'avait pas vraiment envie de savoir. Elle voulait téléphoner chez elle et tout raconter à ses parents. Je ne savais pas quoi faire. J'ai cru qu'elle était retournée dans sa chambre mais ensuite je l'ai entendue crier dehors. J'ai accouru. Elle pleurait. Elle avait trouvé Rosie.

La tension dans la salle d'interrogatoire était palpable. Sparkes se tenait dans le dortoir avec Jamie, il se relevait péniblement, longeait le couloir jusqu'à la porte de derrière et sortait dans l'air nocturne étouffant.

— Avez-vous vu le corps de Rosie ?

— J'ai vu une partie de son visage. Un tapis la recouvrait mais j'ai vu ses cheveux.

— Où était Alex à ce moment-là ?

— Dans la cour. Elle tremblait, et elle pleurait ; j'ai essayé de la consoler. Je lui ai assuré que j'allais tout arranger. Sauf qu'elle s'est mise en colère. J'ai voulu la prendre dans mes bras mais elle s'est débattue. Elle a commencé à me repousser comme si elle voulait que je disparaisse. J'aurais dû la laisser partir. Mais je n'arrêtais pas de me répéter « Plus personne ne me repoussera, jamais ». Et elle hurlait. Je crois que je lui faisais peur. Je ne voulais pas, ce n'était pas mon intention. Je voulais juste qu'elle se taise. J'ai mis mes mains autour de son cou pour arrêter ses cris et je les y ai laissées pendant qu'elle se débattait, qu'elle me tapait et cognait dans le mur. « Arrête, Alex ! » je lui ai dit. Et elle a arrêté.

Jamie reprit son mouchoir sur la table et se tamponna les yeux.

Sparkes visualisait cette danse macabre au milieu de la cour crasseuse. Ça n'avait dû durer que quelques minutes, songea-t-il en regardant le jeune homme s'affaler sur sa chaise.

— Alex était-elle encore consciente ?

Jamie secoua lentement la tête.

— Elle n'a plus parlé après ça. Elle avait le teint grisâtre et elle est tombée par terre. Elle s'était fait pipi dessus ; ça avait coulé le long de ses jambes et éclaboussé ses chaussures. Je n'arrivais pas à quitter ses jambes des yeux. Je ne pouvais plus regarder son visage. J'ai eu l'impression de rester comme ça pendant des heures, dans l'air qui s'épaississait autour de moi comme de la gelée.

— Qu'avez-vous fait ensuite, Jamie ?

— Je me rappelle avoir pensé qu'il fallait réparer. Revenir en arrière. Mais c'était impossible. Il ne fallait pas que quiconque l'apprenne. J'ai retiré ses vêtements souillés à Alex parce que je ne voulais pas qu'elle reste sale, et je l'ai installée près de Rosie. Je les ai recouvertes toutes les deux avec le tapis. Ensuite j'ai sorti mes allumettes et j'ai cherché de quoi allumer un feu.

68

Vendredi 19 septembre 2014
L'inspecteur

Ils firent une pause lorsque Jamie demanda des anti-douleurs pour ses brûlures. Les flammes lui avaient sauté au visage au moment où il arrosait d'essence pour briquet les vêtements d'Alex qui ne se consumaient pas assez vite à son goût. Il craignait que quelqu'un n'intervienne avant que tout ne soit détruit. Du liquide inflammable recouvrait ses mains et le feu l'avait léché quand il les avait levées pour se protéger les yeux. Il ne se rappelait plus comment il avait atterri dans le taxi qui l'avait conduit à l'hôpital. Peut-être Mama l'y avait-elle mis.

À l'extérieur de la salle d'interrogatoire, Sparkes et Salmond dressaient un premier bilan, des gobelets en plastique serrés dans leurs mains impatientes.

— Il prétend que c'était un accident.

— Logique, non ? répliqua Salmond. Le problème, c'est que je ne perçois aucun remords de sa part. Il n'est question que de lui, pas d'Alex. Il se considère comme la victime.

Sparkes avait eu la même impression, celle d'être manipulé par le jeune homme avec son récit et son regard en dessous.

— Vous avez remarqué ce tic qu'il a avec ses yeux ? Regarder à travers ses cils est typique d'un comportement passif-agressif. Soumis mais maître de soi.

— Si vous le dites, monsieur.

— J'ai lu un article à ce sujet l'autre jour.

— Je préfère lire les aventures de Jack Reacher, répliqua Salmond avant de boire les dernières gouttes d'eau.

— On y retourne. Il reste le décès d'une autre fille à éclaircir.

Il jeta son gobelet à la poubelle.

— Parlez-nous de Rosie, attaqua aussitôt Sparkes.

Jamie cilla.

— Eh bien quoi, Rosie ? Elle était morte. Alex l'a trouvée dans la chambre froide.

— Et vous, à quel moment l'y avez-vous vue ?

— Je vous l'ai dit, après qu'Alex a crié.

— Pourtant, vous étiez allé chercher des bières dans la chambre frigorifique plus tôt dans la soirée.

— Je..., bafouilla Jamie avant de fermer les yeux.

— Je vous repose la question : à quel moment avez-vous vu Rosie dans la chambre froide ? La première fois ?

— Le lendemain de son prétendu départ en Birmanie pour rejoindre les Hollandais, finit-il par répondre.

Les regards soumis avaient disparu. Jamie Lawrence était à présent sur la défensive.

— Vous saviez donc qu'elle était morte et que son corps reposait dans ce local réfrigéré et vous n'avez rien dit pendant deux jours ?

Il hocha la tête.

— J'avais trop peur qu'on croie que j'étais responsable.

— En revanche, la pousser un peu pour attraper une bière ne vous faisait pas peur ? s'écria Sparkes avec hargne. Êtes-vous mêlé de près ou de loin à la mort de Rosie Shaw ?

— Non. J'ai pensé qu'elle s'était soûlée et que peut-être elle s'était étouffée dans son propre vomi.

Il avait hésité une brève seconde avant de révéler sa théorie ; Sparkes sut alors qu'il le tenait presque. Le « peut-être » était une figure de rhétorique qui servait à se protéger de la vérité.

— Comment savez-vous qu'elle s'est étouffée ?

— Je n'en sais rien. J'imagine. Elle était le genre de fille à s'étouffer dans son vomi. Mais je n'étais pas là, alors je n'en sais rien.

« Je n'étais pas là » ! Dans une seconde, il va prétendre que ce sont les grands qui l'ont forcé.

— Savez-vous qui se trouvait avec elle ?

Jamie se remit à triturer le bandage sur ses mains. Il secoua la tête.

— Quand avez-vous vu Rosie Shaw pour la dernière fois ?

— Je ne m'en souviens pas. Je l'ai sûrement vue au bar. Elle y était tout le temps.

— Jusqu'à ce qu'elle n'y soit plus, rétorqua Sparkes. Vous deviez bien en parler entre vous, non ? Rosie qui disparaît brusquement. Ce devait être le grand sujet de conversation à l'auberge.

— Ouais, sans doute. Pour être franc, j'en avais marre d'entendre parler d'elle.

— Vous n'aimiez pas Rosie ?

— Non, je la détestais. Nous la détestions tous les deux, Alex et moi.

Jamie avait tiré un long fil qu'il enroulait maintenant autour de son doigt dont le bout blanchissait à vue d'œil.

— C'était une sale petite peste, reprit-il. Tout le temps en train de faire des histoires. Au début, Alex veillait sur elle mais l'autre n'en faisait qu'à sa tête. Elle prenait de la drogue, elle couchait avec n'importe qui. Elle s'est fait tous les mecs de l'auberge, vous savez ?

Il secoua la tête de dégoût.

— Vous avez couché avec elle, Jamie ?

Il parut sincèrement choqué à cette idée.

— Moi ? Bien sûr que non. J'étais fidèle à Alex. Mais quasiment tous les autres sont passés dans son lit.

— Jake ?

— Oui. Et je l'ai dit à Alex.

— Y avait-il des problèmes entre ses différents partenaires ? Des disputes ? Des bagarres ?

— Pas vraiment. Personne ne l'appréciait suffisamment pour se battre pour elle.

Pauvre Rosie, songea Sparkes. *Pauvre petite Rosie.*

— Quel genre de drogues prenait-elle ?

— De la K surtout. Lars lui en avait donné avant son départ.

— Où se l'était-il procurée ?

— Auprès de Mama. Tout le monde savait qu'elle dealait de la K, de l'herbe et du yaba. Et un peu d'héroïne aussi des fois.

— Et du Rohypnol ? ajouta Sparkes.

Jamie détourna le regard.

Il commençait à fatiguer. Sparkes pivota vers Salmond pour lui signifier la fin de l'interrogatoire quand Jamie reprit la parole.

— Je peux vous poser une question ?

Sparkes le dévisagea. Jamie le regardait à nouveau par en dessous comme pour lui faire plaisir alors qu'il le mettait mal à l'aise.

— Heu oui. De quoi s'agit-il ?

— Vous avez parlé à Jake ? C'est à lui que vous devriez demander pour Rosie.

69

Vendredi 19 septembre 2014
La journaliste

Le ton de Bob Sparkes est on ne peut plus grave. Et il coupe court quand j'essaie de lui demander comment se sont passées les funérailles d'Eileen.

— Ne parlons pas de ça maintenant. Mon appel est d'ordre professionnel. L'inspecteur Salmond et moi-même sommes actuellement en route pour Londres. Nous devons nous entretenir avec Jake. Est-il chez vous ?

— Oui. Il n'a pas quitté la maison depuis notre retour. Il est avec Joe Jackson en ce moment, il se fait interviewer sur le cauchemar qu'il a vécu. Il n'a pas voulu que je m'en charge ; j'imagine que ça aurait été un peu bizarre. Bref, Joe couvre l'affaire. Une erreur judiciaire enfin réparée.

J'ai fait patienter Joe deux jours. J'ai prétendu que Jake avait besoin de se reposer, mais en vérité j'avais surtout besoin d'entendre son histoire avant tout le monde pour m'assurer qu'on pouvait la raconter.

— Il y a des points que vous souhaitez approfondir ? C'est la raison de votre visite ? Je croyais que l'inspecteur Salmond et vous aviez fini de l'interroger. Il a fait sa déposition à Bangkok.

Je m'efforce de conserver un ton léger mais ma tête bourdonne sous des milliers de pensées dérangeantes.

— Nous serons chez vous dans une heure.

Je repose le combiné et m'avance dans le salon où Jake et Joe discutent.

— Je peux te voir une minute ? dis-je à mon fils.

Il sort de la pièce en une enjambée, pieds nus et vêtu d'un jean un peu trop court qui appartient à Freddie.

— L'inspecteur Sparkes vient de me prévenir qu'il arrive pour te voir. Des petits détails à régler, tu sais.

Jake se liquéfie sur place.

— Ce sera bref, une simple conversation, j'en suis sûre.

Nous nous dévisageons une seconde de trop. Je reprends :

— Tu as déjà fait ta déposition. Alors sinon, comment ça se passe là-dedans ? Est-ce qu'il te pose de bonnes questions ? Tu es sûr de ne pas vouloir que je reste avec toi ?

Je m'exprime d'un ton enjoué mais l'appel de Sparkes me crispe et je bande les muscles comme si je me préparais à recevoir un coup.

— Non, on était d'accord. Mais qu'est-ce qu'il a dit exactement ? demande Jake.

— Juste ce que je viens de te raconter.

— Est-ce qu'il faut appeler ton ami avocat ?

Je considère mon fils et tente de deviner ses pensées.

— Je ne sais pas. On pourrait croire que tu as quelque chose à cacher si un avocat est présent…

— C'est juste que ce serait peut-être mieux. Je ne veux pas de problèmes.

— Non, bien sûr que non. Je vais lui téléphoner et lui demander son avis. Laisse-moi m'en occuper.

Il hoche la tête et s'apprête à ajouter quelque chose mais je le devance.

— Il faut aller t'acheter des vêtements avant que Mick ne prenne les photos, dis-je dans une tentative de nous redonner de l'entrain. Tu es rentré sans rien.

Puis je me rappelle le pantalon qu'il avait laissé chez Ross.

Joe apparaît dans l'embrasure de la porte.

— Prêt à t'y remettre, Jake ? demande-t-il. J'ai un délai à tenir.

— OK. Tu veux bien nous préparer du thé, maman ?

L'inspecteur Sparkes frappe doucement à la porte que j'ouvre en grand pour l'accueillir. *Il n'y a rien à cacher, ici.*

— Comment allez-vous ? dis-je.

Mais l'intimité qui nous a liés dans la chambre d'hôtel à Bangkok a disparu. Il entre sans croiser mon regard, essuyant ses semelles propres sur le paillasson.

— Jake est là ?

— Oui, comme je vous l'ai dit au téléphone. Il est au salon, avec Joe Jackson.

— Il serait sans doute préférable que le journaliste ne reste pas dans la pièce, dit-il à l'intention de Salmond.

Je veux protester mais il me fait taire d'un coup d'œil.

Salmond se rend dans le salon et, après un bref échange, Joe en sort. Il range son ordinateur portable dans sa sacoche d'un air mécontent.

— Que se passe-t-il, Kate ? Je me fais virer ?

— Va prendre un café en bas de la rue, lui dis-je. La police doit seulement poser quelques questions à Jake. Je t'appelle dans un petit moment…

Je ne sais pas du tout si je le ferai mais je veux qu'il parte. Je refuse qu'il assiste à la scène qui se joue sous mon toit.

Une fois la porte d'entrée refermée sur lui, je file au salon. Jake est assis sur le canapé, le teint pâle et secoué d'une toux nerveuse.

— De quoi s'agit-il ?

Mon ton est empreint de colère mais je me sens plus effrayée qu'outrée.

Sparkes se détourne. Il arrête Jake pour complicité dans le décès de Rosie Shaw.

Mon fils se lève tant bien que mal.

— Nous vous emmenons au commissariat de Southampton pour interrogatoire.

— Il te faut des chaussures, Jake, dis-je en essayant de capter son attention.

Il me tourne le dos et je reste sans voix.

70

Vendredi 19 septembre 2014

La journaliste

Nous avons convenu que je ne dirais rien à la police si jamais elle revenait. Avant-hier soir, mon fils et moi nous sommes retrouvés pendant que les autres dormaient. Nous étions encore réglés sur le fuseau horaire thaïlandais.

J'avais fait de mon mieux pour ne pas l'interroger dans l'avion qui nous ramenait à la maison, préférant le taquiner gentiment devant notre plateau-repas sur son séjour à Bangkok, mais la fatigue l'avait rapidement vaincu et il s'était endormi à côté de moi.

Steve avait posé toutes les questions qu'il avait en tête dans la voiture entre l'aéroport et chez nous, sans jamais le presser et en le laissant radoter sur les menus détails de la vie à l'auberge et en prison. Un terrain moins dangereux. Freddie avait écouté en silence. On marchait tous sur des œufs.

Nous l'avions nourri, lui avions fait couler un bain puis l'avions laissé dormir.

« Il est revenu à la maison, avait déclaré Steve une fois au lit le premier soir. J'ai du mal à y croire.

— C'est fantastique, n'est-ce pas ? »

Je voulais tant que ça le soit, mais ma joie était ternie par une question lancinante : « Pourquoi ne parle-t-il pas ? »

« Nous devons avoir une vraie conversation avec lui, Steve, avais-je dit en me tournant pour faire face à mon mari déjà à moitié endormi.

— Nous en aurons une. Nous avons le temps pour ça. »

Allongée à côté de lui, je m'étais repassé en boucle chaque parole prononcée par Jake, soupesant la véracité de ses déclarations, poussant jusqu'aux détails qui les étayaient, les sondant comme une dent cariée, à la recherche de la faille. Mais dès que je m'approchais trop du cœur du nerf, je me retenais. Quelque chose sonnait faux.

Pourquoi mentirait-il ? je ne cesse de me demander.

« Je crois savoir ce qui est arrivé à Rosie, a-t-il dit tout bas.

— Tu nous as raconté tout ce que tu savais », ai-je rétorqué, préférant faire l'autruche.

Il m'a dévisagée, j'ai retenu mon souffle.

Tandis qu'il continuait de se taire, j'ai chuchoté :

« D'accord. Raconte-moi tout, Jake. »

Comme quand il était petit, que je retrouvais un vase cassé ou qu'il manquait un paquet de gâteaux.

« Elle buvait un mauvais alcool à même la bouteille la dernière fois que je l'ai vue. Elle était couchée sur son lit, elle me criait dessus. J'ai pensé que ça irait, qu'elle aurait juste une belle gueule de bois le lendemain. Mais elle n'allait pas bien. Elle est morte, maman.

— Quand ? Quand est-elle morte ?

— Je ne sais pas. Entre le moment où je l'ai laissée et celui où Mama a essayé de la réveiller le lendemain matin. »

Mes mains se sont crispées sur ma tasse de lait chaud.

« D'accord, ai-je repris avec prudence, craignant les paroles que je pourrais prononcer quand dans ma tête je hurlais : “Qu’est-ce que tu as fait ? Est-ce que tu l’as tuée ?” Pourquoi Rosie te criait-elle dessus ?

— Nous étions tous les deux soûls et bouleversés.

— À propos de quoi ?

— Je n’aurais pas dû coucher avec elle. »

Il a relevé les yeux, plein de désarroi.

« Mais elle n’arrêtait pas de m’allumer, elle me caressait, elle m’embrassait. Et on l’a fait. On a couché ensemble. Je me doutais qu’elle ne cherchait qu’à se venger d’Alex. Elle avait ce petit sourire aux lèvres. Comme si elle avait gagné. C’était horrible et on s’est disputés. Je lui ai demandé de ne rien raconter à Alex et elle a éclaté de rire. Je lui ai dit de se taire, qu’Alex allait nous entendre et elle a hurlé qu’Alex n’entendrait rien parce que Jamie avait mis un truc dans son verre pour l’empêcher de sortir avec moi. Mama l’avait vu faire. Elle criait qu’elle allait tout dire à Alex. Toute l’auberge pouvait l’entendre. J’ai eu peur, maman. Tout partait en vrille. Je voulais juste que ça s’arrête et je l’ai laissée là.

— Mais quel cauchemar ! »

Je visualisais la scène. J’entendais la colère dans leurs voix. Je sentais la puanteur âcre du mépris. J’ai fixé mon fils sans ciller, de crainte de découvrir un étranger si je le quittais un instant du regard.

« J’étais persuadé qu’elle allait le raconter à Alex à son réveil. Mais elle n’en a jamais eu l’occasion, a-t-il poursuivi. Mama l’a retrouvée morte quand elle est allée lui parler d’argent le lendemain. Elle est venue me réveiller et me l’a annoncé. »

Jake a inspiré un grand coup avant de reprendre :

« D’après Mama, Rosie s’était étouffée dans son sommeil. Elle a dit qu’elle avait du vomi plein les cheveux, maman.

— Oh mon Dieu ! me suis-je exclamée, horrifiée par ce que j’entendais. Pourquoi n’as-tu pas appelé une ambulance ? Ou la police ? Pourquoi n'as-tu rien dit à personne ? »

Il a fermé les yeux et couvert sa bouche de ses mains comme pour se couper complètement du monde extérieur. Mais je n'allais pas le laisser se taire maintenant.

« Jake ! Dis-moi ! me suis-je écriée en repoussant ses mains. Est-ce que tu lui as fait du mal ? »

Impossible de demander s'il l'avait tuée, c'était trop définitif. Les mots ne pourraient pas être effacés.

Il a rejeté la tête en arrière, sous le choc.

« Non ! Tu ne m'écoutes pas ! Je ne lui ai rien fait. Je savais que tu ne comprendrais pas, mais tu n'y étais pas. Tu ne sais pas comment c'était, la vie pourrie que je menais. Tout ce que je peux te dire, c'est que je devais faire profil bas… Ou les problèmes allaient me tomber dessus. D'après Mama, ça allait être comme la dernière fois.

— Le plâtrier qui est décédé. »

Jake a hoché la tête.

« La police est venue cette fois-là, ils ont interrogé tous les touristes étrangers de l'auberge. Mama a dit que je serais arrêté et enfermé parce que je n'avais pas le bon visa. Ils peuvent te mettre en prison et jeter la clé, maman. Je lui ai donné tout l'argent que j'avais pour qu'elle arrange les choses pour moi. Elle m'a envoyé dans son village natal pendant un temps et à mon retour tout était réglé. La police avait conclu au suicide de John.

— Mais ce n'est pas ce qu'il s'est passé ? »

Il a secoué la tête d'un air las.

« Il s'est fait agresser et dévaliser dans sa chambre.

— Mon Dieu ! Qui l'a agressé ?

— Je ne sais pas. Il trempait dans toutes sortes d'affaires louches et il traînait avec des gens dangereux. Et ça allait recommencer avec la police. J'avais couché avec Rosie la nuit de sa mort. J'étais persuadé qu'ils allaient m'arrêter.

Et cette fois, je n'avais plus d'argent à donner à Mama pour qu'elle arrange ça.

— Ça ? On parle d'une jeune fille de dix-huit ans, Jake.

— Je suis désolé, maman. »

Je l'ai écouté, de plus en plus insensible à ses supplications, l'aigreur de ses excuses me rongeant le ventre.

Peut-être a-t-il senti mon cœur se durcir, toujours est-il qu'il a choisi cet instant pour porter le coup de grâce.

« Et personne ne savait où j'étais. Papa et toi l'ignoriez. Je m'en étais assuré. Je suis désolé, mais ma vie était un vrai bordel. Je ne voulais pas que tu le saches. Je n'arrêtais pas de repenser à papa et toi qui vous vantiez en disant à tout le monde que je deviendrais avocat. Tu m'as mis une telle pression, maman. Je sais que ce n'était pas ton intention, mais tu l'as fait. Et je me retrouvais à nettoyer des toilettes à Bangkok. Il fallait que je change les choses, que je trouve un vrai travail pour pouvoir rentrer la tête haute. Mais le temps passait, et… »

Je prends sa main dans la mienne.

« J'ignorais que c'était ce que tu ressentais.

— J'ai agi comme un imbécile mais je n'avais personne vers qui me tourner. Toi, tu aurais su quoi faire, maman, mais je ne supportais pas l'idée que tu sois au courant. Je t'en prie, aide-moi maintenant. Ils pourraient me mettre en prison. Ils ne croiront jamais que je n'ai rien à cacher. S'il te plaît… »

Et mon échec en tant que parent s'est infusé en moi comme un poison, annihilant toute autre pensée ou sentiment. Nous n'avions pas été présents pour lui. C'était notre faute. Ma faute. Par la suite, je me demanderais si j'aurais agi différemment s'il n'avait pas dit ça. Mais il serait alors trop tard.

Nous sommes restés assis sans parler un moment, seul le tic-tac de la pendule brisait le silence, tel le battement de cœur de la maison. Ensuite, j'ai fait ce que je fais toujours : je l'ai harcelé de questions.

« Qui d'autre est au courant que tu as dissimulé la mort de Rosie, Jake ?

— Personne. Enfin si, Mama. Mais elle ne dira rien de toute évidence.

— Quelqu'un l'a-t-il entendue te l'annoncer ?

— Aucune idée. Elle parlait très fort mais Alex était dans les vapes. Il reste Jamie. Jamie qui est toujours dans les parages », a ajouté Jake pour lui-même.

Nous avons parlé et encore parlé, tourné l'affaire dans tous les sens, mais au final, il m'a convaincue que prévenir la police ne nous avancerait à rien. Il a serré mes mains dans les siennes et m'a regardée droit dans les yeux tandis qu'il concluait sa plaidoirie, mon fils, l'avocat...

« Rosie est morte et ce n'est la faute de personne. Même si Jamie a entendu Mama me l'apprendre, lui est un meurtrier, non ? Qui le croirait ? Il s'agit du reste de ma vie, maman. »

Je me sentais si vulnérable. Comme la première fois où je l'ai pris dans mes bras à sa naissance. La peur dévorante de ne pas agir comme il fallait et de faire du mal à mon bébé m'avait fait fondre en larmes à l'époque. J'étais submergée par la responsabilité qui m'incombait. J'étais complètement perdue mais je devais le protéger, l'aider à grandir, à prendre les bonnes décisions. Je portais ce poids au creux de mon estomac, voyant le danger partout. Steve avait essayé de m'épauler, de m'expliquer les hormones post partum, l'instinct maternel, tout ça, mais c'était viscéral. J'ai cru que c'était terminé quand notre fils a été assez grand pour s'occuper de lui tout seul, quand on l'a envoyé à l'université. Mais ça ne finit jamais. Et j'étais de nouveau là, à tenir son avenir entre mes mains.

Je l'acceptais.

71

Vendredi 19 septembre 2014
L'inspecteur

Jake ne prononça pas un mot de tout le trajet. Il observa les autres véhicules par la vitre jusqu'à ce qu'ils se garent devant le commissariat. Il n'avait pas eu le temps de faire ses lacets et il perdait ses vieilles baskets, trébuchant à chaque pas.

— Par ici, dit Salmond qui le guida en le soutenant vers la zone de détention.

Elle le présenta au sergent de l'accueil à l'air grincheux. Sparkes suivit en observateur muet le rituel précédant l'interrogatoire.

Jake ne s'exprimait que lorsqu'on s'adressait à lui. *Il s'est renfermé sur lui-même*, songea Sparkes. *Répète-t-il son histoire ? A-t-il révélé à Kate ce qu'il a fait ?*

Son seul commentaire spontané fut : « C'est mieux que Klong Prem. »

— Veuillez décliner votre identité pour l'enregistrement, s'il vous plaît, demanda Salmond lorsqu'ils furent tous installés dans la salle d'interrogatoire exiguë.

Jake paraissait encore plus jeune avec ses lunettes d'écolier et ses ongles rongés.

— Bien, commença Sparkes. Parlons un peu de votre relation avec Rosie Shaw.

— Je n'en avais pas. Je la connaissais à peine, répondit Jake.

— D'après Alex, elle vous draguait ouvertement.

— Alex ?

Sa perplexité était totale.

— Dans des e-mails envoyés à son amie Mags, elle affirme que Rosie essayait de vous voler à elle.

— J'ignore ce qu'Alex a pu raconter dans ses e-mails. Comment le saurais-je ?

Sa voix était ferme et posée ; Sparkes se souvint alors que Jake avait étudié le droit.

— Vous confirmez cependant être allé dans la chambre de Rosie Shaw la nuit du 12 août ? demanda-t-il en imitant le ton professionnel de Jake.

— Heu, je ne suis pas sûr. Je ne crois pas.

Il commençait à hésiter. Sparkes insista.

— Deux témoins affirment que vous vous y êtes rendu. Vous êtes allé dans sa chambre où vous avez eu des relations sexuelles avec elle.

— Ils se trompent. Ce sont des suppositions. Nous ont-ils vus avoir des rapports sexuels ?

Jake remua sur sa chaise et Sparkes se demanda l'espace d'une seconde s'il ne tirait pas un certain plaisir à tout ça. Il devait y mettre fin.

— Ce ne sont pas des suppositions, Jake. Votre ADN a été retrouvé dans des traces de sperme prélevées sur le corps de Rosie.

Jake baissa la tête d'un coup. Son avocat leva une main pour intervenir.

— J'aimerais rester une minute seul avec mon client, je vous prie.

Les inspecteurs sortirent de la pièce en file indienne avant de s'adosser au mur du couloir.

— Il nous dira la vérité quand on y retournera, patron, assura Salmond.

— On y est presque, approuva-t-il.

Jake affichait un air absent à leur retour.

— Mon client souhaite faire une déclaration au sujet de ses relations avec Rosie Shaw, annonça l'avocat avant de se rasseoir pour laisser la parole à Jake.

— J'ai couché avec Rosie Shaw, c'est tout, annonça-t-il d'une voix plate. Je ne lui ai pas fait de mal. Elle voulait coucher avec moi pour se venger d'Alex. Elle est morte après mon départ. La propriétaire de l'auberge m'a appris son décès plus tard.

— Vous avez donc eu des rapports contre votre volonté ? interrogea Sparkes, pince-sans-rire.

— J'étais soûl et elle a insisté.

— Je vois. D'après les témoins, il y aurait eu une dispute. On vous aurait entendus crier.

— J'étais en colère car je me sentais coupable. J'aimais bien Alex et je venais de faire une bêtise monumentale. J'avais couché avec son amie. Quel con.

Il cogna son poing contre sa tempe.

— Rosie était-elle toujours en vie lorsque vous avez quitté sa chambre ?

— Oui, je vous le jure, affirma-t-il d'une voix plus forte, haut perchée. Elle disait qu'elle allait tout raconter à Alex.

— Pourquoi ne l'a-t-elle pas fait alors ? Pourquoi n'a-t-elle pas averti Alex sur-le-champ ?

— Alex était dans les vapes ; Jamie l'avait droguée.

Il était donc au courant, songea Sparkes avec un hochement de tête pour lui-même.

— Ce type est taré. Il a mis quelque chose dans la bière d'Alex pour l'empêcher de sortir avec moi. C'est Rosie qui me l'a appris. Cet endroit était tellement malsain...

— Elle n'a donc jamais eu l'occasion de tout révéler à Alex...

Jake secoua la tête avec lassitude.

— Non, elle est morte dans la nuit.

— Une chance pour vous, n'est-ce pas ? Votre petit secret était préservé, répliqua Sparkes en prenant une note sur son calepin.

Jake repoussa sa chaise et se leva, tremblant de tous ses membres.

— Vous plaisantez ! Je ne lui ai pas fait de mal. C'était affreux quand elle est morte. Mama est venue me réveiller pour me l'annoncer. J'étais sous le choc, anéanti. Comme un zombie. Je ne savais pas quoi dire ni quoi faire.

— Rasseyez-vous, Jake. Qu'avez-vous fait, alors ?

Le jeune homme marqua une hésitation puis se rassit, agrippé à la chaise comme si elle ruait sous lui.

— J'avais l'impression d'être en train de rêver, que rien n'était réel. Je suis resté dans mon lit à essayer de comprendre ce qu'il se passait. J'ai dû me rendormir. À mon réveil, Mama se comportait comme si de rien n'était.

— Vous vous êtes rendormi après avoir appris que la fille avec laquelle vous aviez couché quelques heures plus tôt était morte dans son lit ? répéta Sparkes avec incrédulité.

— J'avais beaucoup bu, inspecteur. Je vous l'ai dit. Je sais qu'on pourrait croire que je m'en fichais mais c'est faux. J'étais sous le choc et je ne savais pas quoi faire, alors j'ai cru Mama et son histoire selon laquelle Rosie était partie avec les deux Hollandais.

— Mais vous saviez que c'était faux, n'est-ce pas, Jake ?

Il hocha la tête avec tristesse.

— J'allais dire la vérité à Alex mais on m'a arrêté avant que j'en aie le temps.

— C'était plus de vingt-quatre heures après. Vous avez eu de nombreuses occasions de le faire.

— Vous croyez que je ne me le reproche pas chaque jour ? J'étais incapable de parler. Vous ne comprenez pas. J'avais si peur, je ne savais pas comment agir. J'avais couché avec elle, les gens auraient pu me tenir pour responsable de sa mort.

— Vous n'avez donc rien révélé à la police lorsqu'elle vous a arrêté ?

— Non. Je ne leur ai même pas dit qui j'étais. J'étais déjà dans le pétrin jusqu'au cou, se lamenta-t-il avant de fermer les paupières.

— Selon Jamie, vous étiez présent quand Rosie est morte.

Jake rouvrit les yeux et esquissa un semblant de sourire.

— Évidemment que c'est ce qu'il prétend. Il me hait parce que Alex voulait être avec moi et pas avec lui. Il a préféré la tuer plutôt que de la voir choisir quelqu'un d'autre que lui. Et il est prêt à raconter n'importe quoi pour se venger. Je parie qu'il avait mis quelque chose dans le verre de Rosie aussi. Elle voulait informer Alex qu'il l'avait droguée. Il a peut-être voulu l'en empêcher. Il est capable de tout.

Lorsqu'ils ramenèrent Jamie Lawrence pour l'interroger, il avait abandonné son attitude séductrice. Il s'assit et posa ses mains bandées sur la table.

— Je dormais. J'ai déjà répondu à vos questions.

— Nous en avons d'autres, répondit Sparkes, penché en avant pour avoir toute l'attention du jeune homme. Avez-vous drogué Rosie Shaw ?

Jamie se redressa, droit sur sa chaise.

— Elle se droguait toute seule.

— Mais lui avez-vous donné un petit quelque chose en plus ? Pour l'empêcher de raconter à Alex que vous aviez mis du Rohypnol dans son verre ? D'après Mama, elle était au courant. Rosie s'apprêtait-elle à révéler le genre d'homme que vous êtes ?

Jamie serra les lèvres et secoua la tête comme s'il avait peur de ce qu'il pourrait dire.

— Nous procédons à des examens toxicologiques sur le sang de Rosie, Jamie. Nous découvrirons la vérité, assura Sparkes.

Il avait l'intime conviction que ces analyses ne permettraient pas de révéler la présence de Rohypnol si longtemps après les faits mais le suspect était au bord des aveux ; il ne lui manquait qu'un petit coup de pouce pour se confesser.

Le silence s'installa, emplissant la pièce, mais Sparkes patienta. Il demeura aussi immobile qu'une statue, n'offrant aucune distraction au garçon en face de lui. Les doigts de Jamie s'agitèrent sur la table tandis qu'il baissait les paupières comme pour mieux se concentrer.

— Je ne lui en ai donné qu'un tout petit peu, finit-il par marmonner entre ses dents, obligeant Sparkes à tendre l'oreille. Juste pour qu'elle la ferme jusqu'à ce que je trouve quoi faire ensuite. J'en ai mis dans sa tequila et elle est allée dormir.

— Sauf qu'elle ne dormait pas, rétorqua Sparkes. Elle était inconsciente et alcoolisée, et vous l'avez laissée s'étouffer. La pauvre fille.

— Elle aurait dû se taire, marmonna Jamie tout bas. C'est sa faute. Personne ne l'a forcée à boire autant.

Sparkes le considéra sans un mot une longue minute, pendant que ses paroles venimeuses s'écoulaient sur les murs.

— Avez-vous déposé son corps dans la chambre frigorifique, Jamie ?

— Non. Quand je me suis réveillé le lendemain, elle était partie.

— Mais je croyais que vous étiez celui qui voyait et entendait tout ce qu'il se passait dans cette auberge ? poursuivit Sparkes. Celui que personne ne remarque.

Jamie haussa les épaules.

— Ce n'est pas moi qui l'ai mise là.

— Ce matin, vous avez déclaré avoir tout fait pour qu'Alex vous choisisse. C'est ce dont vous parliez ? Vous débarrasser d'un corps ? Le dissimuler à la police ?

Jamie tapa du plat de la main sur la table, si fort que son avocat en sursauta.

— Non !

— Mais vous saviez que Rosie était décédée, n'est-ce pas ? Et vous avez aidé à dissimuler sa mort. Mama nous a appris que c'était vous qui aviez suggéré d'inventer des messages de sa part, insista Salmond. Pour que tout le monde se taise au sujet de sa disparition. Vous sembliez avoir le contrôle de la situation.

— Je me fichais de Rosie, mais Alex était bouleversée qu'elle soit partie sans rien dire. J'ai cru que ça l'aiderait à changer d'avis et à rester avec moi.

— Mais ça n'a pas été le cas.

Il secoua de nouveau la tête d'un air las.

— Non. Tout a déraillé.

72

Vendredi 19 décembre 2014
La journaliste

J'ai reçu une carte de l'un de mes fantômes des Noëls passés : Jane, la veuve de Glen Taylor. Le bureau me l'a transmise dans une grande enveloppe en kraft avec mes notes de frais et des documents du syndicat.

Elle écrit sur notre traumatisme commun : avoir les loups médiatiques à nos portes. Comme si j'en avais quelque chose à faire. J'imagine que je tiens une place si importante dans sa vie de l'époque, que ma présence est si entremêlée à ses souvenirs de cette période, quand son mari a été accusé d'avoir enlevé la petite Bella Elliott, que maintenant elle croit me connaître. J'étais là avec elle tandis que l'écheveau de l'histoire se déroulait, dans sa cuisine, dans son salon, dans la chambre d'hôtel où nous l'avions emmenée pour l'interviewer. Et dans sa tête, j'imagine que j'y suis encore.

Pourtant je n'avais pas eu la moindre nouvelle d'elle depuis le dernier appel dans l'affaire Bella Elliott. À l'occasion elle est citée dans certains articles, quand elle écrit aux parents d'enfants disparus ou qu'elle correspond avec des criminels notoires en prison.

Voilà que c'est à mon tour de faire pitié.

Elle a entendu parler de mes « ennuis » et, bien évidemment, elle veut me mettre le nez dedans. Elle ne le présente pas ainsi. Ce n'est pas son genre, non. La petite Janie Taylor veut me faire savoir combien elle est désolée d'apprendre pour Jake. Je n'aime pas qu'elle prononce, ou écrive, le nom de mon fils. Je n'ai pas envie qu'elle touche quoi que ce soit qui m'appartienne.

Je ne lui répondrai pas. Je déchire en deux le bonhomme de neige tout sourire et le jette à la poubelle.

Jake n'en saura rien. Il est parti skier avec Steve et Freddie. Une virée entre hommes pour lui changer les idées. Steve pense qu'il en a besoin. Le procès de Jamie Lawrence va débuter après le nouvel an et nous sommes tous à cran, à attendre que l'affaire soit brassée par les médias. Un temps, j'ai cru que Jamie pourrait être renvoyé en Thaïlande et encourir la peine de mort pour meurtre. « Par injection létale », m'a dit Joe, mon nouveau meilleur indic. « Ils n'ont pas exécuté d'étrangers ni personne depuis 2009. Mais nous n'allons pas envoyer un Britannique dans le couloir de la mort. On va s'en occuper ici : on peut être poursuivi dans un tribunal britannique pour avoir tué un ressortissant n'importe où dans le monde. »

Ce n'est pas ce qui satisfera les familles. Lesley m'a contactée après que Jamie Lawrence a été inculpé du meurtre d'Alex et elle m'a annoncé qu'ils allaient écrire au ministre de l'Intérieur pour demander qu'il soit extradé à Bangkok pour son procès. « Il l'a tuée en Thaïlande, il devrait subir leur châtiment... Nous organisons une vente de gâteaux à l'école afin de lever des fonds pour nos frais de justice. Nous voulons faire entendre nos voix », a-t-elle ajouté. J'ai alors visualisé des collégiens aux joues roses en train de mordre dans des gâteaux dont le glaçage dirait « Il faut pendre Jamie Lawrence ».

Le venin dans sa voix m'a choquée. Elle n'était plus la femme que j'avais vue à la messe commémorative. J'étais restée debout dans le fond, sans aucune certitude d'être la bienvenue, et j'avais observé Lesley, présence calme et digne au cœur du service, et Jenny, ombre sans relief à ses côtés. L'église était remplie d'adolescents, des filles qui sanglotaient sans se cacher, dans les bras les unes des autres, et des garçons qui restaient groupés, mal à l'aise, ne sachant pas quoi faire de leurs mains. Jake avait envisagé de s'y rendre mais je l'avais convaincu de rester à la maison. Il aurait été la cible des photographes qui couvraient l'événement et une distraction malvenue lors de l'hommage rendu aux filles. J'y avais assisté seule et j'avais articulé en silence les paroles d'*Amazing Grace* tandis que les enfants autour chantaient leur chagrin et se tenaient la main. J'étais partie avant la note finale.

Je n'aurais jamais cru que Lesley se ferait l'avocate de la peine capitale. Je l'imaginais davantage en militante pour la sécurité routière. Toutefois, je sais désormais que protéger son enfant transforme n'importe qui. Cela change la femme que l'on semble être.

Leur combat pour la justice – et la peine de mort – avait donné de quoi faire à Louise Butler. Mon rédacteur en chef ne souhaitait pas suivre cette voie, d'après Joe. C'était trop bas de gamme pour nos lecteurs, avait-il déclaré à ses équipes. « Et puis, ça n'arrivera pas, alors les gens penseront que c'est nous qui avons échoué », avait-il ajouté.

Les O'Connor ont toujours présenté un front uni mais je me demande comment les Shaw s'en sortiront. C'est Joe qui m'a appris que Mike était revenu s'installer avec Jenny : « L'épouse numéro deux l'a mis sur la touche à cause de ses écarts au travail. Jenny l'a repris. Ils sont comme de jeunes mariés apparemment. Je leur donne six mois... »

Un temps suffisant pour que leur croisade s'essouffle toute seule et tombe aux oubliettes.

Selon Joe, Jamie prétend toujours que la mort d'Alex est un accident : une étreinte amoureuse qui se serait mal terminée à cause des rejets de son passé. Mon fils journaliste a retrouvé la trace de toutes les mères, même celle qui lui a donné naissance. Ce ne sera pas une lecture plaisante pour elle quand le procès sera terminé et que tout son passé sera révélé. Écrire cet article me démange mais je ne peux pas. Pas cette fois. Je suis partie prenante dans l'histoire. Et me revoilà confrontée à Jake et sa propre « étreinte amoureuse » avec Rosie.

Je me demande comment mon fils va s'en sortir s'il subit un contre-interrogatoire. Il témoignera uniquement pour dire que Rosie a vu Jamie droguer Alex. Pas en tant qu'accusé. Aucune charge n'a été retenue contre lui au final.

« Il n'existe aucune preuve ni aucun témoin fiable qui indiquerait qu'il se soit passé quelque chose de fâcheux pendant que Jake se trouvait avec Rosie », nous a affirmé notre avocat avec assurance. « Il a reconnu n'avoir informé personne de la mort de Rosie mais il n'en a pas été témoin et il n'a pas vu son cadavre. Je suis très étonné que le Ministère Public envisage même une inculpation d'obstruction à la justice », disait-il chaque fois que nous le rencontrions à coup de cinq cents livres. Nous avons tout de même dû attendre avec angoisse encore un mois avant que la décision nous soit communiquée par téléphone.

« C'est le plus raisonnable. Il n'y a pas assez de preuves pour étayer cette accusation », a annoncé l'avocat. Ce n'est pas Bob Sparkes qui nous a appris la nouvelle.

« On peut tourner la page, maintenant, a dit Steve après l'appel de l'avocat. Prendre un nouveau départ. »

Jake regarde bel et bien vers l'avenir. À son retour du ski, il va essayer de reprendre son cursus de droit. « Je serai un étudiant plus mature, maman. Je vais faire ça comme il faut cette fois. »

Il va y arriver, me dis-je au terme de mes nuits blanches. *Il va être quelqu'un de meilleur.*

Cependant, il y a des jours où je trouve difficile de regarder mon aîné sans étouffer sous la culpabilité que j'éprouve à dissimuler la sienne. J'examine ce visage auquel j'ai donné naissance et cherche à y lire ses remords, mais il semble en mesure de se protéger contre « l'histoire de la Thaïlande », ainsi qu'on y fait référence chez nous.

Steve sourit avec optimisme et appelle ça la résilience de la jeunesse. Et je le laisse y croire.

J'ai décidé de ne pas lui dire la vérité car il voudrait agir en son âme et conscience et prévenir Bob Sparkes, il souhaiterait que Jake avoue et qu'il en assume les conséquences. Parce qu'il voit les choses en noir et blanc, c'est bien ou c'est mal. Moi je discerne les nuances de gris qui brouillent les limites des conséquences. Steve n'a pas vu notre fils en prison. Moi si. J'ai vu le visage vieilli de notre garçon, j'ai ressenti son désespoir. Je ne peux pas être à nouveau responsable de ce qui lui arrivera.

Je me change les idées en pensant à mon propre avenir. Je suis toujours en congé sabbatique. « Tu vas avoir le temps de t'occuper de tes géraniums comme ça », a dit Joe pour essayer de me remonter le moral. Et j'ai toutes mes chances pour une prime lors de la prochaine vague de licenciements. Steve veut que j'accepte, mais cette idée m'est insupportable. J'ai besoin d'une ancre dans mon existence, surtout en ce moment.

Je téléphone à Bob Sparkes, juste pour entendre sa voix en fait. Il était installé à sa place habituelle, celle près de la porte, lors de la messe pour les filles et nous avons pu échanger quelques paroles insipides. Mais rien depuis.

— Inspecteur Sparkes, répond-il en décrochant.

— Bonjour, Bob. C'est Kate.

— Alors, comment allez-vous ?

Son ton paraît hésitant mais pas hostile. Je me lance.

— Pas mal. Et vous ?

— Pareil. J'ai repris à plein temps.

— Tant mieux pour vous. Vous ne devinerez jamais qui m'a écrit.

— Dites-moi...

Je perçois le sourire dans sa voix.

— Jane Taylor.

— Nom d'un chien ! Que voulait-elle ?

Et nous revoilà en terrain connu, à reprendre les fils d'une vie passée. Je devrais peut-être écrire à Jane Taylor pour la remercier de son intervention.

Aujourd'hui, j'ai l'impression d'avoir franchi un cap.

J'ai fait le grand ménage. J'ai enfin jeté le pantalon. Le pantalon que j'ai rapporté à la maison dans mon petit sac cabine. Celui avec sa tache révélatrice qui pourrait dévoiler le mensonge de mon fils.

Il était super mal, il voulait fumer, avait dit son ami Ross quand il me l'avait donné. *Il avait du vomi ou je sais pas quoi sur le pantalon.*

Et dans le tourbillon des événements, je l'avais oublié, fourré dans un placard à mon retour la première fois, sans Jake. Je savais que ce pantalon pouvait tout faire s'effondrer. Jake était là, dans cette chambre, avec Rosie, morte, exactement comme ce foutu Jamie Lawrence l'avait dit. Il avait dissimulé son corps. Il avait fait obstruction au cours de la justice.

J'ai voulu lui en parler une bonne centaine de fois. Mais je me suis retenue.

Je suppose que j'espérais qu'il se confierait de lui-même, qu'il prendrait la responsabilité de ses actes.

Il n'en a rien fait, et chaque fois que je l'imagine en prison, sa vie à jamais gâchée, je me dis que je lui dois cette seconde chance.

Les filles n'en auront pas mais je ne peux rien y changer ni me racheter. Lesley et Jenny voudront que toutes les personnes impliquées soient publiquement exécutées parce qu'elles ont besoin de les faire souffrir autant qu'elles souffrent. Sauf que remettre Jake sur le banc des accusés ne les apaisera pas. C'est ce que je me répète tandis que je fourre le pantalon dans un sac en plastique avec deux vieux pull-overs et que je marche jusqu'aux poubelles de recyclage. Je suis devant, incapable de bouger, l'indécision figeant mon bras contre mon corps, jusqu'à ce que Bet, la voisine, m'interpelle.

— Bonjour, Kate ! Comment va votre adorable garçon ?

Et je jette le sac dans la gueule sombre de la poubelle. Disparu.

— Il va bien, Bet. Et vous ? dis-je comme si nos vies étaient intactes.

J'ai reçu des demandes de journalistes qui veulent que je raconte mon histoire avant le procès de Jamie. Je suis sûre que les termes « obstinée », « dévouée », « courageuse » et « inspiratrice » seront éparpillés au petit bonheur la chance dans leurs articles. Pour eux, je suis la bonne mère qui a soutenu son fils contre vents et marées, résolu l'affaire et arraché sa liberté.

Je suppose que c'est vrai, en un sens. J'attends la première journaliste qui doit arriver. Elle sera là bientôt. Je me demande si elle va m'apporter des fleurs. Je le ferais si c'était moi qui frappais à la porte. J'ai mis une assiette de tartelettes sur la table et mes photos de famille préférées sont disposées au milieu des branches de houx en plastique sur le manteau de la cheminée.

Je m'assieds et attends sans un bruit. Mon récit est prêt.

REMERCIEMENTS

Je tiens à remercier de nombreuses personnes dont le soutien m'a été crucial dans l'écriture du *Suspect* mais laissez-moi commencer par la merveilleuse et très généreuse Louise Butler. Louise a remporté les enchères organisées par CLIC Sargent pour que son nom soit attribué à l'un des personnages du *Suspect*. La voici immortalisée sous les traits d'une journaliste de tabloïdes intrigante (pardon, Louise). Elle a permis de récolter 10 696 £ pour la lutte contre le cancer des enfants.

Les experts : Colin Sutton, brillant inspecteur à la retraite de la brigade criminelle, qui a pris du temps sur sa propre carrière d'auteur pour me guider avec patience dans les méandres des affaires policières, et le Dr Debbie Cook, médecin légiste du ministère de l'Intérieur, qui a posé son scalpel pour m'expliquer les autopsies sur les corps embaumés. Je vous suis extrêmement reconnaissante à tous les deux.

Les correspondants et fonctionnaires étrangers qui m'ont guidée à travers les ruelles glauques de Bangkok et m'ont raconté les arnaques aux touristes : Marc Lavine, Andrew Drummond, Jonathan Head, Lindsay Murdoch et Daniel Fieller à l'ambassade britannique. Vous avez été de fantastiques conseillers.

Une fois encore, un grand merci aux éditrices qui m'inspirent à Transworld et NAL/Penguin Random House, Frankie Gray et Danielle Perez, pour avoir cru en moi.

Comme toujours, mon amour et mes remerciements à mon mari Gary, mes enfants Tom et Lucy, leurs conjoints Orlanda et Martin, mon frère Jon et mes parents David et Jeanne pour leurs encouragements et leur soutien, et à mon adorable sœur Jo Wright et mes amies Rachael Bletchly et Jane McGuinn, qui m'ont lue, écoutée, et remonté le moral.

Enfin, j'aimerais aussi lever mon verre à, roulements de tambour, l'agente littéraire de l'année 2018, Madeleine Milburn. Ainsi que l'ont déclaré les juges des British Books Awards : « Le soin qu'elle accorde à ses auteurs est exemplaire. Il est évident qu'elle fait toujours le maximum pour eux. » C'est vrai. Et je ne la remercierai jamais assez.

Composition et mise en pages
Nord Compo à Villeneuve-d'Ascq

Imprimé en France par CPI
en décembre 2019
N° d'impression : 3036559

R11458/01